DONNIE BRASCO

My Undercover Life in the Mafia

忠奸人

我在黑手党的卧底生涯

Joseph D. Pistone

Richard Woodley

[美]约瑟夫·D.皮斯通
[美]理查德·伍德利
——著

韩璐
——译

新星出版社 NEW STAR PRESS

谨以此书献给我亲爱的妻子和孩子们。

献给双方的父母、兄弟和姐妹。

献给迈克尔、希拉、詹妮、鲍勃·F、霍华德、盖尔、唐和帕特丽夏——谢谢你们。

献给所有最出色的联邦调查局卧底特工。

献给所有便衣特工，是他们使联邦调查局成为世界上最棒的调查机构。

献给美国司法部突击部队驻坦帕、密尔沃基以及纽约南区的律师们。

——约瑟夫·D.皮斯通

目录

目录

第一章　龙卷风

我站在证人席上，看着被告席上的五名黑手党人、五排记者，以及法庭上300多位因为没地方坐而只能站着的听众。这一切让我感到不可思议。这仅仅是对第一批黑手党人的首次审判。

“莱芙帝·甘斯”[①]·鲁杰罗不停地摇头，布比·塞拉萨尼、尼基·桑多拉、“菲什”·拉比托和布茨·托马苏洛也做着同样的动作。似乎这些被告也不敢相信眼前的一切。莱芙帝曾对他的律师说：“他绝不会背叛我们的。”直到我出现在证人席上，他还拒绝相信我就是联邦调查局的特工，而不是他的同伙。

本次审判前，另外两名被告已经认罪。莱芙帝的监狱生活和后来的反复出庭终于让他相信了这个事实。他对狱友说：“要能再干一票，我一定逮住那个叫唐尼的王八蛋！”

这期间，黑手党已悬赏暗杀我，我因此受到了联邦调查局24小时的保护。

在我出庭做证前两天、真实姓名还未暴露之时，我从纽约水牛

① “莱芙帝·甘斯”（“Lefty Guns”），原意是“左撇子枪手”。

城的线人处得知，这帮黑手党人正在追踪我的家人。

负责本案的检察长是美国助理法官芭芭拉·琼斯。最强悍的黑手党头目、当时黑手党委员会的头领是来自甘比诺家族的“比格·保罗”·卡斯特利亚。我同芭芭拉说，我想亲自会会卡斯特利亚，警告他：“要是我老婆和孩子少了一根汗毛，我一定亲手干掉你！”我向芭芭拉解释说我只会在不影响案件的情况下才这么干。“我无权告诉你能跟谁谈，不能跟谁谈。”她回答。

她为人宽容，善解人意。但我觉得这样做可能会妨碍案件进展，所以我暂缓行动，加强防范并保持警惕。

在法庭正中，我隐约在人群里发现了一名布拿诺黑手党家族的成员，就在“小意大利”的旁边（我不知道“小意大利”的真实姓名）；他用持手枪的手势瞄准了我，并悄无声息地扣动了假想中的扳机。于是审判休庭期间，特工们为保护我，把这名黑手党人带到走廊谈话。他再也没回来。

我在黑手党做了6年卧底。那段时间，没有几个人知道我在真实世界和黑手党中各自的身份。而现在，媒体上关于我的新闻铺天盖地而来。

报刊上布满了大字标题，其中有些文章还占据了头版：《美国联邦调查局调查人员蒙骗黑帮6年》《间谍揭露黑帮犯罪交易》《蒙骗黑帮之人》《联邦调查局披露在黑帮的卧底》《“布拉斯科”今日面临审问》。《新闻周刊》甚至还用整个版面进行了报道，标题是《我是联邦调查局派来的黑手党人》。这些标题甚至还指出了存在的威胁：《勇敢卧底遭黑手党报复》《愚弄布拿诺家族的特工遭遇追杀》。

审判开始前，媒体记者已经得知，主要出庭证人是一名潜入黑手党的联邦调查局卧底特工。记者们一直千方百计地试图确定这名卧底的真实身份。审判开始后，他们更是一如既往地试图接近我。我从未接受过任何采访，也不允许媒体给我拍照或录像。结束出庭做证时已是下午 5:00，为了躲避记者访问，我们又逗留至八九点，最后还得从法庭执行官的车库出去。我们不能走出大楼吃午餐，也不能走出酒店吃晚餐。

一审开始前我们便听闻，黑手党要悬赏暗杀我，其头目已出价 500000 美元，犒赏找到并杀死我的人。他们还在全国四处散发我的照片。我认为我们这次应该谨慎行事。因此，联邦调查局检察官向法庭申请，准许我和最后一年与我共事的另一位特工在出庭做证时隐匿真实姓名，转而使用这些黑手党人知道的卧底姓名——唐尼·布拉斯科和托尼·罗西。

本庭首席法官罗伯特·W. 斯威特，也是美国纽约南区的地区法官，是个很有同情心的人。他在裁决期间写道："毫无疑问，这些特工过去、现在和将来都有可能遭遇危险。他们响应政府号召做出的选择铸就了他们的胆量、英雄气概和潜伏技巧；正如前方战场上的战士一样，他们与犯罪斗争，因此有权得到各种合理的保护，（包括）隐藏其家庭住址、家人情况和其他虽无关紧要却有增加曝光危险的信息。"

然而，最终他却否决了我们隐瞒个人信息的申请，因为被告享有知晓原告的宪法权利。我既不觉得被出卖，也不感到吃惊，因为从来没有什么事情是万无一失的。

直到出席做证的第一天，我的真实姓名才暴露。我走进法庭，举起我的右手并发誓所陈述的事实全部属实。然后，我被问到真实姓名，我回答了，这是我 6 年来第一次公开真实姓名：约瑟夫 · D. 皮斯通。

在黑手党做卧底的岁月里，我每天都在说谎，生活在谎言之中。我说谎只因我那条基于崇高道德准则的信仰：协助美国政府消灭黑手党。然而，我却一直被这样的想法困扰，即当我最终站在证人席上，我面对的将是被告辩护律师的质询：既然你一直都在说谎，现在该如何让所有人相信你呢？

之前的所有事，包括我的生活，都是建立在谎言之上的。而现在，所有事都将建立于事实之上。

在我还是卧底的时候，每走一步我都要想：当我出庭做证时，这该如何解释？我需要与犯罪行为毫无瓜葛。我得解释资金来源，要用笔记录所有能记下来的，用脑记忆不能用笔记录的。最终，这会成为我对陪审团讲述的证词。

两位检察官——美国助理法官琼斯和路易斯 · 弗利，在第一次审判时就不停地向我表示："不管我们提供了多少证据，陪审团都必须相信您。因为没有您的证词，我们便一无所知。"

自从 1981 年 7 月 26 日，我结束卧底生涯的那一天起，我便投入到了出庭做证的准备工作中。

我仿佛置身于一场龙卷风中，夜以继日地和美国法官一起为指控黑手党成员做准备，以审判他们在纽约、密尔沃基、坦帕以及堪萨斯城的敲诈勒索、赌博、谋杀等行径。我还和华盛顿总部联邦调查局官员一起合作，准备其他地区的案件审理工作。这些案件不需要我的证词，但需要我提供情报。几个月过去了，我配合检察官一道工作，突然出现在了陪审团和其他庭审的证人席上。

单单在纽约市这座黑手党的大本营，有时就会同时进行五六次审判。和我们调查有关的审判很快就会家喻户晓，比如对最大的海洛因走私案件“比萨连锁店”一案的审判，对黑手党全体头目进行的“黑手党委员会”的审判。我混进黑手党已有很长一段时间，掌握了和他们有关的全部情况并能就此做证。5年中，我辗转全国六七个城市，参与了十多场审判并提供证词。

最终，联邦调查局起诉的案件多达一百件以上。截至1987年，卧底、便衣、警察、美国法官以及线人将会插入黑手党的心脏。黑手党的命运会被彻底改写。每一支黑手党的头目都将受到指控，他们或被关进监狱，或在审判结束前就已死亡。我们几乎将黑手党目标成员一网打尽。

然而回首当年，却是另一幅光景。1982年8月，我们在法庭上对黑手党发动了攻势。这是多年来卧底工作和“直接”调查的成果。但我们并没有时间，或者说没有心情庆祝。我们刺伤并羞辱了黑手党，使黑手党内部一时陷入了混乱，他们开始清理门户。凡是曾经信任过我的成员都被杀害或遭到追杀。我潜伏时结识的十多个成员已被杀掉，至少有两人是因与我结交而丧命。一名警察因贪腐遭指控后自杀。

而我，则还得出庭做证。我必须躲避枪手。

在密尔沃基，当我出庭指证当地黑手党头目弗兰克·巴利斯特列里时，被告辩护律师问及我做卧底期间家人的住址。我的辩护律师表示反对。而美国区法官特伦斯·T. 埃文斯却要求我回答。没人能强迫我回答这个问题。“法官大人，”我答道，“我无法回答这个问题。”法官说他将判定我藐视法庭。后来他咨询律师，觉得关键在于黑帮认为当时的我住在哪里。于是我答道：“加利福尼亚。”

我的家庭住址和家人姓名被严格保密，至今仍未被透露。联邦调查局在我家内外布设了特殊报警系统，与联邦调查局办公室直接相连。

一位和善的法官向我透露，我的真实姓名被媒体披露后，一个和我一起长大、来自新泽西的家伙已向他所依附的热那亚家族头目法特·托尼·萨勒诺告发了我，说出了我的家乡以及我其他亲属的住处。他们可能会采取措施报复我。

我和女儿们通话时，她们哭了。祖父不敢出门，清晨开车时都感到恐惧。

联邦调查局想再次转移我的家人。我拒绝了。他们不想再搬家了。我不打算后半生过着逃亡的生活。这些杂种休想让我和家人永远生活在恐惧中。他们能找到我吗？我采取了一些防御措施。无论我到哪里，总会注意背后。我变换地点，使用不同姓名的信用卡。但即便使尽浑身解数，他们仍会找到我。没有人能永远不被找到。但如果他们找到了我，他们也得能对付我才行。跟踪我的人必须比我强才能对付我。

第一批案件审理时，我 43 岁。那时我已经错过了与家人一起的 6 年正常生活，错过了女儿成长的大部分时光。我希望这将由我在事业上获得的荣耀弥补，但我永远不能成为公众人物，我将永远顶着不同的名字生活，只有密友和同事知晓我的联邦调查局特工身份。

令我满意的是，我做得很出色。我们推动了案件的审理，而其他特工——我的同行们，也向我表示庆贺，并钦佩我做出的工作。我的家人也为我骄傲。

我也同样感到骄傲，从卧底生涯中走出后，我还是以前的乔·皮斯通。6年的卧底生活并没有改变我。我的人品没变，价值观没变，身体和精神都没被搅乱。我仍旧不饮酒，保持健康的体型。我没有另娶他人，婚姻和以前一样美满，子女依然是好孩子。摆脱唐尼·布拉斯科的影子一点儿也不难，我不会弄混自己的身份。我骄傲的是，不管我的性格怎样、有什么优缺点，我潜入黑手党时是乔·皮斯通，摆脱黑手党的时候，我还是乔·皮斯通。

在纽约的一次审判后，一位被告辩护律师向我祝贺说："干得漂亮，你很有勇气，皮斯通特工。"

几年后的1986年，另一起案件被开庭审理。我所打入的布拿诺家族的头目"拉斯提"·拉斯泰利，在位于布鲁克林的美国纽约东区联邦地区法院法庭走廊外候审。他坐在椅子上的样子就像坐在王位上，旁边还有布拿诺的其他黑帮成员——他们围在他身边，如同随从一样。即使到了今天，他们也不愿相信或承认他们身上发生的事情。"就算我不在看守所，"拉斯泰利说，"他也见不到我。""他谁也不认识，"其中一个同伙说，"6年里谁也不认识。"其中一名被告的女儿被带进来和拉斯泰利见面。她提到了我这个做证指控所有人的特工："多危险的工作啊。我可不想像他这样。"

1983年1月17日，我与妻子及兄弟赴华盛顿参加一年一度的司法部部长颁奖典礼。仪式开始前，我和联邦调查局局长威廉·韦伯斯特以及副局长在局长的私人餐厅——位于联邦调查局总部的埃德加·胡佛大楼里——吃了顿午餐。

仪式在司法部大会堂举行，会堂里挤满了显要人物和官员。

众多奖状中，有一项是颁给我的。司法部部长威廉·弗兰茨·斯密斯和联邦调查局局长韦伯斯特向我——联邦调查局杰出特工——颁发司法部部长特殊勋奖。他们提到了我做卧底的时间、提到此前没有任何人可以打入黑帮如此之深，还提到了我付出的个人牺牲。我得到了热烈的掌声。

除了第一次在黑手党审判时出庭做证，这是我职业生涯中最美好的时刻。

第二章　出道

工作第二年，我逐渐离开了弗吉尼亚州亚历山德里亚市郊区的办公室。我们追踪银行抢劫案的逃犯已有一个月时间，但几次都让他跑掉了。我和搭档杰克·欧偌克得到消息说，他将在邻市华盛顿的某个公寓待半小时。我们要求华盛顿警方派几辆车来，随后就出发前去抓捕。我们到了那儿，刚一停车就发现他从楼梯上下来。

他是黑人，体型庞大、身形壮硕，高约 6 英尺 4 英寸，重约 225 磅。他犯下了多起抢劫银行和酒店的案子，还开枪打伤了一名职员。

这里是一片黑人聚居地的中心。他一发现我们就立刻闪入了一条小巷。我跳出车外追捕，我搭档则调转车头去往街区另一头堵截。我们翻过栅栏、沿小巷奔跑、一路上乒乒乓乓撞翻了许多垃圾桶。我没拔枪，因为他没这么做。最终在另一条小巷，我追上了他，将他抓住。我们拔拳猛击，翻滚厮打。周围聚起了围观人群。但我无法制服他。我试着从背后掏出了手铐，把自己的一只手套入手铐，最终狠狠一拳将他打蒙。趁着这几秒钟，我把他的手扭到背后，将一只手铐铐到他手上。

其他车辆陆续赶来，我们逮住了他。

我们把他押到车上，他对我说："你肯定是意大利人。"

"什么？"

"是的，只有两种人像刚才那样打架，要么黑人，要么意大利人。你肯定不是黑人。"

这个男人的故事很悲惨。他曾是海军军官，在越战中获过英雄勋章。可退役后谋职却处处碰壁，没人愿意接受他这种越战老兵。于是他染上了海洛因，还成了银行抢劫犯。这次被捕后，他入狱三年，出来后继续重操旧业。警察抓他时，他开枪射击，我同事只好将他击毙。

我为他难过。可我不是心理专家，也不是社会工作者。我是一名联邦调查局特工。

我还是意大利人，我的祖父祖母来自意大利。我出生在宾夕法尼亚州，在宾夕法尼亚州和新泽西州长大。我父亲在丝绸织造厂工作，同时经营着几家酒吧，在62岁那年退休。我还有一个弟弟和一个妹妹。

高中时，我玩足球和篮球，但多数时间打篮球，当后卫和前锋。我身高仅6英尺，但我擅长跳跃，水平足够进全州的第二阵容。为了更多地打篮球，我上了一年军校，后来又凭借篮球奖学金进入大学。但我知道自己当不了职业球员，篮球只是我进大学的一块敲门砖。大学里我学的是社会研究专业。我希望以后能当一名高中的篮球教练。读了两年大学后，我休学结了婚。那年我20岁。

我在外工作了一年，就像平时课外打工一样。我当过建筑工，开过推土机，在丝绸厂干过活，做过酒吧招待，也开过挂车。我妻子是护士。一年后，为拿毕业证，我重返校园。但我没有再打篮球。我妻子怀孕了，我也需要全天学习，没有时间打篮球了。大女儿出生后，我妻子回去继续当护士，以助我完成大学学业。

我家里没出过警察。但小时候，我想过要当一名警察或者联邦调查局特工。大学的最后一年，我一个兄弟参加了当地警察局组织的考试。他想让我陪他一起去考。我说我得完成最后一年的学业。但最后他还是说服了我。我的笔试成绩排在前五名，体能测试拿了第一。我和警察局局长说，我愿意在这里工作，但我大学还剩最后一学期，我想上完大学，拿到毕业证。我问他能不能让我只上夜班，一直到我毕业。他说他觉得没问题。

但到了宣誓就职的时候，他却告诉我，他不能保证给我安排夜班职位。所以我推掉了这份工作以便完成学业。

我拿到了毕业文凭，并在一所中学教了一段时间社会学。我喜欢和孩子们在一起。大学毕业时，我已经有了两个孩子。

我有个朋友在美国海军情报局工作。海军情报局办公室要招募普通民众参与对破坏海军设施的犯罪活动（这些设施通常位于海军或航海人员驻地）、海军或航海人员在民用领域的犯罪活动的调查。调查内容多种多样，如：杀人、赌博、入室盗窃、毒品，以及间谍活动类的国家安全案件。

海军情报局的特工通常与联邦调查局的特工紧密合作。我内心一直很想做一名联邦调查局的特工，但招募条件要求必须得有3年执法经验和大学毕业文凭才行。

于是我对美国海军情报局产生了兴趣，因为只需大学文凭即可。我通过了入职考试，成了一名海军情报局的特工。这时我已经有三个女儿了。

我多数时间在费城郊区工作。基本上就是西装革履的斯文工作，开展一般调查，一些工作还涉密。我侦查过毒品案件、盗窃案件等，也做过间谍案件中的情报工作，还在军事法庭上出庭做证。

我在美国海军情报局的工作满足了联邦调查局的执法经验要求。1969 年 7 月 7 日，我通过了笔试、口试和体能测试，宣誓成为一名联邦调查局的特工。

在弗吉尼亚州匡提科联邦调查局学院学习的 14 周时间里，我学习了法律、联邦调查局拥有管辖权的案件，以及询问和调查的程序和技巧，接受了自卫术、追车、逮捕的程序和技巧以及如何使用各式枪械方面的训练。

在美国海军情报局时，我喜欢做便衣和犯罪调查工作。所以进入联邦调查局后，我还想继续做便衣工作。当然，每个人都得这么干起。

我被派到了佛罗里达州杰克逊维尔的办公室。

我到岗还不到一个月，就经历了当特工以来的第一次严峻考验。我们要抓捕一名从佐治亚州监狱越狱的逃犯。他是一名绑匪，枪杀过两人，越过州境逃入了佛罗里达州。我搭档从线人那里得到消息，说逃犯已在当地现身，正开着一辆货车准备作案。

我们派了几辆车对该区进行监视，发现目标货车后就伺机尾随，想跟踪其到达目的地后采取行动。但跟了几英里后，逃犯有所察觉，掉转车头驶下高速，进入辅路，企图甩掉我们。我们必须行动。我搭档驾车逼近货车，迫使其驶离公路并在我们右侧——也就是我这一侧停车，我的车门正对着逃犯的车门。

我和逃犯同时跳出汽车，面对彼此，相距大约 5 英尺。他拔出了枪。我在工作上还是新手，居然没有掏枪。他瞄准我并扣动了扳机。咔！他又扣了一次。咔！两次都离奇地卡壳了。

这一切就发生在几秒钟内。接着他丢下枪逃走了。我穷追不舍。我搭档也紧跟着跑来。他对我大吼："开枪啊！"

我们对枪械的使用有严格规定，鸣枪警告是禁止的，开枪只能用于防卫和杀人。但我并不想打死他。我恼火的是让他占了先机。穿着西装、扎着领带追赶逃犯很不方便，但我还是抓到了他，用手铐在他脑袋上狠狠抽了几下后才把他铐上。

我搭档跑了上来。"你他妈的怎么不开枪？"他问。

"那确实让人不怎么爽。"我答道。这个家伙把我吓了个半死。与其说我对他生气，不如说我对自己生气。我生气我没能一跳下车就拔出枪来。但是，当这名男子惊慌失措地丢下枪支，我就再没理由开枪了。

在杰克逊维尔，我办过一些追逃案、赌博案和银行抢劫案。我开始发展线人。我觉得我的特长之一就是从街头混混中发展可靠的线人。

我就是在街头长大的。我不会看扁那些靠自己的聪明和街头生存智慧活下来的混混、霸王与小偷。你需要向线人保证不泄露你们之间的关系。但你不能完全相信他们，他们也不会完全相信你——因为你站在法律这边，而他们不是。

我没想改造任何人。太专注于社会工作会削弱一个人的调查能力。

我的第一批线人中有些是女性，因为我那时办了很多卖淫嫖娼方面的案件。这些案件是联邦调查局根据《曼恩法案》[1]办理的。这些妓女其实是受害者，因为赚不够钱或别的原因，她们会被皮条客毒打或用衣钩烫伤。这些皮条客就是我们要抓的人。

---

① 《曼恩法案》(Mann Act)，美国国会在1910年通过的一项法案，禁止州际之间贩卖妇女为娼。

有时我会试着和妓女交谈，劝她们逃离皮条客的毒手。我不会规劝所有妓女不做这行，因为那样很浪费时间。我的态度是：喂，如果这是你要选择的职业，我就给你点儿生存建议，仅此而已。我帮一些妓女逃离了皮条客的魔掌，这让我感到很光荣。她们中的一些人成了我的线人，这让我感觉更好。

我有个叫布朗·苏格的线人。我劝她至少搬离污秽的社区，搬到更好的安全地段。她在搬到一间公寓后没有任何像样的家具，我就和妻子商量给她一些家里旧的锅碗瓢盆。“我不会给什么布朗·苏格锅碗瓢盆的。”我妻子说。我刚上任的那些日子里，我们其实也没有多少东西，还要供养三个孩子。

我同搭档与杰克逊维尔警署刑警缉捕队有过多次合作。对便衣特工来说，机构之间的合作是常有的事，因为他们需要彼此配合。憎恶和嫉妒多出现在高层，因为那里的人想要的是显身扬名。

我和搭档可不想出名，因为我们经常做些虽然有用但未经批准的事来帮助刑警缉捕队。我尤其不愿出名，因为我做特工才不到一年，还在试用期。在这个阶段，你有可能会无缘无故地被辞退。

而当时在这一片儿的高档酒店里，嫖娼卖淫十分猖獗。高级娼妓在酒吧和大堂里招揽客人，勾搭过往商人。

酒店里所有人都认识缉捕队队员，因为他们经常在酒店附近出没。但没人认识我。因此，为帮助缉捕队办案，我要假扮成商人，被一个妓女勾上，然后开房。他们会跟着我，在屋外等上两三分钟，估计交易差不多了，就破门而入进行抓捕。

我不是孩子了——我已经30岁了，但因为我是新来的，这些缉捕队队员喜欢和我开开小玩笑，捉弄捉弄我。有一次我和妓女进入房间，付了她钱，然后等着缉捕队破门而入。但他们没有任何动静。她开始脱衣服。“快点，亲爱的，”她说，“难道你不想脱衣服吗？”我支支吾吾。门外还是一点儿动静也没有。她已经赤身裸体地开始脱我的衣服。我推开了她的手，不让她碰我的纽扣和拉链。但我不知道该怎么办。我的工作应该到此为止了，接下来就不是联邦调查局的事了。

门上有个气窗。我听见从那儿传来了哧哧笑声。他们正托起一个人往里面瞅，窥到我的窘状后笑得死去活来。

然后他们才进来抓人。

我们开始打听在室内持械抢劫的事。皮条客常常躲在屋里，等嫖客进屋后就抢。

有个妓女就干这种勾当，她搭上了我，把我带进屋里。这回我知道那些刑警队员一定会当好后盾的，因为事态严峻。

我说我要把夹克挂在衣柜里，但皮条客不在那儿。然后我又去了盥洗室，皮条客也不在。我回到妓女在的屋子，付了她钱。她十分焦躁。我知道，皮条客就在屋里。

我忽然想到，他可能躲在盥洗室的浴帘后。浴帘是放开的，被拉拢到浴盆的一端。我没有拉开它看看浴盆的那一角。我和她说：“脱光等着，我再去洗下手。”

皮条客肯定有枪。但如果我现在拔枪，妓女一定会尖叫。那时，天知道这家伙会做出什么来。我只能攻其不备。

我进入盥洗室，打开水龙头，转身猛地拉开浴帘。皮条客正站在那里，手里拿着一把自动手枪。我一下打在了他胳膊上，一招擒拿。他的枪掉在了地上，想反击已无力回天。听到骚动后，刑警冲进屋里，我把皮条客交给他们，然后离开了。

18 个月后，我被调到弗吉尼亚州亚历山德里亚市。那个办公室有一大堆候选人调查任务——对公职提名人员进行背景调查。新来的人按例都会被分到一个小组，集中处理这些工作。我也接到了这些无聊乏味的任务。于是，我问特工负责人，也就是办公室的领导，做完候选人调查工作后，我是否可以侦办刑事案件。他说他并不介意。所以我会在中午前搞定所有的候选人调查工作，下午就能和办理刑事案件的伙计们在一起了。

我发展了一大批线人，他们对破获银行抢劫案和抓捕在逃者起了重要作用。那时正值越战后期，在亚历山德里亚市和杰克逊维尔，我还处理了一批逃兵案件。

我在亚历山德里亚市生活了4年。这段生活很美好。我们加入了一家乡间俱乐部，我妻子是那儿的公关主任。

这期间，我还一度回匡提科的联邦调查局学院接受赌博和卧底工作的“在职”培训。那时调查局里还没有长期卧底任务这回事。卧底工作的工作模式只不过是耗时一两天的“假装交易、突然抓捕”。例如，你得知某人手上有偷来的东西，你就和他商量价钱，然后实施抓捕。

我还参加了反恐特警组的训练。20世纪70年代初组建反恐特警组时，反恐特警应对的主要是劫持类事件，例如劫机事件或潜在的恐怖袭击。特警组由特别选拔的特工组成，个个技能超群。我们练习使用各种武器，学习在建筑物里进行攻击的各种方法，顺着绳索从建筑物、悬崖、直升机上滑下，还有野外和水下生存训练。我们还练习徒手格斗。我热爱这样的兄弟情义和身体极限挑战。

1974年，我被调到纽约，加入了车辆劫持组。

这是一个出色而忙碌的小队。我们每周至少工作6天，有时会夜以继日地工作两三天。在调查局加班并不是新鲜事。普通特工大概从早上6:30或7:00开始工作，每天12小时。我们每天能挫败六到七宗劫持行动。

之后，我便开始了一项长期卧底工作——这份工作最终让我走上了打入黑手党内部的道路。

当时，佛罗里达州坦帕市办公室的特工正在追踪一个盗窃团伙，团伙罪犯主要盗窃重型设备和豪车。特工们是在无意间发现这个团伙的。他们当时以一个不相干的罪名逮捕了一名十几岁的少年。但后来发现这名少年的父亲参与了这个团伙。

他爸爸迫切想让孩子免受牢狱之灾。他找到特工恳求说："你们放我儿子一马，我就为你们工作。我能帮你们抓一伙大盗，他们在东南部到处偷重型设备和豪车。"

在佛罗里达公路巡逻队的协助下，调查局让他当了线人，看看他能做出什么贡献。他果然不负所望。这个团伙由一名来自巴尔的摩市郊的男子领导，在整个东南部进行犯罪活动。他们按以下顺序进行盗窃：卡车、推土机、筑路机、凯迪拉克车、林肯车和飞机。

局里认为可以介绍一名特工当卧底，和这名男子一起捣毁这个盗窃团伙。开庭时有特工做证总是好的。这名男子说，唯一的条件是，这名特工得会驾驶十八轮大货车和推土机一类的设备。正因为这个条件，局里想到了我。我是少数会做这个的特工之一。

我和这名叫马歇尔的男子坐在一间屋子里。我们都需要掂量掂量对方，确定彼此是否能一起出生入死。他是个大块头，大概有6英尺高，重约250磅，头发略带红色，长着一副浓密的红胡子和一双蒲扇般的手。他穿着工装裤，是一名卡车机械师，没有他不会偷的东西。我说我不知道怎么偷车。"这没问题，"他说，"我一分钟就能教会你。”我们谈了各自的观点、经历和家庭。我和他在一起很舒服。他也有同样的感觉。他说见到我之前，本以为特工都是西装革履，对街头混混的事一无所知。但是我不一样。“你看起来能够很好地把控自己，”他说，“能成功伪装成小偷。我可以安排你入伙。”

为了这项行动，我需要取个假名。我很快想到了一个名字。不知为什么，一部旧电影或旧书中的人名出现在我的脑海里：唐纳德·布拉斯科。我后来就活成了这个人。调查局给我准备了用这个名字办的驾驶证和信用卡。原计划并不是长期卧底行动，但到最后，行动却持续了 6 个月。

马歇尔向我大致描述了情况。团伙的头目是一个叫贝克尔的男子。很多负责踩点和实施盗窃的都是 19 岁或 20 岁的年轻人。他们通常从建筑工厂里偷走重型设备，在新车停放场地偷轿车。买家通常是建筑公司和商人。至于豪车，买家通常是出得起钱的人。

马歇尔需要把偷来的福特 XLT 小卡车运到佛罗里达州的莱克兰，交到一帮哥们儿手里，由他们向挖掘磷酸盐矿产的公司售卖。这是头一件我要跟踪的窃盗案。

我们正准备出发，负责本案的特工们叫住我，说要给我身上绑上录音设备，也就是纳格拉录音机。我不喜欢它，因为这样会又闷又潮，连防风外衣也穿不了。我只能穿马德龙的衬衫和李维斯的牛仔裤。“这他妈的怎么藏啊？”我问。“绑在腰上。”他们答道。

这是我第一次外出执行任务，不想让自己显得自命不凡。于是我同意了，他们在我腰里绑好了录音机；这部录音机 6 英寸长，4 英寸宽，3/4 英寸厚。从镜子里看，我就像衬衫下长了肿瘤一样。

马歇尔说，他向其他盗贼介绍我时会说，他是通过一个叫鲍比的人认识我的，这个哥们儿出车祸死了。他讲了大量有关鲍比的细节，好让我蒙混过关，况且已经死无对证了。

我们把小卡车开进了车库，这里是交易地点。我们从车里出来，见到了买家。他们围着卡车转来转去，上下打量。我也不停地走动，以便随时面对这些买家，不让任何人站在我的背后——因为我的背上还绑着一个隆起的设备。这位叫赖斯的买家说着他能卖给磷酸盐矿上那些哥们儿多少台卡车，还可以收购多少台其他设备之类的话；他边说边走动，所以我也得跟着挪动，不让他看到我的背部。

这车我们开价1500美元。1975年，它的市值约4000美元。但最后，赖斯觉得这辆车附加设备不够，所以我们还得另外给他偷一辆。

和马歇尔回到下榻的假日旅馆后，我给特工们打了个电话。“这是我这辈子最后一次戴这该死的玩意儿，”我说，“我感觉自己就像个驼子。”

结果到头来，这个设备出了故障，磁带最后也没能拿出来。

几天后，我们要去佛罗里达州的巴拿马城，也就是墨西哥湾的狭长地带，会见团伙的头目贝克尔。我们待在坦帕市东部莱克兰的汽车旅馆里。马歇尔用了一个周末教我如何盗窃。他教我如何使用一种叫作“瘦子吉姆”的工具来撬开一辆车；操作方法是将工具滑向车门外板和车窗中间的地方，再钩开锁条。他还教我如何在5分钟内取出仪表盘，来读取汽车识别号码。识别码印在金属条上，用铆钉固定。我们需要拧开铆钉，并用印有新识别码的塑料条换下金属条。还有如何“热线”点火，如何使用“滑动锤”从驾驶杆上敲出点火枪。一旦点火枪弹出，你就可以绕过点火锁启动引擎了。隔天你就可以从汽车配件店买到部件替换点火装置了。最后，他教我如何从车下面断开方向盘锁。我真学到了不少东西。

我们去巴拿马城见了贝克尔。他看上去又邋遢又粗糙，长着一张红色的脸，说话很快，有过前科，是个江湖骗子。他吹嘘说自己在黑帮、摩托车帮派和码头都有朋友。

他问我结识已故的鲍比多久了，以及在做什么。我回答说我认识鲍比的时间并不长，只是一起偷过几次东西，等等。我不想冒充偷车老手，我还不是很了解这行。我说我主要干入室盗窃的事，最近大多在加利福尼亚州和佛罗里达州活动。

他相信了，因为有马歇尔为我担保。

我还坦率地告诉贝克尔，这里有人比我更懂偷汽车和卡车的技术，但我懂如何策划、组织和确保安全。如果我和这些小年轻出去作案，该怎么偷得由我说了算。我说我不是一晚只挣 100 美元的偷车贼，我也要坐把交椅。

我要养成一种领导意识，因为我必须制约这些外出作案的家伙。在收集证据的过程中，我还必须保证事态不朝暴力方向发展。因此，我向贝克尔提出要求，我和马歇尔必须能够发号施令。

他说行，他会转达这个决定。

贝克尔接着向我交代他排好的订单、特定的型号、颜色和附加设备。所有赃物的出手价约是原价的四分之一到二分之一。比如价值 12000 美元、附加设备齐全的林肯或凯迪拉克轿车，他能卖到 2500 美元，而弗莱特莱纳牌卡车则能卖到 10000 到 15000 美元，小卡车能卖 1500 到 2000 美元，自动倾卸卡车 4000 美元。

而我们得到的报酬则需要交给联邦调查局。马歇尔每月会收到一笔线人报酬。他不允许留下这些交易中的任何财物。

贝克尔让我们偷一辆白色的弗莱特莱纳卡车。在巴拿马城外的一块停车场上，他已经看准了一辆，一位来自迈阿密的买家愿意出15000美元。第二天，我和马歇尔开车去查看这块停车场。我们把车停在了街对面的一家酒店旁，想看看卡车停在哪里、是否已被开走，并测算一下行动时间。

我们在那儿坐了20分钟，这时一辆警车开了过来。从车上下来一位警长，他走来对我们说，酒店老板对我们起了疑，想知道我们坐在那里干什么。

“我们在考虑买什么东西，警官。”我答道，“现在我们知道了。”我们走进酒店，买了几瓶啤酒。

在那晚我们返回去偷车前，马歇尔要求我亲自去做，看看我能不能单独搞定。这辆白色卡车是平头的，配有卧铺车厢和空调，驾驶室位于引擎正上方。所有需要做的工作都可以在驾驶室内完成。

我们进入停车场，观察了一阵，算了下警车巡逻的时间和间隔。马歇尔在外面望风，我进入停车场偷车。我只用5分钟就进了驾驶室，把车开出了停车场。

我开了第一程，一直开到300英里以外的莱克兰。我们白天在那里睡了几个小时，然后出发去迈阿密。我们把车停到汽车旅馆旁的停车场。就在我们睡觉的时候，特工们仔细检查了这辆弗莱特莱纳牌卡车，记下了所有的号码和数据。

第二天，我们驱车前往迈阿密，见到了贝克尔及买家。买家本打算把车转卖给欧洲一家道路建设承包商，但他突然改主意不买了。

贝克尔只好返回巴尔的摩。他吩咐我们：“你们俩把这车藏到附近，等我再找个买家。”

但能把一辆白色弗莱特莱纳卡车藏在迈阿密哪儿呢？我和警局说了这事后，州高速公路的巡警朋友说，我们可以把车藏在迈阿密外交通部的院子里。我觉得不可思议，怎么能把偷来的车藏到政府的院子里？他们却说，院子很大，有好几个车库，卡车会很安全。

于是我们把车藏到了那儿。

多数汽车和卡车的停车场没有专门的安保设备，只有几处照明灯和大门入口处的铁索。警察巡逻的间隔通常是约 15 分钟或半个小时。如果顺利，我们 5 分钟就能偷走一辆车。

外出作案时，我总是单独行动。联邦调查局特工或高速公路巡警都不会监视我。在这样的卧底行动中，你不想有来自作案同伙或任何执法机构人员的监视跟踪。警察们并不知道正在上演着什么。知情的人越少越好。

我没有携带任何联邦调查局的身份证明。我不想冒被抓的风险，况且官方也不要求必须携带。一些特工在做卧底时带着证件。可我觉得，这是让人额外担忧的事。如果警察拦下你，你需要向警察解释，或者束手就擒——这倒不要紧。但如果陷入僵持，我感觉最重要的是不要告诉任何执法人员你的实际情况。被捕了，就让执法人员做他们该做的事。当开始卧底工作时，身份证明得甩到身后了。

偷东西很容易，但当我出去作案时，便感到了什么是真正的紧张。虽然是经过核准的行动，但我却是单独外出，没有任何监视，也没有任何保护。当和冷血的盗贼、前科罪犯以及持枪或不持枪的亡命徒们一起偷车时，你不知道会发生什么，什么都有可能。

既想拿到证据，又得防止同伙偏离计划闯出大祸，还得时刻担心被捕。

如果这伙人被抓，他们会如何应对？是否会拼死逃脱？如果一名警察同时遇到三四名盗贼，他会怎么办？如果其中一名动手，警察会开枪吗？

如果一起被抓，我将被置于何地？我该如何保护这次行动？我该如何保护马歇尔？我该怎么保护自己？

每次撬车或踩点时，所有这些情况、所有各方的反应都在我脑子中一遍遍闪过。可我们每周还得做五到十次案。

我们接了一笔三辆凯迪拉克的订单。要的货就在美国中部的佛罗里达州利斯堡，两辆停在同一个停车场，另一辆在别的停车场。晚上我和两个年轻人一起混进停车场偷车，然后驾车前往位于莱克兰的旅馆。马歇尔开车跟在最后。我们必须快速利落，因为车窗上贴有新车标签，而我们第二天才能拿到假注册号码。

我们在高速公路上隆隆地驶过。突然，一束红光在我的后视镜里闪过，我被佛罗里达公路巡逻队的一名巡警拦下了。最初行窃的时候，我带着一支口径 9 毫米的自动手枪，就藏在车座的下面。

我赶紧下了车，问警官出了什么问题。

“先生，你超速行驶了。”他答道。

我有张用唐纳德·布拉斯科这个名字注册的驾驶证，但却没有这辆车的注册证明，况且座椅下面还藏着一把手枪。所以，我觉得我最好还是正面面对他，打消他察看这辆车的兴趣。我一边掏出驾驶证递给他，一边说：“你知道吗，警官，我可能确实超速了。我得把这车从利斯堡运到莱克兰的经销商那儿，需要早点赶到那儿把车洗干净，好赶在早上把车停到卖场。”我把一个莱克兰商人的名片给了他。因为当时是凌晨 3:00 左右，我知道他不会给这个商人打电话确认真假的。“所以我甚至都没带相关的文件。”

他是一个好人，非常善解人意。“好吧，”他说着，把驾照还给了我，“但别开太快，下一个巡警可能不会这么好说话了。”

这次以后，我再也不带枪了。每次我们有了买卖，我都会联系联络特工，告诉他我们将要偷什么车，然后再打电话给他，告诉他我们找到了目标，偷完车后，我又会尽快打电话，描述一下我们在哪里偷的以及任何与这次盗窃有关的信息。这样调查局就能做个记录，然后通过之后的行动以及与保险公司和经销商的合作，找回这些被盗的车辆。

贝克尔最终为白色弗莱特莱纳卡车找到了买家。这些买家是瘾君子。他们把可卡因和大麻藏在蔬菜水果箱中，放进冷藏卡车，在佛罗里达州和加利福尼亚州之间贩卖毒品。

我和马歇尔待在我们原来的住所——莱克兰的假日旅馆。贝克尔告诉我们，买家会给我们打电话的。

他们打来电话，要我们离开住处，住到另一家旅馆去。我们照做了。我们等了两天，这些买家最后终于来到了我们的房间。这两个家伙有着粗俗肮脏的外表，留着长发，20多岁，腰间插着的手枪鼓了出来。

他们声称已经和贝克尔达成协议，以10000美元的价格买下这辆卡车。

“胡扯，”我说，“价格是15000美元。”

“我们已经和他达成交易了。”其中一个家伙说，“你们应该交货。”“我们确实准备卖给你。”我回答说，“但我不只是给这个家伙打工，我们是合作伙伴。他不能一个人就做了这笔10000美元的交易；我们当初一起要价是15000。如果就这么卖给你们，我就会损失超过1000块。”“这只能怪你运气不好了，兄弟。这笔交易是我们定的，我们只能出这么多。”

我和这些哥们儿继续讨价还价，因为原来告诉我的定价是

15000美元。身为一个窃贼，不可以因为别人一句话就随便接受价格的改动。更何况，如果我没和贝克尔核对一下就接受了他们的价格，这会让他生疑的。如果我很能干，我怎么会接受一群陌生人开出的低价？

如果这笔交易价格变动了，贝克尔应该会事先让我知道的。也许他是故意不让我知道的；也许他想看看我会怎么处理这件事。

马歇尔走进另一个房间，给他打了个电话。贝克尔确认了这个交易价格。卡车在我们手里太长时间了，它太显眼了，得处理掉。

"好吧，"我和这些哥们儿说，"你到别处买这样的东西得花15000美元。"

"需要买的时候我们再操心这事吧。"其中一人说。

"我们一点儿也不担心这个。"我说。

我们约好第二天中午见面，地点在迈阿密的阳光大道出口处。

第二天早上，我和马歇尔开车去迈阿密，到交通部的院子取走了这辆弗莱特莱纳卡车。

我们在高速公路的出口处见到了这些家伙。"车钥匙交给你之前，"我说，"你们得先付车钱。"

"当然。"他说着，把一个潮湿、肮脏、散发着恶臭的棕色纸袋放到我的手里。

"这到底是什么？"我问道。

"车钱，"一个哥们儿回答，"我们藏现金的方法就是把钱埋进土里。"

之后，贝克尔又接到了一个单，在迈阿密市中心偷两辆凯迪拉克轿车。他锁定了一家经销商，其经营的车辆中有两辆符合要求。我和马歇尔跟着他来到这家经销店，将车停在街对面的汉堡王旁边。

一小时后该店关门。我们在周围闲逛，等着这个经销商关门，同时察看警察多久巡逻一次。

经销店关门后，我们却看见一名保安在停车场来回巡视。我们之前不知道还有一名保安。现在，我们必须想办法对付他。

贝克尔计划绕到这个大停车场的后面，通过制造噪声，把这名保安引到后面，然后两个人进去偷车，把车从前面开出去。我不喜欢这个点子，因为这样做可能会和保安发生冲突。我劝他放弃这想法，因为太危险了。

一辆警车停在了汉堡王的停车场里，就在我们车旁。是两名警察在小憩。

我们紧靠着自己的车。突然，贝克尔亲密地把胳膊搭在了我的肩上。他朝巡警车的方向点了下头。“别怕警察。我干这行很长时间了。”他说，“我能闻出来谁是警察，甚至连便衣都能闻出来。不过，最容易看出的是联邦调查局特工。”

“哦，是吗？”我问道，“为什么？我从来没碰到过联邦调查局特工。”

“从他们的穿着、说话方式和行为方式中就能看出来。我隔几英里就能闻到他们。”

我暗自心想：为什么他忽然提到联邦调查局特工？他是在看我的反应吗？他是因为我劝他不要去街对面偷车而对我生疑了吗？他从未对我如此亲近过。于是我也把我的胳膊搭在他的肩膀上。“那么现在呢？”我问，“发现什么了吗？”

“没有，只发现了汽车里的那两个警察。”

因为有保安，我劝他今天别干了。于是，他改变主意让我们回北部去偷车。他需要回到巴尔的摩，却把我和马歇尔派到奥兰多附近的地区踩点。

我们又找到了两辆满意的凯迪拉克。马歇尔叫上两名年轻的兄弟。他还是在停车场外面把风，我和这两名年轻人撬开门锁，进入停车场。

警察巡逻车从旁经过。显然，他注意到了入口地上的锁头，他拐进停车场，打开了探照灯。

我和其他人躲在车下。我不知道如果警察发现我们，会发生什么事。也许这些家伙都带着枪；也许这名警察就乐于开枪。我甚至想象我可能会死在这辆车下，像个该死的偷车贼那样被一枪打死。

警察开车在停车场里转了大约5分钟，随后离开了。我们偷了两辆凯迪拉克，离开了这个鬼地方。

贝克尔在巴尔的摩偷了一辆推土机，让我们把它交到莱克兰的买家手里。于是，我们开车北上，把推土机放在拖车上拉回来。贝克尔说，他接了几个飞机的订单。他刚把一架双引擎飞机偷运到委内瑞拉加拉加斯市，现在又有一位买家要一架赛斯纳的单引擎飞机。

刚把推土机运回莱克兰，我和马歇尔便出去找小型飞机场。我们发现了一架飞机，停在一块狭长地带，晚上无人看守。但当时还有另一个盗贼想要偷走这架飞机。于是，我们当晚把这个盗贼支走。马歇尔进入飞机，接上电源，然后起飞。我们可不想飞出国界，所以我们暗中提前通知了联邦调查局特工，他们和联邦调查局航空局约好，为这架飞机导航至迈阿密。也就是说，当马歇尔起飞那刻，我就给联邦调查局打了电话，由他们指挥马歇尔降落在迈阿密。为了不泄露这次行动计划，他们以怀疑该飞机贩卖毒品为借口，哄骗联邦调查局航空局执行了这次导航任务。

有几个偷车贼住在代托纳。我们在一个周日下午去了那儿。这些矮墩墩的小房子里住着偷车贼和他们的女人，还有垫着尿布跑来跑去的两个小孩。这地方脏乱极了，屋子里面除了垃圾食品和啤酒，什么其他可吃的都没有。

我和马歇尔走了出来，买了一堆日常用品，包括婴儿食品。我给大人们准备意大利面酱汁、面团、香肠和胡椒粉的时候，他们给孩子们吃了婴儿食品。那个周日下午，我们和这帮偷车贼以及他们的女人、孩子吃了一顿大餐。

因为我们一直走不开，5 个月来我只回了两次家。除了与家人分离，这场行动还让家里陷入了拮据。

当时，所有卧底特工能得到的只是按日给付的津贴，你得自掏腰包付酒店和餐饮费，这笔钱从来不够用。我和坏人混在一起的时候，都是用自己的钱埋单。我经常给家里打电话，为了安全，我不想任何电话号码出现在我的酒店账单上，因此电话都是由对方付费。我不能报销这些电话费，所以最后只能自己负担。时间一长，这就成了很大的一笔开销。有时候，我甚至因为花光了钱而向我妻子求助。当然，我妻子看到这个很不高兴。最后，我在这次行动中总共花了 3000 美元。但我却不能放下手头的事，去找联邦调查局商议费用的问题。

联邦调查局办公室对于报销有着严格的规定，不是所有的花费都可以报销。当买家要购买那辆白色弗莱特莱纳卡车、要求我们换旅馆时，我十分紧张，因为这意味着我一天就要掏两次旅馆费。调查局的审计员拒绝了我的报销请求，因为根据规定，每人一天只能报销一家酒店的住宿费。我严词拒绝，直接告诉他们我不能自掏腰包。我解释了卧底行动是怎样的，花费并不总与常规情况一致。最后，问题终于解决了。局里决定每周多给我一些补贴，以符合我的实际行动需要。

这次行动的难题在于，长时间的卧底对于任何人来说都是陌生的。

1976年，联邦调查局和佛罗里达公路巡逻队联合逮捕了贝克尔和整个盗窃团伙成员——共30人，并从佛罗里达州、马里兰州、南卡罗来纳州、宾夕法尼亚州、密苏里州、阿拉巴马州、乔治亚州和弗吉尼亚州追回了价值数百万美元的车辆。政府官员说，这是有史以来查处的规模最大、涉案金额最多的盗窃案件之一。

审理案件用了两个多月时间。为奖励马歇尔配合抓捕盗窃团伙并出庭做证，他被纳入联邦调查局"证人保护项目"。根据该项目，马歇尔和他的家人被转移到了一个秘密地点，并被给予了新的身份。

因为出色的工作，我得到了联邦调查局局长克拉伦斯·M.凯利的一封表扬信，外加250美元的奖金，这对我来说更实在。

对我来说，更有意义的是一封辩护律师寄给凯利局长的信。这封信写道："皮斯通先生……是一位令人印象深刻的证人。他在卧底工作中表现十分出色，但最突出的优点是直率、奉献和真诚。"

一位输掉案子的辩护律师能够花费时间写这样一封信——这给了我真正的满足感。

我回到了纽约，回到车辆劫持组继续工作。但是这次行动的成功却彻底改变了我的职业道路，把我引向了黑手党。

第三章　卧底准备

联邦调查局最终考虑进行长期卧底行动——这里的长期指的是 6 个月时间。我们在重型机械盗窃案件中取得的成功，使人们相信发展联邦调查局特工成为卧底，比发展犯罪团伙内部成员成为线人更为有效。

我在纽约办公室的上级名叫盖伊·波拉达，他想开展另一场卧底行动。他当时是我所在的车辆劫持组的负责人。自那以后，他便退休了。

我们从 1976 年春天开始召开会议，进行交谈，提出了打入销赃团伙高层——这些人都与黑手党有勾结——的计划。我负责的是劫持小组工作的重要环节——接到有关劫持的报告、展开调查工作、找出牵头作案的元凶、找到窝赃地点以及销赃人员。我们的目标是紧紧盯着高层销赃犯，即那些经常与黑手党打交道的人，弄懂他们分配财物的路数、处理方式以及销赃渠道等。一些销赃犯拥有饭馆、酒吧或商店；一些人本身就是黑手党成员——即黑手党人。

最后我们决定实施单人卧底行动，我被选中了，因为我刚刚成功地完成了另一项卧底行动，我了解劫持行为，知道街头混混的世界是什么样的。

更重要的是，我是意大利人。这样的出身使我成为这种调查的合适人选，因为那些罪犯要么自己是意大利人，要么就是和意大利人打交道。

我们的破案计划是：捣毁销赃团伙，重创黑手党组织。这是我们最初目标的延伸，起初我们只想抓住销赃犯。即便做出了决定，也不是立刻就能开始卧底工作的。无论是对于我，还是对于联邦调查局官员来说，都要花上几个月的时间进行准备。

最终，我们向华盛顿联邦调查局总部的高官们报告了我们的计划。为此，我们考虑了所有事项：资金、时间、目标和成功概率。长期卧底行动对于联邦调查局来说完全是新鲜事，直到1980年之后，一套正式的卧底特工及其监管者行动指南才出台。这是一项突破性的工作，必须得好好制订计划。

光是发起建议书中的工作就让我很兴奋。我算是个新手，仅有些刚刚积累起来的长期卧底经验。该计划直指黑手党人，挑起了我的兴趣。而且这时，我们还有了一部对付组织犯罪的新法律。1970年，国会通过了《反诈骗腐败组织集团犯罪法()》(Racketeer Influenced and Corrupt Organizations Act)，大家都称这部法案为“里科（RICO）法案”。我们将追踪参与“敲诈勒索”的“企业”，这可是有史以来第一次。如果我们能揭露组织里那些旨在参与犯罪活动的人，我们就不必揭露这个组织中每个成员的具体罪行。

我们现在有了对付黑手党的法律。

由于这个案子是一种全新的卧底行动，我和我的监管上级能够根据需要自由计划和操纵行动走向，干我们自己的工作，没有其他人的帮助也不受干扰。

波拉达是当时最具想象力的监管者之一。我们必须确定一些大目标，该计划必须切实可行，只有这样我们才能向总部汇报。因为我们中的大多数人就和其他官员一样，不想因为新的危险行动而掉脑袋。

在真正的卧底工作开始前，我们有很多调查研究要做，而且都要小心谨慎地进行。只有四五个人参与了整个过程，起初只有我的监管上级波拉达、负责纽约办公室犯罪部的特工特德·福利、负责我案子的特工乔·康纳利以及和我联系的特工史蒂夫·博西。我通读了尘封已久的卷宗和报告，与一些我信得过的警队队员进行交谈，获取了所有目标团伙的信息。大多数情况下，我们知道这些销赃犯都有谁，只是很难抓到确凿的证据。因此现在，我们将首次安插人员——也就是我，和他们一起生活和工作。我会收集姓名、查看面部照片。我们想知道他们的同伙是谁、劫持者是谁、他们在哪里活动、在哪个郊区作案、生活习惯和人格是什么样的、长相如何等所有能够帮助我们潜入到他们圈子里的信息。

在完善计划和建议书时，有很多人参与其中：有来自纽约办公室的，也有来自总部的。埃迪·奥勃良是总部的监管领导，负责卧底行动初期的工作。我们在建议书中确定了一些高层销赃犯作为目标，指定了该城市中我们可能出入的区域，比如位于曼哈顿的小意大利、布鲁克林的一些地方，以及我们可能出没的餐馆和俱乐部。我们留出了余地，以便能够进行其他初期准备工作。

我们忽然想到可以在迈阿密效仿纽约的计划：与另一位特工一起，我们两个互相配合工作。在迈阿密住着很多富有的居民和度假者，还有很多骗子和盗贼，他们擅长盗窃珠宝、股票和证券。因此，这里有很多和黑手党打交道的高层销赃犯，我们可以锁定他们。我也可以和被派驻在那里的特工互相帮助。

迈阿密办公室觉得这个计划不错。于是，波拉达和我前去帮助他们设计一份和纽约计划一样的建议书。

然后，他和我讨论了谁才是迈阿密地区合适的卧底特工人选。无论什么时候，做卧底工作时的搭档人选都是一项重要的选择：他必须是你在工作和生命上都信得过的人。

那个时候，在迈阿密办公室里，所谓的搭档我一个都不认识。最后，我决定选择一位朋友，他叫乔·菲茨杰拉德，来自波士顿，有6英尺5英寸高，曾是波士顿学院的橄榄球防守。我选择了他，因为他是力大如牛的投手，腿脚灵敏，且能够很好地控制自己的身体动作。他原来也在街头生存过，在迈阿密待过很长时间，熟悉当地环境。于是我们带着乔·菲茨杰拉德来到迈阿密，告知他整个行动计划——他接受了这份工作。

我们将同时发起两项行动，这两项行动的共同代号是“太阳苹果”。“太阳”指的是迈阿密行动，而“苹果”指的是纽约行动。

下一个需要计划的是有关我的事。我必须建立一个新的身份，在任何情况下都经得起检查。在道上混，任何人都可能遭到怀疑，除非你能证明自己。

我们列出了一系列遇到背景调查时所需要的东西，首先就是姓名。在重型机械盗窃案件中，我已经有足够的身份证明证件——社会保障卡、美国运通卡和驾驶执照（事实上，我有两份驾驶执照，一份是佛罗里达印发的，另一份是纽约市印发的）。所以，看起来继续用唐纳德·布拉斯科这个名字会比较简单。我已经用这个名字在加利福尼亚和佛罗里达建立了一些背景基础和重要关系，而且继续用这个名字会比重新开始简单得多。

但是这些背景在赋予了这个名字一些优势的同时，也给它带来了阻碍。我担心自己的身份在佛罗里达州重型机械设备案件审判中曝光后会给这次卧底行动带来负面影响。但据我所知，我当时没撞上任何黑手党。在准备其他事宜的时候，我不停地想这个问题。最后我决定，管他呢，就用这个名字了。

作为唐纳德·布拉斯科，我需要有段经历，不必写太多的那种。如同我对其他事情的要求一样，我喜欢事情简单一些。因为你需要讲很多谎话，讲得越少，需要记住的也就越少。在我的卧底行动中，我讲话都尽量贴近事实。但是对于这个特别的问题——你来自哪里，你说得越少越好。

我的背景将是这样的：我在迈阿密市中心和加利福尼亚郊区活动，是个偷珠宝的贼，还是个单身汉。

除此之外，我还要声称自己是孤儿，因为没有了家人，想要调查你就更难。如果你有家人，你就需要其他特工假扮成你的家庭成员为你证明。而如果你是个孤儿，他们能调查的唯一事项就是你是否住在某个街区，或者你对这个街区有什么了解。我了解佛罗里达和加利福尼亚的某些地区，因为我在那些地方工作过。

我从我们的调查人员那里得知，在匹兹堡有一座孤儿院，这座孤儿院已经被烧毁，而且没有留下任何有关所抚养儿童的记录。

这对我来说太完美了。我们中的一名特工曾经在匹兹堡生活过，而我是在宾夕法尼亚州长大的。

做一名珠宝窃贼是我的主意。盗贼各式各样，而我需要一项能够单独作案且没有暴力的犯罪活动。我不能做抢劫犯、银行抢劫犯、劫持犯或者其他类似的犯人。因为我们得到部门允许，可以从事某种犯罪活动，但是必须避免暴力。做一个珠宝窃贼，我可以说我是单独作案的，我可以来去自如；我可以只拿出盗窃赃物，而不必告知别人这是如何获得的，因为我是私下自己干的。

对于一名珠宝窃贼和入室盗贼来说，单独作案并不稀奇。如果作案方法正确，你不必与被窃者正面相对，这样发生暴力冲突的概率就微乎其微了。任何时候，当有人想让我做暴力案子的时候（我并不擅长这一点），盗窃这种单独作案的特点就帮我避免了麻烦。

考虑到此次行动的性质，我有可能闯入联邦调查局规章制度的灰色区域；但是我们需要冒一些险。我们将直面可能出现的各种事端。我的角色能够走多远？我能参与、观察和忽略哪些犯罪活动？我能坚持调查并规避陷阱多久？这些都是我在踏入黑道之前要做的准备工作的一部分。

作为一个珠宝窃贼，我要拥有一定的专业知识，要足够了解报警系统和监视设备，以评估我和其他“同行”要做的“工作”是否有价值。纽约城一家珠宝公司给我上了为期两周的珠宝学课程，他们只知道这是出于联邦调查局办案的需要，却不知道我的具体行动内容。我在纽约博物馆和一名珠宝学专家学习，并买了有关珍贵宝石和硬币的书籍。这些并不能使我成为顶级专家，但是至少我知道该寻找什么样的货色了。

我有了名字、背景，也有了犯罪经历。我们得预算一下行动的花销：我需要一间公寓、一辆车、金钱等。

一开始我们的行动规模不大。对于“太阳苹果”行动的纽约方面来说，我们制订了为期 6 个月的行动计划，预算是 10000 美元。预算很低，但是较低的预算更容易得到批准。目前的主要工作是先发起这项行动。一旦事情运转起来且取得了一些成果，那么继续行动就变得简单多了。我们很有自信。之后，如果我们还需要半年时间的话，我们还能再给出更多的建议。

谁承想这个行动会持续6年时间，并取得我们现在的成果。

我们的预算做得很仔细，因为调查局会认真审核：审核项目包括公寓费用、手机费、汽车租赁费、个人花销等。我们最初的费用从10000美元攀升到15000美元，因为我们决定多申请5000美元放在手里，以备某些特殊的、预料之外的费用，比如我需要买一件赃物。

所有文字工作完成后，这份建议书就被发给了华盛顿总部。他们批准了这项建议。

现在，我要离开熟悉的世界。只有少数人知道这次行动。出于安全考虑，我的家人们只知道我要进行卧底行动，而不知道具体行动内容。因为局里没有进行长期深入的卧底调查行动的历史，我们需要一边行动，一边制订行动指南。但是，其中一件我们已经决定的事情是，我真实的联邦调查局特工身份将被彻底抹掉。

在上次重型机械设备盗窃案的卧底行动中，一切都是基于了解实情的需要，在办公室内部处理的。而现在，安全措施将更加严密。在联邦调查局纽约办公室——当时位于东六十九大街——我的办公桌被清理得干干净净。我的名字也被从办公室的花名册中抹掉。我的个人文件或被丢掉，或被存储在特工主管的保险箱里。由于我已经不在该办公室的工资名单中，我的薪资会通过正常系统以外的途径寄给我。除了少数负责此案件或联系我的特工，以及联邦调查局总部的领导们，在这个办公室的其他职员或联邦调查局在全国的外勤人员中，再没有人知道我的存在。如果有人打电话到办公室找我，他们将被告知，联邦调查局从未雇用过一个叫这个名字的人。从内部和外部的所有人看来，联邦调查局都根本没有一个叫约瑟夫·皮斯通的人。

这次活动是在4月筹划的。而当我真正打入黑手党的时候，已经是9月了。

从1976年9月的那一天，我走出联邦调查局办公室的那一刻起，我就再也回不来了，再也不能进入任何地方的任何联邦调查局办公室，因为在接下来的6年里，我将开始卧底生涯。

我的同事们不知道我发生了什么事。我的朋友们也不知道。我的线人也不知道。在这份以唐纳德·布拉斯科作为姓名的新卧底工作中，我不必使用任何线人。

卧底行动开始之后，我开始建立我的新生活。我需要租一个公寓、一辆车，建立一个银行账户——这些都是日常生活的必需事项，并且都不得通过联邦调查局办理。我需要完全依靠自己——作为唐纳德·布拉斯科，我不能依托任何关系办理这些事情。

我也想完全依靠自己。我不想联系组织，因为不想让别人知道这是一次联邦调查局的行动。你永远不知道有谁是否会接触到其他人的文件，或者有谁是否会口误，说漏什么信息。如果没人知道也没人参与，那么就不会说漏什么信息。因为我们在与销赃团伙打交道时，任何口误都有可能是致命的，所以我必须单独行动，就像大街上的普通人一样。

我们为唐纳德·布拉斯科编造了一些背景信息。我们设立了一系列供调查背景使用的电话号码。一个号码是我工作所在地的，我是埃斯卡车公司的一名经理；另一个号码来自我居住地的建筑经理，我就是那名建筑经理。接电话的人只能是我的监管领导或负责该案件的特工——或者有时候是我本人。

我租了一辆符合我身份的汽车，一辆黄色的1976年的凯迪拉克 Coup de Ville 汽车，挂着佛罗里达的车牌。

平常我很少戴首饰，也不在乎时髦的衣服。但在这份工作中，我却需要打扮一番，佩戴一些戒指、链子，穿上运动服。而我这部分的预算只有 750 美元，一次性付清。

我走进大通曼哈顿银行在市中心的一家分行去开活期存款账户。填写申请表时，有一项要求是提供之前银行交易的信息，我把它空着了。银行工作人员看了看我的申请表。

“您之前在哪里办业务？”他问道。

“你为什么要问我这事呢？”我反问他。

“因为我们需要核实您的签名。”他回答说。

“我之前没有进行任何银行交易。”

“好吧，可这是我们为您新开银行账户的唯一条件。”

从这件事就可见一斑，当你不按照规则出牌时会得到什么样的结果。我在这儿，身穿漂亮的新运动衣，手持 1000 美元现金，欲存入新账户；但是，因为没有任何银行交易记录，我就不能开户。我没想到情况会是这样。但我不想和这个家伙争论，因为我毫无准备。

于是撂下句“非常感谢”，我起身离开了。

街对面有一家化学银行分行。我决定到那儿去试一试。但是，我首先想了想，如果那个银行职员问了我同样的问题，我该怎么回答。

我走了进去，填写完表格。这儿的职员果真问了：“过去两年，您都在哪里存办业务？”

“我之前两年没有进行过任何银行交易。”我回答。

“那么，我恐怕不能给您开户了。”他说。

“你歧视我。”我说。

“您这么说是什么意思呢？”他问。因为我不属于黑人、妇女或通常情况下会遭遇歧视的群体，所以他用奇怪的眼神注视着我。“这是我们的规定，”他说，“对任何人都适用。”

于是我回答：“我刚刚出狱。我蹲了6年监狱。现在我被释放了，想做一名守法公民。我已经向社会还了债，我现在有一份体面的工作，想要开一个新账户，做一个好公民。我带了1000美元，现在我所想做的只是开一个活期存款账户。但是你却因为我之前没有任何银行交易记录就拒绝了我。请告诉我你的名字和职位，我要去市中心的市政厅，向民权当局投诉我受到了歧视。”

他突然害怕了——我想，大概是因为他平生第一次面对有犯罪前科的人，而并不是将要面对的投诉。

他说：“好吧，这儿有一些根据客观情况破例的先例。我想我能帮助您解决这个问题。”

最后，我开好了一个活期存款账户。现在，我需要找一间公寓。

我对住宿地点或环境并不挑剔，但是除了以下两点：我不想住在目标区域的中心，我想在一栋相对较大的建筑物里找一间公寓——这两点要求完全是基于隐藏身份的考虑。我需要找到一个出入都不会吸引太多注意的地方。

我翻阅公寓广告，找了一个星期才找到我需要的公寓。

我选了一间一室公寓——位于第九十一大街和第三大道交会处的约克维尔大厦G座21层，距离这座城市上东区最时髦的街区，仅有几个街区的距离。

我喜欢这间公寓的位置，它还有一个地下停车库，而且住宿费用并不高——每个月491.60美元。楼里有大堂，提供24小时保安服务与洗熨服务。我租了一套家具，每月90.30美元，买了床单、毛巾和浴帘。我还从我自己家里拿了一些瓶瓶罐罐，买了一个碗柜。

我告诉妻子不要往我的公寓打电话，除非情况紧急。她打电话时，很可能坏人也在这座公寓里，或者很可能我的电话被坏人窃听了。但我没有告诉她这些。我只是告诉她，我还会用以前的名字——唐纳德·布拉斯科，我会给她打电话，并尽可能多地回家。我没和她说，我可能要打入黑手党。我这样做或许自私，但这就是我的工作要求。

我已准备好踏入黑道，成为唐纳德·布拉斯科，一个珠宝窃贼，一个入室盗贼。

第四章　踏入黑道

我们有一份销赃犯经常出没的地方的名单，准备每周工作7天，去这些酒吧、饭店和俱乐部闲逛。这些目标地点并不一定是黑手党人接头的地方。有时候，他们在自己或和别人合伙开的夜总会、饭店接头。但大多数情况下，这些黑手党人和同伙仅仅在他们喜欢的地点碰面。

我准备在这些地方活动活动，大多数在市中心或曼哈顿下城区。我只喝几杯酒或吃点饭，不多说什么或做出太多行动——只是露一下脸，这样人们就会习惯于看到我。我去过的地方有洛克菲勒中心、维克多大厦的彩虹厅、第三大道的分餐旅店、剧院区中心地带第四十八街的维苏威餐厅、第五十四大街的塞西尔迪斯科舞厅和莱克星顿大道的喝彩饭店。

我们的注意力不在小意大利那些地方，因为去那里会让我太显眼。在那一带闲逛，不可能不结识一些人，否则你很可能被认成游客或是麻烦人物。可我并没有尝试向任何人介绍自己或是攀谈。我能认出的黑手党人或销赃罪犯是和普通买家混在一起的，黑手党人把这些买家叫作“市民”，是和黑手党人没有任何关系的人群。我在一个地点活动几次以后，如果酒保能认出我来，我就和他打声招呼。

当前重要的事情是，我能被人看到，但不必急于求成，仅仅被注意到，让人知道我不是稀客就可以了。

我没有大把地花钱，因为那样就等于告诉别人你要么是个警察，要么是个“凯子”。“凯子”指的是容易被骗钱的人。而警察则会通过大把花钱购买非法物品来吸引别人的注意，引诱别人提供赃物——偷来的东西，从而实施抓捕。没有哪个黑道上的家伙会在这些地方撒钱，除非他们想博取别人的注意。那样就会引发疑问：他为什么要吸引别人的注意？我不想这样。因此，正确的做法是，不要走进去花很多钱或者大肆炫耀、试图和某人攀谈，因为你不认识他们，他们也不认识你。

做这样的工作，你需要一步一步小心地开展——不仅是为了避免怀疑，也是为了不给别人留下任何线索。你永远不知道，你所做的哪件事会被人调查，成为别人的把柄。如果你想正确地开展行动，那么无论你走到哪里，都不要随便泄露信息，不要对别人的生意过分好奇。你必须有耐心，因为你永远不知道哪件事会发展到什么地步。基本上，我保持了我本来的性格，那就是低调。我感觉，我物色的目标肯定会和我搭话的。

第一批我经常出没的地点之一是卡梅罗餐厅，这里气氛愉快，位于约克大道，离第八十六大街和东河很近，距我的新公寓也不远，我正希望有个离我住处近的地方，可以让我歇歇脚，时间再晚也能吃上饭或喝点酒。这儿并不是我们最初盯上的地点之一，但是我们知道一些黑手党人在那儿出没。因为我们得到了消息，这家饭店归乔伊和卡尔米内·齐托所有，而这两个人是法特·托尼·萨勒诺领导的热那亚犯罪团伙的成员。

几周以来我一直在这些地方游荡，日子过得很无趣。我从来不喝酒、不抽烟。在我从事联邦调查局特工工作之前，我曾在酒吧做过酒保，这是我最不喜欢的工作之一。整晚待在酒吧里，看着人们不停地喝酒，听着他们的醉言醉语。这几周，我每晚都泡在酒吧，先喝一杯苏格兰威士忌，然后再换成苏打水。

我偶尔会看到我们已经锁定的目标。经过准备工作，我已经熟悉了他们的长相。但是，我从没想过要和他们攀谈一番。如果问酒保："那边的人是谁？那是某某人吗？"这并不明智。我希望自己在别人眼中是一个不会问东问西的家伙。想要打入黑帮内部很难，一个错误的举动——即使十分细微，也会打草惊蛇。在喝酒或用晚餐的时候，我对这里的一切都很感兴趣。我总是观察着、倾听着、记忆着，但同时又尽力表现出我并不在意谁在那里的样子。

整个10月和11月我都在闲逛，看看这，听听那，除此之外没有进一步的举动。大多数时间，我都感到无聊，但是并不气馁。我知道这需要时间。打入黑帮是一件很敏感的事情，你不可能贸然进入就开始做生意。黑手党人的同伙们是不会和他们不认识或没有其他人担保的人做生意的。因此，刚开始的两三个月，我必须做好铺垫工作，让别人认识我，并肯为我做担保。

一直以来——事实上，在此次行动的整6年时间里——我从未对我的行动做过任何记录。我不知道什么时候会被人盘查——可能会有人查出我来，或是警察，或是盗贼——因此，我从来不在公寓藏匿任何罪证，也不亲身携带。每隔两三天，我会根据事情的重要程度给我的联邦调查局联络特工打电话，告知其发生的事情、在哪儿见过谁、他们都做了什么。

卡梅罗餐厅盛行的一项休闲活动是双陆棋，人们经常在吧台玩儿。我注意到，很多附近街区的人会待在这里，吃完晚饭后，就坐在吧台前玩双陆棋，在四周出没的黑手党人也会参与其中。他们的游戏赌注很大——每次可高达1000美元。这看起来是个融入他们的好机会。我可以介绍一下自己，和这儿的常客攀谈一番。但是我不知道怎么玩双陆棋。我买了一本相关的书学了起来。另一位卧底名叫查克的特工对双陆棋很在行，他是我的朋友，正在音乐界执行任务。他有时会来我的公寓，我也会去他的公寓，让他教我玩双陆棋。为了让我熟悉游戏规则，我们玩了一遍又一遍。

最后，我觉得自己玩得很好了，决定去吧台实战一回。

这时已经快到圣诞节了，这里的节日气氛很浓，而对一个新人来说，这似乎是一个融入他们的绝佳机会。这天晚上，吧台上正进行着两局棋赛。我观察了一会儿，看看哪局的棋手水平比较烂。因为进入棋局的方式就是挑战赢家，而我将在水平烂的棋局里进行挑战。

第一局游戏的赌注是100美元。这让我很紧张，因为我没有很多钱。后来我赢了这局，输了下一局。那天晚上我们打成了平手。

但重要的是，我终于取得了突破性的进展。我第一次被作为“唐”介绍给大家。现在，我可以坐下和大家攀谈了。我能够到处闲坐，和人们谈论正在进行的棋局。

但是几周以后，我就撤出了双陆棋赌局。因为赌注变得越来越大。我玩过两局，每局赌注都是500美元；我赢了一局，输了另一局。我当时所有物品的花销预算是每周200到300美元，所以，不和联邦调查局的财务人员解释清楚，我是不能花超的。更何况，花费时间、金钱同一些黑手党中的小角色玩双陆棋并不值得。

不管怎样，那时我已经达到了学习双陆棋的目的——认识一些人。至少现在，我一走进这家饭店，就有人和我打招呼：“嘿，唐，最近好吗？”

我再也不是一张陌生的面孔。而且我还和酒保马蒂相处得很好。马蒂不是黑手党，人很随和，知道周围发生的事情。1976 年 12 月底到 1977 年 1 月初这段时间里，我和马蒂整天混在一块儿。谈话内容逐渐多了起来，他问我是不是就住在附近，因为我总出现在这儿。我对他说是的，我住在北面，第九十一大街和第三大道交会处。

“你是这一片的人吗？”他问我。

“我在这片待了几年时间，”我告诉他，“最近我经常在迈阿密和加利福尼亚郊区活动。几个月前才从迈阿密回到这里。”

“你是做什么的？”他继续问我。

这种问题不宜直接回答。“哦，呃，目前我什么也没做，呃，只是四处闲逛，到处看看……”我编些谎言哄骗他。我说：“基本上，我会做一些来钱快的工作。”

他有一个女朋友，常在饭店关门的时候过来。然后，他们会出门去市里到处玩。有几次，他问我要不要一起出去，我表示了感谢，但拒绝了他。我不想让他觉得我急于交朋友。

同样，我不想让他或那里的任何人觉得，我是孤身一人。所以有时我会带一位女伴——在我公寓所在街道对面的另一家酒吧或是什么地方认识的——不过是和她喝几杯酒或吃个晚餐。有时候我的朋友查克也会来和我喝点酒。你不能一直一个人进出饭店，因为人们会觉得你要么是个同性恋，要么是个警察。而且，你最好带不同的伙伴来这儿；如果他们看到你总和同一个人在一起，会好奇发生了什么事。我们的计划是融入这帮人，而不是让你周围的人因为你的出现而感觉不舒服。

马蒂的女朋友有一个叫帕特丽夏的女伴，她是一个漂亮的金发女郎，在和一个名叫尼基的赛马赌徒约会。此人是一名黑手党人，也经常在这儿活动。有两三次，当我在饭店而尼基不在的时候，她会走进来坐下和我闲聊。刚开始只是随便地聊几句。后来，我意识到她对我有点别的意思；现在我还是局外人，必须小心谨慎，不能逾越半分。和一名黑手党人的女朋友勾勾搭搭，这是最糟糕的，因为有明确的规定禁止这种事发生。如果我犯了这个错误，那么我这几个月的准备工作将毁于一旦。

一天晚上，这个叫作帕特丽夏的女人问我是否愿意和她共进晚餐。"尼基不在附近，"她说，"我们可以离开这儿，然后找个好地方。"

"谢谢，"我说，"但我不想这样做。今晚不行。"

然后，我把酒保马蒂拉到一旁。"嘿，马蒂，"我说，"我想让你证明，我不想接近帕特丽夏，因为我知道她是尼基的女朋友。但是，我也不想让任何人感到难堪。"

马蒂说："我知道，我一直在观察你会怎么做。"

这样，我又为我的人品带来点好处：这名酒保知道我了解黑手党人的规矩。大多数没在道上混或者没和黑手党人混过的人都有可能接受一个女孩这样的邀请——而且还以为，只要她敢这样玩，那么就绝不会有什么问题。但是这些黑手党人有严格的规矩，你可别胡搞。我的意思是，严格的规矩。

大约一周之后，马蒂来找我。"嘿，唐，我是来告诉你的，帕特丽夏和尼基分手了。如果你想约她出去喝几杯或怎么样的话，就不必太顾忌什么了。"

我回答说："谢谢，但我并不想太张扬，你知道吗？"

他说："今晚下班后，我们要去彩虹厅，一起来吧，带上她。"

我们四个一起去了彩虹厅，度过了愉快的时光。我后来又和马蒂出去玩了几次，这让我在那里更加如鱼得水。

他开始把我介绍给常去卡梅罗餐厅的其他伙伴，其中还包括一些黑手党中的小角色。我从未和他们一起做过什么事，也没和他们融入到一起；但至少当我走进饭店的时候，他们会和我打招呼。而且我开始有了“大本营”，这里的人们都认识我，避免了我被人调查的麻烦。

在这儿我还可以留言，别人也可以为我捎口信。我告诉马蒂，如果有人打电话到这儿，就告诉他我会在几点回来。有时候，我会亲自打电话找自己，马蒂帮我记下留言，等我回来的时候，他就把留言告诉我。所以，我在这儿交了一些朋友，一些可以和我混在一起的人。

重要的是，不要在一开始就和某个人走得特别近并立刻开展行动。重要的是，有个可以常去的地方，有个支持者能为你证明。这样，当我去其他地方时就可以说：“我在那儿待过四五个月。”他们可以去核实真假。而经常在那儿出没的家伙也可以做证说：“是的，唐·布拉斯科经常来这儿，已经有一段时间了，他看起来还行，从不欺骗我们。”这才是你建立自己身份的正确方法，也就是说，要逐渐推进，不能操之过急，不要一次迈一大步。当然，有一些情况需要你突然迈出一大步或突然抓住一个难得的机会。但是，这要等以后进行。

终于，我向酒保马蒂出招的时机到了。一个卧底警察在“假装购买，迅速抓捕”的工作模式中，通常会试图从你那里购买些什么。警察总是买东西，从来不卖东西。但是这次，我要卖点什么。所以我进了一些珠宝：几枚钻石戒指、几颗裸石和几块男女手表。

当酒吧没有其他人的时候，我打开袋子，把这些东西给他看。

“你要是肯保管这些东西两三天，”我说，“可以试着把它们卖掉。”

“什么价钱？”他问。

“我一共需要2500美元。多出来的都归你。”

他没问这些东西是否是偷来的，因为根本没有这个必要，这是不言而喻的。最近的几次谈话中，我给他的印象也表明了我肯定不是做正当买卖的。所以，这事显而易见。在这种情况下，人们都会尽量少说话。当然，事实上，这些东西来自联邦调查局，是从调查行动中没收的，指定用于此类用途。

他收下了这些东西，在手中留了三四天。后来一天晚上，他说：“唐，有人想要这些东西，但是出价比你要的低。”

现在我不知道他是在考验我还是什么。你永远不要想当然地认为某人会信任你。我本可以说：“好吧，你能卖多少钱就卖多少，我会分给你一部分报酬。”但你不能这样说。所有东西都有特定的行价，且道上混的人都应该对此心中有数。在我开始卧底行动之前，我的线人就告诉了我这一点，所以我知道这些赃物的现价。因而无论是买还是卖，我都能和任何人说出钻石、金子和珠宝的合理价格。所以，如果我的东西价值为2500美元，我需要坚持这个价格。如果你回答“好吧，就给我800美元好了”，他们就会怀疑你是否了解这一行。

因此我说：“那好，把东西还给我吧，没什么大不了的。我还会弄到其他东西，我们以后有机会再合作吧。”

他说：“唐，你能到手的任何东西，都给我看一眼。如果我能卖掉，我一定会帮你出手。我能卖很多东西，也接手过不少赃物。”

“我唯一感兴趣的，”我说，“就是珠宝和我自己穿的衣服。”但是，我从未从他手中购买过任何物品。

然而我却通过他赌过博。他谈及尼基，那个赛马赌徒，和我讲了他的生意。然后，我就赌了几次赛马。

这一切都是为了巩固我在黑道上的地位。

我的特工朋友查克正在音乐界卧底，行动对象包括唱片公司与音乐会。有时候我们会一起出去，互相支持——就像他那时和我一起去卡梅罗餐厅一样。查克将在百老汇的灯塔剧院举办一场音乐会，主唱是灵魂歌手詹姆士·布朗。他问我可否帮他一个忙。不仅是在帮他，也能帮到我——这样就能向市中心的黑手党人表明，我正活跃着，我是个行动者。

他在该行动中认识了两三名与科伦坡犯罪家族有关系的家伙，把我介绍给了其中一个名叫艾伯特的人。“有关系”在这里的意思是，你和黑手党成员有往来，为他们工作，但你无法像一个真正的黑手党成员那样分享所有利益并承担全部责任。一名真正的黑手党成员是一个“入盟党徒”，或是“坚定党徒”，或是“老练党徒”①。艾伯特的叔叔就是科伦坡犯罪家族的入盟党徒。

艾伯特只是个半吊子——一个联络党徒，没有入盟。他身形高大，大概6英尺2英寸高，30岁左右，是靠股票、债券行骗的老手。但我觉得他干不出什么大事，只是个吹牛大王。

但是，他在附近转悠并不是什么糟糕的事。查克把艾伯特介绍给我，是想着也许他可以把我介绍给科伦坡犯罪家族。于是有时候，我和查克、艾伯特一起，混迹于不同的夜总会。艾伯特喜欢去所有

①三个词的原文分别是made guy，straightened out和wiseguy，指的都是黑手党的坚定分子。

时髦的夜总会、迪斯科舞厅和饭店。

詹姆士·布朗的演唱会即将开始的时候，艾伯特和他来自布鲁克林的几个兄弟想到了一个鬼点子——抢劫本次演唱会的票房收入。他找到我和查克，对我们说："听着，演唱会快结束、票房要关门的时候，我们就去抢劫。"

他想要抢我们自己的票房收入。查克和我不能允许这些家伙带枪进去抢劫，但也不能反对他们这样做，因为我们不想引起他们的怀疑。我们真不知道这件事要怎么办。

我们和艾伯特商量："嘿，如果这些家伙进来抢了票房，我们那份就少了；因为我们也要抢这些钱。我们打算分成三份。如果你带那两个家伙进来抢，那就只能分成五份了。"

他回去和他的伙计们这样解释，但他们还是想这么干。他们想要全部的收入。

演唱会前一天，我们还是毫无办法。我们没有给警察捎信，因为如果我们透露消息，我和查克的身份将直接暴露。

"我们该怎么办啊？"查克问我。

"我也不知道，"我回答道，"这是你的行动任务。只要不破坏我的行动计划，我愿意做所有你想做的事情。"

查克想到了一个主意。"我想雇用两三个下了班的警察，叫他们在大堂前面来回走动，看上去是在维持现场秩序，也许能够阻止这些家伙。"

于是，他雇了一些下了班的警察，他们是穿着制服来的，分散地站在大堂周围。艾伯特和他的家伙露面了。"这些警察他妈的来干什么？"艾伯特问道。

我回答说："我不知道。大概他们还在执勤。我猜他们没离开是想听詹姆士·布朗的演唱会。我也不知道。”

“他妈的！”艾伯特对他的朋友说，“周围有警察，我们怎么抢？”他们站在外面，看着大堂里的警察，商量了几分钟。最后他们决定，取消行动。

就这样我们逃过了这一劫。这次行动帮了我一个忙，因为我可以告诉别人，我和这个叫查克的家伙认识，而这个家伙拥有埃斯唱片公司。

我想方设法回家看我的妻子和女儿，即使只是为了和她们吃一顿午饭。我经常在结束了一晚的工作后，就直奔乔治·华盛顿大桥方向，到达新泽西州，和家人待上几个小时。我在家的时候，我和妻子很少会见朋友。我们为数不多的朋友都来自联邦调查局。他们当然知道我在为联邦调查局工作，却不知道我具体执行什么任务。

我和纽约办公室一位名叫阿尔·根金格的特工十分友好。我做卧底的那段时间里，阿尔同妻子很关心我妻子，照顾她的方方面面。我妻子需要什么，就和他们联系，这让我感到了不少安慰。

我和邻居及其他人说，我是一名销售员，经常在外面跑业务。

我的女儿已经养成习惯，避免和其他人谈起我的职业，或者甚至学会不问我有关工作的问题。但是她们以前会问：“你去上班的时候都做些什么事？”我就这样回答，“我和其他人一样工作。”过了一段时间，她们就不再问了。

她们成了学校里的啦啦队队长。我的大女儿交了男朋友。我和我妻子对运动队的很多男孩子都十分友好。当我周三能回家时，我们就会去观看高中摔跤比赛；如果我回不了家，她就自己去看。

我还在我们的地下室里为这些男孩设置了举重项目。我自己也做过很长时间的举重运动。他们接受了，并且不过问任何私人问题。他们经常来这里，按我的意见进行举重活动。我的妻子则为他们做比萨吃。

我回家的次数很少。对此我的妻子和女儿们感到非常不满，尤其是我还不能给出足够合理的解释。我当时并不知道这一点，但那段时光却是接下来的 5 年里我难得拥有的家庭时光。

我和艾伯特到处闲逛，对他有了更深的了解。我带他去过几次卡梅罗餐厅，这样他就知道了，那儿的家伙都认识我。这是一件可以相互促进的事情：当他看到人们都认识我并和我打招呼时，他就会放心地把我介绍给认识他的人。和一个联络党徒待在一块，且这个人的叔叔还是科伦坡犯罪家族的老练党徒，这又增加了我的可信度。对艾伯特来说，当他看到我走到哪里都有人认识我，那么和我在一起也是一件好事。

融入黑道是一件微妙的工作，需要一点点留下印象、进行微小的尝试，并静静地等待认可。

艾伯特住在布鲁克林，但是他更喜欢待在曼哈顿。一天晚上下起了大暴雪，他不想在这种天气驾车回布鲁克林的家。于是，我让他留在我的公寓里过夜。自那以后，他总是想赖在我的公寓里过夜，这样他就不用驾车回布鲁克林了。我还想继续利用他，但是我不愿意让他总是赖在我这儿。

整个 12 月，我都在忙着融入黑道、建立信任，并和艾伯特以及其他家伙成天闲混，都没有时间回家一趟——也许除了圣诞节前两三天的夜里。所以，我决心一定要在圣诞节前夕找个安全的时间回家，和家人共度平安夜与圣诞节时光。平安夜那天，我计划早点下班，然后大约 8:00 回家。我为每个人都买了礼物，藏在了汽车尾部的行李厢。

为了回家过节，我要和这些家伙提早庆祝圣诞节。平安夜那天下午，我们开始在各个地点乱串、喝酒、向人们祝贺圣诞节快乐。查克是个单身汉，艾伯特是个永远不愿意回家的人，他们带来两三个约过会的女孩儿，我们便一起闲逛。

逛了一个又一个地方，我不得不掩饰我着急回家的情绪。10:00 已经过了，我们朝着第八十六大街的方向开车前往卡梅罗餐厅。这条街寂静空旷。在街角处，一个家伙还在卖圣诞树。我突然说："今天是圣诞节，我还没买一棵圣诞树放在公寓里呢。"

艾伯特于是大喊："停车！停到那个家伙那儿——他卖树！我要买一棵树！"

我把车停在角落。艾伯特跳出车外，走向卖圣诞树的人。这个家伙只剩下三四棵圣诞树了。这些树光秃秃的，更像是把一些树棍绑起来一样。艾伯特挑了一棵，把它拿到车上。我从没看过如此稀疏的圣诞树。树顶被折弯了，还在人行道上留下了一串针叶。

"你拿它做什么？"我问道。

"把它放在你的公寓里，挂些装饰！"

"得了吧，我没有东西装饰它，商店也都关门了。"

"我们会找一些东西来装饰它的，"他说，"是不是啊，姑娘们？"

"是的，是的！"她们回答道。

"我们不能让你一个人过平安夜。"艾伯特说。

于是，我们载着这棵矮小的圣诞树，径直开向我的公寓。当我们把它竖起来的时候，还能看到它竟少了几根树枝。"我没有能把它放进去的架子。”我说。

“我们用这个吧！”他说。我有一个大的冷饮水瓶，是平常放硬币用的。

他们把树放进了瓶子里。然后，两个女人在厨房里到处翻寻，找到一些锡箔。他们开始用锡箔做圣诞球和其他装饰物，然后挂在稀薄的树枝上。每次她们往树枝上挂锡箔小鸟的时候，就会有一堆针叶掉在地板上。

“我们不能让你过圣诞节却没有圣诞树，”艾伯特说。“可是，最糟糕的是，平安夜里你竟没有约会对象。”

她们都在努力让我平安夜过得快乐，不会感到孤单。他们唱着平安夜颂歌，直到午夜；艾伯特和女孩们围坐在这棵丑陋的圣诞树旁，都喝得酩酊大醉。

我开始想我的孩子们，想着还有好多礼物都藏在我的车里，开始为陷入这种窘境而感到烦闷。

我说：“得了，伙计们，这样就行了，这就算庆祝圣诞节了！”

他们还想接着玩儿。我把查克拉到一旁说：“你得把他们带走。我想要回家了。”

于是，他把他们叫起来离开了。我等了大约半小时，然后飞奔到车库，开车回家。

我想方设法才在圣诞节的早晨和家人团聚在了一起，而下午我就不得不回去工作了。接下来还会有五个这样的圣诞节，然后，我才能和家人正常地共度这个节日。

事情开始有了进展。1977 年 1 月刚过不久，艾伯特就把我介绍给了科伦坡犯罪家族的几个活跃分子。我们一起出去活动，去了第六十一大街和约克大道交会处的河马迪斯科舞厅。这家舞厅很受欢迎，很多黑手党人都会来。

艾伯特说，他会把我介绍给一个科伦坡的家伙，他做过很多买卖赃物的生意。

他把我带到一张桌子旁，并介绍给了一个家伙。“吉尔利，这是唐，我的朋友。”

吉尔利大约比我大 5 岁，正常身材，身高 5 英尺 9 英寸，体重 160 磅，深色头发，大鼻子。

我们坐下聊了一会儿。艾伯特告诉吉尔利和其他家伙，我们已经在一起混了几个月了。吉尔利带领着一帮哥们儿，主要在布鲁克林地区活动。他提议我可以拜访他的商店，该商店位于第十五大道和第七十六大街交会的本森赫斯特地区。

“好的，也许我会去那儿看看。”我说。

从现在开始的两三个月时间里，我都在玩这个游戏：试图被注意而又不被太关注，混进这帮恶棍的世界、被他们接纳，同时又不吸引过多注意力。你需要在方方面面都取得一些进展，但是动作要轻。只做简单的自我介绍，进行简短的交谈；到处露露面，含糊地提一下你的职业；举止随意，说几句行话，向人表示你熟悉这一行——所有的这些都为你建立了信任。总的来说，你不可以操之过急，不能表现出急于见到某人、进行某种联系、学做某种买卖的样子。如果进展速度太快，就会给自己贴上警察的标签。你必须像是有足够的时间按照道上的规矩出牌，而这包括让人们核实你的身份并接近你。

你必须对自己有信心，因为在玩这场游戏的时候，大多数时间里，你都对自己所处的位置不很清楚。没人告诉你，你的位置是否已经巩固，或已经认识了正确的人，或正向正确的方向前进。没人告诉你，你是否已经安全。你必须自己去衡量。道上的人也在掂量你。你可能会出错。当然，他们也会犯错。但是大街上可不是怀疑自己的地方。

刚开始的几个月里并没有多少激动人心的事。但我却很兴奋，因为我有了立足之地。外面世界的人不知道我每时每刻都在哪里或者干了些什么。而在大街上，人们也不知道我是谁或者我到底是做什么的。我是完全独立行动的，这一点让我兴奋。

一天晚上，我走出卡梅罗餐厅，向市中心开去，准备到常去的地方兜一圈。但我发现有辆车在跟踪我。为了弄清真相，我没有立刻甩掉它，而是漫无目的地开车，让它就这么跟了一阵儿。我开过乔治华盛顿大桥，到达新泽西州李堡市，然后掉头又开了回来。这辆车还是跟着我，但没有做出任何举动。

这应该是某个执法机构的车。其他人没有什么理由跟踪我。我猜测，可能是卡梅罗餐厅或者其他地方的线人提供了消息，说有一个新人经常在这里出没，并和黑手党交了朋友；这个新人显然没有工作，但是却有钱花。或者他们只是临时抽查这片区域，对其进行监控，然后发现我的车在那儿停了几次，还挂着外地车牌，看到了我进进出出。他们可能因为这个才跟踪我。

执法机构——比如联邦调查局纽约办公室缉毒局，和所有其他部门，一直都在对有组织的犯罪团伙进行监控。这是例行公事。这些机构——包括联邦调查局——大多都不知道我是谁。因此，如果我进入了他们的视线，且与坏蛋勾结在一起，那么我自然会像其他人一样成为嫌疑犯。

如果不是警察，那就可能是黑手党在核实我的身份。我不想让任何方面的任何人追踪我。如果我去见我的联络特工，或者回家看我的家人，被人跟踪可能会破坏整个行动。所以，以后我每次出去，都会注意是否被尾随。我每次都为自己“断后”，从不直接奔向目的地。我会随便开车，观察后视镜，查看自己是否被跟踪；我会拐好几个弯，迂回好几次来甩掉可疑的车辆。当我停车时，我会注意有谁停在我的旁边，谁会和我去同一个地点。

第一次被搜查的时候，我正在卡梅罗餐厅附近。我没有时间甩掉跟踪我的车辆。他们让我停靠在路边。两三个穿着便衣的家伙拔出了枪，命令我下车并把手放在脑后。他们上下拍打我，检查车辆内部，可是没有发现任何可疑物品。检查完毕后，他们告诉我这是例行驾照检查，因为我的车牌是佛罗里达州的。

只有黑手党的人会这么做，因为他们不断地搜查。这就是为什么通常情况下，你不可以带枪。这些搜查我的家伙甚至没说他们是谁。我也不知道他们是谁。

我被尾随过几次，被叫停搜查过两三次。这造成很多麻烦，但也让我觉得，我的行动是没错的。

我开车到布鲁克林，到达第十五大道 7612 号的吉尔利商店。这个街区干净而安静，住的都是工薪阶层；道路两旁都是两三层的居民住宅楼，一楼的前面则多是商店。吉尔利商店位于一个街区的正中间，这个街区都是玻璃的门脸。角落里有一个小型杂货店和帕克里奇药店。

吉尔利商店门上面有一块大的牌匾，牌匾上面写着“阿萨格（ACERG)”。吉尔利的姓是格雷卡（Greca)，而他的商店名是把他的姓倒过来拼写而成的。这家商店开在了前屋。

简单的金属支架上堆满了贵重的衣服，大多数都是女人的衣服：皮质的夹克、裤子和衬衫。每件物品标价都比正常商店的标价要低。这家商店对大众开放，但是没有人会从曼哈顿来这里购物。因为这是一家社区商店，如果有外人进入这个社区，那么就会在第一时间被发现。

所有东西都很便宜，因为都是赃物。吉尔利的伙计们都是抢劫犯、入室盗贼和无所不偷的窃贼。这家商店就出售他们偷抢来的物品。

第五章　布鲁克林：科伦坡犯罪家族的基地

阿萨格商店的位置靠前，团伙里的任何人都可以充当销售员。这里有个后屋，里面有一张书桌和两三张牌桌。这就是这些罪犯们白天消磨时间的地方。我在这里被介绍给其中的几个家伙，他们的年龄从将近30岁到40岁刚出头不等，整天玩金罗美纸牌、吹牛皮。我们互相之间只称呼名字或绰号：吉多、维托、汤米首长、维尼等。

我开始和吉尔利的团伙混在一起。因为我是这个团伙认识的其他人所“熟知”的人，而且我是他们认识的人介绍而来的，所以，他们在我面前很放得开。

尽管这些家伙在黑手党中级别很低，可他们总有事做，总有钱花，总偷东西，这些东西也总是进出不断。每个人都衣着不俗。他们穿戴的90%都是偷来的。无论是运动衬衫、便裤、毛衣还是皮夹克，都是最新的款式。如果他们穿牛仔裤，那么也是出自设计师之手的名牌货。

你提出什么，他们就能偷到什么。吉尔利的团伙会对库房、码头、卡车和住宅下手。就没有他们不偷的东西。他们无时无刻不在想着犯罪的事，琢磨和谈论着要偷些什么、在哪里抢劫谁、抢劫些什么。他们总有一堆东西要偷，总能从别人那里分得一小部分赃物，总有抢不完的东西。

每天早上一起床，他们不会想着去上班和打卡，不会想着花时间陪妻子或女朋友。做一个黑手党人就是他们的工作。他们一起床就去俱乐部或别的地方待着，和那些家伙整天耗在一起，这就是他们的工作。

起床后，他们的整个白天都是用来计划那天晚上作什么案、出去后抢什么东西的。一天基本上就是这么度过的：早上10:30或者11:00到俱乐部，然后坐下来讨论行骗、抢劫的事，过去做过什么，将来又要做什么。如果有人提出进行一次偷盗或抢劫，大家就会议论纷纷，研究是否值得去实施。又如果有人抢到了一批财物，想要处理掉这些珠宝、皮草或别的什么，他们就会讨论“截获”的可能性——把得到的赃物再转卖出去。

整天谋划的时候，他们会坐在阿萨格的后屋玩金罗美纸牌，抽香烟和雪茄。我不抽烟，但他们却从来不开窗户，即使有空调，屋里的烟味还是很浓。这里可能正在玩两副牌局，取决于屋里一共有几个人。我根本不爱玩牌，但他们只爱玩牌——从不玩其他的游戏——赌注大概是每得1分赢10美分。即使坐在那儿玩金罗美纸牌，他们仍然不停谈论着怎么赚钱、今天抢哪一单之类的事。你也可以去别家俱乐部，在那儿玩金罗美或谈论某个计划。你也可以和某人谈论你将抢劫的一单生意，或者将从哪单生意分得一份利润。如果他们有了一单中意的生意要做，两三个家伙就会在白天出去勘察一番。

不谈论计划或做白日梦的时候，他们就讲一些过去打斗的事，回忆他们在各大监狱坐牢的日子。每个人都进过拘留所。这成了干这一行不可或缺的一部分。他们对所有不同的监狱、牢房和狱警都很熟悉。为了让他们相信我是一个重罪犯，我已经做了足够多的假背景；这些背景都是为了证明我足够狠，该坐牢时我就会服刑，而且不会做告密的小人。但是我从来没有编过蹲监狱的谎话，因为我根本不了解那些地方；如果我编了这个谎话，我将泄露真实身份。如果蹲了 3 年到 5 年的监狱，你会认识那些狱警并知道他们的级别。你还会认识坐了 15 年到 20 年牢以及还在坐牢的同狱犯人。他们还知道相关的行话和俚语。每个人都记得当时是怎么和那些狱友相处的，记得那些坐牢的岁月。

我是这么想的：如果没有必要说你做过某些事情，那么就不要说。我就像一个普通市民一样，听这些家伙聊天。

午餐时间，一些家伙会出去买一些中国菜或巨无霸三明治。到了下午 4:30 或 5:00，这些人就分道扬镳了，各回各家，去找自己的老婆或者什么人吃晚饭，然后回到街上，抢劫财物、游走于各个夜总会，或者做其他常做的事情。

周二，我们都会去萨利俱乐部吃午餐。萨利是一个资深的黑手党人，是科伦坡家族的分支头目。他在第十七大道离吉尔利商店不远的地方有一家社交俱乐部。有时候，我们也去萨利的俱乐部消磨时光；而不仅仅只是在吉尔利商店逗留。但是每周二下午，萨利都会为我们团伙里所有的人，大概有 8 个人，还有他自己的团伙，总共加起来有 18 或 20 个人，做一顿丰盛的午餐。他有一家正规的餐厅，他会做肉丸子、通心粉、香肠、胡椒粉等很多东西。为了吃这顿饭，我们会放一张很长的折叠桌。我们整个下午都坐在桌子旁，一边吃饭、喝萨利自酿的大罐红酒，一边胡吹扯淡。

我的一天大多也会遵循着同样的轨迹进行：早上 10:00 到 11:00 之间到俱乐部，和这些家伙在那儿待上一整天。到了傍晚，回我的公寓小睡一个小时，起床淋浴，21:00 左右回到街上，去我们约好见面的地点。有时候我们会回布鲁克林活动，有时候自己去一些地方，那里的人是通过这些家伙认识我的。

但即使是在我们游走于不同夜总会的时候，谈话内容也总是离不开正在干的或即将干的诈骗抢劫活动。他们比平常人更为依靠脑袋瓜为生，因此一刻不停地动脑子。他们赚钱永远没够。不管拥有多少钱财，他们要么大吃大喝，要么忍受饥饿。他们的计划有一半都落空了。更糟糕的是，他们在犯罪的过程中，人格变坏了。他们为这些犯罪活动所付出的代价，要么是金钱罚款，要么是服刑坐牢，但这些却并没有冷却他们的犯罪热情。他们对自己的失败缺乏幽默感，他们想出来的计划也很没头脑。他们就这样困在了自己的日常犯罪活动中。

有一名入道不久的销赃犯，名叫维尼，经常混在吉尔利商店里。他体重超标，心脏功能退化，也因为这样，他总得吃药——也许这药是硝酸甘油。一天下午，我们都在玩纸牌。这游戏真不容易玩，因为赌注下得非常大。但在玩牌的同时，他们还讨论了在新泽西州贝永入室抢劫能否赚钱的事。

突然，维尼倒在了地板上，他呼吸急促，手抓住胸口。

“嘿，大家快看，”我说，“维尼出事了！”

但是没有人做出反应。他们还是继续玩牌。维尼还在不停地抓挠，还是没人帮忙。

“他有心脏病！”我匆忙抓住他，“我们得把他送到医院去！快点，过来个人帮我把他弄医院去！”

“哦！他总是那样，”一个家伙说，“他只是犯了一次小病而已。

给他吃几片药，他就会好的。”

这种情形总是出现，也只是很多突发事件之一；我想和这些恶棍一样对此漠不关心，以便融入其中。但是，我还是有自己的道德原则的。

我不能让这个家伙就这么死了。我设法扶起他，把他弄到我的车上，然后开车送他到急诊室。两三个小时以后，他出来了。“我的药吃完了。”他说。

我们开车回到了吉尔利商店，他们还在玩牌。“这下知道了吧？”有人说，“我们告诉过你，他不会有事的。”

天天和这些家伙混在一起，生活倒也轻松了不少，但大多数时间是很无聊的。虽然他们并不像全美优等生联谊会成员那么聪明，但都拥有在道上混的智慧。在他们日常生活的背后，总会有一些暗藏的陷阱能置我于死地。为了向我的联络特工汇报工作，我总是用脑子记事，时刻警惕陷阱。毕竟，这些家伙大多是杀人犯。

联邦调查局不允许我出去拦路抢劫或入室盗窃，因为干这一行的犯罪团伙通常都是全副武装的，中枪的概率很大。在这些冲锋陷阵的日子里，联邦调查局的上级智囊团都很保守。有人还说，如果我和这些家伙一起持枪犯罪，那么我也有可能要面对控诉。

这些人总要求我和他们一起出去持枪作案，但是我会找办法推辞。我会和他们说：“嘿，拿着枪和其他武器，这对我来说太玩命了。不如我来帮你们卸货吧。”因为他们已经有足够的人手了，所以多我一个也不会有什么不同。我可以不去作案，这并不是因为我有多么重要，而是因为少了一个人，就意味着少分一份收入。

他们完全认同了我的借口。况且，如果我为了得到所有关于赃物的信息而竭力和他们一起去，然后全身而退——这会让他们十分怀疑的。和他们一起行动的时候我总会冲在最前面，且能很好地保持分寸，再说我能参加的也不是什么大不了的买卖。

但是，一旦他们习惯了我的存在，就会让我参与到他们的计划环节中。当他们出去勘察抢劫环境时就会叫上我。慢慢地，我开始发挥自己的作用。他们会来问我对某次行动的建议。我就和他们坐下来审视一遍计划，然后挑出其中的漏洞。这向他们显示了我是熟知偷盗抢劫这一行的。有时候向他们指出抢劫计划存在什么问题，可以拖延他们的抢劫行动——这毕竟也是我工作的一部分内容。

我的处境很微妙：我不可以发起或者鼓励犯罪活动，但我同时必须参与一些活动以便能够继续留下来。联邦调查局没有什么严格的规定准许我做什么或不做什么。我完全是独立行动的，这需要我灵活进行处理。

我在商店帮忙卸货。他们什么卡车都抢，从十八轮大货车到普通卡车，一应俱全。抢劫时，他们会把货物卸载到小型卡车或货车上，然后再把货物运到“窝赃地点”，可能是一座空的库房，也可能是工厂；然后把样品带到阿萨格商店，给准买家看；再之后，他们会将货物打包，交给能将货物出手的销赃犯。

劫持卡车时，他们通常会把卡车司机绑起来。但大多数抢来的货物都是白送的——是故意设计的骗局。被抢车辆的司机会参与本次抢劫，并分得截获物品的1%作为酬劳。这帮人只要得到了某人在某地截获一批好货的消息，就会前往那个地点。大多数抢劫都在市内进行。他们就在布鲁克林的街上作案，有时则在泽西市。

他们入室盗窃的行动遍布各处——城市里、长岛周围、新泽西州、康涅狄格州和佛罗里达州。总有货物从机场运来。吉尔利利用内部工作人员，总能源源不断地从肯尼迪国际机场弄到东西。

我卸过的赃物包括咖啡、糖、冷冻食品、威士忌酒、袋装可可粉、一货车毛衣、女士衬衫、夹克和牛仔裤。他们什么东西都抢，而最好的则是食物——虾、咖啡、金枪鱼，因为这些东西在哪里都能卖掉，比如餐馆和超市。冻虾和龙虾是最受欢迎的产品。药品和医疗器械——非处方类物品，比如刀片、阿司匹林、牙膏——这些都是偷盗的主要目标，因为很多商店都需要这些物品，而且利润颇丰；这些东西甚至可以直接在市场上出售。衣服也很受欢迎，尤其是皮货和女士服装。酒总是重要的商品，特别在圣诞节前后。除此之外，还有女士皮手套、滑雪手套，甚至还有曲棍球手套。

只要他们能够卖掉它们，这些商品就和其他商品没什么不同。比如现在这些男士曲棍球手套——从哪儿弄来的呢？他们都搞得到。总之，能偷到的就只管去偷，反正偷了这批曲棍球手套也不用付出什么代价。

饭店和超市等地方的经理肯定知道这些东西是偷来的，因为它们比任何批发市场的同类商品的价格都低。但他们还是买下来了。其中一些地方甚至是上好的去处。看到这些内幕你就会改变对一些特价商店和折扣商店的看法，更加愤世嫉俗。有时候，这些犯罪活动干得十分干脆利落。他们能在一个晚上抢劫大西洋与太平洋茶叶公司的仓库，两三天之后就把抢到的箱装咖啡和金枪鱼卖给其他商店。

虽然电视和录像机体积都很大，但从铁路货运站抢一车厢的货并不是很稀奇的事情。抢货时会有一名铁路职工给他们一张提单，并指给他们正确的车厢位置。他们只需要准备一辆卡车，然后装货就可以了。

入室抢劫时，他们的偷盗目标通常是珠宝、股票、证券、现金或者枪支。

任何不被限制的东西，他们都偷。那段时间，机动脚踏两用车，即机动自行车或小型摩托车很受欢迎，他们就偷来这些车，白天在店里出租。

我仍然很低调，这让我感到自在。我不会自告奋勇去做没必要的事，我也不会去问那些不需要问的问题——虽然这些是我想要却无法获得的信息，但我知道，某些事一旦做了，就会吸引人们的注意力或是议论。我必须耐心，让事情自然地发展。

吉多是吉尔利的得力助手，一个强悍的家伙。他比这个团伙里的其他人都要狠，长相也不同。一个意大利人，却有着金色的头发、蓝色的眼睛，还有一撮小胡子。因为他并不是一名正式党徒，就像我一样，所以是可以留小胡子的。他身高大约6英尺，体重200磅，年龄三四十岁。他胳膊上文着蛇的图案，戴着太阳镜。他告诉我，他这辈子大多数时间都在因为各种控告而进出监狱。他是一名枪手，但从未因谋杀而被控诉。在吉尔利的领导下，吉多的团队配备先进，都用对讲机沟通。吉尔利告诉我，他认为吉多太过莽撞，干了很多冒险的事。但他却为科伦坡家族做了足够多的“工作”，即参与了大量的抢劫活动。

如果吉多是你的朋友了，他就会一直站在你这边，直到最后。如果他是你的敌人，那么再担心也没用——他会干掉你的。每个人都很尊重吉多。

我刚和吉尔利团伙混在一起没多久，一天，我和吉多开着我的车兜风。

他说：“嘿，唐，什么声音这么刺耳？”

“不知道，”我回答，“又不会影响我们什么。”

“听，就是这种吱吱声，”他说道，同时身体前倾，歪着脑袋听，“声音在仪表盘里。”

我们回到吉尔利的店里，我把车停在街对面的路边。

他说：“我要把那个仪表盘卸下来，找到发出声音的地方，然后修好它。”

“嘿，吉多，别浪费时间了。这一点儿不影响我。”

“可是影响到我了。这不会花费很长时间的。”

吉多总是在自己车上的工具箱里带上一套盗窃工具。他走过去，拿起工具，爬到仪表盘下面，然后开始拆掉它。

我问他：“为什么这么麻烦，就为了找到吱吱声在哪儿？这没什么大不了的。”

5 分钟后，他就把整个仪表盘卸了下来。“没什么问题。”他说，然后把仪表盘装了回去。

“那么，你到底为什么拆下它？”我问道。

“说实话，你是新来的。我只是想看看你的车是否接通了什么设备。现在没事了。”

“好吧，你他妈的，”我说，“你觉得我他妈的是警察，车里装了该死的录音机吗？你为什么不干脆面对面问我？”

“别紧张，唐，小心驶得万年船嘛，仅此而已。这儿最近有很多交易。而你是新来的，仅此而已。别想太多了。”

事实上，有人四处窥探并监视我，我并不感到惊讶。如果他们这样做了一次，他们就有可能再继续检查下去。既然我要做很多年的卧底，总归要用上信号传送器和录音机，我得藏在其他特工装有录音机的车上，而不会装在我自己的车上。

但是，我不会一点儿风险不冒。只要一有机会，我就四处侦查。如果这个家伙在前面的商店或是外面，而我可以单独在后屋待上几分钟的话，我就会查看桌子抽屉。抽屉里通常有枪支、全自动手枪和左轮手枪，抽屉里还藏着其他的盗窃用具，比如假发和滑雪面具。如果有人进来，我这样的侦查行为就是致命的，但我的工作毕竟就是要查明正在进行的不法勾当，而不仅仅是好奇而已。

如果我是我口中所说的那个人，我就不会只坐在那里听他们的计划，还需要进行我的一些工作。

1977 年年初，我和维尼这个销赃犯做了一些小买卖。维尼不是一个重罪犯，他来自斯塔顿岛，是个顾家的人——过去，他时常白天待在吉尔利商店，晚上回自己家。他不会出去作案，所以不是一个难对付的家伙。他只负责销赃工作。我想使自己看起来像是正在到处倒卖东西、以此赚几个钱的样子。我试图努力发展，以接触到高层销赃者。维尼安排我从香水生意做起。

我们在我公寓的露天楼梯会面，位于第九十一大街和第三大道交会处的角落。大概中午，他开着一辆租来的福特伊克诺莱恩货车到了这儿。货车上装满了成箱的法国浪凡香水。“我每周都在他们作案的工厂里拿货，”他说，“然后给在那里工作的几个哥们儿一些好处。”

我对香水实在不熟，但是这离珠宝生意并不远。黑手党盗贼不会拒绝任何有利可图的买卖。你应该乖乖地买下这批货，但是又不能太乖，因为那样你就会成为一个被人敲诈的傻瓜。我买了一箱吾之罪香水和圣罗兰左岸女士香水，共花费了 220 美元。

我作为卧底买的所有东西，包括这箱香水，都交给了联邦调查局。

几天以后，在新泽西州伍德布里奇9号路的伍德布里奇拍卖会，我见到了他。这家拍卖会就像一个跳蚤市场，吸引了众多人。维尼在那里有一个货摊，出售没卖掉的赃物，人们都在附近走来走去。维尼就在他的货摊出售抢劫或盗窃得来的物品。我去过那里，为的是看看他有什么新东西，或者如果我有什么东西的话，让他帮我在拍卖会上售卖。他通过货摊卖了不少赃物。

我甚至带我妻子去过一次。那段日子我和她在一起的时间极少，所以我觉得这样的危险是可以接受的。这件事让她很开心。唯一的问题是，那次，就在维尼面前，维尼叫我“唐”，而她叫我“乔”。但他似乎没有注意到这一点，而且不管怎样，他只会猜测，她不过是我认识的一个马子而已——我和她在一起，可能会用到别的名字。

他又弄来了一些罗亚香水。一箱香水卖250美元，共含15盒。“这东西零售价要40美元一盒。”他说。于是我买了一箱。

我告诉他我抢了一批货，有五六十块手表和一大批上好的绿松石珠宝。我给维尼看了两块数字金表的样品。手表当时还崭新如初，表盘是红色的，一块大概值80美元——而他却以20美元的价格买了下来。“我会给布鲁克林的吉尔利看看这些东西，”他说，“看看他还想要多少。”

大多数我出售的“赃物”都是联邦调查局没收的物品，即从以前的盗窃案中追回的但无法归还失主的物品。但这批手表和珠宝却不是来自联邦调查局。我急需达成这笔交易，因此我在坚尼街以批发价买下了这些东西。我这么干过几次。这就意味着没有对这些物品的记录，没人会知道这些东西的去向。这很像我做的一些其他事情，可能会让我遭受联邦调查局的批评，但是我必须做出一些决定，以确保我的安全和工作进展。而且我做的事情都不是为了省时省力，也不会影响案件的侦破。

维尼说他和他的搭档打算抢劫一车纽约之星的牛仔裤，买家已经同意支付 125000 美元。“这车牛仔裤有 125000 条，”他说，“所以是 1 美元 1 条。”

三周以后，他打电话说他还想要 15 块以上的手表，我的售价是 300 美元。他还要了一些绿松石珠宝。项链和镯子的售价是 150 美元。

我问他：“你弄到那车牛仔裤了？”

“只弄到了一部分。弄这批货的家伙，同时做了两三单其他生意。所以我们只得到了一部分。你知道这是怎么回事。”这些小买卖帮助我融入了吉尔利商店的盗窃团伙，融入了他们的合伙人。吉尔利亲手提供给我的第一件物品就是一件白色的貂皮大衣，这是前一夜他们入室盗窃搞来的货物中的一部分。“它值 11000 美元，”吉尔利告诉我，“如果你想要它，2500 美元就卖给你。”

我推掉了这单生意，并告诉吉尔利我可搞不定。

买一件来历不明又很贵重的东西就没法物归原主，这没有什么意义。如果你无法物归原主，那你就无法在法庭上提供任何证据。吉尔利不告诉我他是从哪里弄到的大衣，你也不能问别人他们怎么搞到的。除非他弄来七八件类似的东西——这可是非常大的一笔赃物，你才可以问他：“嘿，这批货你从哪儿搞的？”

当时，我买这些东西的唯一原因就是建立信任，就像买香水一样。但我并不需要花上 2500 美元。

这个团伙每天不是谈论行情，就是运进一批批货物。价格不总是可以商谈的。即使一位准买家感觉价格太高，卖家也不会因此降价，大概是因为他们要给其他人分红。因此，如果这些卖家想要赚钱，他们就要加价几块钱，而不可以真的降价。没有哪桩买卖会真的进入死局，总能找到下一个买家。

汤米首长是一个肥头大耳的恶棍，大约 50 岁。他买进了一箱咸碎杏仁，就是那种用来做冰激凌的杏仁。他告诉吉尔利，在他的地窖里至少还有 58 箱这样的货色，是他从长岛市的布雷耶冰激凌厂偷来的。他说，他还有一份可以从布雷耶偷到的其他物品的清单——可可豆、干奶粉等。“我们是通过内部的一名烘焙工才成功的。”汤米说，“我们还有一名保安员，下周我们再进去的时候，他会在那儿值班。这一车货的价值是 100000 美元。”

吉尔利决定做这一单生意：他租了三辆 22 英尺长的卡车来运货，并在周末将赃物存在车库里，直到交给买家。他们还买了一卡车可可豆送去俱乐部，就把车停在街上，我来帮忙卸货。在那个街区，谁会散布阿萨格商店进货的消息呢？两天后，他把这批货卖给了一个扬克斯市的家伙。

一天晚上，吉多带着一伙人去一处库房。他们打算偷 4000 件男士三件套服装。其中一名年轻的同伙在外头望风。他们进去的时候，有人不小心绊到了无声报警器。主人来到了仓库。望风的人惊慌失措，没通知里面的人就自己跑掉了。这伙人听到主人来了，就设法从仓库后面偷偷溜走了。

第二天吉多告诉吉尔利此事的时候，我想着他们会怎样惩罚那个孩子。他们有一系列的惩罚方式，具体要看老板是谁、当时的心情怎么样。如果吉尔利真的生气了，那么他就会对这个人用狠招。

吉尔利决定第二天晚上再回库房去。至于谁来望风，他只这样说："我不想让那个混蛋再和你们一起去。他休想再回来了。"

他们又回到了那间库房，但没有偷到全部4000件套装，只偷到一半。

我一直努力寻找突破口，试图接近他们的高层，即吉尔利团伙的买主。但每当我建议使用自己的关系销售赃物时，他们就会说这一类的话："给我们吧，我们会捎给那些哥们儿。别担心。"如果我说我有一些大生意要做，他们的反应就会是："嘿，你有一大批货，我们能帮你处理掉。"他们根本不打算让我接触那些买主。

我没有什么合适的理由要求见那些高层销赃者，除非我有很大一笔赃物要卖。

我并非只待在布鲁克林。我会到处闲逛。我和科伦坡的家伙在曼哈顿的夜总会活动的时候，遇见了安东尼·米拉。我当时是在一家名叫伊戈尔的迪斯科舞厅和他认识的，这家舞厅后来更名为塞西尔迪斯科舞厅，位于第五十四大街上。

我知道米拉的真实身份。他是布拿诺犯罪家族的一员。曾因为贩卖毒品和其他罪名在监狱里服刑18年，如今出狱大约有一年了。为了赚钱，他参与了所有非法的勾当——包括赌博、贩毒、敲诈以及能够达成"经济伙伴关系"的暴力行为。他按照协议执行暗杀，可能已经干过25次。他很卑鄙、恐怖且人际关系广泛；认识他，对我有益处。

我一边和布鲁克林的家伙混，一边开始和米拉一起出去。通过米拉，我认识了有用的盗贼。那时我需要带给吉尔利的团伙一些更有价值的赃物。这个盗贼有一批工业用钻石。我打算用这批钻石试一下。我问这个盗贼可否看看货的样品，以决定能否"转手"——作为中间商转手这批货物。他同意了，并给了我10颗钻石。

出售这种偷来财物的人是不会受到联邦调查局的制裁的。我也不想和谁就此事争执。我觉得值得冒险一试。

我拿到的钻石当时的市价是75000美元。我并不想真的把它们卖给吉尔利团伙，只想向他们展示一下我的能耐。于是，我的要价高于通常的市价——以阻止这场交易——但是价格不是特别高，这样会让人觉得似乎哪儿出错了，或者我不懂这些。

我买了一包钻石，带进商店给吉尔利和那些家伙看。

“我在机场劫了一箱货，”我说，“我认识内部的人，会分给他一部分利润。我还在南面的坚尼街找到了一个买家。但是如果你们能够出手，我就把机会给你们。这单买卖我只要100000美元——其中75000归我，剩下25000给我的内应。”

“价钱很高，”吉尔利说，“100000美元。”

这价钱会迫使他们在倒卖货物时把价钱抬高到150000美元到200000美元。

“嘿，怎么和你们说呢？”我说，“我的内应要价25000美元。而坚尼街的家伙出价是100000美元。我让你们出手是因为我和你们是一伙的。我要75000美元。如果你们能够卖出高于100000美元的价钱，那么多出来的就都归你们。”

吉尔利回答说，多给他两三天时间，他会问问一个出城的家伙。我同意了。他问了这个家伙以后和我说：“他愿意出75000美元。”

“但是我不能接这单生意，吉尔。这样我就只能得到50000美元，这不值得。我只能把这单给坚尼街的家伙了。”

“好吧。”他说。

吉尔利很理解，这当然也是我想要的结果。我弄来了一些宝石——因为没有哪个警察会拿着价值200000美元的钻石出来卖——所以我只是向他们展示了我说话的分量。如果吉尔利回来后出价了，比如说，出价125000美元，我就不能撤出这单交易。我还必须守口如瓶，并把这些钻石卖给他们。这也就是我要冒的风险。

但是，这个举动却让我一跃而上，取得了更高层次的信任。

我刚认识吉尔利的时候，他还没有入伙黑手党，他那一伙人都没有。他告诉我他在布鲁克林长大，一直以偷盗为生。他的梦想就是入伙，成为科伦坡家族的一员。

5月的一个清晨，我来到俱乐部，看到吉尔利已经打扮完毕——条纹西装，深色领带，相当帅气。通常情况下，他们不会穿西装打领带出去闲逛的。他看起来很兴奋，昂首阔步地四处走着，但同时也很紧张。

我进来的时候，他刚要离开。“吉尔，”我问道，“你打扮成这样，是要去哪里？”

“我要走了，”他回答说，“我晚点儿再告诉你，等我回来吧。”

他离开后，我去找了维尼。“到底发生什么事了？”

“今天他得到徽章了，”维尼说，“他入伙了。”

我们一整天都在等着吉尔利回来。他回来后，狂喜不已、高傲自大。“入伙对我来说是最了不起的，”他说道，“当我是小孩的时候，就一直期待着这件事。也许将来某一天，你们也能体会到这种感觉。这才是真正的荣耀！”

“哇，恭喜你！”我说，“谁给你授勋？”

“‘查理·穆斯’。”

“查理·穆斯”将成为他的组长。执法人员对于“查理·穆斯”·帕纳若拉很熟悉。他是一个卑鄙的黑手党人，也是一名高级组长，而吉尔利将是“查理·穆斯”犯罪团伙的一员；因而，吉尔利极为骄傲。

那天晚上，我们聚在一起为他庆祝。现在大家更尊重他了，因为他成了一名入盟党徒。

成为入盟党徒，对于一个意大利街头骗子来说是一种无法言说的满足。入盟党徒会得到保护和尊重。入伙者必须是意大利人，必须有人推荐你加入黑手党家族，且无论是老板还是组长都一致为你投赞成票，你才有可能入伙，然后还要举行秘密的入伙仪式。之后，你就成了入盟党徒、坚定而老练的黑手党人了。任何人、任何组织、任何其他黑手党家族未得到许可，都不可以侵犯一名入盟党徒的地盘。入盟党徒是动不得的。黑手党家族会保护自己的成员及其生意，而得到保护的最主要条件就是对黑手党家族忠诚。你的地位将得到抬高，高于外面世界的“市民”，像皇族一样受到尊敬。在某些种族聚居区，类似吉尔利住的社区，人们对入盟党徒最为尊重。一名入盟党徒可能并不受人们喜爱，甚至会遭到人们的憎恨，但他总会受到尊重。他拥有身后黑手党家族的威严和权力。

周五，吉尔利兴奋不已，因为他将在周末组织一次抢劫。他在卡车公司内部有一名内应，会给他三辆卡车的钥匙，车上装满了皮草和皮夹克。这名内应同时负责拆除卡车里的报警系统。

而到了周一早上，吉尔利却对大家大发脾气。因为周日晚上他们去了卡车场地，撬开了两辆车，但当他们撬第三辆的时候，报警器响了。所有团伙成员都惊慌失措，赶紧离开偷盗现场，一辆车都没有偷到。

因为某个人搞砸了事情，导致他们就这样和马上得手的货物失之交臂，这些家伙很生气，看起来也很可怕。吉尔利需要得到许可才能去偷这批货。像这样一单大买卖，一名低层成员或小兵必须得到许可才能行动，以确保不会侵犯其他人的地盘——也是让高层注意到，将有一笔钱可收。

为了得到许可，吉尔利需要去找他的组长“查理·穆斯”。

你的组长会从你的行动中分得一部分收入，所以你要去找他，告诉他你要做一笔大生意。如果你没有提前通知他，他却发现了，或者你是事后才告知他的，这名组长便会觉得，他们实际赚到的比口头上说的要多，所以他们才不提前告知自己。

因为这样的事经常发生，所以大家都在玩把戏。你去找你的组长，告诉他你要去抢一笔 100000 美元的货物。通常情况下，你要分一半给你的组长。所以，你得马上分给他所得的 50%。而这位组长反过来要分给自己的老板一部分收入，比如说 10%。

组长像所有的人一样，都很贪婪。每位组长都为自己的团伙制定规矩。他可以制定任何他想制定的规矩。所以，有可能一位组长会说：“我想要 60%，而不是 50%。”因为他想做的是留下自己的那 50%，而把另外 10% 分给他的老板。他们不会从自己那份中分出这 10%，反而是从你的所得里下手。一些组长要求他的下属每周交给他一定数额的钱，比如说 200 美元，就像租金一样。这能保证他们总会到手一些钱。除此之外，还要加上此次行动所得的 1%。

所有人都会玩这种把戏，也就是说，不管规矩怎么定，大家总是试图尽可能地多留下一些收入、少分给别人一些。他们总是捏造谎言。他们觉得，是自己抢来的财物，为什么要放弃半数所得，却得分给那些甚至都没在现场的人呢？

因此，在钱的问题上，大家都不说真话。如果你抢到的财物值100000美元，那么你告诉组长时会说成80000美元，这就是原则。这条原则按等级层层适用，这就是为什么没有人会相信别人。

后来我成了一名联络党徒，也要把所有得来的收入分给我的上级。他再分给他的组长一部分收入。这样做向组长证明了两件事：一是他的确出去作案赚钱了；二是他很忠诚，已经向金库缴纳所得。同样的事也发生在组长身上——他们通过向大老板和二老板上交一部分行动所得来保持自己的优势地位。

简单地说，当你在黑手党的保护下做非法生意，你所得的每份财物，都必须或多或少地分给某人一部分。但每个人都曾私自留下一些东西，只要没被抓住就没事。

而现在的问题是，这套把戏也很危险。因为假如你被抓到了，你就会受到重创——被杀害。私自留下伙伴、组长和老板的钱财，在这种十分贪婪的生意中，是十分严重的错误。如果你真的被抓住了，问题就会随之而来：你到底隐瞒了多少钱？这些钱都没上缴给谁？一些组长或老板会因为你隐瞒了5000美元就干掉你。然而你需要记住的是，无论钱的数目多么小，对这些人来说都是非常重要的。你甚至有可能因为隐瞒200美元就被杀掉——如果你不是初犯，或者某人认为有必要给其他哥们儿上一堂课，或者你的组长或老板只是单纯想干掉你而已。

所以对于某个犯罪家族来说，隐藏收入并因此丧命是稀松平常的事。干掉吉尔利这样的家伙不足为惜，因为他们都不是重量级人物，只是无名小卒而已。

在这种情况下，既然吉尔利没能偷来那批皮衣和皮草，他又是从“查理·穆斯”那里得到许可的，那么他就必须报告“查理·穆斯”偷盗失败的事。没有人愿意处在这种境地，不得不告知其组长这样的消息，因为首先，“查理·穆斯”听说这笔即将到手的钱落空了，会十分失望；其次，在“查理·穆斯”看来，吉尔利的团伙把生意搞砸了，显然和傻子没什么区别。

这就是吉尔利那天早上如此生气的原因。

“查理·穆斯”惯于敲诈他的手下。吉尔利他们对此常常抱怨，对“查理·穆斯”很不满，说没有他的允许，他们什么都做不了；而且每一单生意，他都抽走好大一份。这帮人一致认为，以后捞到的钱不能再分他那么多了。

“这个狗娘养的混蛋，”吉多有一天在商店里和我说，“每次我们做了一单买卖，他就把所有卖货的钱都拿去，然后和我们对分。他不相信我们，我们也不相信他。去他妈的！我们搞到100000美元，就只告诉他75000美元。他他妈的又怎么知道呢？”

吉尔利说：“你最好闭上嘴，别再说这些了！你这样说会让我们都没命的！”

查理可能发现瞒报所得行为的一个方法是从内部找到告密者。但这种可能性很小。因为这些道上家伙的信条是：一日是告密者，一辈子都是告密者。所以如果有人向“查理·穆斯”揭发瞒报收入的情况，即使这样做是出于组长的利益，查理也会想：“这些家伙是和他天天在一起的人，是他自己的团伙；如果他愿意揭发他们，我怎么会知道，如果他某天被抓起来，会不会向警察告密呢？”

所以，告密者至少会和被告密者冒同样大的风险。在黑手党中，没人比告密者更遭人怨恨。

在我还没有接触到高层销赃犯的时候，我得到了很多情报。每隔几天，或者有什么重要的事情要报告的时候，我就把这些信息转给我的联络特工。有时候他们要抢劫一单特别的货物，我们就试图在外面抓捕他们。但我和联络特工谈了这事，觉得我们不能这么做。因为我是这片街区新来的，是科伦坡犯罪家族的新成员，如果真有什么抓捕行动，那么矛头就会直接指向我。我就会成为那个告密者，那么我的工作就半途而废了。正如我在此阶段参与的所有事情一样，我们不能进行任何可能会暴露我作为告密者身份的抓捕行动。所以，我的很多情报都记录在案，以备后用。几年以后，联邦调查局凭借这些记录抓捕了很多人，这些信息也可以被转给当地警署处理。

两名吉尔利团伙的成员出狱了，他们是弗兰基和帕齐。自然而然，他们回来就会和这个团伙一起重操旧业。他们是两个狠角色；是顽固的、无所不偷的窃贼，还自以为是。看到我在场，他们感到很不愉快，因为我是新来的，而且是在他们还坐牢的时候就用自己的方式融入了这个团伙。

弗兰基身高 5 英尺 10 英寸，身材消瘦，穿着时髦，三四十岁。如果拍电影的话，他很适合表演那种贼眉鼠眼的经典盗贼形象。帕齐可能比他大 10 岁，也比他高 3 英寸、重 10 磅。

对于白天入室盗窃，他们可是一把好手。他们会勘察现金、珠宝或枪支藏在房子的哪里。他们的伎俩是乔装成侦探进入房间，用手铐铐住屋里的所有人，然后再洗劫这间屋子。他们可以出示侦探证明，总留一个人待在车里，这样可以随时驾车逃跑。

他们发现在希克斯维尔和长岛市有两三处房子很值得一抢。于是他们到那附近装成晨跑者的样子勘察周围环境。他们把车停在远处的路边，然后穿着运动套装慢跑经过这些房子。

这天早上，他们打算袭击其中一处房子。他们开车到那儿，发现有很多车停在私人车道上，于是取消了行动。

他们慢跑经过第二处房子勘察情况。当他们跑回车旁时，看见一名妇女正在记录他们的车牌号码，于是又取消了行动。

吉尔利、弗兰基和我开着吉尔利的车出去勘察希克斯维尔另一处房屋的情况。他们得到消息，知道这房子的主人是某个零售干洗店联盟的头儿，床下面有一个保险箱，里面藏有很多现金。很显然，我们的车在这个社区不常出现，被人注意并引起了怀疑，因为有人叫来了警察。警察过来叫住了我们，问我们来做什么。我们回答说，只是看看有没有房子可以购买。在我们的车座上有一个黑色的公文包，里面装有两支左轮手枪，一支是口径点 38 的，另一支是口径点 32 的。里面还有一些散子弹、几副手铐。这些警察对我们的回答很满意，但却搅黄了此次抢劫计划。

现在，我已经习惯了跟他们讨论抢劫计划，却没法儿避免参与行动。阻止他们抢劫，尤其是那些房间里可能有人或者有人可能会受伤的行动，已经成了我工作的一部分。所以一有机会我就出面阻止。不管怎么样，我会同时收集很多有关犯罪活动的情报，这也是我的工作内容。

他们在新泽西州勘察一处抢劫地点，想让我过去查看报警系统，看看他们能否躲过警报。因为我是一个入室窃贼和珠宝盗贼，肯定了解报警系统。

所以我去了那处房子。这是一座四周建有围墙的宅邸，看起来是个可以抢劫的好地方。当然，我没有检查报警系统，也没踏足任何附近的区域。

我回到吉尔利的商店，告诉他这地方装了非常复杂的报警系统，我不知道如何绕开它，而且很有可能还装了第二套备份系统，但我还没找到。在我看来，如果这套报警系统被触发，我们将很难逃离。我的建议是，放弃这次入室盗窃行动。

帕齐很想做这一单生意，而我百般阻挠，因此他对我十分恼怒。

“冒着被抓的风险干不值得。”我说。“你就是不想和我们一起干，”他说，“你他妈的就是害怕了！窝囊废！”

“算你说得对，我不想去，”我反驳道，“我搞不清报警器，我能怎么办？难道要打碎玻璃，像该死的吸毒鬼那样冲进去吗？你们可以进去干，就别算上我了吧！”

然而其他人也决定撤回来了。

他们没告诉我下一次入室盗窃行动就直接做了——是在泽西市一名贵妇的住所。当我第二天早上走进俱乐部时，帕齐正拿着巨大的钻石在店内踱来踱去、四处炫耀，十分骄傲。其他人也都发出惊叹的声音，因为这钻石可是价值不菲。它有 3 克拉重，帕齐说。

他来到我的跟前。我拿起钻石仔细端详。“这可不值得激动，”我说道，“因为这是假货，一个仿制品。”

“你他妈说什么？”帕齐抓住了这块石头，问道。

“我说这就是一块锆石。”

帕齐猛地低下头，极为生气。“放屁！”他说，“那个婊子屋里不会有什么假钻石的。我们得到内部消息，她不会有假珠宝的。它他妈的有 3 克拉！”

“这是一件仿制品，”我说，“拿回家给你孩子玩吧。”

“你就是个自作聪明的混蛋，好像你什么都懂一样！”“嘿，帕齐，”我说，“你刚刚出狱，而我从来没有坐过牢，所以我肯定比你聪明点儿。你想让自己丢面儿吗，兄弟？那么把这块石头拿给买家，你说的那个珠宝商看看吧。”

“我就打算这么干呢。”他说。他跺着脚，拿着这件宝石出去了。当然，我可能会看错，我的信用也可能受损。但是我学过宝石学课程，我想展示给他们看，我是了解宝石的。这块钻石个头太大——没人会把这么大一块钻石放在家里。而且，石头的颜色也有些奇怪。这些都只是直觉而已。

半个小时后，帕齐灰溜溜地回来了。他没有看我，只是说了句：“你怎么知道的？”

“我一辈子都偷珠宝，怎么会不懂钻石呢？你应该接着干咖啡和糖果买卖，因为那才是你的本行。”

“真不自在。”他喃喃地低声说道。

“嘿，我只是想帮你。你应该了解这东西的。如果你拿着它去见买家，而他告诉你这是个假货，等下次你再拿着块石头去找他的时候，他会怎么想你？”

“你他妈下次也会有犯蠢的时候。”他说。

两三天后，我进来的时候，他们正在筹划抢劫布鲁克林附近的一家服装厂。这次抢劫行动包括我和其他六个家伙，弗兰基和帕齐也在其中。

这是一家生产运动服、牛仔裤和女士衬衫的小厂家。他们讨论这个计划已经有几天时间了，我一直没有参与讨论。现在，他们定下了这个计划。

我坐在桌子旁问：“打算怎么做？”

这是一个精彩的计划。那里大概有 20 到 25 名工人，大多是女性，且大多是意大利人。下班时间是下午 5:00。大概在 4:30，多数售货员都下班了，厂里只剩下工人，他们会把一辆40英尺长的拖车开回装卸码头。那时候，这帮人就会闯进去，宣布抢劫，铐住所有人员，然后装车逃走。

我得劝他们停止行动。首先，铐住所有人这样的行动会使人们受伤；其次，由于前一个原因，我不能参与行动；而如果这次行动造成了严重后果，盗贼们遭到抓捕——这很有可能会发生——所有人都会指证我为告密者，而我不想这事发生。

“呃，这计划听起来不错，”我说，“但是需要多久才能装满拖车，然后离开那里？”

答案是两小时。

“等一下，”我说，“下班时间是5:00。如果这些女人的丈夫或男朋友来接她们，后果会怎么样？你们把他们的妻子铐起来然后装车，他们会坐在车里等上两小时却不进去看看吗？又或者某个丈夫本应5:15到家，但到了5:30晚饭还没有准备好——他的妻子甚至都不在家——他第一件事会想到什么？是她可能出来和别人瞎搞。他第一件事会做什么？是来到这家工厂寻找并跟踪他的妻子。他们都会来这家工厂。到时候这里就会像一个动物园。你们装那辆拖车的时候，会他妈的有成百人来这里。你们到时怎么办，装车时还把这些人铐在里面，他妈的把门堵上就行吗？我觉得这是个十分愚蠢的计划！”

帕齐终于爆发了：“每次我们计划捞一票的时候，你就叽叽歪歪阻挠我们行动！我们就觉得这他妈是一个特别好的主意！”

“你最好还回监狱去，”我说，“想这么个所谓的好主意。你愿意怎么做就怎么做吧。我是不会参与进去的。我只想救你一命，可我毕竟不是老板。”

吉尔利说："我也觉得这主意不怎么样。那地方离这里只有半公里，太近了，不行。"

因为吉尔利是老板，所以计划就这样流产了。但屋里的气氛开始变得激烈起来。

第六章　布拿诺犯罪家族

不久后的一天早上，我走进商店，发现大家全在，但都不怎么说话。吉尔利拉住我的胳膊说："唐，我们出去走走。"

我们走到外面。他对我说："嘿，唐，没别的事，但是帕齐和弗兰基觉得你在这儿让他们感到不舒服，他们整天抱怨。"

"出什么问题了吗？"

"他们感觉不太了解你，不想让你参与更多的事，直到足够了解你才行。所以，他们想让你提供一些人证，能够证明你在迈阿密市中心做过，因为你说过你在那儿干过很多次。只有这样，他们才能当你是自己人。"

"你怎么想？"我问道，"我们在一起做过事，对吗？你知道我的为人。难道你对我有怀疑？"

"没有。"吉尔利感到有些不自在，"但是我和这帮家伙一起长大，你知道的。他们和我搭档多年，那时他们还没有进监狱。所以，今天他们发点小牢骚，我应该顺着他们。不然大家还要一起做事，我能怎么办？"

"去他妈的，吉尔利，我不会给他们任何人证的！"

"别这么激动，唐。我们进屋好好谈谈吧。"

吉尔利是一名入盟党徒，是这帮家伙的老板。我惹毛了这两个家伙，他们首先找到吉尔利抱怨，这样做没错。而他也必须尊重他们的意愿，因为还有先来后到——即使他对我有信心，他相信我；但是，他认识他们的时间比认识我要长。这虽然是他们的抱怨，但是尽力解决问题也是他的责任。他解决问题的方法很妥当：他先找到我，并和我谈话。

当时我很强硬，当面拒绝（我不能马上妥协，我必须拖延时间，玩好这场游戏），他说我们得坐下来，把事情谈明白。坐下来后，大家都把手里的纸牌放在桌子上，你一句他一句地尽情抱怨。那时候吉尔利不得不偏向他们，同意他们要我提供佛罗里达州人证的请求。那个时候，我并不担心，因为这完全合乎他们的规矩。

回到商店，我走到帕齐面前，问道："是你对我不满吗？"

"你说来这儿之前，你都是在迈阿密市区作案的，"帕齐说，"但是我们一点儿都不知道这些事。而且似乎你在这儿想要插手的事太多了。所以我和弗兰基想要你提供一名同伙，这样我们就能核查你到底是谁。"

"你不用查我，"我说，"我在这儿待了五六个月了。吉尔利和其他家伙都没话说。我不需要因为你那阵儿在监狱蹲着就满足你的要求。"

"不，你必须这么做，"他说，"我们去后屋坐下来说。"

于是大家都回到后屋。帕齐坐在桌子后面。"你可能是任何人，"他说，"也许你是一名警探。所以我们要查查你，你得提供一名证人，证明你是道上的。"

"我不会给你任何证人。"

帕齐拉开一个桌子的抽屉，拿起一支点32口径的自动手枪，

“啪”一下拍在他面前的桌子上：“不找个人证明你，休想离开这儿！”

“我不会为了满足你的好奇心，就给你任何人的名字，”我说，“你不了解我？我也不了解你。我怎么知道你不是一名警探？”

“你他妈的太会狡辩了。不提供一个证人，你离开这儿的唯一方式就是横着裹在毯子里。”他说。

“你爱怎么做就怎么做，我不会给你什么证人的！”

当时气氛变得十分紧张。吉尔利试图从中和解：“唐，这没什么大不了的。就让他联系一下。确认过了大家就安心了，我们也就不把它当回事了嘛！”

我一开始就知道，当他拿出枪来，我就得向他提供一名证人。因为，一旦在所有人面前把事态搞成这样，他就绝不会善罢甘休。但是，即使在同伙中间，人们也不会轻易供出某人或泄露某人的信息。因而，你需要向他们展示，你是一名顶天立地的汉子，你很谨慎，而且会严格保护和你一起作案的兄弟。所以我故意刁难他们。我表现得十分为难，左思右想。

然后我才说：“好吧，给吉尔利一个面子，我给你一个证人。你可以和这个家伙核实一下。但是，如果这个家伙有什么不测的话，我要你负责，我会跟你没完的。”

于是我给了他一个在迈阿密的伙计的名字。

他说：“大家都在这儿耐心等着。我去看看能否联系上认识这个家伙的人。”说着离开了房间，砰的一声关上了门。

给了他这个证人的联系方式以后，我开始感到紧张。因为这是一个线人，是迈阿密的一名窃贼；他同时也是那里另一名特工的线人。这是我成为卧底前设好的一个局。我当时告诉这名特工，让他转告这名线人，如果有人问起有关唐·布拉斯科的事情，就让这个线人说，他和布拉斯科在一起偷过一些东西，而且布拉斯科是个不错的家伙。这名线人甚至都不知道唐·布拉斯科是谁；但是当这种情况发生时，他必须为他做证。

所以现在，我有些担心。因为那已经是 7 个月前的事情了。我也不确定，这名线人是否得知给人做证的消息；或者如果他知道这件事，那么 7 个月以后，他是否还记得。如果这名线人搞砸了这事，我无疑就死定了。这里其他的家伙并不在意；因为他们是销赃团伙这一边的。帕齐和他的兄弟弗兰基会杀掉我，因为我和他们之间的仇恨，也因为这事发展到了这一步，已经没有任何回旋的余地了。

当帕齐离开的时候，我只是和其他人坐下来，玩纸牌闲扯淡，像什么都没有发生过一样，没人再提这事。但是我却在苦思冥想，到底怎样才能离开一下，哪怕打个电话也好。

两三个小时以后，我猜想大家都松懈了的时候，就开口说：“我要出去买些咖啡和面包卷，谁要？我捎一份。”

“你哪儿也不准去，”弗兰基说，“直到帕齐回来为止。”

“我们待在这儿有用吗，朋友们？”我说，“我没有任何理由要逃跑啊，要吃午饭了嘛。”

“坐下。”弗兰基说。

如果真有意外，我得想方设法逃离那里，不能只坐在那儿等着脑袋后面挨子弹。这里有一扇门通向前面，但是我猜想，帕齐出去的时候，可能把它锁上了。还有一扇后门，也被钉子封死了，从来没有使用过。还有四扇窗户，也都安上了栏杆。我没有别的逃跑办法，只能抢桌子上的枪，也只有这样了。但是，只有到帕齐回来，带来不好的消息时，我才能这样做；因为我还有一线希望逃过这一劫。如果能有幸继续潜伏下去，我在科伦坡犯罪家族的地位将更加稳固。

我们在那里坐了几个小时。除了我，大家都在吸烟。我们坐在那儿吸着二手烟、玩着纸牌、扯着闲话。

下午 4:30 左右，帕齐回来了。我立刻察觉到我没事——因为他脸上的表情说明我又一次打败了他。

他说话了："好吧，我们得到了回话，你朋友证实了你的身份。"

除我以外，大家都松了口气。事情已成这样，我可不能不了了之。我不能在经历所有这些事情之后，只说一句"我很高兴你查明了我没问题，非常感谢"就没事了。道上的话从来很有分量，这是大家都知道的事情。被别人摊牌了，我必须挽回我的面子，告诉大家，没人可以再怀疑我。我必须澄清事实，告诉别人我不是好惹的。我准备痛打谁一顿。

枪还在那里。但是现在大家都站起来了，准备四处活动放松放松。我想先揍帕齐。但是弗兰基却在我和枪的中间。我转了一圈，似乎是漫无目的地挤到了他的跟前，狠狠地打了他，他倒在了地上。帕齐见状扑到我的身上，我又痛打了他几分钟。接着，旁边的家伙也拥了上来，把我们拉扯开。多亏了这些家伙拉架，事态才没有失控；而此时，我阐明了我的立场，并躲开他们俩对我的合力袭击。

帕齐坐在地上，仰头瞪着我。

"你们他妈的这帮流氓，"我说，"下次你们看到我，最好绕道儿走！"

吉多是他们中最狠的一个，他走到我的面前，环视着周围其他人。"这事就到此为止，"他说，"以后我再不想听任何人说任何关于唐有问题的坏话！"

周二在萨利俱乐部吃午餐的时候，人人都可以不拘礼节。在这漫长的进餐时刻，他们可以吹嘘抢劫来的物品、抱怨他们看不惯的家伙、谈论搞砸的生意。他们可以随意地嘲笑和打断彼此的谈话。

下一次在萨利俱乐部吃午饭，假钻石就成了取笑的好话题了。他们叫我“珠宝鉴别商唐”，还说我可能认为天下所有钻石都是假的。他们接着嘲笑帕齐仅仅因为一块假钻石就特别兴奋。“帕齐有一天会弄到真钻石的，”一个人说道，“但是他不会再给唐看了，因为唐会说，它们是假的，而帕齐分不出真假。”接着大家一起大笑。

从那以后，帕齐和弗兰基再也不来找我麻烦了，虽然我们还是混在一起。他们有点尊敬我了。后来令人啼笑皆非的是，帕齐成了一名线人，还参与了联邦调查局“证人保护项目”。

1977 年 3 月，我见到了安东尼·米拉。他邀请我到小意大利市区。他开了一家名为“巴士站便餐厅”的小吃店。这家连锁店位于麦迪逊大街 115 号。我们在这儿消磨时间，或者也会在街对面的低级酒吧“假日酒吧”里混日子。

米拉还把我介绍给了本杰明·“莱芙帝·甘斯”·鲁杰罗。和米拉一样，本杰明是布拿诺家族的一名小兵。莱芙帝和米拉一样，是职业杀手。他在麦迪逊大街 43 号有一家社交俱乐部，就在米拉的巴士站便餐厅北面的那条街上。米拉曾经在那里消磨时间。他就在这家俱乐部外面的人行横道上把我介绍给了莱芙帝。“唐，这是莱芙帝，我的一个朋友。莱芙帝，这是唐。”

莱芙帝五十一二岁，大约和我一般高，约 6 英尺，他体形瘦削，轻微驼背，面部窄长，眼睛炯炯有神。

米拉转过身去和别人攀谈起来。莱芙帝注视着我问："你从哪儿来？"

他是烟嗓，声音沙哑而高亢。"加利福尼亚，"我回答说，"在那儿和迈阿密待了很长时间。现在我住在北面，第九十一大街和第三大道交会处。"

"你认识托尼多久了？"

"两三个月。前几个月，我主要在布鲁克林第十五大道混，和一个叫吉尔利的家伙一起。"

"我认识吉尔利。"莱芙帝说。

在认识他之前，我从未接到过莱芙帝俱乐部的邀请，在你还没建立起关系也没有得到许可的情况下是不可以擅自进入那里的。自那时起，我几乎每天都会去莱芙帝的俱乐部和米拉见面，就此逐渐了解莱芙帝。

接下来，我就在小意大利的布拿诺家族的米拉、莱芙帝一伙人，以及布鲁克林的科伦坡犯罪家族的吉尔利团伙等两拨人之间走动。由于我还没有正式加入哪边，因此辗转于两个团伙之间的行为虽然不受到鼓励，却也是被允许的。但是，鉴于需要时刻保持警惕，注意每个细节，需要处理的事情还是挺多的。

我还要再分给"太阳苹果"计划一些时间。"太阳苹果"计划的"太阳"方面进展得没有"苹果"计划方面那么顺利。特工乔·菲茨杰拉德也建立了自己的卧底身份，他找到一间公寓，准备好了其他的一切，就像我当时一样；我们基本上做了同样的准备。菲茨在迈阿密地区的卧底工作开展得不错，而且他告发了很多待捕的逃犯。但是不知道什么原因，该行动却没有取得如期的进展。大多数菲茨能够接触到的人都是被迫离开纽约的，而且都是些微不足道的毒贩、信用卡诈骗犯和其他类似的罪犯。他们都不是真正的重量级人物。

考虑到我已经在科伦坡家族和布拿诺家族中取得了一些信任，我们想，也许我可以多多联系迈阿密方面。因此，我会不时去那儿和菲茨待在一起，好让人们知道我在“麦迪逊大街”和布鲁克林到处都有人脉。

和菲茨混迹在一起，我有着双重目的。一是尽己所能地帮助菲茨，成为一名在纽约的联络人，当他需要建立或证明自身的信用时，可以提我的名字；二是为了建立我自己的信用。我可以告诉纽约的哥们儿，说我去迈阿密做某个买卖。在那里，会有人看到我在正确的地点出没。相关消息总会被传回来。所以，你必须扮演好自己的角色。

一次，我们在一家名叫塞米的深夜聚会场所喝酒，经常会有很多黑手党人在那边出没。我们正在酒吧里喝酒，菲茨在和他右边的几个女人聊天。我坐在他的左边，也是酒吧间的左边。而就在角落里，有三个黑手党的家伙正在交谈，其中一个已经喝醉了。我认出他是一个来自纽约的黑手党人。

这个醉汉开始朝着我大喊：“嘿，你！嘿，你，我认识你！”

我不搭理他。但是他走过来抓住了我的胳膊。“嘿，我和你说话呢！”他说，“我知道你从哪儿来。你和谁混？”

“和他一起。”我指着菲茨说。

他不仅喝醉了，还说了不应该在黑手党人面前说的话，问了不该问的问题——比如我隶属于哪个犯罪家族。我向和他一起来的两个家伙示意。“你们这家伙在说醉话，”我说，“他说过头了，我建议你们让他闭嘴。”他们耸耸肩，不理睬。

于是我把酒保叫过来。“我想让你知道，这个哥们儿喝醉了乱讲，”我说，“如果发生什么事，我想让你对他说的话做个证。”

这个家伙愈加过分：“我知道你是从纽约来的。别躲我。你在谁手下做？”

我靠向菲茨，并对他说：“他再过来抓我，我就过去揍他。”

“没问题。”菲茨说。他站在那儿，身高6英尺5英寸。“你准备好了，就告诉我一声，我来对付其他两个。”

这个醉汉又抓住了我的肩膀。“嘿！我和你说话呢！”

“准备好了，菲茨。”我说。我走过去狠狠揍了这个醉汉，他从凳子上滑倒。与此同时，菲茨揍了另一个家伙，接着又揍了第三个；他们一个接一个地挨揍，三个人都倒在了地板上。

这家酒吧的所有顾客都离开了。而那些黑手党人，没有一个人想管闲事。

我和酒保说：“你看到了也听到了，对吧？”

“是的。”他说。

“所以，如果有人来这儿问起这事，就说这家伙喝醉了酒乱说话。菲茨知道，怎么在纽约找到我和我的人。”

结果我后来发现，这家伙是卢凯塞家族的一员。消息果真传回了纽约。事情平息了，我的形象也树立起来了。

菲茨和我逛遍了迈阿密地区所有黑手党的联络地点：包括斯尼基·皮特酒吧、查理·布朗牛排连锁店、行政俱乐部、托尼·罗马酒吧、劳德代尔堡的黄金海岸。

但是我们无法和那些大角色攀谈。几个月以来，我辗转于纽约和佛罗里达之间，分别混迹于科伦坡家族和布拿诺犯罪家族之中。

有一天晚上，菲茨和我去了劳德代尔堡附近的一家夜总会，坐在吧台前。菲茨在那儿认识很多人，他把我介绍给了他们。“这是唐，来自纽约。”当时大家都去厕所吸可卡因了，而我只是坐在吧台前，和两三个半吊子黑手党人以及他们的女朋友闲扯。

这时，一个家伙从厕所里出来，手里拿着一个敞口的小瓶子向我走来。他把小瓶子拿出来给我说：“给你，唐，吸一口吧。”

我打了他的胳膊，小瓶子被我打飞了，可卡因洒得到处都是。我抓住他的领子把他提了起来。“我不吸那玩意儿，”我说，“你没资格给我这玩意儿！别再给我这东西了，我用它赚钱，但我不吸毒。我得时刻保持头脑清醒！”

“看看你干的好事，”他抱怨道，“都是我的可卡因啊！”

“你给我记住了，”我说，“你想头昏脑涨随你便，别把它拿到我眼前！”

我不是想装狠才这样做的。对于喝酒和吸毒这种事，和这些家伙在一起便不可以做墙头草。如果在某个聚会地点吸了一次可卡因，或许只是想展示你也是同道中人，或者说了句“以后吧”，这就会给人一种你也吸毒的印象。如果你的态度模棱两可，那么说明你正左右为难，只会招来别人无休止地给你毒品。而如果你说“现在不要”，然后又一次次地拒绝、拖延，他们就会纳闷：这个家伙是怎么回事？但是假如你一开始就划清界限——我不吸毒，我以后也不会吸毒——那么这就成定局了，没人会再来找你。

很多人存在着这样的误解，觉得黑手党人都是酒鬼或者瘾君子。他们中的一些人是这样的——而且吸食可卡因的青年人比老人更多。但也有很多人不这么做，这没什么大不了的。托尼·米拉杀了二三十个人，但他仍然只喝俱乐部的苏打水。

关键是，虽然这里只是我作为卧底特工而必须栖身的虚假的世界，但是对于你要对付的人们来说，它是真实的。你必须遵守这个世界的游戏规则，而这些规则包括建立你自己的原则、信用和人品。我认识一两个家伙，他们做卧底特工的时候，觉得需要融入犯罪团伙或者向人们展示自己是条硬汉，于是开始酗酒或者吸毒，这真是大错特错了。你是不可以在原则和个性问题上让步的。聪明的黑手党人会一眼看穿你的行为。你看起来是一个没有思想的人，所以在他们眼里你无足轻重。

我不吸食可卡因，我也不会因为卧底工作而吸毒。如果我为了工作在外面吸食可卡因，以后我该怎么说服自己的孩子远离毒品呢？

我还有一个很实际的原因：作为一名联邦调查局特工，如果事情进展顺利，我总有一天会出庭为所有我们侦查的案子做口供，我可不能说谎。我不会因为吸毒、酗酒或者任何其他缺少承诺或品德的事情而降低我的名誉，冒证词无效的危险。

这种想法并不是当时在紧要关头一时冲动产生的。当这个家伙给我可卡因的时候，我并没有犹豫。我不由自主地做出了反应，因为在我干这份工作的那天起，我就把这些恶习排除脑外，并确立了我自己的首要任务和做事原则。

不管怎样，我都要完成我想完成的事。之后，尽管我参与了毒品交易，但是再没有人向我提供毒品了。

有一次，我在迈阿密市中心和菲茨一起工作了一周。我已经电话通知了吉尔利和他的团伙，说我要去那儿一趟。但我却没有告诉他们我的电话号码。

原来他们曾经使尽各种方法找我，想让我参加他们在迈阿密策划的一次数额巨大的入室抢劫行动。

他们在佛罗里达有熟人。吉多告诉我他曾经在佛罗里达做了9年毒品生意，尤其在基韦斯特地区，他能把触角伸到那里的警署及地区检察官办公室。维尼告诉我他在斯塔顿岛有一个朋友，这个朋友有一处苗圃，种了大片大麻。在8月收获的季节，吉多会把大麻运到佛罗里达州出售。

而这次他们得知，在劳德代尔堡的一处住宅里有一笔很容易得手的现金，数额为250000美元。这是需要四个人才能完成的工作。而当他们找不到我的时候，吉尔利只好亲自上场，加入了吉多、帕齐和弗兰基。当我回到纽约，他们告诉了我发生的事情。他们实施了入室抢劫，结果却是一场灾难。

佛罗里达的线人给他们的情报是这样的，一位年长的夫人把现金和珠宝藏在保险箱里。于是吉多拿着撬保险箱的工具到迈阿密去了。他们来到这座住宅，给这位女士亮出警探徽章，说他们正在进行一项调查。进屋后，他们铐住了这位女士，却没看到保险箱，也没有250000现金。

他们发现天花板上有一些弹孔，而根据存折显示，前一天这笔巨资已经被取出保险箱、存入了银行，剩下的现金不多。除去飞机票、工具和其他费用之后，他们每人只得到了600美元。

这消息本来不错，只可惜晚了一些。后来，这位线人道出了事情原委：这位女士的丈夫去世了，留下了250000美元。他曾经许诺要分一大笔财产给他的侄子，但是寡妇不喜欢这个侄子，不想分钱给他。侄子试图恐吓这位女士。他拔出枪，对着天花板开了两枪。但是她还是不肯交出钱。第二天，她把所有的钱都放入了银行。而那天正是吉多和吉尔利行动的前一天。

吉多告诉我："早知道我就不干了。"

一次吉尔利从飞机场得手了1200块女士和儿童手表。他把样品带到了商店。和往常一样，如果我找到了买家，他就会把一部分或者全部的货物给我。他同时给了我一个样品推销给买主——一块石竹花牌手表。

与此同时，他锁定了一个买主。有两个家伙对部分货物感兴趣。第二天下午，我们正待在后屋，这两个家伙走了进来。

我认出其中一个是我两年前逮捕过的一名劫持犯。那是在我从事卧底工作以前，当时我还在车辆劫持组。

我在纽约街头就混了两个月时间，根本不可能逮捕多少罪犯。如果你逮捕了一名罪犯，通常情况下你会记得他。我记得这张脸，我记得那个名字：乔。而所有恶棍也通常都记得逮捕他的警察。现在这事碰巧发生在你身上了。就是这样。

他们介绍了我。乔认识其他两个家伙，却不认识我。我看看他的脸，没有任何反应。我不会找借口离开的，因为那样会点醒这家伙；而如果他真的想起了什么，我想看到他的反应，这样我才能有所准备。如果我离开了，这事又点醒了他，那么我回去就可能遭到埋伏。我密切注视着他的脸、他的眼睛和他的手。

他们开始谈论手表和价钱。我决定和这个家伙聊聊。有些时候，如果一个人因为你而感到紧张，他会故意在他的言语中隐藏这点，也就是躲着你。我想，如果我和他谈谈，我能看到他的真实反应——他或者会很轻松地跟我谈，或者会故意回避我。我必须确认这一点，而眼下正好有个机会找他搭话。

"顺便问一下，"我说，"你有没有需要男士数字手表的买家？"

我正好有一块，递给他看。

“看起来是块好表，”他说，“多少钱？”

“买得够数的话就20美元一块。”

“让我问问看，然后回复你。我在哪儿能找到你？”

“我每天都在这儿。”我回答。

这次对话没有任何问题。他的反应顺畅，没有任何迟疑。他们又聊了几分钟，然后离开了。整个商谈大概持续了20分钟，这家伙愣是没认出我来。这样的情况总是发生，可是你除了保持警觉，毫无他法。

几天以后，我问吉尔利：“乔和另外那个伙计买了这批手表了吗？”

他回答说：“买了，他们买了一些我的货，但是没有买你的。”

吉尔利团伙里的家伙会不时问我，有没有销售大麻或可卡因的好路子。我没有明确表态。那个时候，除了汇报我的所见所闻，我不想卷入任何毒品交易。而且当时联邦调查局并没有在毒品交易上耗费很多精力。我们不想参与到任何毒品交易中，即使是小规模的，因为我们没得到可以购买毒品却不实施任何抓捕行动的许可。我们实行的依然是“假装购买，迅速抓捕”的工作模式，这意味着我们一旦假装购买成功了，就必须实施抓捕行动；而这可能毁掉我的整个行动。所以，为了不使我的长期行动计划太过复杂，我最好远离毒品交易。

吉多来商店里找我。“你今天有什么计划吗？”他问。

“没有，我就在这儿待着，没什么事。”我回答。

“开车送我一程吧。我要去泽西市。”

我们开了吉尔利的车，这是一辆1976年的蓝色凯迪拉克威乐。我们开过韦拉札诺海峡大桥到达斯塔顿岛，然后绕着斯塔顿岛开了一阵儿，又沿着这座桥开回了布鲁克林。

我问他："你不是说要去泽西市吗？"

"是的，"他回答，"我要去见一个人。"

我们沿着布鲁克林——皇后区高速公路向北开，穿过布鲁克林大桥到达曼哈顿，然后沿着罗斯福快速道路继续北上。很显然，吉多是在甩掉尾随者，以确保没有任何人跟踪他。我们穿过了乔治华盛顿大桥，进入泽西市。开上帕利塞兹车道，一路向北。

中午刚过不久，我们到达了新泽西蒙特威尔。在萨米特大道和春谷路的交会处，吉多停下车，在电话亭打了个电话，然后回到车里。我们就这样坐在车里等待。

"等一会儿。"他对我说。

大约半小时后，一辆黑色的奥尔兹莫比尔牌汽车停在了我们车旁。这辆车的司机示意我们跟着他。于是我们跟着他向北开了几分钟，越过泽西边界进入纽约。我们停在了珀尔里弗一处繁华的购物中心。吉多和另一位司机出去交谈。另一个哥们儿大约身高6英尺，体重180磅，留着黑色的胡须。吉多示意我下车出来。

这个家伙打开了车后备厢，里面有四个普通的棕色纸板箱。我们把箱子转移到了吉多的车里。

吉多问："那批货有多少？"

"98磅，"这个家伙回答说，"你得按这个重量付我钱。"

我们回到了车里，驶向布鲁克林。"哥伦比亚的货，"吉多指着车后备厢里的大麻说，"我们得卖275美元一磅，寄售的。我们还能拿到175磅的货。这个家伙说他还可以给我们可卡因，但是不以寄售方式。必须提前把钱交齐。”

我卸了货，把这些箱子放在吉尔利商店后面。第二天我进来的时候，箱子都不见了。他们不把毒品放在商店。吉多递给我一小袋样品，还没有脱净——上面有秸秆、叶子和种子。“你有门道脱手吗？”

“不好说，”我回答，“我的人从没卖过这些，我得问问。”

我把这些样品保存了两天，然后又还了回去。“我问的人都不要。”我说。

据我观察，这些家伙自己都不吸毒。对于他们来说，严格意义上，这只是一种生意而已。如果这些家伙是瘾君子，那么情况就会不同了。他们的确会用这个来考察我；但现在的事实是，只需用偷盗物品、倒卖赚钱证明你自己就可以了。

根据黑手党的内部规定，毒品交易本是禁止的。在过去，毒品交易赚不到多少钱，他们也不会参与。而现在，毒品交易成了主要的收入来源，所谓的原则都被丢到脑后。对黑手党来说，毒品交易就和其他生意一样，只要能赚钱，他们可不管那么多。

一天早上，吉尔利坐在后屋的桌子旁，在一些纸张上潦草地写着什么。

“我得填好这些申请表。”他说。

这些申请表是向小企业主利益保护局申请贷款用的。他告诉我，他在小企业主利益保护局认识的一个人会批准贷款。所以吉尔利就填了这个申请表，而内容都是假的：乔·克拉普，收废品的，假公司，假地址。然后他就把申请表交上去，这个内应就批准了。那个时候，小企业主利益保护局正在发展壮大，总会收进各种钱款。

所以，如果申请表看起来很正式，钱款数额不太大、不至于太引人注意的话，他们就不会仔细核查。因此，吉尔利申请了20000美元。他们的内应就会批准申请，留下5000美元作为回扣，然后把剩余的15000美元交给吉尔利。

这项申请最大的好处在于，你不必还款。因为所有的申请信息都是假的，他们怎么会找你追款呢？吉尔利这么干了可不止一次。

一天，我去了俱乐部，吉尔利不在。我问维尼："大家都去哪儿了？"

"吉尔利和吉多接了一单杀人买卖，"他回答说，"他们现在出去找这个要干掉的人。"

关于杀人的事，你不能多问什么。如果他们愿意让你知道，他们会告诉你。但是鉴于我的工作是尽可能地获得犯罪信息，所以吉尔利回来后我问他："你们去哪儿了？"

"我和吉多去找一个人。"他回答说。

"有什么生意要做吗？"我问道，就好像可能要做一单抢劫生意一样。

他接着说要去抢一票。我试着将话题转回到他们要找的人身上，但是他避而不谈。他不愿告诉我，这很平常。我是谁啊？那个时候，我只是一个刚来没几个月的新人，更何况我还是一个联邦调查局特工。如果你有什么杀人的勾当，你也不会告诉任何人。

我不知道这次杀人是否成功了，最好避免谈论这种事。在我潜伏的那些日子里，黑手党那些家伙有时候会闲坐着，讨论他们过去做了多少工作——"工作"在这里指的就是杀人买卖。但是，通常他们不会公开谈论具体哪项或者即将做的杀人买卖。如果出了什么岔子，他们可能会在事后闲坐下来，把这次失败作为笑柄。

有一次，我和莱芙帝·鲁杰罗在他小意大利的社交俱乐部待着，他和一群人正笑谈着一次工作：他们接到一单杀人合同。他们尾随那人有一周时间了，正寻找合适的机会下手。然后，他们被告知行动取消了，不杀这个人了。后来发现，他们跟错人了，就是说他们可能会干掉错误的人。对他们来说，这是这个世上最好笑的事情。“妈的，你说怎么着？我们跟踪了一个家伙一个星期，结果都没跟对人——哈哈哈！我们他妈的每天晚上都出去跟踪这个蠢货。他真他妈的幸运，对吧？哈哈哈！”

7月的第四个周末，吉尔利招待大家去野炊。他在泽西海岸南边的高地有一处房子，距离海滩有一个街区的距离；他把所有人连同他们的妻子和女朋友都请到了那里。

我去了弗雷塔肉店，这是一家开在小意大利附近的意大利肉类市场。我买了香肠、冷切肉和奶酪，把这些食品带去野炊地点。

当然，我是以单身汉的身份去那里的。我本来应该到哪里都带着两个女朋友的，但是我却从来没有带过任何女孩在身边。这些家伙曾经说起过我不带女孩的事，但是我告诉他们，我还没遇见让我十分中意的人。

我总是戴着我妻子送我的这枚爱尔兰克拉达戒指。它上面有一双手，捧着一颗心，还有一顶皇冠，它们代表着爱情、友谊和忠诚。但是没有人问起过这枚戒指。

我们在外面野餐，坐在桌旁，其中一个家伙的女朋友问我：“你戴的戒指不错啊，唐。那是一枚爱尔兰克拉达戒指吧？”

“是的。”

“那种戒指不是代表着爱情吗？不是用作婚戒吗？”

“是的，有时候是这样的。”我回答道。一个家伙也问起了这事，于是我编了几段罗曼史打发他们。

然后她又问：“那么，你为什么戴着它呢？我觉得你没有结婚或者订婚之类的。”

“是的，我没有。但是我喜欢的几个女孩中，有一个把它给了我。然后，几个月后，她就把我甩了。我还戴着它是因为我不想忘掉她。”

其中一个家伙感到很费解。他问道：“你确定你没结过婚？”

“为什么这样问？”

“因为我就是不太明白。你的意思是，你非常爱那个女孩，即使她甩了你之后，你还戴着那枚戒指？”

“当然，为什么不呢？”

“我就是觉得你不是那种会爱上别人的男人，你三心二意的，不够忠诚，和任何人都没有什么瓜葛。”

“呃，人在一生中总会遇到爱的那个女孩，遇到一个特殊的人；所以，我宁愿记住这段经历而不是忘掉它。我就是想戴着这枚戒指，仅此而已。这跟别人有什么关系呢？”

只有在我出去搬运重物的时候，我才会摘掉戒指。除此之外，在整个卧底行动中，我都戴着它。而这也是大家唯一一次问起这枚戒指的事。

我和吉尔利的科伦坡犯罪家族以及布拿诺的米拉、鲁杰罗他们混在一起，外加上去佛罗里达州与乔·菲茨一起执行“太阳苹果”计划，使我没有太多时间回家。我错过了学校的运动比赛季，没法看我女儿当啦啦队队长，也错过了两个女儿的生日。我也没法在家过自己的生日。我甚至错过了我们的结婚16周年纪念日——我的妻子是与一对和她很要好的夫妻——霍华德和盖尔，出去庆祝的。我在她和他们交往一年后才认识了他们。每个月里我大概只有两三个晚上回家。

可每当我回家时，心里却很苦恼。我一边努力尝试弥补错过的家庭时光，一边又无法完全忘记捣毁黑手党的事情。

我想尽方法终于参加了我弟弟的婚礼。这是传统的意大利式婚礼，客人随了很多现金和支票。婚礼过后，新娘和新郎直接去度蜜月了；他们不想带上所有的钱，于是请我代为保管，直到他们回来。"把这些钱留给谁，"他说着，"会比留给我的哥哥——联邦调查局特工更加安全？"

我把这一大笔现金和支票放在我车的前座下面，开车回到了纽约市内。

一周之后，我弟弟管我要这笔钱。可是，这笔钱不在我的公寓里，也不在任何其他的地方。它还在我那辆车的前座下面。自从那场婚礼后，我到处忙，去城市的各个社区。我的车在各条大街和仓库都停过。而我完全忘记了礼金这回事。

我的家人没有一个知道我潜入黑手党如此之深。我弟弟后来跟我说，他开始怀疑我当时是因为办理某些重案才忘记了礼金的事情。我因为工作而分心，这在我的家里引起了矛盾。

这种情形本是可以容忍的，因为只是暂时几个月的卧底工作而已。但现在已经超过了6个月的卧底时间上限，我却仍然没有接触到那些高层销赃者。但出乎意料的是，由于我和布拿诺家族成员米拉以及小意大利的鲁杰罗有联系，他们又把我介绍给了别人。就这样，我的卧底期限被无限地延长了。

虽然我总是感到身体疲倦，但每天的挑战都激励着我。我对事情的发展感到很满意。

在这段时间里，我总要试着记住每件事。因为我不记笔记，即使在我的公寓里，我也必须用头脑记忆。谈话中任何带有犯罪性质的内容、任何进入俱乐部的新人、不同的交易和赃物、不同的涉案罪犯和金额——我必须努力记住所有事项。因为最后，联邦调查局要靠我记忆的准确度和可信度来定案。

这是件需要集中注意力的事，但同时也需要一些技巧。就好比记住车牌号码或者一串武器序列码，三个为一组会比较容易。可困难的是，我不可以问很多问题，这也是联邦调查局的特工训练项目之一。我需要记住很多无意中听到的事情，但不可以要求重复或者再次确认我认为听到的东西。当赃物被运进运出，我不能要求仔细检查，或者询问它们从哪里来、将要卖给谁。我只能寄希望于这些信息自动暴露。我必须装出一副不管闲事的样子，除了关心自己的利益，对其他事情都不太感兴趣。

集中注意力谈话也很耗费精力。大多数谈话内容都很无聊，就是一些琐碎的闲谈——剪了一个新发型或者穿了一双新的巴利鞋；大都会队和巨人队都在做什么；中国人和波多黎各人怎样毁掉了社区；凯迪拉克轿车比林肯轿车好多少；我们应该怎样往伊朗投炸弹；我们应该怎样电死强奸犯，每个家伙都愿意绑住这些变态，然后亲手拉开电闸。毕竟，这些家伙大多没受过教育，都是在同一个街区长大的恶徒。

但是他们在道上很聪明，而且正事始终是贯穿所有话题的主线，这里的正事指的是盗窃、杀人和黑手党政治——谁升职了、谁下台了、谁丧命了。有人会谈起买减价牛排的好地方，其实就是一次杀人行动，或者谈论某个新人入伙了、某个政客成了他们的内应。这些花边新闻不断地点缀着谈话内容，但是会随时改变。如果我不时刻准备着，就会错过某些需要记忆的事情。我也不能叫住他们说："刚才你们说在哪里买通了警察局长？"

更重要的是，为了避免嫌疑，我必须改变我的谈话方式以适应他们的风格。偶尔，我会改变谈话主题或者在某个政府可能感兴趣的犯罪话题进行到一半的时候，故意从桌子旁走开——尤其是为了表示我不是特别感兴趣的时候。然后，我会希望这个话题再次被谈及，或是以后用这样那样的方式再谈起这事。对于这项长期游戏来说，这样的开局玩法很有必要。

我还得记住事实、名字、面孔和数字，直到我给联络特工打电话汇报工作为止。

这就是为什么当我每两三个星期回家一天或者一晚的时候，我很难调整自己的注意力、给予家人应有的关注，尤其是当他们不知道我在做什么，而我们又不能谈论的时候。

一个炎热的8月的下午，我正待在商店，看到他们作完案刚回来。这些人有吉尔利、吉多、帕齐、弗兰基和其他两个家伙，其中一个名叫桑尼。吉尔利非常紧张，我从没见过他这么紧张。

"今天早上，我们抢了贝永的一处房子，"他告诉我，"这家伙是个重量级人物（我不知道他指的是体格庞大还是身份重要），我以为他拒绝打开保险箱，那我就崩了这个狗娘养的！我用枪指着他，恐吓他说，如果他不打开保险箱或者耍花招的话，我就杀了他，我真这么想的。可是最后，他打开了保险箱，我们铐住了他和那个女人，粘住了他们的嘴。”

他抖动得很厉害，肉眼都可以看得出来。他曾经参与过很多类似的行动，我不知道为什么这次他这么紧张。

他们打开了后屋桌子上的一个黑色公文包。我凑到中间看了看，他们也没反对。我瞥见了珠宝——戒指、耳环和项链，还有一些本国的储蓄债券、塑料袋装的钱币（似乎来自某人的收藏品）、一堆男性的裸照和一副男性假发。

在这个箱子里还有几副手铐——是可以在警方供应所买到的那种，几枚在某地偷来的纽约警署的徽章，以及 4 把手枪。

“我们假扮警察进去了，”帕齐说，“告诉他那个牧师的事吧。”

于是桑尼接着说：“我们的车停在靠近房子的大街对面，引擎始终发动着，以便随时逃跑。我恰巧停在教堂前面，坐在车里等他们跑出来。这时这个牧师走过来了。他停下来开始和我聊天！‘天气真好啊。’这个牧师跟我说，而且一直说个不停。我摆脱不了他，也不知道这些家伙怎样从教堂里逃出来，是跑还是怎样，而这个牧师竟和我聊什么小鸟、天空。我走不开。最后，他终于说声再见走开了。弟兄们从教堂里出来的时候，我还能看到他的身影。”

吉尔利递给我一小捆东西。“扔掉这些垃圾，好吗？你回来的时候，把它扔到曼哈顿的垃圾箱里。”

那是他们抢劫后不想要的东西，也不想丢到街区附近：一个粉色的手提包、一把拉刀、对称的耳环、裸照、一个美国护照。

我想要的只是枪支。因为这种偷来的财产可以追踪到具体的抢劫活动，进而摸清吉尔利团伙的行踪。我们想减少街道上的枪支数量。

“如果你想卖掉这些枪，”我对吉尔利说，“我这儿有个哥们儿，我以前把偷来的枪卖给过他，也许他会感兴趣。”

“我们的价格是 300 美元一支。”他说。

“看情况吧，看我能不能卖掉。”

他把这些枪给了我：一支史密斯威森点 45 手枪，一支史密斯威森点 357 高速公路巡警手枪，一支罗姆点 38 左轮手枪，一支鲁格点 22 自动手枪。不管它们的主人是谁，持有这些枪支都是不合法的。其中两支枪的序列号已被抹掉。在吉尔利团伙得到这批手枪之前，它们就已经是被盗物品了。一般来说，没有序列号可查不会给我们的调查造成太大困难。大多数情况下，盗贼不会仔细涂抹，因而不会把所有的标志证据都擦掉。我们的实验室人员能够使用酸性物质复原这些号码。

第二天，我把它们放在纸袋中，走到位于第九十大街的中央公园，去见我的联络特工史蒂夫·博西，他正在那里等我。我把纸袋交给他。我们决定尝试以 800 美元的价格买下吉尔利的枪支。在交易过程中，人们通常不会按照卖家的要价付款。首先，这是政府的资金，因而我们不想多支付不必要的钱款；其次，有必要让他们知道你很厉害，不容易上当。

又过了一天，我回到俱乐部，告诉他们我的人出价 800 美元。

“这不够，”帕齐说，“你说过你能卖出 1200 美元的。”

“我只说过我试试看，”我说，“但这个家伙坚持只出 800 美元。”

“不行。”

对于一些买卖，我只会说“行”或者把东西还回去。但是，对于枪支来说可不行。我不想归还这些枪支。“嘿，我拿了枪，卖了 800 美元。你们想要还是不想要。”我把钱甩到了桌子上，试图以金钱激起他们的贪欲。而接着是一阵吵嚷。

"我们在别处能挣到更多。"帕齐说。

"嘿，如果你能挣到更多，把他妈的这些枪拿到别的地方吧。但是谁会给你超过 200 美元，就为了买一支可能注册过的、偷来的、抹去号码的枪？你以为我不想多卖点啊？这里是我自己的 800 美元。你想做成这笔买卖的话我这就找他取钱。"

"得了得了。"吉尔利说。他拿起钱，给吉多、弗兰基和帕齐每人 100 美元作为他们的那份回报，也给了我 100 美元作为卖出这些枪支的报酬。

我把我的这 100 美元交给了特工博西。所以这些枪花费了联邦调查局 700 美元。

吉多最近一直抱怨有一批人加入了科伦坡犯罪家族。他提到了"艾利·博伊"·珀西科和杰里·朗。"艾利·博伊"其实就是阿方斯·珀西科，是卡迈恩·"斯内克"[①]·珀西科的儿子——有的时候人们叫他珀西科二世——他老子是科伦坡犯罪家族的大老板。杰里·朗的真实身份是真纳罗·兰杰拉，数年之后，这个人将成为科伦坡犯罪家族的二老板；当卡迈恩·"斯内克"进了监狱后，他又成了代理大老板。

"那些入盟的家伙，我干的活比他们一半的人干得还多，"吉多说，意思是他杀过很多人，而这是入伙的首要条件，"我还没有得到徽章。那个叫"艾利·博伊"的孩子只是个小流氓。他从来没干过什么，就弄到了那枚徽章。他入伙的唯一原因就是因为他老子是老板。"

① "斯内克"（"Snake"），即"毒蛇"之意。

“你最好闭嘴，”吉尔利说，“这里的人进进出出，你知道会不会隔墙有耳？我们这样说老板的儿子，会没命的！”

我到了小意大利，站在莱芙帝·鲁杰罗社交俱乐部外面的麦迪逊大街上，这时托尼·米拉走了过来，让我开车送他去布鲁克林。

我本能地提高了警惕。尽管大家都知道，我辗转于两家不同的犯罪团伙之间，但这种随心所欲的状态终会引起怀疑。如果你不尽快投靠某人，人们就会对你失去信任。突然，米拉这个布拿诺犯罪家族的成员，这个狠毒的杂种，叫我和他一起去布鲁克林，而我在那里是经常和科伦坡犯罪家族的人在一起的。他带我去那里是要跟我对峙吗？

在车里，米拉说他已经约好了和“斯内克”见面。

我的脑海里不停地涌现出各种回忆，包括吉尔利的商店里那个曾经被我逮捕过的家伙，他最终认出我来了吗？吉多有关“艾利·博伊”·珀西科的言论——那些有关他儿子的话被传到“斯内克”的耳朵里了吗？这些回想让我心神不宁。他们会对我严刑拷打，让我说出吉尔利团伙的事，说出我所听到的事以及我在那儿都做了些什么吗？

如果“斯内克”听到了这些抱怨，他们会强迫我揭发抱怨的人吗？如果他们强迫我泄露信息，会是某种考验吗？

当我们驶过布鲁克林大桥，我的思想就像脱缰的野马，试着理出各种可能性和对策。我绝对不可以出卖任何人，这是肯定的。如果我为了使自己免于受到威胁而出卖某人，我就不得不退出这次行动了，因为我丧失了信用。所以，如果我被强迫出卖某人，那么我就只能自己承担压力，接受所有的后果。如果他们只是在检验我的可靠性，那么我就会通过考验，而这将巩固我的位置。

当然，他们也可能真的想让我告密，如果我不说，他们就会干掉我，然后把尸体抛进戈瓦纳斯运河，等着别人来认尸。没人知道会发生什么事。

米拉默不作声。我们开车去了布鲁克林帕克斯卢普区，它位于第三大道和卡罗尔街的交会处，距离展望公园并不远。我们停下车等待。卡迈恩·珀西科开着一辆白色的劳斯莱斯敞篷车，车牌号是新泽西的牌照：佛罗里达 444。我以前在照片上见过他。他是一个强健的男子，40 多岁，头发稀疏，脖子修长，黑眼圈，鼻子和嘴唇丰满。他和一个更年轻的男子（大概 20 岁）从一辆罗尔斯轿车里出来，和米拉交谈了几分钟。

米拉回到轿车上后说："和他一起来的是他的儿子，名叫'艾利·博伊'。他刚刚入伙了。"

"入伙"即指正式加入黑手党。我什么也没说。

"汤米·拉贝拉也许会是科伦坡的老板，"米拉说，"但那也只是名义上的，因为他年龄大了，身体也不好。'斯内克'才是真正的老板。我得去和他谈一笔高利贷生意，我们一起干。"

原来他叫我来就是为了布拿诺和科伦坡家族合伙放高利贷的买卖，这就是事情的原委。我之前神经绷得太紧，现在一下子松懈了。如果真的可以做出选择，我愿意选择松懈。

可是和这些家伙在一起，你时时刻刻都无法松懈。因为你永远不知道什么事情是严重的，而什么事情又是无关紧要的。

我心里着急起来，在吉尔利团伙的潜伏任务似乎进入了死胡同。我的一个任务是收集信息以便直接立案，另一个任务是收集政府在其他调查中可以用到的情报。当时，你不可能完全清楚那些所见所闻有多么重要、这些信息会被怎样使用或者是否有用，任何事情都不能忽略。但你又记不住所有的信息，最后只能对人物和事件进行筛选，然后集中注意力去记忆。你选择的信息能有多大作用完全取决于经验、直觉和运气。

1977年盛夏，我们已经收集了足够多有关入室盗窃和抢劫的证据，足以在那周的任何一天逮捕吉尔利犯罪团伙，但我却没有就此撤出卧底行动。因为我当时和米拉、鲁杰罗以及其他小意大利的黑手党人有了更多的接触，比和布鲁克林销赃团伙的接触要多。

我开始琢磨，除了监视销赃犯，是否也可以直接给黑手党致命一击？

我在和我的上级盖伊·波拉达通话时提出了这个想法，我们俩对此都很感兴趣。我们甚至冒险见了一面，地点就在位于曼哈顿第三大道的柯卡德·克莱姆海鲜餐馆；它离我的公寓不远，我们在那儿吃了午饭。

我们重新评估了目标。我们想的时间越长，想的事情就越多。如果我和一个销赃团伙联系上了，那么我也只能止步于此了。但是黑手党是有结构和等级的组织，如果我能和这些黑手党人联系上，我就有了宝贵的机会打入他们内部。

这意味着需要联邦调查局提供更大的保障，而我要面对更多的危险和压力。据我所知，截至目前，联邦调查局从未在黑手党内部安插过特工人员。

最后，对机会的考量超过了其他顾虑。因而，抛弃布鲁克林针对销赃犯的卧底行动，转而渗入小意大利的黑手党人之中，这值得一试。

我将继续单独行动，不受任何保护性的监视。小意大利是一个封闭的社区，像一个与世隔绝的世界。在那儿的街上停一辆单向玻璃的货车，不到5分钟你就会被注意到了。我将继续行动，不使用任何录音带或信号传送器，因为我还是一个新人，时刻都有被搜身检查的危险。联邦调查局在小意大利有线人。他们会知道我是谁，但我却不知道他们是谁。我不想因为知道某人是线人就有不同的表现，或者要求这个线人在我面前有不同表现，我不愿意冒这个险。

尽管做出了这个决定，我也不能突然撤离布鲁克林。我还需要布鲁克林的党徒为我的信用做证。这些市区的家伙十有八九会通过布鲁克林犯罪团伙核实我的身份，这只是早晚的问题，而我不想吉尔利团伙的某个家伙说我有一天突然消失了。我想一步一步地退出来。

我与米拉和鲁杰罗在一起的时间越来越长，和吉尔利团伙在一起的时间越来越少。慢慢地，我只需要偶尔给吉尔利打一通电话就可以了。到了8月，我便整天混迹于小意大利了。

吉尔利很忠诚。特工们通常会现身，和像吉尔利这样的黑手党人谈话，给他们看感兴趣的各种人物的照片，看看他们有什么话要说，同时告诉他们，我们一直在密切关注他们。就在这时，特工们出来和他谈话，他们给他看了几张照片，其中还包括我的。那时候这些特工不知道我的真实身份。他们告诉他说，我是一个珠宝窃贼，一个入室盗贼，他们接到信息，说我在这附近活动，并且他们想知道他对我了解多少。

吉尔利没有表态是否认识我。即使我不在那边了，他也没有泄露有关我的任何信息。

两年后，吉尔利被杀了。他当时驾车行驶在他的公寓附近，遇到红灯便停下车，有个骑摩托车的家伙停在了他身边，用点 38 口径的枪把两颗子弹打进了他的身体。这只是普通的黑手党凶杀案。我们得到信息说，他们认为吉尔利泄露了信息，但事实并非如此。

第七章　托尼·米拉

以前，埃德加·胡佛[①]是不会让他的特工开展卧底工作的，因为这是一件令人不齿的工作，最后可能会败坏特工的名誉。但是时代变了，卧底工作现在已经成为执法工作中必不可少的工具。

线人变得很有价值，但并不可靠。他们是骗子，只是用信息换取他们的生计或者自由，因而，他们有可能编造或者夸大信息，以得到更多的钱。相反，一名政府特工做卧底工作，发誓尽职捍卫法律，在陪审团看来就更加可信、更加可靠。但是这样做却很危险，可能受到玷污，或遭到暗杀。

并不是每个特工都可以做卧底工作。候选人必须有坚强的品质。而“坚强”的意思是有纪律、有自控能力、非常自信。这不是指你要声音高亢、粗暴显眼，而是指你的人格能够经受得住这项工作所带来的非凡挑战和巨大诱惑。你要拥有强大的自我意识，能够从内心深处支持你自己，当别人都不知道你真正在做什么、想什么时，你自己却依旧清醒。

这还意味着，你不会忘记自己是谁，从来没有一天、没有一分

①埃德加·胡佛（Edgar Hoover，1895—1972），美国联邦调查局第一任局长，任职长达48年。

钟忘记过。你是一名联邦调查局特工，正在调查一个案件。

你必须有优秀的独立办事能力，不在意单独工作。这是真正的单独工作，比独处更加孤独。你会一直和黑手党人待在一起，假装是他们的一员，与之建立友谊，听到他们的笑话就哈哈大笑，把感情、观点和恐惧都留给自己，就好像这是你的真实身份一样。天天如此，甚至无法偶尔逃离这种生活，和朋友或者家人分享有关卧底工作的真实故事。除了联络特工，你不可以和任何人讲述你的真实经历。而我和联络特工也只是一周只通话两三次，一次讲话几分钟，一个月为了拿开销费用也只见面一次，每次几分钟。

当你假扮成另一个人的时候，你会发现同样的性格冲突。这儿有你喜欢和讨厌的家伙，也有喜欢和讨厌你的家伙，而讨厌你的家伙可能会不停地找你麻烦。在交朋友方面，你必须克服自己通常的喜好倾向。你要尽可能发展能够帮助你办案的人。你不是一个笨蛋，应该学会把抱怨藏在心里，并控制自己的脾气。

你需要学会独自做出困难的决定，而且这些决定当时就是正确的，关乎前进方向、前进距离、需要承受的风险。你也要接受出错时的尴尬和危险，因为你在道上没有人可以依靠，而且总会面对自己监管领导的事后评论。对于我的案子，这意味着我还要面对来自华盛顿联邦调查局头头们的事后评论。

你必须拥有在道上混的智慧，甚至有时候还要自大一些。我熟知的每位优秀卧底特工都是在街头混大的，比如我。他们在成为卧底特工前，都是很优秀的便衣特工。在道上，你得认识各色人物，知道怎样辨识情况和如何处事，这些能力都是假扮不来的。

工作时，你要保持自律性及主动性。执法工作需要保守和谨慎，员工们都已经习惯遵守规章原则。在联邦调查局，没有雇用特工被指定为卧底特工。人们进联邦调查局时都是普通特工。上班的时候都戴领带、穿夹克，正常上下班。

几年之后，一名普通特工被选中了，并进入了卧底特工的角色。突然之间，没有人告诉他几点上班，上班时应该穿什么样的衣服。他打扮得像个坏蛋，也许开着一辆凯迪拉克或者梅赛德斯。不管结婚与否，他很可能有自己的公寓；他也可以随意进出，而且有钱花。

这种生活风格是联邦调查局提供的，就像好莱坞电影，全是虚假的。但是你周围所有的家伙都有凯迪拉克，都戴小手指环，都玩妓女，都有大量现金。这样的情形下，人们很容易就忘记了自己跟他们不是一路人。如果你的人格和自我意识不够强大，没有对自己感到自豪，你将很容易屈服于这些诱惑，被你所扮演的角色所吞没。对于某些执法机构的卧底特工来说，最大的失败就是他们最终爱上了自己的角色——他们变成了自己扮演的那个角色，忘了自己是谁。

我在城市里长大，是一名意大利人，知道黑手党的真正面目。我十几岁的时候就玩扑克牌、打撞球、去舞厅、在社交俱乐部消磨时间。我知道一些黑手党人经营纸牌和双骰子游戏，而且一些社交俱乐部是黑手党专属的社交俱乐部。我认识一些黑手党人。我知道也许赛马赌徒不是入盟党徒，但是他的老板（即运作整个生意的家伙）却是。我知道他们中的一些人是杀手。即使我是个孩子的时候，就知道一些人今天还在这儿，明天就不见了，而且是永远看不见了；我知道出了什么事。

我知道黑手党人怎样行动，知道他们的思维方式；我知道什么事情该做，什么事情不该做。某些时候你应该闭紧嘴。不要参与和你无关的事情、谈话和情况，在别人让你离开之前就走开不要听。

在那些情况下，你把事情处理好，这才是你在黑道上建立信用的正确道路。他们会在心里说："呦，这个家伙总在附近出没，脸儿熟。"

这对我慢慢潜入黑帮的卧底工作很有帮助。

在那样的环境里长大，我本可以走上黑手党人的道路。我知道他们中有些人是这样的。但不一样的是，我的父母很正直，我长大后也继承了他们的价值观。长大后，我会选择工作这种谋生方式，赡养家庭，遵守法律。而其他人却成了黑手党。

我不是说教，只是想说明，因为我的成长环境和地点，黑手党对我来说并不神秘。我加入卧底工作并不是为了打败黑手党。我可能会和自己说："这帮混蛋，他们杀人、说谎、偷盗。他们是坏蛋，我不喜欢他们。"但是，我无须努力克服自己在工作过程中可能产生的对他们的蔑视。因为我不是社会工作者，我只是一名联邦调查局特工。如果我作为特工所针对的侦破领域是民权或者反恐，那么我也会以同样方式完成自己的使命——尽最大努力做好这份工作。

如果你是一个坏蛋，我的工作就是把你送进监狱。就是这么简单。

黑手党不是以谋杀为主要业务的组织。首先，也是最重要的是，黑手党是由盗贼组成的。这帮人贪婪又恐惧。通过卧底工作，我真正地知道了这些家伙是有多狠毒，又是多么软弱，最狠的人又有多么害怕他们的上级。

并不是个人的狠毒导致了如此强烈的恐惧，而是组织结构令人生畏，是他们的等级、规则、惩罚办法把这帮人吓住了。而更可怕的是执行这些规则的能力。

他们每次犯罪都是出于赚钱的目的。如果你赚的钱很多，那么即使你违反了纪律，也会被赦免。杀人犯的地位是排第二的，是执行规矩的工具，是威胁。你可以像老卡罗·甘比诺（最后一任真实的教父，老板中的老板，死于1976年）一样弱不禁风，但是只需说句简单的“是”或“不”，点头或摇头，摇晃一下手指，就能拥有生杀大权，可以指挥组织内的所有人，道上那些穿着巴利鞋的家伙见了你都会躲着走。

黑手党的五大家族都立足于纽约：甘比诺家族、卢凯塞家族、热那亚家族、科伦坡家族和布拿诺家族。1931年，乔·布拿诺接管了这个犯罪家族。到20世纪60年代中期，他被迫退休，目前在亚利桑那州图森生活，身体状况不是很乐观。我做卧底的时候，布拿诺家族的老板是卡迈恩·加兰特。

甘比诺家族由“比格·保罗”·卡斯特利亚掌管；卢凯塞家族由安东尼·托尼·“鸭子”·科拉洛掌管；热那亚家族由安东尼·“法特·托尼”·萨勒诺掌管；科伦坡家族由汤米·拉贝拉掌管。每位老板对自己的家族都拥有绝对的掌控权。

委员会是由各大家族的老板组成的，负责解决家族之间的争端或者利益纠纷，批准合作经营——比如管理纽约混凝土工业，或者瞒报拉斯维加斯赌场的收入。一个超越家族之上的事可能是，一个家族的老板是否应该被杀掉。该委员会必须批准某个家族的派别或者其他任何人处决某个老板的决定。

每个家族的老板，每层指挥系统，都要求下级的绝对尊重。每个家族都有一个二老板及一名顾问，他调解纠纷，向老板提出建议；还有若干组长。组长下面是打手，是入盟党徒的最低层。

接着是众多的联络党徒，他们和入盟党徒有联系，但本身并没有入伙。在某个犯罪家族，也许有200名入盟党徒，但联络党徒可能有 2000 个，达 10 倍左右。如果你是联络党徒，和一些打手或者组长有合作关系，你同该家族的其他人一样，也适用于很多同样的规则。你必须给予上级尊重，必须分享所得利润，但是他们却没有必要和你分享，而且你也无权得到入盟党徒所享受的尊重和保护。

尽管我十分了解黑手党，并从我的成长经历及调查研究结果中学到了很多，但真正到了一线犯罪现场，成为它的一部分，亲身获得第一手体验，情况还是不一样的。对于任何执法机构，我们知道的内幕都比在法庭上证明的要多。所以，第一手现场资料是至关重要的。

我在科伦坡家族和布拿诺家族已经结识了很多成员，并明确了他们的级别。我知道了更多的劫持案其实是“内部操作”，而非常规劫持。无论什么时候劫持一单货物，你都需要分出一部分给指挥系统中你的上级。你做的所有生意都要向你的组长或老板报告。尽管有这些规则，这个团伙中还是上演着互相欺骗的闹剧，其数量之多已经超出了我们的想象。

除了森严的指挥层级以及尊重上级的严格要求之外，还有一项严厉的纪律准则：如果不服从这些规定，那么后果不是被踢出黑手党组织，而是被干掉。

我体验着成为这个系统一部分的感觉，学习如何正确行事。我的知名度越来越高，且更受人们信赖。我参与了他们的计划和行动，因而也必须遵守黑手党人的规则。

我被黑手党完全接受了，这真是不可思议。我周围的人都是在这些社区里长大的，他们从生下来就对彼此不陌生。而我是一个新人。到目前为止，他们已经接受了我编造的故事和做事风格，所以我真是幸运。当你作为联邦调查局特工，整天和盗贼以及杀手混在一起时，拥有多少技能都不足以保住性命和取得实效，要不断有所突破、进步才行。

我是黑手党人中最底层的成员。唯一比我身份还低的是黑手党眼中的普通市民，和黑手党没有任何联系。

安东尼·米拉是我见过的黑手党中最下流、最恐怖的人。他身高6英尺2英寸，体重210磅。他是一部赚钱机器，同时也是一名冷血杀手。他情绪多变、喜怒无常。人们永远不知道，什么事会驱使他采取行动。他一旦发怒，什么都干得出来。

米拉是惯用刀具的人。黑手党人携带刀具而非枪支是很平常的事，因为他们总是被警察搜查，他们不想被抓的时候身上还带着枪。如果在纽约被抓住了，身上还带着一支没有注册的手枪，这就意味着需要服刑。因而他们携带的是刀片很长的折叠刀具。我也带了一把。但是，人们很少像米拉那样使用刀具，他们经常告诉我："如果你不小心和他发生争执，请务必与他保持一臂的距离，因为不这样做的话，他会用刀捅死你的。"即使是在黑手党人中，米拉的刀法也很特别。

他总是惹麻烦，也许是触犯法律，也许是和其他黑手党人发生争执。他是个招人恨的家伙，会辱骂任何人。人们很害怕他，同时也都轻视他，试图离他远远的。

"米拉的问题在于，"莱芙帝·鲁杰罗跟我说，"他总是辱骂别人。"

但是对于我来说，他是我从吉尔利团伙上升至目前位置的重要一环。他接受了我，我也开始和他一起混，并划分时间辗转于他和布鲁克林的吉尔利团伙之间。我会在上午到小意大利待上两小时，然后回布鲁克林待一阵儿，晚上再和米拉出去到处乱逛。我们去的迪斯科舞厅有塞西尔舞厅、河马舞厅和伊比斯舞厅。

米拉从来不花自己的钱。所有服务都是“赊账”——免费提供给他的。刚开始有一次，我和他去了河马舞厅，那里的很多黑手党人都过来和他攀谈。我们待到了半夜，却没有花掉一分钱。

当我们起身要离开的时候，我拿出25美元放在了吧台上。

“你他妈的把那些钱拿回来，”米拉用低沉的声音向我吼道，“和我在一起，任何人都不用花一分钱。”

“天啊，托尼，只是给酒保一点儿小费而已，”我说，“这是我给的啊！”

他用手指使劲地戳我的胸膛。“你只做我告诉你应该做的事。把钱收起来！”

“好吧。”我说，然后揣起了钱。我不想和他大吵，但争吵很可能无法避免。让那样一个人以这种方式对你讲话，还不与其发生任何争吵，这并不容易。

米拉告诉我，河马舞厅由阿涅洛·达拉克鲁斯所有，他是甘比诺家族的二老板。米拉向我介绍了阿涅洛的儿子阿蒙德，他说这个人经营这家舞厅。

阿蒙德在第五十六大街西11号有一处非法的休闲场所，里面有黑啤酒壶、掷骰子的桌子和赌盘。我和米拉去过那里几次，很舒适；地上铺满地毯，食物和酒水全部免费，豪赌的时候还有很多女招待。这家店凌晨2:00或者3:00时营业，一直开到8:00或者9:00。

阿涅洛·达拉克鲁斯在1985年死于癌症。当时他正面临着根据

《反犯罪组织侵蚀合法组织法》对他进行的控告。不久之后，阿蒙德因敲诈勒索控告而服罪；但他在判刑之前就消失了。我写这本书时，他仍逍遥法外。

我们在新泽西李堡的一家酒吧喝酒。托尼和他一旁的几个家伙说着话。我在一旁听着。挪动胳膊时，我不小心打翻了酒杯，酒到了我另一边的家伙身上。“对不起。”我说。

“一句‘对不起’，我的衣服也变不干净，”这个家伙说，“你们这帮混蛋为什么不滚回纽约去，你们本来就属于那儿。”

“嘿，我说了‘对不起’。”我从酒保那儿拿来了一块抹布，擦干洒掉的酒。

可是这个家伙却也拿了杯酒，放在吧台上，并打翻在我的身上。“滚回河对面去。”他说。

似乎什么都不能让这个家伙平静下来。我看见托尼听着这儿发生的一切，眼睛里闪烁着疯狂的目光，手也揣进了夹克兜里。

我的理论是，如果你不知道事态将会怎么发展下去，那么就不要和别人发生口角——某个家伙可能拔出了枪或者走出去叫来了 20 个家伙。而且米拉很可能马上就会拔出刀捅人，我必须迅速结束这一切。

于是我说：“你想出去解决吗？”

“是的。”他从凳子上站起来，我就在那儿打了他，我是不会出去解决的。另一个家伙也加入了进来，米拉揍了他。第一个家伙又来袭击我，我用一只酒瓶打了他。

我对米拉说：“我们赶快走吧！”

“好，我们走。”他说。

在警察来之前，我们就迅速地溜走了。

“你为什么不捅了那个混蛋？”托尼问我，“我正准备替你干掉他呢。”

感到尴尬吗？是的，我很尴尬。我是一名联邦调查局特工，一个38岁的男人，居然在酒吧里和人打架。我甚至都不想和安东尼·米拉去那种聚会场所。但是因为我去了那种地方，上述那种事情就有可能发生。而且一旦发生，最好的办法就是，迅速解决以防止事态失控。我从来不相信争吵能解决问题。

我们通常会在周五和周六的晚上去塞西尔舞厅活动。我知道塞西尔舞厅是米拉收取保护费的几家聚会地点之一。业主需要每周给他一定数额的分成，还要因为有幸请他保护舞厅而支付工资。有时候，他会让我监视酒保和经理，以确保他们不会瞒报收入。

如果一个周末在那儿拿不到5000美元的话，他就会狂怒。一个周五的晚上，他突然决定，由于他没在这家店赚到足够的钱，所以每个进门的顾客都要收费5美元。我和经理试图劝说他放弃这个想法，因为不可以突然对常客改变规定。但是米拉想要得到那笔钱。

“今晚，所有人都得上缴5美元，”他说，“所有人。”

他告诉一个小青年在门口收费，还派我到那儿盯着，以确保每个人都交了款。

顾客们抱怨不已，但还是交了钱。然而，有三个家伙带着三个女孩走到了门前。其中一个说：“我们不会付这些钱的。”他们开始用胳膊挤开门口收钱的孩子。

我认出了这几个党徒，他们也是米拉的朋友。但我想找找他们的碴。我站在他们前面说：“今晚，所有进来的人都得交5美元。”

“我们不会交钱的。”

“那么就别进来！”

“你他妈的是谁？跟谁一伙的？”

这个问题是问，我隶属于哪一个黑手党人团伙？我装起傻来。“我是自己一个人来这儿的。”

“你知道我是谁吗？”

“我不想知道。如果你是什么大人物的话，就能为你和你的女朋友们支付 30 美元。”

“我要见托尼·米拉！”

“你想见托尼，交上 5 美元，就能直接进来找他了。”

现在，这些家伙在他们的女朋友面前感到十分尴尬，他们开始骚动起来，吵吵嚷嚷，推推搡搡。这时米拉过来了。

“这些人不想交钱，托尼。”我说。

“这些家伙不用交，你他妈的白痴。”他说。

“托尼，我只是按照你吩咐的做了。你没说道上的人是免费的。”

“他们可以免费进来。”

“你们进来吧。”我和这帮人说，同时脸上挂着灿烂的微笑。

“你个疯杂种。”米拉对我说。

和米拉这样的人在一起，你需要偶尔找找乐子，否则你会疯掉的。

我坐在塞西尔舞厅的酒吧间里。米拉的一个朋友（我并不十分了解他）来到我的身后，拍了拍我的背部说了声“你好”，然后把手滑下我的背部。

“你他妈在干什么？”我尽可能温柔地问。但是他嘟嘟囔囔地走开了。我知道他在做什么。他在检查我是否安装了什么设备。然后我看到他和米拉说话。

之后，我在男厕所洗手。而等我转回身，却又撞见了他。他迅速地搜查我的夹克两侧。

我把他推开。“我觉得你找错人了，兄弟。”然后丢下他独自站在那儿。

没人能和米拉走得很近。唯一和他关系近的亲人是他妈妈。你永远没法和他谈论个人的事情。也许某天你会问他：“托尼，你妈妈最近怎么样？”他可能会回答：“还行。”而另一天，你再问他同样的问题，他就会说：“你他妈的打听什么闲事？”

他总是不停地追女人，很受女人青睐，却从来不拿她们当回事。他不结婚，却有一大群女朋友，从荡妇到电影明星等各种货色。不再玩她们了的时候，他就虐待她们。他就是这样可憎。当一个女人在塞西尔舞厅抱怨她放在衣帽间的雨伞被偷了，他就会对她说：“你觉得我他妈会在意一把破雨伞吗？你现在要做的就是滚出去再也别回来了！”

有一次，在南街海港的重建项目旁，那里有许多街头小贩，其中有一个卖珠宝的老妇人正排队等着打公用电话，而米拉正用着。黑手党整天都在没完没了地打电话。米拉打了大约半小时，一通接着一通。当这个老妇人礼貌地问他，她是否可以打一个电话，因为这附近可供小贩使用的公用电话只有这一部，他们要用它做生意时，米拉却说：“听着，你他妈的老王八，我正用电话呢。我乐意用多久就多久。闭上你他妈的嘴，不然我剐了它！”

他和一群家伙聊某个和他约会的大牌女影星。“她和一个家伙发生关系，同时跟我口交，还给另一个家伙打飞机。”他说。我当时肯定是脸部抽筋、叹了口气或者做了什么其他动作，因为他对我说：“噢！明星有什么不同吗？她吸毒上瘾了，自己都不知道自己在做什么。别他妈的跟个傻子似的。”

迎神节是小意大利一年一度最大的街头节日，从9月开始在桑树街举办两周时间。此时正值旅游旺季，汇集了世界各地的游客。虽然是宗教节日，街头却受到了黑手党人的控制，五大家族都会参与其中。不同的组长管理着不同街区的某个区域，设有五六个货摊。人们是不可以直接去教堂，请求在某某区域摆一个货摊的，因为那里是由黑手党的组长们控制的。任何想在某块地盘摆货摊的人，都必须给这片的管理者一定数额的保护费。越有权势的组长控制的区域越靠近节日活动的中心地带，他们还控制着这里的买卖。一位组长控制所有的香肠供给，另一位则控制啤酒的进货。也就是说，如果你有一个货摊，想要出售啤酒，你就要去找相应的组长或他的代表表达你要在自己的货摊上卖啤酒的想法。他会派一个哥们儿去找你，并向你提供啤酒，这样他们就会得到所需的回扣。你还必须支付摊位费用，以及数额等同于总收入一定比例的夜租金。

迎神节期间，包括黑手党人在内的所有人都会出来到街上闲逛。这是一件大事。他们吃着各个货车上的零食。一些手推货车和货摊的主人本就是巡回流动的，但大多数摊主都是该街区的居民，在附近已经经营很多年了。

1977年迎神节的前一天，米拉遇到了一个女孩，她在邻近福尔顿鱼市的南街海港有一个货摊。他想追这个女孩。

“迎神节，我给她争取了一个摊位，”他跟我说，“开车送我去那儿。我告诉过她，今天下午我会帮她把东西运过去，这样她就能提前支起货架了。”

我开车把他送到南街。她很漂亮，也很讨人喜欢，但我总感觉她有什么地方不太对劲儿。我们帮她打包货物，然后开车送她去了桑树街。

米拉对她说：“亲爱的，今晚见。”我们便离开了。

我问他：“你了解她吗，托尼？”

“我刚遇到她，我觉得庆祝完节日就可以跟她过一个干柴烈火的夜晚。”

“你确定吗？”

“你他妈的和谁说话呢？”他问道。

他在那天晚上晚些时候起身赴约。后来我待在咖啡屋里，见他跺脚走了进来。

“你他妈的知道她是一个女同性恋！”他对我大声号叫，“却没告诉我，你个混蛋！狗娘养的。我费了这么大劲，给她弄了个节日摊位。知道我对她说了什么吗？我告诉她‘明天休想回到那个破摊位上’！”

也许某天心理学家会试图挽救米拉，但对于我来说，他就是一个危险的眼中钉、肉中刺。他总是抱怨我不玩女人或者不带女人在身边。我只能说，我在泽西和加利福尼亚州都各有一个女朋友，但我不会真的去找别的女人。

已婚的黑手党人通常都有其他的女朋友。他们对此毫不隐瞒。除此之外，他们并不像我想象的那样经常主动追求女孩。相反，他们周围从来不缺少可以上手的女人，因为她们被这些家伙所吸引。也许他们之后会和她们联系。但大多数夜晚，他们都是出去喝几杯酒，和其他家伙讨论各种计划。

我自己的原则是在任何情况下都不和黑手党人的女人搅在一起。这倒不是出于道德原因，而是因为，出庭做证指控这些坏蛋的时候，这种事情会阴魂不散地缠着你，降低你的可信度。我和他们说我在别的地方有女朋友，他们就不会关注我没有女人的事了。有些时候，为了看起来和大家一样，我也会带某个我在附近街区认识的女人过来吃晚饭，就这么带着她和黑手党人度过一个美好的夜晚，然后开车送她回家，仅此而已。

1977 年的那个节日，下午 1 点的时候，我们一帮人坐在桑树街的一家咖啡馆，其中包括莱芙帝、其他两个家伙以及两个当地女孩。一个女孩坐在我身边，突然开始在桌下抚摸我的大腿。她问："离开这儿后，你打算去哪儿？"

"去泽西看我女朋友。"

"为什么今晚不留在这座城市？"

这个女孩是一个黑手党人的女儿，她的父亲当时也在这家咖啡馆。我必须小心谨慎，不能让她觉得受到侮辱，因为她有可能跟她爸爸说我乱摸她的腿之类的话；如果那样我就死定了——绝不可以对党徒的女儿做这样的事情。

"我对我的女朋友非常忠诚，"我说，"我许诺会去找她，我不想对她说谎。"

"那你为什么从不带她过来？"

"没什么原因。"

"好吧，如果你什么时候想出去约会，给我打一个电话。"

"好的，我会的。当我不再需要说谎的时候。"我逃过了那一次。

米拉的众多生意之一是出售自动贩卖机。他卖过老虎机、自动贩卖机、游戏机、弹球机。城市的各大商店、便餐厅、俱乐部、业余休闲娱乐场所都安装了这些机器。而因为老虎机是非法的，所以会安装在后屋。收取机器里的钱币或者去做新生意时，他会带上我。

收钱时他会直接进去，用钥匙打开机器，数一数钱款，给店主人一些提成——25 美元或者任何其他数额，然后将剩余的钱款放进纸袋，再走出店铺开车回去。他一周大概会收到 2000 美元。

发展新客户时，米拉会径直走进一家店铺，和老板说自己是托尼，这家店铺需要一台机器。通常店主人都会认出他来，然后说类似下面的话："哦，是的，托尼，我刚刚想给你打电话，安装一台你的机器。"如果这个家伙一开始并不感兴趣，米拉就会说："接下来 24 小时，到处打听一下，问问谁是桑树街的托尼。然后我再回来，看看你是否改变主意。"

结果我们回来时，店主总是无一例外地改变了主意。

他试图把这些老虎机安装到大西洋赌城去。他说家族在仓库里有 500 台老虎机，他正等着他的律师想出方法，把这些机器弄出去赚钱。

米拉对我说："开车送我去上城区。"

"发生什么事了？"

"我要去找一个欠我钱的家伙。"

他要去收回他放出的一笔高利贷借款。

我们开到了第一大道的一处餐馆，进去站在吧台前。很快这个家伙也走了进来，他长相凶狠，大概 30 岁。他来到米拉面前，张嘴说话了。

“闭嘴，”米拉抓着他的手说，“别提任何人的名字。不然我就在这儿揍你。”

黑手党人的规矩是，如果这家伙说，他和另一个党徒说了某个情况，提到了另一个党徒的名字，那么米拉就得首先和这个被提到的家伙去谈。所以，他没给这个家伙机会去提另一个党徒的名字。

米拉说：“回答我，我的钱他妈的哪去了？”

“天啊，托尼，你要收钱，可是我最近遇到困难了。但我会还给你的，你知道——”

“我几周前就听你这么说了，”米拉说，“但你还是没还我钱。我们出去走走。”

现在，我有些紧张了。如果米拉把他带出去，这个家伙的尸体第二天就会被丢在附近的某个小巷了。米拉会狠揍他或者捅死他的。在这种情况下，作为一名特工，我必须进行调解，但与此同时还要继续扮好我的角色。

我说：“嘿，托尼，为什么不让我来和这个家伙谈谈，别生气了。我陪他出去谈谈。”

他向我点头表示同意，并把这个家伙推向门口。我想着至少我可以争取一些时间，让托尼冷静下来。我对那个家伙说：“嘿，我刚刚救了你一命。我不想看着你丧命。但下次就不会这么简单了。回去以后你就说‘托尼，我能不能明天见你时还钱？’你最好明天就给他钱，因为我明天也许不会来这儿。你还得装作很害怕的样子，就好像我刚刚揍了你几拳，因为我本该这样做的。你装得不像的话，我会亲手捅死你的，因为我是和他一伙的。”

这个凶狠的家伙因为害怕米拉，真的就听了我的话。

我们回去后，这个家伙径直走向米拉对他说："托尼，我明天就还你钱，你说在哪儿见面就在哪儿见。好吗？好吗？"

"这孩子说服你了？"米拉有时候会叫我"孩子"。"明天，就在这儿。"

和米拉在一起时，我经常感到紧张。他总是和人争论，你永远不知道什么事会激怒他、把他变成一个疯子。他不会真正地忠于某人。他总是触犯法律，这让他在道上的名声很臭。我不想和米拉牢牢绑在一起，因为我不知道他什么时候会再进监狱。他已经快要50岁了，超过半数的日子都是在监狱度过的。

他把我介绍给别人认识，这很有价值。他把我介绍给他的组长米基·扎法拉诺。扎法拉诺为布拿诺家族管理色情剧院和色情电影的全国发行业务。他在时代广场和全区拥有几处色情影院。他的办公室位于第四十八大街和百老汇大道交会处的时代广场——在他的一家叫作"猫咪"的剧院楼上。有两三次，米拉让我开车送他到扎法拉诺的办公室。扎法拉诺也偶尔到麦迪逊大街去。他是一个体型高大、长相俊朗的家伙。

扎法拉诺最终在联邦调查局的诱捕行动中被捕，这次行动被称为"密－鲍恩"计划。特工们前往他的办公室逮捕他的时候，他试图从大厅逃跑，但在逃跑的过程中却因心脏病突发而死亡。

莱芙帝·鲁杰罗拥有一家小型的社交俱乐部门脸，这和小意大利的几十个俱乐部相似。俱乐部里面提供咖啡、酒水、牌桌和电视。楼下另有一间房屋，提供赌注较大的扑克牌游戏，只有男性会员以及莱芙帝、布拿诺家族的同伙可以参与。这是一个消磨时光的好地方。

屋后有一部电话、一张桌子和一个下注的地方。莱芙帝是一个赌马徒。有时候米拉不在，我就和莱芙帝胡吹闲扯，聊聊体育、哪个队很热门可以下赌注之类的事。我开始下一些赌注，赌棒球和赛马；专业足球表演赛季开始时，也赌足球——从50美元到100美元不等，目的只是借下注来融入他们。我们的关系越来越近。莱芙帝开始叫我“唐尼”，而不是“唐”；自那以后，大家都叫我“唐尼”。

在莱芙帝那里，每天的日常生活同在布鲁克林吉尔利商店里无异，除了这里是真正的社交俱乐部而非商店以外。大家谈论的话题涉及体坛书友、赌博账目、谁欠了谁什么东西、将要干的抢劫计划。他们总在谈论钱财，不管数额多少还是谁赚的，总在说着怎么从某人那里诈出点儿钱来的话。

大概两周以后，莱芙帝问我干什么营生。那时我很高兴，因为这不是我殷勤急躁地想要加入他们的；于是我告诉他，我是一个珠宝窃贼，一个入室盗贼。

“我女婿马尔科也是干这行的，”他说，“也许你们哥俩可以一起做点什么。”

“我通常单独行动，莱芙帝，”我说道，“但是，如果有什么好货，特别是我喜欢的，也不是没可能。”

有一段时间就像考验期，我只是静静等待时机，不干涉其他事。莱芙帝开始不时地和我借钱。他需要买一些衣服和家具之类的东西。我会借给他300或125美元。有时他会还给我一部分钱。我从不认为他缺钱，我也知道他是在骗我的钱，能诈钱就诈，对谁都一样。而且，我借钱给他也表示我会赚钱。为了不让自己看起来像个容易上当的傻子，我从来不借给他想要的全部。如果他说需要

500 美元，我就只借 200 美元。

“唐尼，我需要 1000 美元，之前和你说过。你能借 1000 美元给我吧？”

“1000 美元目前对于我来说太多了，莱芙帝。”

“是的，可你看，我要从一个家伙手里买 1700 美元的衣服。我能怎么办呢，你借给我 1000 美元，上次借你的 350 美元，我先还你 200 美元。”

这种“借还循环”在所有人那里都上演过。但这并不意味着这些人真的没钱，只是每个人都想方设法诈别人的钱。

那些日子我两边跑。早上 10:00 我可能会停下车拜访莱芙帝，在俱乐部里待上一两个小时，喝点咖啡，读读报纸，听听他们在谈论什么，听听后面电话里传来的有关赌博的对话。然后再回到布鲁克林，在吉尔利商店待上两三个小时。晚上我会和米拉一起出门，也许在塞西尔舞厅见面，然后出没于各大夜总会。

莱芙帝提议，要我晚上多去他的俱乐部坐坐。这儿的社区里有双骰子或三牌赌一张的游戏，有的赌注还很大。桑树街的肉类市场在弗雷塔肉店的楼上还有几间常规的赌场。他们会在不同的空阁楼之间调换场地。每一两周，他们就换个地方，这只是出于安全的考虑。不管怎么样，只要警察不来找麻烦，他们在这个社区还是很安全的。但不是谁都可参与牌局的。我通常都是旁观者。这帮家伙可能会输赢个 100000 美元。这对于一个靠联邦调查局预算过活的人来说实在是天文数字。

莱芙帝替布拿诺家族的二老板尼基·马然杰罗管理赛马赌博的下注登记业务。一天，他叫我开车送他出城，去第五大道上的一个地方。“我要去见我的一个赌客，”莱芙帝说，“这家伙生产男士服装，大多是男士衬衫，他在四层。这周末他下注 175000 美元，我得去收钱。”

我猜这次莱芙帝能收 5000 到 10000 美元的赌注。“这周我和他在一起过得挺愉快，”莱芙帝说，“上个赛季，有一周我赌足球输给这个哥们儿 16000 美元。”他开始经常让我开车送他去收取赌博的赌注和赢金。有时，他会在桑树街的比昂迪咖啡屋见某个人，收回钱财偿还其他赌徒。在这种赌博活动中，他的收入变化很大。

“两周前，我一周就输了 13000 美元，”他说，“上周我赢了 52000 美元，只输了 1750 美元。”

一天下午他要去别处，所以问我：“我不在的时候，你能帮我管一下电话吧？”

于是，我开始替莱芙帝接听电话，管理下赌注的事。

莱芙帝和米拉很不同，话多而亢奋。他被公认为是一名杀手，可在日常社交中却不会搞一点儿破坏。莱芙帝和米拉都是打手级别的，却隶属于不同的组长。米拉的组长是扎法拉诺（直至其死去），莱芙帝的则是迈克·萨贝拉。

萨贝拉在桑树街拥有一家著名的餐馆——卡萨贝拉餐馆，我们偶尔会去吃晚饭。莱芙帝把我介绍给了萨贝拉，一个个头矮小、大腹便便、眼睛浮肿的男人。“迈克，这是唐尼，我的一个朋友。”

迎神节期间有一次，莱芙帝、我和迈克·萨贝拉坐在一家位于卡萨贝拉餐馆所在大街对面的俱乐部里。迈克通常会在节日期间关闭餐馆，因为他不喜欢游客。

意大利歌手吉米·罗歇里把车停在了这条街上。他打开车后备厢，那里装满了他的唱片，然后就这么站在那儿兜售唱片。

迈克简直不敢相信这是真的。他走出去，对罗歇里说："把该死的车盖放下，你他妈的在街上卖这些破唱片，真他妈让我觉得丢脸！滚吧！"

罗歇里马上盖上后备厢车盖。

"从现在开始，他会改变的。"莱芙帝说。

二老板尼基·马然杰罗经常光顾莱芙帝的俱乐部。人们管他叫作"四眼尼基""小尼基"或者"雪茄尼基"。马然杰罗是一个小个子男人，梳着大背头，戴着厚厚的眼镜，鼻梁坚挺。他从来不笑，又因为戴着厚厚的眼镜，看起来总是瞪着眼睛。莱芙帝把我介绍给了他。"尼基，这是唐尼，我的一个朋友。"他们没有邀请我加入聊天，所以他们说话时我就得走开。

马然杰罗有一家自己的社交俱乐部，名叫"玩偶世界"，米拉是第一个带我去那儿的人。玩偶世界坐落于西斯特街 94 号，位于小意大利和唐人街的郊区。玩偶世界和莱芙帝的社交俱乐部并不是同一种。

米拉第一次叫我开车送他去那儿时就告诉过我："玩偶世界是尼基的办公室。除非有生意要做，或者他让你去，或者有我、莱芙帝这样的人派你去，不可以随便去那儿，也不可以在那儿消磨时间。尼基通常是周一到周五，从 12:30 到下午 4:00 或 5:00 在那儿。到了那里，和尼基谈谈生意，然后就得离开。"

门上用油漆写着"玩偶世界社交俱乐部"，下面是"会员专区"。屋子里面有几张牌桌、一个柜台和一台咖啡机——对于该社区里所有黑手党人和联络党徒出没的小型社交俱乐部来说，这是最典型不过的布局了。但是，事实上这家俱乐部却并非社交场所。人们都是一对一地和尼基谈话。其他人都在外面等着。

正是在那里，我第一次听到了“拉链”这个词。米拉管一些在玩偶世界里活动的家伙叫“拉链”。他说这帮“拉链”都是意大利西西里人，被带入本国进行海洛因交易，并为布拿诺家族老板卡迈恩·“利洛”·加兰特杀人搞联络工作。米拉说，这项活动是严格掌握在加兰特手里的。这些“拉链”很起作用，因为尽管他们隶属于犯罪家族，但是在这个国家，他们都是陌生的面孔——因为他们没有任何前科记录。他们被安置在比萨店里，接货或者分销海洛因、洗钱，并等待任何来自加兰特的任务安排。

米拉说这些“拉链”都是家族成员，行踪诡秘。他们通常都在布鲁克林尼克布克大道地区单独活动。他说，这些人是黑道上最卑鄙的杀手。和美国黑手党不同的是，“拉链”连警察和法官也敢杀。

他指出来的那些人中，有两人是塞尔瓦托·卡塔拉诺和凯撒·博旺特尔。博旺特尔很瘦，但很时髦。卡塔拉诺则矮胖，眼睛眯成一条线。

这是我得到的第一个有关西西里人所干勾当的确切信息。我们知道西西里人浮出了水面，其中一些人合法地进入了这些国家，一些人则从加拿大偷渡过来。但我们不知道幕后主使是谁，引进这些西西里人是出于什么目的。

这是证明情报信息重要性的一个例证，即使你并没有进行专项调查。我当时主要专注于打入布拿诺犯罪家族。当我第一次和米拉一起接触“拉链”时，我都不知道要怎么做。我只是收集信息，然后传送给联邦调查局。几年后，我提供的有关西西里人的信息与其他信息整合到了一起，引发了一场全面的调查行动。1986年在纽约，这些信息帮助侦破了一宗大规模的比萨大亨毒品走私案——这是有史以来最大的毒品走私案件。

最后，莱芙帝派我去了玩偶世界，每周负责向马然杰罗汇报赌博下注的登记情况。我没有机会和他聊天。我只是负责把销售数据、本周营业状况、损失金额、总共“处理”了多少——总收入是多少——汇报给他。我也会回答他几个问题，然后就离开。但是我注意到，马然杰罗在仔细观察我。

其他人也在注意我，我当时还不知道他们是谁。在此期间，纽约市警察局和联邦调查局正在进行其他调查行动，他们将玩偶世界和卡萨贝拉餐馆列入了监视范围。我也出现在了他们的监视画面中。那时他们还不知道我的真实身份。纽约市警察局确定我是唐·布拉斯科，是布拿诺犯罪家族的同伙。

莱芙帝和米拉曾经是搭档，但现在他们都讨厌对方。他们都看重我，觉得我将来能赚钱，因此产生了嫌隙、嫉妒。

“你为什么对那个狗娘养的莱芙帝那么好？”米拉会这样问我，“他什么都不能为你做。”

“那个米拉就是个疯杂种，”莱芙帝会说，“他什么都不会，只会制造麻烦。你不应该和他在一起。”

夹在这两个哥们儿中间是一个危险的游戏。他们每个人都在我面前说另一个人的坏话，每个人都想让我放弃另一个，我左右为难，如同站在聚光灯下面一样显眼。最终，我要做出选择。

米拉比莱芙帝能赚钱。他告诉我，在他上次出狱后的4个月里，他赚了20多万美元。他的活动范围很广泛，拥有不同的人脉。但他是一个疯子。他周围的人都假装是他的朋友，因为他们都害怕他，也都讨厌他。甚至莱芙帝的组长迈克·萨贝拉都讨厌米拉。莱芙帝就不像米拉那样反复无常，对朋友也更加忠诚。莱芙帝同样拥有很多人脉。我能看出来，莱芙帝要求其他黑手党人更加尊重他，因为他忠诚，也不总是惹麻烦。我觉得同莱芙帝在一起更有效。

但是结果证明，我没必要做出选择。

一天下午，我走进俱乐部，莱芙帝正在打电话："嘿，唐尼，有人想和你通话。"

我想着，到底是什么人会把电话打到这里？结果是吉尔利。"莱芙帝问我关于你的情况，"吉尔利说，"我替你说了好话。"

接完电话之后，我问莱芙帝这是怎么回事。

"吉尔利说你不会依附和压榨别人。他说你总是很忙，挣得也不少，而且那边没有人比你强。"

"真的？"

"我很高兴听到这些。"

几天之后他说："唐尼，我要你了。我和迈克、尼基公开去说说。从现在开始，你就是我的搭档了。"

"嘿，莱芙帝，这太棒了。"我说。

"现在，唐尼，这就是说，你得真的听我的话，还得按照规则出牌。我要对你负责，你也得对我负责。我希望所有你说过的关于你自己的话都是真的。因为如果你搞砸了，我们都玩儿完！"

突然之间，所有事情都改变了。我不能再像以前那样随意了，进出都随心情，假装什么都不知道。我不可以用不隶属于某人或者不知道规矩为借口了。

莱芙帝开始实施他对我的所谓“教育”了。这教育马上就开始了，而且没完没了。

莱芙帝很讲究。他要求我剃胡须，理头发。“真正的党徒是不留胡子的，”他说，“除了一些老家伙们。你必须看起来整洁，穿着得体，后一条要求的意思是晚上必须换上运动夹克和便裤。”

他告诉我，我必须对所有家族成员表示尊敬。“这是最重要的事，”他说，“尊重。最糟糕的事就是让一名党徒感到难堪。如果你让你的组长或者老板感到难堪，那么，你什么也不用想了，你死定了！”

当和组长或者老板在一起，不要随便说话或者加入谈话，除非在被允许的情况下。

“现在，当一个党徒把你介绍给另一个，他会说：‘唐尼是我的朋友。’这样说的意思是，唐尼没事，如果你们愿意，就可以在他面前说话。但是你没有入伙，所以他们不好在你面前谈论生意或者家族事项。这就是我介绍你的方式，明白了吧。而当一个人介绍另一个入盟党徒时，他会说：‘他是我们的朋友。’这意味着你可以在他面前谈论生意，因为他是黑手党的一员。”他告诉我，我的所有活动必须得到他的同意。如果我想出城一趟，我要得到他的许可，而且要经常和他保持联系，我所得到的一切收益都必须和他平分。

“当你接电话的时候，”他告诉我，“你不能直接说发生了什么。而是要兜个圈子——就是要暗示我，你要说点什么。因为所有电话都被窃听了，你知道的。”

和大多数的黑手党人一样，他也有妄想症。“到处都是特工。”

他说。有一次，我们走在人行道上，他指着街南面的一处学校。“看到屋顶上了吗？”屋顶上有一些电视天线。“是特工们装在上面的。如果他们监听的话，就他妈能听到我们说的每一个字。”

除非绝对必要，不可以使用姓氏。

不可以和黑手党人的妻子或者女朋友有不正当男女关系。

当一个党徒和不是党徒的人发生冲突时，即使是这名党徒的错，你也应该总是站在黑手党人这边。

因为我现在和黑手党人有联系，但还不是入盟党徒，我是不可以和黑手党人争辩、顶嘴或者大打出手的。“如果你还不是正式党徒，”莱芙帝说，“那么正式党徒总是对的，你总是错的，不管是什么事。别忘了这点，唐尼。因为没有哪个人会站在你这边，帮你对付另一个。”

你得遵守沉默原则，即不许议论所属的家族，不许泄露有关生意的信息。

“不要卷入是非之中，不要搞砸事情，”他说，“遵守规则，多挣钱，也许有一天你也会被推荐，成为入盟党徒的。”

我偶尔和托尼·米拉在一起。莱芙帝抱怨过这事，但是，只要我同他分享我和米拉一起做事的收入就没事了。不管怎么样，米拉是只夜猫子，而莱芙帝不是，这样我就能在他们中间游刃有余了。我没有必要完全脱离米拉，除非到万不得已的时候。

我和米拉、另外两名黑手党人以及他们的女朋友出去玩。大概是早上4:00，我们去吃早饭。突然米拉开始找女服务员的碴，抱怨鸡蛋凉了，服务很差。他变得愈加可恶，开始大声地吵闹。

最后我平静地说：“嘿，托尼，这不是她的错，她已经尽力了。”

而这却让他更加生气，探过身来对我说："你他妈的最好闭上嘴！别再告诉我该说什么、不该说什么或者该做什么！"

"我并不是有意要这么做的，托尼。我只是想也许你能放她一马。"

接下来，他在所有人面前对我一顿痛骂。"你他妈的混蛋。你什么也不是，你自己清楚吧？你没有权力，没有话语权。你觉得那个混蛋莱芙帝会保护你吗？你现在和我在这儿，如果你想活命的话，就把嘴闭上！"

我不得不闭上嘴，因为事态只会变坏，变得完全失控。所以我说："托尼，你是对的。我弄错了。"

但我心里十分愤怒。我早上4:00就得开始工作，尽全力扮演好我的角色，筋疲力尽，想念家人。我还要在餐馆里，在这么多人面前，忍受这种侮辱。我的一生中，从没有人对我这样说过话。

回到公寓后，我越想越生气。我知道规矩：如果你不是党徒，就不可以跟他们顶嘴，更不可以动手。但这不是他第一次当众训斥我了。我不能因为他是安东尼·米拉，就让他继续任意欺负我。

因为我一直装傻，才让他觉得我真是傻瓜。这个家伙说话时把我当成傻子一样；在道上混，不管你是什么身份，都应该得到一定程度的尊重。

但是我必须小心，因为我还得继续巩固自己在布拿诺家族中的地位，任何错误的举动都会让我前几个月的努力土崩瓦解。我必须解决和米拉之间的矛盾，而且必须在只有他和我的时候，不能有其他任何目击者。因为我不能让他觉得没面子。

我必须和他严肃地谈谈，同时祈祷我能够控制事态的发展。如果我们不得不打架的话，那么我不管怎么样都是输。如果我打了他，我也会输，因为不久以后的将来，我一定会被他杀掉。如果他痛打我或者捅了我，那么我在所有人的眼里，就是个没有用的家伙。

第二天，我找到了他，他正在麦迪逊大街的便餐厅里。我说："托尼，我们出去走走吧。"

我们沿着麦迪逊大街向北走。我外表看上去很轻松随意，内心的紧张却急速升级。街上还有一些人，但是如果事态变坏，谁也帮不上我的忙。我心里一直担心着他的脾气和他带的刀具。

我对他说："托尼，我知道你是一名党徒，而我不是；作为党徒，你完全有理由得到尊重。"

"是的。"他说。

"但现在我要告诉你，别再当众让我难堪了。因为我毕竟不是街上那种流氓人渣。如果你还这样侮辱我，总有一天没人的时候，我会找你算账的，托尼。"

我等着他做出反应。我们继续走着。

"啊，你还不错，"他最后说话了，"我喜欢你。"

"那么，就不要让我难堪。对我而言，从现在开始，一切都过去了，从来没有发生过，我们重新开始。"

这次谈话就这样结束了。他离开了，回到了餐厅。他再没提过这次谈话，但从此之后，我们的关系变得紧张起来，而且他始终耿耿于怀。

他给了我一份工作：负责安装老虎机的日常事务，并帮着收钱。"我给你一周300美元的报酬。"他说。

这很奇怪。我虽然知道他肯定我的能力，但是却不太确定，他这异乎寻常的脑袋里到底打着什么算盘。我是不可能接受这份工作的，因为如果我接受了，我就把自己卖给了这个家伙，受他控制，成为给他跑腿的小工——这是他手下所有人的下场，我不得不防。

于是我说："瞧，托尼，我很愿意不时地帮帮你，你知道的。但是，我也有工作要做，300美元一周不值得我付出那么多时间。"

"好吧。"他说。

我和莱芙帝说了这份工作的事。"你这么做就对了，唐尼，"他说，"和那个混蛋绑在一起的人，要么被利用，要么被杀。"

此后不久，米拉就跑路了。他开着大众汽车溜出了城。他因为另一宗毒品指控被该州通缉。3个月之后，米拉被再次抓捕，回到了监狱。

他获刑8年6个月，被关进了纽约里克斯岛的监狱。莱芙帝说："看他在那里怎么跟那些黑鬼斗狠。"

就这样，我暂时不用和米拉联系了。

除了赌博下注登记生意，这里还有大大小小的骗局和阴谋。这帮人会去抢一批价值100000美元的货物，也会抢一台停车计时器，哪怕连一角硬币也不放过。

关键在于骗局的数量。200美元也许数额不大，但是如果你骗上50次，那么钱数就不少了。我们有伪造和偷来的信用卡，在引起注意之前，总能得手一两次。他们会用这些卡购买电子设备，然后再转手卖掉。

一个名叫"希腊人尼克"的家伙经常向莱芙帝提供停靠在泽西港的货物的清单。莱芙帝会偷走这些货物，再让人订购。他把这些清单拿给我，让我看看能不能买些什么东西——收音机、行李、衣物。他和他的团队能够提供各种假票据。他在机动车辆部门有一个内应，能提供给他空白的驾驶执照，你只需要敲入相关信息就行。

一个家伙花了350美元，从莱芙帝手里买了6张假的纽约驾照和6张假的社会保障卡。

为了解决纽约富尔顿鱼市业主之间的矛盾，莱芙帝和他的两名同伙得到了20%的所有权以及每月5000美元的工资。“真是耻辱，”和俱乐部里其他业主会见之后，他这样对我说，“我不能用自己的名字分成。”黑手党人不喜欢公开谈论收入或者所有权。他们开的车几乎都是用别人的姓名注册的。莱芙帝从没有报过税。

一个典型的骗局是怎样购买银行支票。莱芙帝告诉我，他可以在纽约州北部弄到银行支票。“在那儿，我们有一位副行长。如果有人给他打电话，他就会授权购买这些支票。”他说。这些支票可以用来“购买”商品，然后我们再进行倒卖。

他把我介绍给了一个名叫拉里的家伙，这个家伙曾经在第七十一大街拥有一处酒吧，也是这个生意的联系人。拉里说，他已经和银行的几个朋友商议了最好的诈骗手段。

他有一台印模机，能够证明支票有效。他还在我身边留了几个哥们儿帮他传递支票。他会提供给我们8张支票和一份8个人名的清单，这些名字是用来填写这些支票的。他还会提供纽约州驾驶执照和社会保障卡来为这8个人证明身份。银行账户也是用这8个人名开的。可假支票里的钱数超过了他们的存款，当店家给银行打电话，提供支票上的这些姓名，要求证明支票真伪，这位副行长说这些支票有效。为了避免露出马脚，所有支票必须在一周内兑现完毕。如果我们以最大的效率行动，那么这些支票将兑现500000美元。

拉里手里有一份商店清单，可以用支票去这些店购买商品。这些商店的店主都不知道这个诈骗的阴谋，但拉里却知道这些商店是可以接受这些支票的。我用的是“约翰·马丁”这个名字和身份，工作单位是零售商品商店。如果商人想要证实零售商品商店是否存在，我会把拉里给我的一个电话号码提供给他，电话那边也会有人回答“零售商品商店陈列室”。

我走进商店选好中意的商品，然后告诉卖家，我得看看支票的数字行不行。我接着打电话给一个名叫尼克的家伙，把商店名字以及买卖金额提供给他。尼克就在支票上填好信息，然后在上面盖上“已核实”字样。

传递这些支票的家伙遍布纽约新泽西一带。我得到命令，进入纽约东南部果园街的某个商店，购进价值4000美元左右的衣服。

我走进商店，挑选了价值2660美元的男士服装，并告诉售货员我会马上拿着盖了章的支票回来。我离开商店，给尼克打了电话。

尼克要我一小时之内到莱芙帝商店见他。我到了之后，尼克给了我一张支票，上面用蓝色印泥加盖了“已核实”字样。

我们回到商店，买下了衣服，把它们装进了汽车后备厢，其他人会负责卖掉所有以这种方式买到的货物。

一周之后，拉里在莱芙帝俱乐部见到了我。他说他遇到了麻烦，我买的衣服他卖不上好价钱，最后只卖了1100美元。除去成本花费，他只剩下600美元了。“我还要给银行那些家伙一份回扣，你明白的，”拉里说，“然后，其他两名主要的作案者，也敲了我一大笔，你知道。”

莱芙帝开始感到反感。“算了吧，”他说，“给我们你卖掉的钱，然后别再来这儿了。”

600美元中有一半是拉里的，所以他给了我300美元。我必须一如既往地分给莱芙帝我的一半收入。

这一大笔买卖整个做下来，我就分得了150美元，而我把这钱如数上缴给了我的联络特工。

这次行动过后，联邦调查局给予了这些商店相应的赔偿。

莱芙帝把我介绍给了一个名叫“李堡·吉米”·卡帕索的家伙（因为他来自新泽西李堡），他是布拿诺家族的分支头目，也是尼基·马然杰罗的搭档。一天，我在玩偶世界门前闲逛，“李堡·吉米”过来了，和我说：“唐尼，想和你聊聊。”

他大概 50 岁，总是表现得很体面。

他把我拉到一旁说：“唐尼，你看起来挺精明的。我只想给你提一个建议。我们做的生意，等老了就不能做了，而且人是老得很快的。这里你看到的很多人都赚了不少钱，但等他们老了，到了五六十岁的时候，他们就破产了，这都是因为他们从来不存钱。现在他们也搞不出什么名堂了。所以我的建议是，唐尼，找一个你可以真正相信的人，每做一单生意，就拿出一部分钱给这个朋友，让他帮你保管。你还要和那个朋友定下规矩，直到你想退休了，再让他把这些钱还给你。你不能三天两头就去找他要个一两千美元，因为他不会给你钱的——这是你们之间定的规矩。坚持这样存几年，等你变老了，不能每天都出去偷东西的时候，你已经存了一笔不小的数目了。你就不用担心自己像这些家伙一样，临到老还破产了。”

他是在向我推荐黑手党的个人退休账户，那是 1977 年的事了。

第八章　莱芙帝

和大多数黑手党一样，“莱芙帝·甘斯”·鲁杰罗仍然住在他出生和成长的这个社区。

他的住处在老旧的大型公寓楼群里，名叫尼克布克村庄，坐落于门罗街上，距离小意大利南部仅几个街区远。这里住着很多黑手党人，包括托尼·米拉。莱芙帝经常邀请我去那里。

这是一间小型一室公寓，位于18层，可以俯视这片楼群的大院。他喜欢热带鱼，因此养了好几缸。他还有一台尺寸较大的彩色电视机和一部录像机，上面装有无线电传感装置，用来干非法监听的事，这和其他黑手党人的做法一样，不用花钱。

莱芙蒂家里没有安装空调。他讨厌空调。甚至在最炎热潮湿的日子也不允许我们在车里开空调。他一根接着一根地抽着英国奥瓦尔牌香烟，烟雾弥漫得到处都是，他这样真让人难以忍受——尤其是对我这样不吸烟的人来说。

他是个烹饪高手，什么都会做。每周我都会去那儿吃几次饭。

莱芙帝已经离婚很久了。他的女朋友露易丝是个很好的女孩，同样来自这个社区。我和露易丝相处得很好。她忍受了很多。莱芙帝不近人情，有时候对她很不好，就像对其他人一样。但同时他也在保护她，并且非常忠诚。她有一份全职秘书的工作。

露易丝的母亲去世的时候，她还叫我来参加葬礼。我不认识她的母亲，但是我很高兴，想着她让我去参加葬礼，这表明她很喜欢我。我记得那天去参加葬礼的时候，天上下着倾盆大雨。那里的气氛沉闷而悲伤，把我的情绪也带得很奇怪；因为这些人认为我是其他的某个人，他们是和这个人一起共度这样的悲伤时光的。

即使在这样的工作里，你也会和人们建立起感情。欺骗坏蛋，这很容易接受，因为我们干的就是这一行。但是如果心里清楚在接下来的五六年里，你要欺骗别人，而且被欺骗的人还不是坏蛋，不知道正发生着什么，或是恰巧出生在或者嫁到了坏蛋家里，这就很难接受了。这些人也会与你培养起感情，而你眼看着这些事情发生，并且知道到最后，他们会因为你做的事而受到伤害。更糟的是，他们甚至不知道你到底是谁。

莱芙帝有 4 个成年子女。我和莱芙帝的子女走得很近，成了他们真正的朋友。他们有问题时会来找我。他最小的女儿二十五六岁，和他的前妻一起住在这栋楼里。她在医院工作，工作也十分卖力。每年她都会在迎神节期间摆上一个货摊，卖饮料和水果。他的儿子汤米大概 28 岁，也住在这栋大楼里。他是一个窃贼，为家族做了不少事。他基本上是一个自由职业者，也时常吸食海洛因。

莱芙帝总是要我和汤米谈谈，劝他别再堕落下去。他想让我帮他戒掉毒品，静下心来工作。有时候，汤米和我会在中午过后拜访莱芙帝的俱乐部，观看我们最喜欢的肥皂剧，比如《我的孩子们》。可莱芙帝一进来看见就会大发脾气。“关掉这些该死的肥皂剧！”他大叫着，“你们应该出去偷东西，找生意做。快点，唐尼，让汤米忙起来。”

莱芙帝的两个女儿都嫁给了黑手党人。一个女儿很不幸，嫁给了马尔科。

我在米拉的巴士站便餐厅见过马尔科。马尔科不仅是个珠宝窃贼，还是个开保险柜锁的老手。他还做毒品买卖，喜欢多嘴多舌。除了聊几句有关珠宝的话题，我几乎和他没什么往来。他生活奢侈，在佛罗里达州有一艘大船，他会在那儿度假。他还吹嘘说给他多少毒品，他就能处理掉多少。

当我见到马尔科时，他正因为他的搭档比利·派罗戴斯而忧心忡忡。“比利出卖了我们，”马尔科说，“要是他告发了我们干的事，那足够我死好几回了。”

莱芙帝也担心比利·派罗戴斯。“我们必须干掉这个小子，叛徒。”他说，“我要把他带上我的船，再把他扔下去喂鱼。我有没有告诉过你那件事，唐尼，他是不是还以为我会在船上下手？我没说过吧？”

“没有。”

“有一天，我叫上这个家伙一起上了我的船，你知道的，停靠在东河上的那艘快艇。他来了，但不停地注视着我，不肯背对着我。最后，我问他到底是怎么了。他说他害怕我以为他告了密，会枪杀他并把他扔下船。我说：‘你这个傻杂种。如果我想干掉你，不用这么麻烦把你带到我的船上。我会在你玩牌的时候，就在俱乐部楼下直接把你干掉，然后卷到一块小地毯里，丢进靠近南街的河里。我们就是这么对付告密者的。’我告诉他。”

他看着我，我不知道他只是在给我讲故事，还是想告诉我叛徒的下场。

“那么，我希望这个名叫派罗戴斯的家伙别供出任何人。”我说。

有一天，马尔科突然消失了。人们都说他瞒报了本该交给组织的贩毒款。我们再没有见过他。道上传言说，是莱芙帝放出的杀人令，干掉了他自己的女婿。但莱芙帝没有对此事进行任何表态。

露易丝知道莱芙帝是做什么的。他说来就来，说走就走，就像所有其他黑手党人一样。他们的关系似乎很和谐。莱芙帝在她面前说话从不避讳，但却从不说脏话。党徒就是这样的。他们可以出去杀人，但却从不在女性面前说脏话。而如果一个女人说脏话了，那就代表她是一个妓女。“如果露易丝说‘他妈的’这个词，我就会把她扔出窗户去。”他说。

9月，他们打算结婚了。莱芙帝邀请我做伴郎。婚礼将于市政厅举行。他们全都盛装出席。莱芙帝非常紧张，甚至都忘了带结婚证。结婚典礼在下午5:00举行，而颁发结婚证的结婚登记处已经关门了。法官不得不派他的书记去取回结婚证书。

我给了他们200美元作为结婚礼金。然后我们去了卡萨贝拉餐馆庆祝。大概来了10个人。迈克来了，坐下来和我们一起喝酒。然后我们去了上城区的马德里酒庄，那是莱芙帝最喜欢的地方，我们在那儿看了弗拉明戈舞蹈表演。

“你从来没有杀过人吗，唐尼？”莱芙帝问我。

“如果你指的是暗杀，那我从没做过。但我杀过两个人。一个是在打架时，另一个是搞砸我抢劫行动的家伙，我们两个起了冲突。”

“那不是杀人。”

“你打死人，就是杀了人，这有什么区别吗？”

“不是的，唐尼，你不明白。没有那么简单。这就是为什么我要教你。按合同杀人和因为矛盾杀人有很大的不同。如果因为矛盾，你会对所杀的人很愤恨；但如果是按合同的话，你可能不会对被杀的人有任何怨恨，甚至不在乎这个人为什么被杀。你需要毫无情感地去干掉那个人，就像遵守岗位职责那么专业。你觉得你能做得到吗？”

“我不觉得有什么不能的。”

“好，那么，我们走着瞧。很多人都觉得这不难，可到时候他们就怯场了，做不了了。下次执行任务时，我带上你，告诉你怎么做。一般来说，要使用点 22 口径的手枪，因为留下的弹孔不像大口径手枪那么清晰。对准耳朵后面开枪，点 22 口径手枪的子弹打到头骨，脑袋就会开花。我下次有暗杀任务时，带你一起去。”

如果这种情形真的出现了，我该怎么办？作为一名特工，我不能允许，也不能容忍杀人事件发生；当然，就算这种事发生了，我也不能参与进去。但我会发现突然面对这种局面时，我并不总是清楚我们要去做什么，或者为什么要去这样做，但这些问题又不方便问。

如果杀人的事就要发生，而我也在现场，要不要冒险阻止呢？甚至牺牲我自己的性命？我的决定是，如果真要面对这种抉择，杀人目标又是一个黑手党人，那么决定是他死还是我死的时候，答案当然会是他；但如果目标是个普通市民，我就算是冒险也要阻止。

1977 年盛夏，他们完全接受了我，我可以随意活动。我认识桑树街南面的大多数普通黑手党人，不仅包括布拿诺家族，还包括其他团伙的黑手党人。他们会像拥抱熟人一样拥抱我，像黑手党人间互相吻颊那样亲我的脸。我可以随意进出任何聚会地点。我可以随意搬家。很多时候，我们会在麦迪逊大街 116 号的假日酒吧活动；

但是，这地方太不干净了，我只能直接就着瓶子喝啤酒和苏打水，从来不用那里的杯子。在社交俱乐部、咖啡店、卡萨贝拉餐馆，我们消磨时间，玩金罗美纸牌，大家讲着战争的故事，互相开玩笑。

我认识了几个家伙，比如阿尔·沃克，他是托尼·米拉的叔叔，真名叫阿尔·埃米巴拉托；米拉的侄子乔伊·达米科，他在道上的名字是“乔·莫克”·比格·威利·拉维埃罗，他在哈莱姆区为尼基·马然杰罗做账目；乔伊·马西诺，一个健壮如牛、肩膀宽阔、大腹便便的男人，他地位爬升得非常快；尼基·桑多拉，他曾经因为做赌博下注登记生意而服刑，希望成为莱芙帝的合伙人；还有吉利兄弟乔和杰瑞。

然后还有弗兰基·菲什、波尔基、博比·“猛击者”、路易·哈·哈、博比·“心脏病”（因为他总是戴着一部起搏器）、乔·雷德等。

真名字对这些家伙来说并不重要。介绍他们时并不使用名字中的姓氏。我认识在这儿活动了5或10年的家伙，但我们都不知道彼此的姓氏。没人在乎这事。人们把你介绍给别人时只会用到名字或者昵称，如果你不提起某人的姓氏，没有人会问你的。这只是游戏规则而已。我认为如果他们想让我知道一个人的真名，他们会告诉我的。

我之所以知道这些家伙的姓氏，是因为联邦调查局进行过身份确认。每次当某人进入我的视线，我都会努力确定他们的身份，即使只是昵称而已。因为你永远不知道，谁会在将来某个时候、某处或者某个调查案件中变得重要。

我告诉莱芙帝，我在泽西有一个女朋友，如果哪天他拜访我的公寓而我又不在的话，我很有可能是和她在一起。曾经有一段时间，有关我女朋友的话题总是被提起。我从来不提一个全名。他也从未问起过她的名字。没有任何人问起过。

在整个 1977 年，莱芙帝都没有告诉过我他的姓氏，但我知道他的全名；当然，这不是他告诉我的。我也没有告诉过他我的全名。我只知道他名叫莱芙帝和本尼。他知道我名叫唐尼。我习惯了周日或者晚上去他家，与他和露易丝一起吃饭、看电视，然后躺在沙发上睡觉。但他却从来没告诉我他姓什么，也从来没有问过我。而我们第一次出去旅行的时候，需要入住一家旅馆，他才问："你希望我怎么填你的名字？"这样，他才知道了我的名字是布拉斯科。这是我第一次帮助他办理入住手续，也正是那时候，我问了他的姓氏是什么。

所有这段时间里，我向联邦调查局报告的情报都是有关布拿诺家族及其他犯罪家族组织的：他们是怎样操作的、身份地位如何、全国黑手党的信息，还有以前的特工从未提供过的情报。我持续收集有关西西里人黑手党的信息：加兰特和卡罗·甘比诺通过合作，把他们安置在东部和中西部的比萨饼店里，让他们待在那儿直到老板需要他们做什么事情。这些"拉链"被用来当作贩运海洛因和杀人的工具。

为了缓解紧张情绪，我每天都跑步，在我公寓楼里的健康俱乐部练习举重。那个时候，我不知道其他黑手党人是否也这样锻炼。不过没关系，大家只会认为我是一个痴迷于健身的疯子。周日我大多都会去做弥撒。但是黑手党人不做这个。

莱芙帝对我很亲近，因为他认为我很能赚钱。我并不想显示自己有多少存款，因为我不想引起注意，我想让别人把我当作一个经常作案的盗贼，就把自己塑造成和他们一样——偷一笔钱财，然后过上两三周的好日子，然后再回去四处搜寻目标。他看到我能拿出足够多的钱，觉得我有赚大钱的能力。他需要钱，因为他遇到麻烦了。

“我他妈的欠了好多钱，”他告诉我，“我欠尼基 160000 美元。还不了这些钱，我什么也干不了。我快急死了，我们必须挣些钱。”

和大多数黑手党人不一样，莱芙帝没有坐过牢。他曾经因为敲诈和盗窃，被抓捕过好几次，但是他总能逃过刑事责任。莱芙帝真正的问题在于，他是一个堕落的赌徒。如果他有一天赚了 2000 美元，那么第二天，他就会在赛场上输掉 3000 美元。我知道他一天在赛场或场外赌博场上能输掉多达 10000 美元。即使差不多输得只剩下 2 美元了，他也会下赌注。他乐意当个赛马赌徒，因为如果是场外赌马，赢了你就得将总收入的 1% 支付给他们；而当个赛马赌徒，赢了你就不必支付给他们任何钱，何况这些赌徒下赌注胜出的概率比这个国家胜出的概率还大。

我是这个世上最差劲的赌徒，就连掷骰子、玩纸牌或赛马都赢不了。如果不是为了这份工作，我是决不会赌博的。但是莱芙帝更差劲。他没什么技巧，运气也很糟糕，却是一个典型的赌鬼，马上就要大干一场了。有时候，我们会去佛罗里达州度个小长假，去赌赛狗和赛马。他对赛狗不在行。我们可能会赢个或输个一两百美元。大多数时候我们都会输。他对赛马也不怎么在行。我们也没有内部消息。莱芙帝在赌博里得不到好处。

有一次，我们去海厄利亚玩了“六连选”。头 5 场比赛，我们买了 2000 美元的高风险赌注，每次都赢了。如果我们第 6 场比赛选对了，就会赢得 30000 美元。所以为了保险起见，我们决定，最后一场比赛时，我们要把钱赌在最受欢迎的马身上。结果最受欢迎的马输了。所以我们输掉了 30000 美元。

他很费解："最后我们买了最可能赢的马，可是这匹马竟然输了。而另一匹叫哈达的马却出了线，马上到手的 30000 美元就他妈的这么飞了！"

"瞧，我们只输了 2000 美元而已。"我说。

"问题不在这儿，唐尼，关键是，我们明明他妈的计算好了！"

他的问题很严重，以至于使他在成为入盟党徒的路上一直延误。他告诉我，我刚认识他的时候他还没有入伙，因为他尚未还清赌债。后来他还清了一些赌债，才在遇到我之后不久，即 1977 年夏天，正式入了盟。

但是现在，他又欠了一笔巨额的债务。这就意味着，那些从赌博下注登记生意或者其他生意中挣来的钱，马然杰罗都会从总收入里扣除一份用来抵债。除了私藏起来的部分，莱芙帝将一无所获。这个游戏的本质就是大家都哭穷，所以任谁都说不清莱芙帝是不是破产了。

我带了足够的钱来让莱芙帝相信我很能赚钱，且有更大的发展空间。我们一起工作的话就可以发大财，正如莱芙帝所看到的那样。

他鼓励我说，我在黑手党会很有前途。

"关键是，唐尼，你不要卷入是非。你得能挣钱，别惹麻烦，不冒犯别人，不侮辱别人，这样有一天你就能成为党徒了。现在，唯一重要的是，他们可能会给你一次暗杀任务，让你出去干掉一个人。但是别害怕，我说过会告诉你怎么做的。你有这个潜质，只要你好好做事，不卷入是非，站在正确的人这一边，我会提议让你入伙的。"

莱芙帝说："快点，我们还要去萨贝拉那儿呢。"

那是一个炎热的7月的晚上，我们去了卡萨贝拉餐馆，但是没有进去。有五六个其他团伙的成员站在外面的人行道上。我认识这些家伙，他们是迈克·萨贝拉手下的人。我们和这些家伙都站在人行道上。

我问莱芙帝："我们他妈的为什么站在外面？"

"我们在这儿能保证老头子的安全，他在里面。"

这里的老头子指的就是卡迈恩·加兰特——布拿诺家族的老板。他最近刚刚出狱。我透过餐馆窗户向里看，能看到他坐在大人物的专用桌子旁：他长着一个鹰钩鼻，头几乎都秃了，嘴里叼着一根大雪茄。萨贝拉和其他几个人同他一起坐着。

"有什么大买卖吗？"我说，"他碰上什么事了？"

"是有事，"他说，"有很多事情，你不知道，唐尼，但我不能说。"

"那么，我们为什么不能进去保护他的安全，至少在里面我们还能坐着！"

"唐尼，唐尼，听我说，有时候你什么也不懂。首先，除了组长和等级更高的人——老板，'利洛'是不会和任何人坐在一起的。他是不会和打手或等级更低的人，比如说我和你，坐在一起的。除了他需要的人，其他人是不可以出现在他周围的。你甚至不可以和他说话。必须通过某些级别高的人才能和他沟通。除了里面那些人之外，他不想让其他任何人留在餐馆里。就是这样。"

"好吧，你这么说就算了。"

"你不知道这个人有多么狠毒，唐尼，"莱芙帝继续悄悄地说，"'利洛'就是一个狗娘养的卑鄙小人，是一个暴君。也就只有我会这么和你说，这话再不能说给别人听。很多人都恨他。大家都觉得，他只顾他自己。他是唯一能挣到钱的人。他接近的就是那么几个人，主要是“拉链”，比如凯撒和那些活跃在玩偶世界的人。那些家伙总是和他在一起。他从西西里岛把他们带回来，利用他们做各种不同的工作，处理掉所有的毒品。他们和他一样狠毒。不能相信那些杂种“拉链”。没人会相信他们，除了这个老东西。他能相信他们，因为是他把他们带过来的，他能管理他们。其他所有人都必须躲着他。外面有很多人都巴不得干掉他。这就是为什么我们得站在这儿。”

这种事发生过几次，当卡迈恩·加兰特在卡萨贝拉餐馆里面开会的时候，莱芙帝和我就会去那儿保护他。莱芙帝站在外面的人行道上，感到很紧张。除了我，他和其他守卫都在衬衫下的腰带里夹着手枪。他看着人群和车辆经过，看着街对面的窗户。

我也感觉不舒服。作为一名联邦调查局的特工，我却因为受到这些黑手党人的信任而站在这儿，站在桑树街的人行道上，一边担心自己被杀掉，一边为布拿诺家族提心吊胆的老板站岗放哨。

每隔几天，我就给我的联络特工打个电话。纽约市警察局为我设置了一条电话专线，专门接听我的电话；接电话的人是我的联络特工。我会告诉他所有发生的事和将要发生的事。有时为了办理其他案件，他会让我问问这个或那个俱乐部发生了什么事、有谁现身、谈了什么话题之类的情况。如果我需要核实某些信息——比如问个姓名或者一个党徒的情况——他会帮我确定这些信息。我提供的任何值得注意的、可用做证据的信息都会被打印成文，命名为“302”档案。有时候，联络特工会给我拿来一沓此类的报告让我签字。

一个月里，我根据自己的情况和联络特工见一两次面，领到一个装着供我生活和行动所需现金的信封。我们的会面很简短，通常只是几分钟。我们经常在博物馆见面——位于第五大道的古根海姆博物馆或大都会博物馆。我们随便浏览，观看展品，他便趁人不注意时把钱塞给我。有时候我们会在中央公园的长凳边见面，有的时候在咖啡店。

1977 年临近尾声的时候，我已经卧底一年多了。联邦调查局很快就要结束“太阳苹果”计划中在佛罗里达州进行的“太阳”行动，仅以目前乔·菲茨取得的成果结案，不再为了微不足道的成效而让他冒险继续逗留。我的监管上级偶尔也会询问我的感受，问我是否愿意再多坚持一段时间。我说我感觉很好，愿意继续潜伏下去。

这么做还是基于两点新的考虑。目前我在莱芙帝和布拿诺家族那里根基牢靠，地位稳固。联邦调查局在本国开展了其他卧底行动。我便可以利用在黑手党人中新建立起来的信用，帮助这些行动中的其他卧底特工建立他们的信用；这些特工可以用我给他们做担保——证明他们是“合格的”坏蛋。其他抓捕行动中的目标党徒可能会来核实我的身份，然后发现我是纽约莱芙帝的一个朋友。

如果我不是在纽约市，不是每天都在莱芙帝的视线和掌控下，那么为他们做担保会更加容易。如果我能转移到别处，但仍然做莱芙帝的搭档，无须得到莱芙帝的允许就能出城，无须他知道我的每一步行动，也无须他质问我各种事情，那么我就能很容易地四处窜动，参与到其他卧底行动中。而且可以预想到，我会把莱芙帝带到其他行动的现场，把他介绍给别人，希望他能掺和进来，与布拿诺家族建立联系，这样，根据法律就构成了共谋犯罪罪名。

我还能经常回纽约，每次待上两三周，继续维持我和莱芙帝的搭档关系。

另一个考虑的问题是我的家庭。起初，我没有太担心我家人的安全问题。我大概会每隔 10 天或者两周就回新泽西的家待上一晚。我总是小心翼翼，隐匿我的路线。但是到了 1977 年秋天，我开始考虑，如果我继续深入黑手党人，我的家最终是要搬走的。总有可能因为一时的疏忽而造成灾难性的后果。因为我经常被跟踪，所以我知道我被警察监督了。有三四次，我都被拦住搜身——而且毫无正当理由。假如某个时间，我没有甩掉跟踪者，那么他们会直接跟踪到我的家吗？如果是莱芙帝或者一些其他的黑手党人决定跟踪我怎么办？

是时候让我的家人离开那里了。这样就会解决这个问题。如果我被转移到另一地区，那么我就能同时解决这两个问题，做到一箭双雕了。

从 12 月到次年 1 月，我一直在和上级讨论这个问题。他把这个问题汇报给了总部。这是一个非常简单的提议。于是，2 月 1 日，我们决定采取行动了。

我的家人已经习惯了搬家。因为我的工作，我们已经搬了 4 次家。但是现在，我的女儿们都已经长大，她们对于朋友和男友更加依赖。我们在新泽西州有近亲。我之前调到纽约办公室的时候，家人就搬回了新泽西州，当时我们还以为会在那儿长久住下去了。现在，大家都不想再搬家了。可我的妻子知道，这次搬家是有必要的，虽然她并不清楚具体原因。我们没有过多讨论这事，因为我没给他们选择的权利。我被转移了。他们仍然不知道我潜入黑手党有多深，不知道这次行动牵涉到了他们的人身安全。

联邦调查局当时在全国有 52 个办公室。他们给出了 5 个地方，让我们选择一个住处。就我的工作而言，在哪里生活并不重要，因为我还是会被派去纽约办理案子，不然我就要在全国不同的地方奔波了。最后，我和我妻子选择了一个地区。

我设法在平安夜的晚上回到家，在家里度过整个圣诞节。1月，我和妻子出去寻找新房子。我们马上就找到了——虽然比我们在泽西的房子小，但邻里关系却很和睦。下一周，我们就把泽西的房子出售了。我有一个做搬家工人的朋友。我告诉他我们要搬家，但他得替我们保密。

我们搬家时，大家都流了很多眼泪。虽然家里人不完全知道我在做什么，但她们都不想妨碍我的工作。如果知道更多有关我工作的事，她们就会更加理解我的处境。但是如果那样做能减少我的压力，付出的代价就是增加了她们的恐惧。

我和联邦调查局的同事都没有想到，这项卧底工作会持续这么长时间。现在，人们都不敢猜测它还会持续多久。这个想法从最初去接近销赃犯发展成了渗入小意大利的黑手党组织，而现在又演变成让我成为其他地区黑手党人的代表人物了。这本是令人难以置信的，但是，由于不知道事态的发展方向，所以目前我们并不看好取得的成果。唯一能确定的是，既然行动要继续进行，我就得拼尽全力干下去。没什么能阻挡唐尼·布拉斯科。

联邦调查局在圣地亚哥和洛杉矶有两个案子需要我调查。于是我告诉莱芙帝，我决定回加利福尼亚——根据编造的假背景，我之前大都在那儿盗窃珠宝——我要在那儿待上一段时间。“你知道的，莱芙，”我说，“现在我在这儿挣的钱没那么多了。我能不能去加利福尼亚做几单大买卖？你懂的，就是来回跑。你也可以去那儿，待上几周，看看我们能不能做点大事。”

他认为那是一个不错的主意，所以我出发去加利福尼亚了。

我们在洛杉矶有一位特工，卧底用的名字叫拉里·基顿。拉里是我多年的朋友。他正试图追捕几名盗贼，他们参与过各种财产犯罪案：股票、债券、支票、汽车——几乎无所不偷。这些坏蛋并不是黑手党人，但他们中的一些人以前是纽约人，自然都尊敬黑手党人和联络党徒。

他们喜欢在一处特别的餐馆里消磨时间，拉里会加入他们，试图深入潜伏。正巧，一位纽约餐馆的酒保在度假，他也闲坐在这家洛杉矶的餐馆里，和这里的几个坏蛋关系也不错。拉里一点儿也不了解这名酒保。他觉得或许他也是一个坏蛋。因为这名酒保来自纽约，所以拉里觉得我有可能认识他。

碰巧我还真认识他。那是个巧合。有一次，莱芙帝和我去了位于第三大道和第五十五大街交会处的拉麦格奈特餐馆——这里不是布拿诺犯罪家族的聚会场所，它只是莱芙帝、我和其他几个哥们儿喝酒吃饭的地方。我们在那儿认识了这个酒保，他名叫约翰尼。约翰尼本身并不是坏蛋，没有参加过任何组织，但是和很多酒保一样，他认识很多人。他知道莱芙帝是谁，知道我是莱芙帝的搭档，是个联络党徒。所以这是个好机会，可以让我向这些坏蛋证明拉里的可信度。

我去了拉里经常出没的这家洛杉矶餐馆，看到了约翰尼。“嘿，约翰尼，”我说，“你好吗？”

“唐尼，近来怎么样？在这里做什么？”

“消闲娱乐、四处看看。”拉里和他们在一起，所以很显然，他已经见过约翰尼了，“我猜你在这儿见过拉里了。拉里是我的朋友。我们有机会可以一起做一单买卖。”

我们聊了一小会儿，证明拉里可信的工作就完成了。我知道，约翰尼会告诉其他坏蛋，我是纽约的一个联络党徒，而拉里是我的一个朋友，所以他完全没有问题。

我会不时地和拉里这样联系，帮助他建立信用。有时候，我们也和坏蛋们一起做些赌马之类的事。我只是起个介绍人的作用，从不参与他的案子。他从此起步，开始侦破一系列案件。这些案件都是那种只要拉里提供证据，政府就实施抓捕的行动。最后，他多次出庭做证，使一批案件得以定案。

在这期间，拉里也前往纽约，去追踪另一宗偷盗股票的案件。当时，我也回到了纽约，这只是我的一次日常行程。拉里打电话给酒保约翰尼，说他要去纽约，约好在位于第三大道的 P.J. 克拉克饭店见面，因为约翰尼喜欢下午在这里消磨时间。

所以，我联系拉里一起去 P.J. 克拉克饭店。约翰尼和一帮人坐在房子后面的桌子旁，我们也加入了他们。

约翰尼向周围的人介绍了我们，我们在那儿坐了大约一小时。

现在，由于拉里是黑人，这就意味着，在某些坏蛋中间他会显得十分显眼。但是他很圆滑，所以没有遇到麻烦。

我看到一个人朝我们走来。突然，拉里悄悄地和我说话："咱们马上离开。后门，快。"他站起来，对约翰尼说，"我给忘了，我们还有一个约会。"

我推着拉里从旁门出去。

"太险了，"拉里说，"你看见那个朝我们走来的人了吗，那个穿西装的人？他是洛杉矶的辩护律师。我出庭做证的时候，他见过我。"

"我会从我这边掩护你的，"我说，"万一有事的话，我就会亮出莱芙帝这张牌。”

“太好了，”他说，“无论如何，明天我就离开这儿。”

这种露馅或者某人摆你一道的处境，每时每刻都有可能发生。你不能等它发生了，再想办法保护自己。你需要提前就铺好掩护自己的路，甚至是随时做好准备。我知道，莱芙帝会因此接到电话的。

从我待在加利福尼亚的那刻起，我就和莱芙帝每天保持联系。其实他不知道怎么直接联系我，因为我告诉过他，我总是到处活动。在莱芙帝教我的同时，我也在教他有关我的事。我想让他习惯一个事实，那就是他无法对我做出预判。我在向他报告自己所做的事情、所处的地点时总是含糊其辞。这样，当我需要掩护自己时，他已经习惯了我的做事风格。

我有两部“查询”电话，他可以给我留言，然后我再给他回电话。就这件事情而言，在和拉里与约翰尼见面之后，我会给莱芙帝打电话，告诉他我在加利福尼亚撞见了约翰尼。“猜猜我在洛杉矶遇见了谁，”我这样告诉他，“约翰尼。他在那儿度假，见一帮家伙。他和一个叫拉里的人在一块儿，拉里是做股票和债券生意的。其实，我想仔细研究一下这个。我可能会在那儿赚些钱。”

那是我告诉莱芙帝的内容。因为即使在P. J.克拉克饭店没有遇到这件出乎意料的事情，我知道某个时候，当我和莱芙帝一起去拉麦格奈特餐馆的时候，这个叫约翰尼的酒保也会说类似这样的话：“那个洛杉矶的拉里怎么样了？”然后，莱芙帝就会问，“谁是拉里？”

所以，这样我就已经和莱芙帝说过这个名字了。我还表明了拉里是和约翰尼在一起的，而不是和我——仅仅一句不假思索的谎话就足够保护拉里和我了。

果然，第二天莱芙帝在俱乐部急切地抓住了我。

“嘿，唐尼，那个和你在洛杉矶的哥们儿，他是什么来历？”

“拉里吗？他是我跟你说过的，通过酒保约翰尼认识的那个家伙。我告诉过你，我正要和这个股票债券倒爷做点生意。你有什么担心的吗？”

“我正要告诉你我在担心什么呢。我接到了约翰尼打来的电话。我想知道整个过程，你和那个家伙在 P.J. 克拉克都干了些什么。”

“嘿，莱芙，我知道的所有事情就是，我在洛杉矶遇到了拉里这个家伙。他告诉我，他偷到了一些股票想要卖掉。他要来纽约，我们打算到时联系。所以我们都去了 P.J. 克拉克，下午 3:00 他在谢拉顿中心有一个约会，我们会在那儿和一个家伙见面。所以我们离开 P.J. 克拉克，去了谢尔顿饭店。但这个家伙却没有出现。所以我说：‘呃，真他妈败兴！’然后就离开了。就是这样。怎么了？”

“我来告诉你吧，你这个蠢货！那个混蛋是他妈的联邦调查局的特工！约翰尼说你们在那儿的时候，有一个人进来了，一个律师，他看见你们离开了那儿，然后他对约翰尼说：‘我看到那个家伙在法庭上做证，他他妈的是个特工。’这就是他告诉约翰尼的话。约翰尼告诉我，你他妈的和一个联邦调查局特工混在一块儿！”

“天哪，莱芙，这太难以置信了！但是，不管怎么样，我不在乎他到底是干什么的，他不知道任何关于我的事情。我没和他说过任何有关我们或者其他的事情。他知道的只是我可能对生意感兴趣。他甚至都不知道在哪儿能找到我。不用担心，莱芙。”

“也许约翰尼是在胡说，唐尼。我不知道。但是，离这个叫拉里的家伙远点儿，明白吗？以防万一，别和他有任何关系。唐尼，有时候，我觉得你太不小心了。”

“别担心了，莱芙。”

就这样，在洛杉矶，我再也不能和拉里做任何事了。但是他却很好地控制了行动的走向。他的案子最终促成了大约200名盗贼被捕，政府也追回了价值42000000美元的被盗财产。

如果拉里没有发现那个走进P.J.克拉克饭店的律师，我的整个黑手党卧底计划有可能就此止步了。

不管我去哪里，都试图接触或者联系我认识的那片地区的黑手党人——布拿诺家族成员或任何其他我见过的人。如此，我就能给人留下这样的印象：我是一个有关系的人，一个擅长随心所欲地漫游全国的人，一个有事可做的人。我去的地方越多，就越容易被黑手党人认出来，我的可信度就会越高。

在加利福尼亚，联邦调查局已经监视了圣地亚哥和拉荷亚地区的餐馆和夜总会，他们想知道那些地方是否已经布满了黑手党人。于是我去了这些地方，想先探查一下情况再汇报有价值的情报。

我给莱芙帝打电话，告诉他我去了那儿的几个聚会地点，试图安排一些事情，说的就像是我找到了两三处黑手党人经常出没或者自己也经常去的地方。

“莱芙，你为什么不来这儿呢？也许我们能一起干点事。如果这些地方还没完全成为黑手党人的聚会场所，也许我们能做点什么，挤进其中的一家。而且，这儿感觉挺好的——天气不错，海洋也挺美。”

“我从来没去过圣地亚哥，和迈阿密很像吗？”

我在谢拉顿中心定了一个两人间，就建在水上。我到机场接了他，帮他提了他的行李——像这个组织里面任何人款待上级一样地款待了他。我告诉他我最近抢了一笔，并把他的那份给了他。

我们游览圣地亚哥那天就只有我们两个人，因为我们在圣地亚哥都不认识其他人。莱芙帝对这儿的印象不错。“海不错，”他说，“城市很美，干净。不像纽约那样。这里的人们穿的也不一样。”

我带他去了圣地亚哥动物园。“这地方真令人难以置信，”莱芙帝说，“想想布朗克斯动物园，再看看这地方的人是如何管理的。唐尼，在圣地亚哥这地方，到处走也不用担心被抢劫。”

他看到的每件东西，都要用纽约市的情况、能够挣多少钱来评价一番。“你敢想象我们在纽约有这个吗，唐尼？”他提到了某种商店或者买卖或者场所之类的，“我们就要发财了。”每件事都是计划和骗局。

晚上，我们会去联邦调查局已经锁定的聚会场所。我密切观察着莱芙帝会如何行动。

他会和经理或者管家不痛不痒地聊几句：店面不错。你们干这行多久了？你们怎么寻找可靠的供应商？看起来，你们管理得很成功。你们这样的店，有谁会找你们什么麻烦吗——城管、工会还是其他人？

他打量这个地方，关注着微小的事情。他把他看到的东西指给我。一个家伙无所事事地停在收银机旁，而我们看看谁会和他说话；一个家伙在某个桌子旁坐了很久，桌子上没有摆放餐食，他看起来就像等着和人们谈话一样；每次只有一个人过去，坐下来和他聊几句，然后离开；看着人们怎么对待他；看着女服务员怎么款待这个人。普通市民对此熟视无睹。而黑手党人观察事情的方式也有其特点：辨识一个人的举止行动、怎样表达自己、受到了什么样的尊重等。

我们确认了联邦调查局怀疑的事情。在其中一个地点，有两个莱芙帝认识的家伙参与了进去。他说，他们看起来要么就是要实施黑手党人的行动，要么就是与黑手党人有关。

“我们不能在这些地方瞎混了，唐尼，”莱芙帝说，“因为他们已经乱成一锅粥了！”

为了把工作做得更好并让自己发挥更大的作用，我努力收集着这些信息。我一直在调整自己的行为举止和看待事物的方式。所以，我能够问出正确的问题，看到正确的事物；我不仅学会了表现得像党徒一样，也学会了像他们一样思考问题。当我和莱芙帝在不同地点活动时，我开始和他看到一样的东西，同他一样行事。和黑手党人一样，我学着不主动承认我并不了解某些事情。我只需要紧紧闭上嘴，尽快了解。关键是，你要表现出好像知道某些事情一样；这样，等到他们发现你不知道的时候，你再承认。

莱芙帝是典型的黑手党人。他一天24小时都在谋划勾当。在道上，对于黑手党人来说，他是睿智、精明、厉害的，因此很受其他党徒的尊重。但是如果把他带离他的地盘，你就会发现，在某些方面他也只是一个小城市的普通人，并不精通世界其他地方的事情。

一天下午，我们坐在旅馆的酒吧间里，对面有一位非常漂亮的女士，一直在注视我。

“那个女人老盯着你，唐尼，”莱芙帝说，“你为什么不邀请她过来坐坐？”

我笑了，她也笑了。“莱芙帝，她可能是个妓女。”

“不是，唐尼，你就是个傻子。她太有档次了。妓女通常不会穿成那样的。”

“莱芙，这里是加利福尼亚。人们的穿着是不同的。”“不可能是妓女的。她很可能是位有正常工作的女士。快点，唐尼，她觉得你长得不错，她要认识一下你，把她请过来吧。”

当莱芙帝开始谈论某件事时，唯一能够阻止他的方法就是按照他说的去做。所以我让女服务员帮我邀请这位女士和我们坐在一起。她走过来，坐下。莱芙帝不想妨碍这甜蜜的调情，所以他马上就说：“那么，我想我得走了，睡个小觉。”然后便离开了。

和这位女士聊了不到 5 分钟，我就发现她确实是一个妓女。于是我也起身回屋，告诉了莱芙帝。“我不相信！”他说，“她没化浓妆，也没穿超短裙什么的。你怎么看出来的？”接着他笑了，“嘿，唐尼，在这儿你最好小心点。你要把那种在纽约的聪明劲儿丢光了！”

尽管他因为做黑手党的生意经常出差旅行，但却习惯了别人为他订机票。必须去某个地方和我会合的时候，他就让我给他订机票。有一次他不得不自己订机票的时候，我才发现他为什么要让别人帮他。他当时害怕了，给我打了电话：“唐尼，在机场，他们想知道我什么时候回去。”

“我们也不知道。就说买了一张随行票。”

“什么是随行票？”

“就是你已经买好了一张返程票，但票上没有写确切的日期。等到你准备好了要回去，再给航空公司打个电话，告诉他们你要登机的日期就可以了。”

“你能做这事吗？”

第一次旅行，莱芙帝待了一周；接着他就让我和他一起回纽约。我告诉他，我回不去，因为我还要做一笔大生意，这才说服了他。而这意味着我要上交给他一部分钱。

我真正要做的是去密尔沃基。联邦调查局在那儿布置了一次行动，捕获密尔沃基的黑手党犯罪家族，但这次行动的进展却很慢。他们联系了我，想看看我有什么主意。

负责这个案件的卧底特工名叫汤尼·孔特。汤尼是我的朋友，是一名厉害的便衣特工。密尔沃基犯罪家族的老板是弗兰克·巴利斯特列里，掌管芝加哥而非纽约的党徒。我们知道巴利斯特列里控制着该城市所有的自动贩卖机生意。联邦调查局想要向人们揭露，由于这些贩卖机是未经注册的，且是由黑手党保护的，所以这项生意是非法的。行动的计划是让孔特开办自己的自动贩卖机生意，并尝试将他的机器安置在不同的商店、酒吧和俱乐部。然后，如果巴利斯特列里试图将他挤出该生意，我们将会以敲诈罪起诉他。

孔特已经建立好假的身份背景了，他在密尔沃基开设了一间小办公室，并向该城市有关管理者申请了贩卖许可证，买进了几台自动贩卖机。然后，他去了几家俱乐部和酒吧，尝试招揽生意，但却一台机器都没卖出去。

问题在于，巴利斯特列里把这座城市看管得太严了，以至于没人会买孔特的机器。孔特去过的地方都拒绝购买他的机器，因为他们已经安装了弗兰克·巴利斯特列里的。谁也不愿把巴利斯特列里的机器挪出去而换上孔特的。

大约一个月过去了，他仍然卖不出去，也没有人来警告他放弃这个生意。于是他给我打了电话，问我是否有可能运用在纽约的一些人脉帮帮他。如果我能在纽约找到一个对孔特的贩卖机感兴趣的人，那么他们也许能和巴利斯特列里建立伙伴关系。

所以我去了趟密尔沃基，住进一家汽车旅馆，并给孔特打了电话。他和负责此案的特工麦克·波特孔杰克一起前来。如果有人看见孔特和我在一起，这也没什么关系，因为他也是一名卧底，没人知道他的真实身份。何况在密尔沃基，只有负责办案的特工知道我的身份。他们给我讲了这项行动的进展情况，讲了孔特目前取得的有限成果。

这听起来似乎可行。我说，我会尝试向莱芙帝推荐这个主意，看看他是否感兴趣。

我回到了纽约。因为我已经不在原来的公寓住了，所以这些日子我要么住在80号公路上的假日旅馆——它位于乔治·华盛顿大桥靠近泽西一边，要么住在第七大道上的谢拉顿中心。毕竟，这只是一个睡觉休息的地方。大多数时间，我都和莱芙帝在一起。他总是催我回纽约，在纽约生活；他不喜欢我待在加利福尼亚。一部分原因是他想念我，另一部分原因是，他确实认为加利福尼亚只是一个供人躺在沙滩上、抱着妓女胡思乱想的地方。他总是催我在他居住的尼克布克村庄找一间公寓。事实上，他最后替我安排好了一切，为我找了一间公寓，留着它只待我的来访。

每次我一回来，他就说："回家后你想吃点什么？"因为他会给我和他妻子露易丝做些好吃的。他要么出门，从最棒的卖家那里买些特色小牛排，要么就什么都不买，只做烤宽面条。有时我们也出去吃，等着露易丝下班回家，然后一起去中国餐馆。他喜欢和我讲他的儿孙们，以及他和迈克·萨贝拉或者其他人之间的矛盾。

我的这次到来，给密尔沃基案件的侦破工作埋下了种子。

我对做过的每件事、和莱芙帝进行的每次行动，都会首先做好铺垫，在随意的谈话中顺便提一下这件事，然后便闭口不谈。之后再次提起这个话题，然后又撂下。最后，当这个话题再次被提起的时候，买卖差不多就做成了。对于密尔沃基行动，我没打算一次就把铺垫做完，只和他说我在那儿有一个朋友也想做贩卖机生意，但是遇到了麻烦等。因为我想，如果要发展莱芙帝参与其他生意，不能总让他说："嘿，你怎么老是有朋友在哪儿遇到麻烦了？"

我们闲扯着加利福尼亚的事，然后我说："你知道吗，莱芙，我遇到了一个朋友，是10年前在巴尔的摩认识的。那会儿我们一起干过几次活。最近他告诉我，这些年来他一直半明半暗地过日子。现在他想做点生意。我猜，他要做自动贩卖机方面的买卖。"

"哦，是吗？"莱芙帝说，"这行业不容易。"这就是他说的全部的话。

我甚至都没告诉他这生意要在哪儿做。我只是大概提了一下，让他好好地消化一下。孔特已经准备好转移到密尔沃基了。我开始鼓动莱芙帝。在接下来的几周里，我将再次巧妙地提起这件事。我们所需要的只是恰当的时机。然后，我回到了加利福尼亚。

联邦调查局提出了更多想要调查的地点。"你知道，莱芙，"我打电话说，"我真的喜欢加利福尼亚。你应该来这儿试试。你总说你多么希望在什么地方开一间自己的酒吧。我在这儿的好几个地方都有生意可做。不如出来度个小长假，我们到这些地方探察探察。"

就这样，莱芙帝在5月再次来到了圣地亚哥。我带他过了一段好日子。我们去赌了几次马，还逛了几家酒吧和餐馆。

然后，在密尔沃基，我时来运转。

莱芙帝接到了他女儿的电话。说他的儿子汤米在曼哈顿因为持械抢劫被捕了。显然，他是想在市中心黄金地带抢劫某个携带一大批钻石的家伙。警察对他进行追捕，他还朝警察开了几枪。

汤米抢劫、朝警察开枪和被捕并不是件大事。被捕再吃上几年牢饭，这本就是游戏的一部分。黑手党人通常不像普通市民那样担心自己的孩子会坐牢。真正令人担心的是，他抢劫的那个家伙是另一个犯罪家族的联络党徒。

莱芙帝非常心烦。“真让人难以置信，”他对我说，“汤米这个蠢货。那个家伙可是来头不小。可能要针对这事谈判，唐尼。我只希望我能想出办法，让汤米不会因此丧命。唐尼，我现在马上就需要1000美元。我从哪儿能弄到1000美元呢？”

他开始和我闲聊，想要借些钱，以便在谈判时通过赔偿来弥补过失。这并不意味着他没钱，这只是黑手党人尽一切可能避免使用自己钱财的另一个例子——即使他的儿子已经性命攸关。他知道我也没有这么多钱——或者我也和他一样不愿意拿出自己的钱。

但这对于我来说是一个机会。通常情况下，钱正是关键所在。钱就是这些家伙的命根。诈骗、从别人那里白捞点钱是他们的谋生手段。他们从来不会去银行申请一笔贷款的。

于是我说：“嘿，也许我们可以给那哥们打个电话——记得我和你说过的那个老朋友吗？我在巴尔的摩认识的那个人。如果他有钱做贩卖机生意，我们就能从他那里弄点钱，这事值得一试。”

“行，试试看。”莱芙帝说。

我走进自己的房间，给密尔沃基的汤尼·孔特打了个电话。“汤尼，我想我们有机会了。但可能要给莱芙帝一些钱。”我说明了一下情况。对莱芙帝提出的要求，我从不如数给他。“也许我们可以拿500美元打发他。”

“那没什么关系，”汤尼说，“我们就这么干吧。”

每当我们要花掉那些数字较大、本属于纳税人的钱时，我们都要考虑是否值得。但现在若有可能端掉一个主要的犯罪团伙头目，

500 美元算得了什么呢？

于是我走出房间，告诉莱芙帝，汤尼愿意借这笔钱。这时，我又埋下了另一颗种子："汤尼有很多钱，想要投资自动贩卖机生意。"

他所在意的全部事情是这个哥们儿能借给他 1000 美元。"好吧，"他说，通常他也是这样表示感谢的，"我们得马上回纽约，帮我孩子摆平这事。"

第二天，我们飞回了纽约。莱芙帝打了很多电话，参加了两三场谈判，以平息这场矛盾。他告诉他们，汤米不知道这个伙计是谁，不知道他同他们的联系，汤米只是从别人那里得到消息，说这个伙计带着很多钻石。所以这只是一个很大的误会。为了调解矛盾，莱芙帝花了 5000 美元才摆平此事。

"答应借钱的那个兄弟呢？"莱芙帝问我，"你什么时候去给我借那 1000 美元？"

是时候对密尔沃基下手了。

第九章　密尔沃基

“你找那个家伙给我借的1000美元怎么样了？”莱芙帝问我，“什么时候去拿钱？”

我们正在他的公寓里吃着美味的小牛排晚餐。

“我正要给这个家伙打电话，但我想和你先聊聊，或许能从这里头搞点钱。他说他在一家工厂工作了几年，积攒了不少钱。现在他想做自动贩卖机生意。他妻子给了他一笔钱，再加上他攒的那些。但他目前遇到了一些困难。我想，如果我们能帮他一把，也许我们能从他的生意中分得一些好处。”

“这家伙没什么问题吧？”

“我在巴尔的摩认识他的时候，他没什么问题。我从来没和他发生过什么矛盾。”

每当我介绍另一位特工的时候，我都会给自己留下后路，从不担保他百分之百没问题——我只会这么说，我认识这个哥们儿，他对我来说没问题，但最终还要你自己下定论。万一出了什么差错，这样做可以保护我和我的行动计划。

“你说他在哪儿？”

“密尔沃基。”

“密尔沃基！他是联络党徒？”

“没有，他不知道任何有关我们的事。”

莱芙帝把他的叉子拍到桌子上：“他疯了，唐尼。他妈的这家伙难道不知道，没拉上关系在哪儿都做不成贩卖机生意吗？尤其在密尔沃基。那儿的人都是疯子，唐尼，和纽约不一样，在纽约他们顶多打你一顿，把你撵走就算了。那帮人可是非常恶毒的。他们听芝加哥团伙的，你知道，他们会杀人的。唐尼，如果这个家伙是你的朋友，你他妈的最好警告他，离开那个城市。为什么你不让他回巴尔的摩做生意？巴尔的摩是费城和泽西团伙控制的，比较容易对付。”

“这个家伙在那儿住了一阵了，莱芙帝。他的家、他的一切都在那儿。他不想离开。”

“告诉他别想这事了。这个哥们儿有多少钱？”

“大概有 100000、200000 的样子。”

这打动了他。“你说他的名字叫汤尼？那么，最好让我和他谈谈。你去那儿，把汤尼带过来。带上他说要给我的 1000 美元。其实我需要 1000 多美元，唐尼，所以告诉他，带 2000 美元过来。然后我们再谈。”

于是我去了密尔沃基，见了汤尼和负责这个案件的特工麦克·波特孔杰克。他们告诉了我弗兰克·巴利斯特列里在密尔沃基的势力范围。我们要努力做成的主要事情就是让纽约方面和巴利斯特列里会面，以便成为生意伙伴，与孔特的自动贩卖机公司建立联系。

在我从事卧底事业的这些日子里，我从来不与别的特工合作或介绍他们加入行动，除非我事先认识这个人，并相信他的本领和韧性。我介绍的所有特工在卧底工作之前都应该做过高级便衣特工。我们互相信任，可以托付彼此的生命。

孔特有做便衣特工的经验，却没有和黑手党人共处的经验。他来自中西部，人很谦和。如果他愿意，他可以装扮成一个乡下人。他那么结实，只要打扮就绝不会像个城市人。

孔特和我仔细地重温了一遍形势，花时间讨论了如何行动、什么时候说话、什么时候闭嘴等。我强调了一件事：别通过说你知道黑手党人的事来试图给莱芙帝留下印象。我们要切合实际地玩这场游戏——你对黑手党一无所知。当然，你知道黑手党人是存在的，因为我周围都是黑手党人。但是就算你假装成意大利人（他不是意大利人），你也不是和黑手党人一起长大的，不知道事情该怎么处理，不知道不分尊卑地说话意味着什么，不知道正常的渠道，不懂什么规则，不认识任何人，不知道联络的事以及各种礼节。这样你就能摆脱更多麻烦。一旦你出了什么差错，我们就可以用不知情来解释了。

无论是在真实的情景还是虚设的故事里，我都是一位中间人、一台减震器。他才是要做贩卖机生意的人。是他要就生意的事和莱芙帝打交道。

对于卧底特工来说，我们一贯使用卧底姓名，甚至私下里互相打交道时也是如此，比如汤尼和唐尼这两个名字。这样，我们才永远不会忘记自己的角色。

晚上，我们乘飞机去了纽约，开车前往莱芙帝公寓附近的门罗街。在樱桃街和门罗街交会的角落有一个电话亭，我在那儿给莱芙帝打了电话。“我们在楼下，”我告诉莱芙帝，“快点儿下楼，我想让你见见这个家伙。我拿到了给你的钱。”

“把那个家伙留在车里。你就待在电话亭。我马上下来。”

然后，他走了下来。我把现金给了他。

“只有 500 美元。”我说。

“唐尼，你说过会拿回 1000 美元。我以为能拿到 1000 美元。”

“他要支付飞机票钱和其他花销，莱芙。他说这是短时间内，他能拿出来的所有钱。这个家伙虽然承诺了给你 1000 美元，但他只拿了 500 美元。你让我怎么办呢，莱芙？总比什么也没有好吧。”

在这个街区里，在一盏路灯下，孔特正倚着汽车，打量四处的街景。他穿着白色的鞋，扎着一条白色的腰带。他是一名狂热的高尔夫运动员。

莱芙帝看了他一眼。“好吧。现在我不想见这个家伙。明天你们再来一趟。到时候再给我讲讲他的背景。我们就从那儿开始。”

孔特和我待在谢拉顿中心。那天晚上，我告诉他：“我想我们搞定他了。”

第二天，大概中午的时候，我们去了小意大利。孔特从没有去过那儿。他想去毛特街的文森特·克拉姆酒吧，去尝尝那里的炸鱿鱼和蜗牛。我把他送到，然后开车去找莱芙帝。

莱芙帝现在更感兴趣了，因为孔特已经来纽约和他见面了，还给了他一些钱。我跟莱芙帝讲述了孔特在密尔沃基的处境。

“密尔沃基的环境太糟了，”他说，“如果这个家伙没有关系的话，很有可能被他们干掉。如果他手里有你说的那笔钱，也许我们还能解决这个难题。这样的话，我们就需要给迈克一些好处，然后再给密尔沃基的人一些；所以我们得确保他有这笔钱，并且愿意出这部分钱。如果我们帮他赢得机会做成这笔买卖，他愿意一周给我们多少钱？”

“我不知道，莱芙。你需要和他谈谈这事。”

“好吧，今天晚上7:30在拉麦格奈特见我，我来和他说。他现在在哪儿？”

“文森特那里，他想吃炸鱿鱼。”

“唐尼，你个傻瓜！别让他再穿昨天晚上那套衣服，他妈的就像个无知的乡巴佬！他们会觉得他是个警察或者文森特的什么人，他会被干掉的！你回去，把他带走！”

那天晚上，我们去了拉麦格奈特餐馆。我把孔特介绍给了酒保约翰尼。然后，莱芙帝就走了进来。他故意不理孔特。孔特站在我的一边，而莱芙帝走到了我的另一边和我说话。

这些准备工作都是礼仪的一部分，即没做适当的介绍之前，他们从不直接和外面的陌生人说话。莱芙帝问我，是否已经和孔特说明了成为合伙人之后事情将如何操作。我回答他说，我已经提过了。

“好吧，让我来和他谈谈。”莱芙帝说。

介绍过后，莱芙帝说：“唐尼告诉你在密尔沃基做那笔生意有多么难了吧？”

“是的，”孔特回答，“但我不想搬家。密尔沃基是座很好的小城市。我在那儿和家人、朋友在一起，感觉很舒服。而且那里的小贩不太会用这些贩卖机。我凑齐了2000美元。我觉得只要努力，我能真正做好生意。”

“你在那儿没与任何人建立联系？”

“我不认识什么特别的人。我要努力自己做这笔买卖。”

“汤尼，他们竟然没干掉你，让你走到了今天，我真感到惊讶。他们就是一帮疯子，汤尼。纽约这边或者其他任何人都控制不了他们。他们是由芝加哥方面管控的。你认识吉恩·奥特里，那个唱歌的牛仔演员吗？几年前，他没得到允许就在芝加哥开了一家餐馆。芝加哥那伙人叫他别这么做，但他还是做了。开业那天晚上，芝加哥那伙人来了。他们让所有顾客、女服务员、酒保还有其他人都离开，然后扔了三颗炸弹，把整个餐馆都炸毁了。奥特里就回西海岸去了。现在，汤尼，你知道你要做的是什么事了吗？”

汤尼听到这个消息惊呆了。“嘿，我不想卷进任何暴力事件。去他的吧，莱芙帝，如果有人可能会死，我就拿着我能拿到的东西走人，宁可不干也不和他们搞在一起。”

“等一下，等一下。我没说这事没有可能。你看，你来找我的时机正好。别着急。你目前投资了多少钱？”

“我投进去大概 20000 美元了，另外手里还剩 30000 美元。”

“如果你现在收手不干了，你能收回多少资金？”

“卖掉卡车和机器，大约能收回 8000 到 10000 美元的样子。”

“这样还不够回本的。你看，如果我参与进去，你就安全了，明白吗？只要提到我的名字，你就没事了。现在，我要联系另一个人，我的老板，和他详细说明这事的情况。如果他感兴趣，我会亲自去趟密尔沃基，仔细查看查看。如果我和他都觉得这项生意不错，那么他会去找坐牢的老头子说这事，如果老头子也觉得可行，我们就和密尔沃基掌权的人联系一下。如果他们也觉得可行，我们可能会和他们举办一次谈判。那是他们的城镇。他们也许会说，不愿意让你在那儿做生意。那样你就得收拾行李走人。或者他们可能会喜欢这个主意，和我们合伙做生意——那样的话，你就大功告成了，得和他们五五分成。或者他们只是告诉你要离开这个城镇，但是出于对纽约方面的尊重，会还给你全部 20000 美元的投资款。明白吗？”

“这太复杂了，莱芙帝。我只知道，我不想损失太多，但我也不想被干掉。如果你能帮助我，我可以试试看。”

“好。你让我在这儿一直为你担心。现在，是回报的时候了。我需要你先给我 2500 美元。我会把其中的 1500 美元交给我的老板迈克。此外，我还需要交通费和其他费用。明白吗？”

“目前对我来说，这些预付款太多了，莱芙帝，而且这项生意还没起步呢。”

“这都是为了表示诚意。你保住了你的生意和性命，这钱花得很值。你心里还踏实，汤尼。”

“好吧，我得回家去取钱。”

“唐尼会陪你去那儿，负责全部事宜。因为不能把太多时间浪费在这儿。”

当我们离开酒吧的时候，莱芙帝对我悄悄地说：“唐尼，确保他说到做到。”

我和孔特回到了密尔沃基。作为一名入盟党徒，莱芙帝需要得到组长的许可才能在别人的地盘核查事项。而我作为布拿诺家族的联络党徒，却可以独自按照莱芙帝的许可行事。当你应付两个不同的犯罪家族的时候，这种情况非常微妙，尤其是当你试图进入另一个家族的地盘、开办独属于那个家族的生意的时候。如果所做的事情出现差错，就会引起冲突，造成人员伤亡。

密尔沃基的老板可能会禁不住引诱，同意这项交易，因为有另一个能干的人在道上为他工作，他是很开心的，他也愿意建立一条能和纽约方面联系上的人脉。当你请求帮助时，总会有机会成功的。

莱芙帝没有提到巴利斯特列里的名字，所以我们干我们的，就像不知道谁才是手握权力的人一样。

现在，孔特拥有了一处两室的办公室，地点位于法韦尔大道北1531号，社区里遍布着公寓大楼和酒吧。他印制了商业名片，上面写着"最优销售公司。及时的服务就是最佳的选择。总裁：安东尼·孔特。"他带我去社区酒吧、餐馆和俱乐部转了转，巴利斯特列里在这些地方都安装了自动贩卖机。我们希望别人看见我们在一起，好给人一种印象，证明我们正在做应该做的事情，以防莱芙帝或者任何其他人核查我们或者询问相关问题。

他告诉业主们他正要开办新的生意，想要推销他的机器。这些地方的业主都说，他们不想更换公司。其中一些业主表示，他们不想和已有公司发生矛盾。没人提到巴利斯特列里的名字，但我们却知道他们说的是谁。过了两三天，我给莱芙帝打了电话，通知他这里的情况进展顺利。我告诉他，孔特有一处办公室、一辆卡车、几台机器，还有一些潜在的销路。

他说，他会争取迈克·萨贝拉的许可并马上来这儿。"你汇了那2500美元了吗？"莱芙帝问我，"因为我来之前，得给迈克1500美元。"

派一个小兵到另一家族的地盘，萨贝拉需要获得布拿诺家族老板卡迈恩·加兰特的许可。加兰特因为违反假释规定被重新抓回了监狱。作为一名为人熟知的党徒，萨贝拉被禁止探监。而探监的人则要负责在加兰特和组长之间来回传达信息。从加兰特那里传来消息了，他准许莱芙帝拜访密尔沃基。

在密尔沃基，我们第一次给莱芙帝录了音。针对他的代号为"木料"的密尔沃基行动，我们在孔特的汽车里安装了纳格拉录音机。在纽约，我从来没有在我的车上安装过录音设备，因为在布鲁克林，科伦坡家族的家伙把我的仪表盘拆了下来。而且，联邦调查局从不轻易进行谈话录音。一名特工进行录音之后，他必须把录音材料交给联邦调查局，使之记录在案并成为官方证据。就算最后录音内容无关紧要，一旦进行录音，卡带就必须标记日期，并由特工签字。随后，当一宗案件进入了审讯阶段，相关辩护律师应该能够拿到磁带。

6 月 21 日那天夜里，汤尼和我在芝加哥奥黑尔国际机场接上莱芙帝后，就开车送他去了密尔沃基。莱芙帝和我住进了位于南豪厄尔大道的“最佳西部中途汽车旅馆”。第二天早上，我们三个一起吃了早餐，然后游览了这座城市，这样莱芙帝就可以评估一下城镇和赚钱的可能性了。

“我们的人对整件事进行了一番全面了解，”莱芙帝告诉孔特，“这里的人际关系之类的所有事。我老板要在纽约款待一些人，他已经邀请了他们。”

莱芙帝和迈克·萨贝拉开始了一段漫长的、仔细的准备工作，将密尔沃基和纽约的黑手党家族聚集在一起。没有什么事情是一蹴而就的，需要通过朋友的朋友帮忙。在纽约，萨贝拉施展拳脚，求得布拿诺家族关系网中的成员以及能够和密尔沃基巴利斯特列里的人妥善联系的中间人协助此事。在卡萨贝拉餐馆将布置很多桌酒席，莱芙帝说，这会花费很多钱。而花钱的则是孔特。

莱芙帝立即开始了对孔特的指导。“首先，你得弄台寻呼机。看到医生们都拿着什么了吗？那就是寻呼机。每个成功的商人都有。这东西可神奇了。你开车时带着这东西，如果哪里有台机器坏了，或者谁要呼叫你，你停在路边，马上就能回电话，不用等上三四个小时。再者，我需要一天 24 小时都能联系上你。给电话公司打个电话，告诉他们你想要台寻呼机，他们会帮你全部搞定的。”

“我马上就打。”孔特说。

莱芙帝拿出一支笔，在一张纸巾上胡乱写着。“现在，我要给你 5 个号码，这样无论是白天还是晚上，你都可以找到我了。如果有人烦你，有人接近你，你就和他们提一个名字。你告诉他们你在纽约认识一个合伙人，他在桑树街，而且关系很多。”

他把这张纸巾交给了孔特。

我们在这座城市的商业区和工业区逛了逛。孔特指出了一些他期望能开展生意的汽车旅馆、酒吧和餐馆。“看这边的酒吧，”莱芙帝说，“布局就像霍博肯的一样。”

“他们喜欢这里的啤酒，”孔特说，“这些地方都有自动贩卖机了，但他们并不满意，可也不想换。”

“让我解释给你听吧，”莱芙帝说，“我对贩卖机买卖再熟悉不过了。我在这个圈子里待了 30 年。在这座城市里，到处都得靠关系，你最好相信这事。你安装机器的时候，如果有人接近你，你就遇到了第一个小麻烦，你就说，你在纽约有个合伙人。业主是不会接近你的，他们只是给别人打工的。你要对这个接近你的家伙说，你要他提供一个人名。你说你要友好地解决这件事情。如果他给了你一个人名，那么你就给你的纽约合伙人打电话，把名字告诉他，这样麻烦就摆平了。你在听吗？”

“我听着呢。”

“因为这很重要，在这里。汤尼，你告诉这个家伙：‘别犯傻，别出错。’如果他让你把该死的机器挪走，你就和他说：‘嘿，听着，别犯傻，别这么和我说话。到纽约只有两个小时的车程，我的人不会坐视不理的。’你告诉他，你的人很有名，在五个区都很有名，在全国都很有名。耶稣基督万能的神，全世界都他妈的认识我。你说：‘两个小时之内，我的人就会到这儿。’然后，你给那个人看你的寻呼机，一天 20 个小时都能联系上你。只要他们说出一个名字，我们就会见面聊。就没你什么事了，事情查清楚前，他们不会有什么动作的。”

“当你开始和你的人以及这里的人谈话的时候，”汤尼说，“我就可以退出了。我知道我做不到，也不想尝试。就得麻烦你了。要是对付街上的普通傻瓜，我也可以像别人一样暴打他们的头，但是……”

“这没什么。党徒只需要知道你开什么牌子的车和住在哪里就行了。唐尼知道怎么回事。我只是给你讲大概的情况罢了。”

“现在我感觉好多了。”汤尼说。

“在我看来，汤尼，这并不是一个小城镇。不用管那么多，这城里有他妈的很多钱——你也看到了。这里为每个人都提供了发展空间。也许一两个团伙霸占了这里，但他们得给我面子。如果有人接近你，找你麻烦，我要告诉他的第一件事情就是：‘什么，你疯了吗？你不可能从我手里抢走生意。这是这一片的规矩。全世界都知道黑手党人。’我们的老大也说过：‘不管你在哪儿，只要提前一天通知我，我就会派人过去的。’他现在在监狱里。”

“他怎么样？”我问他，我指的是卡迈恩·加兰特。

“这个月 29 号他才能知道，是还要坐 20 个月的牢，还是被释放。他们不会释放他的。他要回亚特兰大。我得给他送雪茄。他抽的是那种最好的古巴雪茄。他每天晚上都给迈克打电话，询问有关我的事情。他说：‘迈克的那小子过得怎么样？’迈克告诉他我在密尔沃基。老头子很相信迈克。他在迈阿密有柠檬园和宅邸。他在全国都有人手。所以，我得当心迈克，你明白吗？至于你汇的钱，他要用来招待在这儿的很多人。不管他有什么花费，他都会想方设法弄回来的。我的人是不会出钱的。这是你的项目。他说这应该由你来负责。”

我们路过了孔特还未装修的办公室。“别疯了，还搞什么装修？”莱芙帝说，“弄块进出门的小地毯、一张桌子、一台电话和你的寻呼机就行了。你需要到处转转。去找酒保，给他们你的名片。你告诉他们，如果他们能设法安装一台你的机器，会有一笔可观的圣诞补贴，足有一周的收入。告诉这个家伙，你也许每周会额外多给他 50 美元。你还要和这个家伙合作，就安装的老虎机买卖五五分成。努力和聚会场所的老板建立合伙关系，收买他们，你就能把你的机器安装到那里了。留下你的名片，别待太久，每个场所只待喝一杯酒的时间。你一共有多少台机器？”

“一台也没有，但已经订货了。第一次必须买够十台。这些机器的平均售价大约在 200 美元。我的卡车大概两周内能送到。卡车背后是机械升降机。有个以前和我一起工作的小孩可以开车。”

“他可靠吗？你认识这个人，对吗？”

“非常可靠。我认识他有四五年了。”

他想让孔特投资买个酒吧和烤菜餐馆，建立信誉。“你看，在纽约，用 7500 美元外加贷款就能买到价值 50000 美元的娱乐场地。那么在这里，一间酒馆需要多少钱？比如一家社区酒吧和烤菜餐馆值 15000 美元。那么你付 2000 美元首付，其他费用通过贷款取得，你就能在那儿安装机器了。你靠机器获得的收入就不是 50% 而是 100% 了。”

“这里的生意做得很好，他们都不想卖掉自己的店面。”汤尼说。

“听我说。不管我们走到哪儿，都有很多商人因为赌博、逃税之类的事遇到麻烦。赌博……别提了，我了解这玩意。在维加斯，赌博的有两群人：得克萨斯人，阿拉伯人。还会有日本人。现在，大西洋城将会——算了，纽约城里开张了，就别提这个了。犹太人总是讨好黑手党。这是犹太人的一个特点，只要答应不找他们麻烦，他们就愿意给你赚来的15%。所以在那儿你很容易就能逮住一个赌徒，他负债累累，想卖掉他的酒吧。这时你就可以趁机介入。他会把店面卖给你的。”

“你比我看得长远。”孔特说。

“我的脑筋总是加班想事。我在想你面前摆着的机会。生意很好，如果有人接近你，给你30000美元买下这个娱乐场所。你就拿着这30000美元买一家值50000美元的娱乐场所，好好装修一下然后再转卖80000美元。”

“天啊，我真不懂，莱芙帝。我不懂如何做这些买卖。”

“所以我才要给你指导，你就听我说。汤尼，你现在有60000美元可以投资，凭着这些钱，你就能得到一笔100000美元的贷款。不费举手之劳，你就有了160000美元，这就是你的价值。当你买到了一家娱乐场所，再找一个合伙人，你都不用在那儿工作，一周就能拿到400美元了。所以，如果你能弄到10到12家这样的店面，你一周就能拿到5000美元。你甚至没付出过劳动。你的机器只是放在那儿，你就因此能得到全部收入。他妈的，5年的时间，你就能赚到1000000美元了。我说得对不对，唐尼？”

“对。”

“首先，你知道，在这座城镇里，你要是有了40到50家酒吧，我就可能搬过来。或者，他们需要我待在纽约，我也可以在周末来这儿。”

“他们告诉我，一些地方能做成买卖，安装一台机器，但是需要办一张酒水供应许可证，一年要交600美元。”孔特说。

“没关系，别想这个。我来告诉你一些事吧。一旦你付了钱，你就搞定他了。连耶稣基督都阻止不了你。在那儿记住这点。唐尼，我十分希望你能留在这儿，帮汤尼一把，回答他不能回答的问题。他没有那个头脑。”

我告诉过莱芙帝，我要回加利福尼亚看望我“受伤的女朋友”。我急切地想回家看望我的家人。我每次说想回加利福尼亚，莱芙帝都很反对。所以现在我编了一个借口，说我的女朋友遭遇了车祸。这样，他就不得不同意让我走。“周一我会回来，”我说，“就三天。我在洛杉矶每天都会跟汤尼联系。”

“这不是问题，保持联系。你在洛杉矶都做点什么？”

“一旦她没事了，所有事……”“唐尼，我们别跟自己开玩笑。她挺了这么久，肯定没大事。我们期望她别变丑就好了。我恰巧也喜欢那个姑娘。”（当然，他从来没见过她。）“听着，两三周内，她不能回去工作，对吧？所以，为什么我们不把她带到这来，并帮汤尼做好准备工作？用用你的脑袋，唐尼。她上了飞机，会很高兴。而且，你们这个地方最美了，在这儿待着很令人愉快。所以，你们还是在这儿待上一两周吧。”

“我接下来就是要这么做的。”

“关键是，唐尼，我不想看着你因为那个女孩住进医院就待在那儿了。别误会我。只是这很可笑。”

当莱芙帝瞄准了一处地点和一个可以敲诈的靶子，他浑身的劲头就都来了。孔特应付他应付得不错，他很会装傻，把莱芙帝骗了过去。

“一旦这儿的一切都安排好了，”莱芙帝说，“我们就可以分头去别的地方了。因为迈克眼里揉不得沙子。你们知道他喜欢我哪点吗？我真是脑袋进水了，把我的快艇送他了。我本可以卖掉它的，他知道这点。”

“他喜欢这艘快艇吗？”我问。

“别提了。这艘快艇在水上的时速能到 72 英里。想象一下，水上时速 72 英里。这他妈的就是一架喷气式飞机啊。嘘！我想把它从这儿开到纽约。”

“你怎么开啊，莱芙？”

“沿着海岸线开。就告诉我一件事就行，我看我们开车去过的地方都是陆地。这附近的大海在哪里？”

“这儿没有大海，”汤尼说，“只有湖。”

“这座城没有大海，在密尔沃基？”

“只有一个湖。”

“我不喜欢湖。我喜欢大海。”

“这是一个大湖，莱芙帝。”

“我们去看看那个湖吧。”

于是，我们开车南下，去了密歇根湖湖边。“这是湖吗！”莱芙帝瞠目结舌，“这他妈的就是一片海。看那边的船！轮船！那种东西能在里面开，这他妈的怎么可能是个湖？”

“这是一个大湖，”汤尼说，“船舶能通过圣劳伦斯航道从欧洲来这儿。”

“真不敢相信。你看过这样的场景吗，唐尼？这个湖叫什么名字？”

“密歇根湖。另一边是密歇根州，距离这儿大概有 50 英里。”

“你确定这不是一片海，只是叫的名字不同吗？真他妈的不敢相信。现在，我们他妈的弄两个皮箱，就坐在这个池塘外边。我们他妈的这就摆平这事。”

莱芙帝需要一件“男士海滩服”，这就意味着其他人需要提供这件海滩服。“我的腰围是 33 号，”他告诉孔特说，“我的鞋是 9½D 号。”孔特去了南岭购物中心，给莱芙帝买了他要的东西。我们坐在湖边的汽车旅馆里。莱芙帝还是喝着他平常喝的白葡萄酒汽水，一根接着一根地抽英国奥瓦尔香烟，就像他整天待在车里所做的事情那样。

“这座城镇很好，”莱芙帝说，“我喜欢它。我回去就告诉他们，我完全赞同这个项目。我一路给你们亮绿灯。在这儿生存很容易，汤尼。这是一座干净的城镇，你可以呼吸新鲜空气。在这儿你会很成功的。你会成功的，会非常心满意足。”

“你还不了解我，”孔特说，“等你了解了你就会发现，我要是计划做什么事，就会不达目的不罢休，直到得到我想要的。有天你会了解我的。”

“我同意你说的，”莱芙帝说，“现在我一回去，可能马上就得再回来见一些人；是他在自己的餐馆里认识并款待过的那些人。”

第二天早上，汤尼和莱芙帝开车送我到密尔沃基机场，于是我踏上了去“加利福尼亚”看望“受伤女友”的旅程。莱芙帝要回纽约，于是汤尼又把莱芙帝送到了奥黑尔机场。

“你觉得唐尼最后会娶这个女孩吗？”汤尼问。

“我知道他很迷恋她，”莱芙帝说，“但唐尼不是那种能定下心来的人。”

我有三个星期没回家了。我打电话说我要回家，我妻子告诉我街对面的房子已经烧成平地了。那天，狂风肆虐，火光四溢。她帮助附近的人浇灭了房屋上面的火，其中也包括我们房顶上的火，每个人都吓得要死。

那天是6月23日，星期五。以前我每次回家，她总会去机场接我。可是这次下午3:45的航班，她却没能出现在机场。

第十章　意外事故

我抵达了新家乡的机场。可是我妻子却没有出现在机场门口。接我的是另一位特工，我对他了解不多。他说："你妻子遭遇意外事故了。"他说是两辆车迎面相撞了，两位驾驶员都是女性，外表相似，只是其中一位年轻些。年轻的女性死了。他不确定是哪位。他还说了其他事情，但我只记得这些内容。

我们去了医院。我妻子没有死，却进了重症监护室，情况很严重，身上连着各种管子和器械。她的眼睛上缠着绷带，两个眼角膜都撕裂了。脸上也划了很多口子。她的肺功能衰退，手腕和锁骨骨折了。她的身上安装了人工心肺机，什么也看不见。她甚至说不出话来，只是紧握着我的手。

我的女儿们也在那里，最小的只有 9 岁。她看到妈妈的样子很难受，走进厕所吐了。我抱了另两个女儿，她们一个 15 岁，一个 13 岁。我竭力对她们微笑，假装什么事都没发生过。

我妻子告诉我，在她开车去机场的路上，一辆汽车向她驶来。为了躲避另一辆停在车道上的汽车，这位司机突然扭转方向盘，结果迎面撞上了她。因为害怕汽车爆炸，我妻子设法爬出车，跑到了路的另一边。她听到自己的肺部发出冒泡的声音，作为一名护士，她知道自己的肺部被刺穿了。有两位女士目睹了这一事故。她请求她们，可否让她把头放在她们中一个人的大腿上，好帮助她呼吸。她的隐形眼镜已经被撞进了眼睛里。她想可能至少有一只眼睛失明了。她告诉那两位女士，她的车里有一个笔记本和她丈夫的飞机航班号。她求她们给联邦调查局打电话，请一名特工到机场接我，并给临时看护女儿们的一位朋友打电话。救护车来了，她被送到了医院。

她的身体承受着极大的疼痛，心里充满恐惧。我去看望她的时候，她还不知道另一位驾驶员已经死了，我也无法告诉她这个事实。她的朋友金尼也在那儿。我走出病房，来到大厅。后来我妻子跟我说，金尼告诉她我哭了，她说："我对金尼说，错过这一幕我很遗憾，因为我从未见过乔掉眼泪。"

我在医院和她在一起。我的小女儿没来看她，因为看到妈妈的伤势如此严重，她受不了。但是，她写了问候的话托人捎来。

第二天，我的两个年纪稍大的女儿要离开医院开车回家。我15岁的大女儿刚刚获得了驾驶执照。可是，她们还没开出医院多远，就被另一辆越过停车标志的汽车撞上了。之后她们马上就被救护车拉到了急诊室。

由于她们的妈妈出了意外事故，急诊室的护士们都认识她们。一名护士给楼上打电话找我。我告诉我的妻子，我要买瓶可乐出去走走。她这种情况，我是不可能直接告诉她孩子们遭遇车祸的事的。但她知道出了什么事。"今天晚上，她们怎么没来看望我？"她问道。"她们有很多作业要做，"我回答说，"我让她们在家待着。"

还好我们的女儿们伤势不重，只是有些瘀伤，缝了几针。她们经过治疗就出院了。我妻子遭遇车祸的当晚，她的父母就乘飞机赶了过来，所以也能在医院帮忙照顾他们受伤的外孙女。

我开始琢磨，到底发生什么事了？我做错了什么？我是 1976 年夏天接手这份工作的。而现在是 1978 年夏天。两年间我回家的时间总共加起来不到两个月。而就在前两天，所有的一切可能被完全摧毁了。

我希望我的处境允许我在书中更完整地描述我家人的情况，包括她们的长相是什么样的、她们的亲人和朋友都是谁、她们住在哪里，至少可以提及她们真实的姓名。

事实上，她们已经更改了姓名——换了姓氏。她们丢弃了“皮斯通”这个姓氏，使用了一个新姓氏。无论怎样，我们旅行的时候从不使用“皮斯通”这个姓；每做一件事，我都换一个名字，所以这没什么大不了的。而且，女儿们总是因为她们的姓氏而遭到嘲笑——耶鲁洛克、维特斯通，等等。所以她们能够摆脱“皮斯通”这个姓氏还是很开心的。而且，反正最终她们嫁人时也是要更换姓氏的。

我用过各式各样的名字，只是想给追踪我的人多制造点儿麻烦。但除了我，这给每个人都造成了麻烦。我的妻子去航空公司柜台时会感到困惑，因为忘记了那天该用哪个名字接我。或者去干洗店取我的衣物时，她不得不尝试几个名字，才能蒙对我所使用的名字。

我长期不能回家这件事使我的家人越发感到困扰。“这算什么婚姻，”我的妻子会在电话里这样说，“丈夫总也不回家？”事实是，如果我们的婚姻不这么牢固的话，它也坚持不了这么多年。

为了解决这个问题，她开创了一种自己的生活方式，甚至不用依赖于我——她会这样说，几乎就如同没有丈夫一样。她天生不会自伤自怜。几个月前全家才搬到目前的住址，生活从来没有轻松过。那时，我妻子做完大手术刚刚康复不久。搬家后的头几周，孩子们出现了不适应的症状。她们不去学校上学。我给予她们建议、支持等，当然大多是通过电话实现的。而我的妻子是切实处理所有事情的。无论我在与不在，朋友们做什么事都带上她。她还鼓励女儿们邀请朋友到家里做客，给一群十几岁的孩子们烹饪美食。她和我们的大女儿出去玩——就像在郊区度过美好时光的女孩们一样。

她试图不为我担心的方法就是把家里安排得一切正常。她和我说，自从我做了卧底以后，她面临的最头疼的事就是料理所有开支。这是她从未做过的事情，而且她讨厌这事。

她说她非常忙，忙到可以很长时间不去想自己有多么孤独。除了我给家里打电话的时候，她会变得非常生气。她一股脑儿地倾吐自己受到的挫折，有时说话的方式还很奇怪。她完全专注于家庭琐事，所以就想把这些都说出来：割草机启动不了、洗衣机坏了。我只有 5 分钟的时间，所以我说我不想谈这些事。“对于我来说，”她说，“这都是真实的麻烦事，就发生在家里。有这些事让我心烦，我现在看不到更远的。”有时候，我们还会朝对方大吼。

电话成了连接我们的纽带，它是我们的生命线。每次打电话，我都想和每个人轮流讲话。我妻子通常会和我讲有关孩子的事情。这是很重要的。一般会有很多问题——学校方面的、纪律方面的、个人方面的——我妻子通过电话告诉我这些，而我得努力摆平。但是多数情况下，我是没法在电话里解决问题的，常有哭喊吵闹的声音。大家都很沮丧，而我只能再为电话投两枚硬币。孩子们心烦，因为我离开太久了。我除了说自己有工作要做，再没有其他更好的理由辩解。她们的母亲则努力让她们理解我对事业作出的贡献。她们怎么会在乎我作出了什么贡献呢？她们只是孩子。她们想要父亲回家。

在情绪非常不好时，我妻子会朝我喊出这样的话："你要么辞了这份工作，要么和我离婚。"但她从来不是真心的。我知道这点。但孩子们不知道，她们会偷听到这些话。

有时，我的小女儿会假装我们已经离婚了。她有一些父母已经离婚了的朋友，所以她也会在心里玩这个游戏，假装自己也是来自离异家庭的孩子。在艰难时期，这反而让她过得更轻松一些，尤其是当她们搬进新家的时候。

等我真的回到了家，她们却厌恶我。妻子对我说："听说你要回家，我特别兴奋，迫不及待地等你回来。可你真到了家，我反而一肚子火。你长时间离开家，这已经非常糟糕了。可你回到家后又想操控一切。你回家才一两个小时就想当老板，但我才是操持家事的那个人。在这儿我已经习惯按自己的方式做事了。"

我忍不住想在这个家当家长，而她也忍不住对此感到厌恶。有时，我们需要花上一两天时间才能重新适应彼此。而绝大多数时候，我们在一起的时间都到不了两天。有时我们只有一天，有时则只有半天，或仅仅一个晚上。她坚持着自己的一套做法，而我却成了局外人。她发现自己甚至讨厌我抱着她入眠。所以她买了一张特大号床，以便休息时能像往常那样伸展手足。

女儿们都长大了，她们的室外活动越来越多。回到家后，我发现她们中的一个、两个或者所有人都出去了。我问她们："你们不想和我一起留在家里吗？"

她们却说："你从不在家和我们在一起。"或者"我们无法指望你留在这儿，所以无法约定时间陪你，爸爸。”

有时我会回家待上一天，然后在第二天早上她们还没起床的时候离开。我并不是每次走都会和她们告别。我的小女儿见我回家了会哭，见我要走了也哭。

我也会感到挫败。如果我回家待一天一夜，发现了一个问题，我就想马上解决它——因为我没有时间做到从容不迫。当我试图制定规矩，我的女儿们就会告诉我，我只是一个客人，没有这个权力。有时候，我似乎让她们心烦。

久而久之，女孩们养成了一个习惯，所有事情都要和她们的妈妈谈。她们会首先找到她，并和她无话不说。虽然这可以理解，但我还是伤心。

她们越来越讨厌我的工作、讨厌联邦调查局。“你所从事的工作不适合一个有家的已婚男人，”我的妻子会这样说，“他们不在乎我们的感受。他们也不在乎你。”

我妻子在医院住了 11 天。等她回家的时候，她在生活上几乎无法自理。很长一段时间，她看不清东西。她不得不戴上特制的黑色眼镜，晚上还要戴上绸缎的眼罩，以防灯光会刺痛她的眼睛。她的皮肤里还残留着一些玻璃碎片，所以需要做整形手术，但是要等到痊愈一年之后。她胳膊上的石膏夹能帮助她的手指活动。但有时，她拿起的茶杯或玻璃杯会突然从她手中滑落。类似的事情会让她烦恼。

我的妻子独立、精力充沛、性格乐观。她热爱运动，经常打网球、做有氧运动，没一刻闲着。她不停地为别人做这做那。可现在突然之间，她不能照顾自己了。她因此而精神消沉。我不会说她是抑郁了。因为我认识她有30年了，从没见她抑郁过。但现在的她情绪低落，连再平常不过的事情也做不了。

我们的女儿有史以来第一次看到她如此无助的样子。她们因为我不能回家而更加生气。我想回家多待一些时候。但我能说什么呢?

我妻子从医院回家后，我待了一个多星期。虽然这处境很糟，但我们度过了一段美好的时光。这是多年来我们相处时间最长的一次。我们在野外烧烤，做了很多好玩的事。我和女儿们玩得很开心。我妻子离完全恢复还需要一段时间。她的双眼仍然对光线非常敏感，所以大多数时间，她的眼睛还得遮上。但至少我们在一起。

我的妻子大体上是一个非常善解人意的人。但此时她情况不好，所以想让我辞去卧底工作。我能理解她。之前她就提出过这个想法：“你离开的时间太长了。你一次离开一两天，这都不算什么；但你一走就是三个星期，回家却只能待上一两天。”

但我已经潜伏得太深了。现在，收手不干可能会连累他人。我已经把莱芙帝引入别的行动，而负责这些行动的特工还指望着我推动他们的计划呢。如果我现在就退出，很多人都得拎着包回家了。收手不干，这事我做不到。

她知道我的工作牵涉黑手党。我又给她讲了更多的细节，包括密尔沃基的一些情况；我试图缓和一下我们的紧张关系，向她表明我几周回来一次是迫于无奈。

她知道汤尼·孔特，因为她和他通过几次话。我向她解释，如果我退出了，纽约的莱芙帝和其他人就会终止和孔特的合作。

我没和其他人谈过这些顾虑。没和任何人谈过。因为除了我，没人能决定我是离开还是继续干。我觉得这和谁都没关系。不管别人和我说过什么，决定都要由我来做。我必须继续做下去。

这段时间，我一直通过电话和莱芙帝保持联系。我留了个加利福尼亚的“查询”电话号码，他可以通过这个号码联系到我。他留了信息，我就给他回了电话。

我告诉他，我的女朋友很好，7月4日的假期以后，密尔沃基的一切行动都得再次运转起来。

他正忙着分发汤尼·孔特的钱，努力安排和密尔沃基黑手党的谈判。迈克·萨贝拉正在招待宾客。萨贝拉借了200000美元，用于大修卡萨贝拉餐馆，但是承包商拒绝了他。“他在那儿遇到了麻烦，”莱芙帝说，“那个混蛋承包商。”

一天他对我说：“你昨天晚上看“大卫·萨斯金德秀”了吗？那儿有两个线人，你知道的，政府资助的，在电视上。你知道的，这帮家伙已经和政府合作了，政府给了他们不同的身份，把他们安插在那里。他们说，他们有2250名线人。这其中有一半都分布在圣地亚哥和洛杉矶地区。”

“哇。”

“所以这帮家伙，有人在写书时碰巧暴露了他们。所以现在他们露馅了。有人正设法干掉他们呢。”

“干掉他们，对吧？”

“是的。这些政府的人根本不在乎。所以这两名线人说，任何成为政府线人的人都他妈的疯了，难以置信。你女朋友怎么样了？”

用了好一阵儿，我才明白莱芙帝所说的事情。两名联邦调查局“证人保护项目”的人意外暴露了。政府播放电视节目时粗心大意，让线人们十分愤恨，黑手党也在四处寻找那些受保护的线人。

“我女朋友很好。一切都很顺利。”

“你女朋友为什么不和你一起来纽约或者密尔沃基？”

“她要工作。现在没有假期。”

“好吧，你既然回到那边，就做好基础工作。一旦有了基础，你就可以长期待在那儿了。”

“好的，我知道了。我们得在那儿赚些钱。你什么时候去那儿啊，4号以后？”

“我也不知道。我正和妻子闹别扭呢。她要去别的地方度假，我们为此还吵了一架。今天下午晚些时候，我要出去见个人。今晚，我有一个约会。明晚，我也有一个约会。在费城，我还有一个会议。”

“迈克喜欢密尔沃基的买卖，对吗？”

“对。毋庸置疑，我告诉你一些事：一路都亮起绿灯了。”

卡迈恩·加兰特已经从狱中给莱芙帝捎来了口信，准许他全力以赴。他安排谈判的事时，我就回到了密尔沃基。头一两天我没有告诉莱芙帝，因为我想匀出一些时间，和孔特仔细做些检查，而不必每时每刻都和莱芙帝解释去了哪里。我和孔特去了更多的地方，试图安装机器，结果每次都碰壁。但是我们一直在为案件收集证据。见到我们的人越多，我们的可信度就越高，这会让大家觉得，我们只是在想方设法地赚钱。我们还要确保有人给巴利斯特列里的人传口信，说我们在外面努力推销自动贩卖机。

我们拜访了“先锋销售经营公司”，一家位于梅诺莫尼福尔斯的自动贩卖机批发商，去查看各种可得的机器。与孔特和我一起去的是孔特曾和莱芙帝提到的一名“雇员”。这名“雇员”是另一名卧底特工，卧底姓名是史蒂夫·格雷卡。孔特告诉这个公司的总裁，说他想买机器，然后在密尔沃基地区进行销售，而且他也对任何可行的购买渠道感兴趣。他告诉他，“最优贩卖公司”是正规的、有经营许可的公司，不是那种不靠谱的公司；他还给这位总裁看了城市和州颁发的经营许可证。这位总裁说他很高兴和“最优贩卖公司”合作，他还带我们参观了这个地方，看了各种机器，给了我们一堆手册。

为了给人留下印象，让他们觉得我们正在推动生意进程，我给莱芙帝打了电话，告诉他孔特定了一些机器——但是事实上他并没有这样做。

黑手党在密尔沃基炸死了一个家伙。有人把一枚炸弹放在了一个名叫奥吉·帕尔米萨诺的家伙的车下面。这宗谋杀案已经上了报纸，还是我们的人提供的信息。帕尔米萨诺是巴利斯特列里家族的人，黑手党人怀疑他是线人。有传言说，黑手党人开始在线人们的车里安装遥控启动装置。

这场杀戮让孔特和我有点紧张。

莱芙帝给孔特打了电话，告诉他：“今天晚上，我在自己人的地方，和那些从芝加哥来的党徒开个会。是我们求的他们，你知道的。我可能晚些时候乘飞机到那儿，好好地介绍一番。这就是他们的处事方式。我们不会把这事拖到第二天解决的。我每天都要接待人。但是一切顺利。没有什么问题。”

“听到这些，我很高兴，”孔特说，“因为他们在这附近很野蛮。唐尼告诉过你，他们在这边杀人的事了吗？”

“别管这些了，”莱芙帝说。“这并不重要。他们杀人是因为那些人做错事了。”

“是的，但我想确定自己没有做错任何事。”

“你没做错任何事。”

“好吧。”

“我来告诉你一些事，”莱芙帝说。“一旦你启动生意，头十天我会在那里陪你。等机器都安装好了，我就出发去芝加哥，你就得见见这些人了。明白吗？一旦我介绍妥了，我就会和你还有他们一起吃晚饭。这样你在这儿就不会遇到麻烦了。我们就像弗林[①] 那样大受欢迎了。让唐尼接电话。”

我接过电话。

“唐尼，”他说，“他对我们在这儿做的事似乎不太热心。他反而担心炸死人的事。”

“他挺热心的，就是有些紧张。他不知道发生了什么事。”

“他紧张，我不怪他。”莱芙帝说，“但这事和我们没有关系。这个被炸死的人可能是一个告密者，可能是任何身份。告诉他，别担心。还有，经常带着寻呼机，我现在可能会随时找他。生意已经启动了。”

“唐尼，汤尼和你在一起吗？”

“是的，莱芙帝。”

“问问汤尼，罗克福德在哪儿？”

“是伊利诺伊州的罗克福德吗？”

“是的。”

我问了孔特罗克福德在哪儿。“他说那里离芝加哥大约10英

①弗林（Errol Flynn, 1909—1959），美国电影演员。

里，莱芙。为什么这样问？”

“有人打了一些电话，我得去那里见人。他们会为我安排一次会面。我得等电话。他会给这个叫罗克福德的地方打电话，不管那是什么地方。他给了他们我的名字之后，我就得出发了。然后，我要向他们摊牌，告诉他们我要在这儿做什么事情。就这样。迈克上周招待了 6 个人。他没有给我账单。他不担心这些。”

“迈克那里，一切顺利吧？”

“一切都很顺利。这个家伙还亲了我的脸。我们能做任何事情。我和他们站了大约一个半小时，然后我就找借口走了，因为迈克还和他们在一起呢。他们在吹牛聊过去的事。对了，告诉汤尼带上寻呼机。”

一个家伙在莱芙帝的社交俱乐部旁边开了一家比萨连锁店。莱芙帝开始非常讨厌他，把他揍了一顿，踢出了这条街。这个家伙是个普通市民，现在他想要 2000 美元现金作为补偿。莱芙帝说如果他不出这钱，这个家伙就会起诉，莱芙帝就得面临 6 个月的牢狱之灾。迈克·萨贝拉认为莱芙帝应该接受这家连锁店，把它变成自己的比萨店。而且，莱芙帝还在努力为摆平他儿子的麻烦而诈钱（他儿子试图抢劫一个家伙的钻石，结果那个家伙是个联络党徒）。他们想讹诈莱芙帝 3500 美元。

所以，在推进密尔沃基谈判的同时，莱芙帝总是不停地哭穷。

“有人想明天在纽瓦克机场见我。”莱芙帝打电话告诉孔特。他给孔特的那些信息，从来没有给我——他的搭档——的信息多。“现在的情况是，你知道的，我们破产了。我没钱，该死的。你理解吧？现在，我要招待这些人。我明天甚至都没有车能开去机场。然后我还要乘飞机去你们那儿。你得给我订一个房间。现在，我得看看明天早上，我能否在什么地方弄点钱，弄一辆车用。等我真到了你们那儿，你们就得接我，一起见见这些人，因为他们得多了解了解你，比对我的了解还得多。因为你是在代表我。明白吗？”

“是的。”

“但是问题是，我兜里只有23美元。我他妈的明天怎么去那儿啊？”

“也许我们能租一辆车。”孔特这样说，意在拖住他。

“这个家伙明天就给我们一些人物名单，都是大老板。他们都是大人物，你知道的。他们要在那儿帮我们解决问题。有来必有往。我要整天招待一个家伙。这个家伙已经81岁了。他是一个重量级人物，在纽瓦克机场拥有好几家酒店。就23美元，我怎么招待这帮人一整天啊？”

“那么，我给你汇点钱。”孔特最后说。

“好的，但我很尴尬，因为唐尼说，你对这儿的一切都不热心，那我们怎么大展拳脚啊？”

“嘿，我从来没有说过我不热心。我当然很热心了。”

“我告诉你一些事吧。这就是为什么我会对唐尼生气。这个家伙是个蠢货。他说你并不很热心。我说：‘你认为他不想和这些人见面吗？’因为你见了这些人后，算了不说了。你同我一起和这些人坐下来谈判。”

“我希望别出什么事，”孔特说，“我按照你说的办，对吗？”

“对。没有问题。唐尼现在在哪儿呢？”

“他出去了。”

“我不理解这个该死的家伙。他出去了。你看，问题是，如果唐尼和你在那儿什么也不做，那么他就应该和我在一起。现在他就能和我一道东奔西走。但现在我倒落了单。”

“我明早就给你1000美元，通过西联国际汇款公司。”

“越快汇款越好。告诉唐尼那个家伙，什么也别做，就陪着你。明天我见了那些人之后，肯定会去你们那儿的。你得和我一起见见这些人。你、我和唐尼得一块儿招待他们，带他们吃晚饭。我们要摆平所有事。这样，我们就不会再遇到麻烦了。带着那个寻呼机。首先是纽约那边的呼叫，我会通知你我的飞机航班和其他信息。”

他要在纽瓦克机场附近的汽车旅馆约见的人是托尼·列拉，他是布拿诺家族的组长，年纪很大，在芝加哥有人脉。就是列拉在卡萨贝拉餐馆亲了他的脸。双方的协定是，列拉会给芝加哥方面打电话，并召开一次会议。芝加哥方面的人会给罗克福德方面的人打电话。然后，那些人会向密尔沃基的巴利斯特列里介绍自己。

莱芙帝在纽瓦克机场的会面非常成功。次日他打电话来，宣布他要去密尔沃基进行谈判。现在是7月24日。目前为止，安排这个会议已经花了一个月的时间。他把航班信息告诉了孔特，叫他把信息写了下来。“还是在最佳西方酒店，订原来的那间房，好吗？那些人就是从那座城镇直接来的。见到你后我会解释所有事。唐尼在哪儿？”

孔特把电话给了我。

“他把所有事都记下来了吗？”莱芙帝问我。

“是的，他全记下来了。”

“仔细听我说。”

“我听着呢。”

“别再袖手旁观了。”

“好的。”

“我要去你所在的城镇和两位重要人物谈判。等我到了才知道都有谁。等我到了那儿，我会在6:00给纽约方面打个电话，告诉他们我在哪里，房间号码是什么。他们会给芝加哥的人打电话。然后这个人会来接上我，把我带走。他们会先和我谈，然后彻底查查这个哥们儿。”

“好的。”

“我希望他没事。”

“是的，汤尼没问题。”

“我的意思是，我不想这么说把他吓着了，毕竟我代表他呢。”

“对的。”

“他们想知道，他是不是当地人。我说，他肯定是当地人。”

“是的。”

“现在，一旦他们给我打电话了，我就要在那儿待命。我给纽约打电话，他们再回话，这可能需要一天，也可能只要两小时。也就是说，我不能离开那个房间。我们吃饭、喝水、睡觉都得在那儿待着。明白吗？”

“是的，我们就在那儿等着。”

“他们会派代表来这接我，带着我和这些人一起去。我们全都去——我、你和他。但是第一次谈话时，我会和他们去另一个房间，在桌子旁谈。我会陈述情况。他们为他引来了一桌人。事情进展顺利的话，我就把他叫进来，然后把他们介绍给他认识。”

“好的。”

“现在，谈谈他给我汇的钱。我已经花了500美元话费了。飞机我坐的是头等舱，花了230美元。等我介绍完他们以后，我们还要款待他们。在纽瓦克机场，我招待所有人，花了250美元。这用了我四小时，但我不担心这个。因为最重要的是，这座城市的重要人物来了，所有事都进展顺利。别的就不多说了。但是他们说，我得和他们单独谈。然后他们要彻查他。所以我们只要安心就行。”

“好的，汤尼没问题。”

“太好了。”

莱芙帝乘飞机走了。我们去了中途汽车旅馆的房间。莱芙帝给纽约方面打电话，告诉他们他的房间号。纽约方面又打电话告知给芝加哥和罗克福德的人。然后就有人打电话来，说他们已经在来接我的路上了。我们只需要坐下来，等着电话。

莱芙帝已经说过，我们可能要等上好久，甚至几天。结果这事真的发生了。我们不能离开这家酒店。孔特白天过来和我们一起等。我们的房间在一层。我们就坐在室内泳池周围玩纸牌，随便聊聊天，吃早餐、午餐和晚餐。晚上我们在大厅里闲逛，听乐队演奏。

莱芙帝给孔特简要讲述了即将上演的谈判。孔特现在属于布拿诺家族了，因此密尔沃基的老板不能干掉他或者毁掉贩卖生意。给密尔沃基老板的选择有：行，你们可以留下，做你们想做的事情，我是你的合作伙伴；不行，我们不想让你留在这儿。布拿诺家族的人不得不遵守他的决定。

“我告诉他们，你不在巴尔的摩了，你在这儿待了3年了。我知道你来自巴尔的摩。你从事弹球生意，要买固通销路。你会尊敬每个人。我加入了你的生意，投了钱。你在这儿就像是我们的代表一样。而且我们不想惹麻烦。因为我们能够处理我们自己的麻烦。你为我们开了一扇门，我们很感谢；如果你有什么亲戚也想加入这个买卖，基本没问题。就这些，像我的老板迈克说的那样：‘简洁明了。’”

"我就跟他们说，这里面有一部分是你的钱，还有一部分是我的钱？"

"你不用和他们说什么。什么也别说。"

"我的意思，如果他们问起来的话。"

"不会，他们不会问你任何事的。他们也不能问。他们没有权利问你话。他们会接受我对他们说的每句话。因为我不会让他们问的。"

"这件事一了结我就高兴了。"孔特说。

"当然，你就安心了。"

一天过去了。两天过去了。我们就坐在这里等着。我在想，我到底在这儿干什么呢？我妻子在家努力恢复身体，而我却坐在一个该死的汽车旅馆里摆弄自己的手指。第三天我终于说："莱芙，我不想再坐在这里等电话了。我们可能还要等上一周。我得回去看我女朋友了。她恢复得不是很好。"

"你在说什么呢？"他狠狠地说，"我们必须在这儿等。我记得你说过，你女朋友要工作的。"

"她是要工作，但是她旧伤复发了。我就回去一天左右，然后马上赶回来。"

"你他妈说什么呢，唐尼？我们在这儿有十分重要的事。我们马上就得谈判了。你把你女朋友看得比我们的事情还重要。"

"嘿，莱芙，我得这么做。她那边没有人帮她，而且她的身体状况还很糟糕。就一两天，我会回来的。"

"难以置信，你把她放在第一位。这就是你麻烦的地方，唐尼。你他妈的想走多久就走多久吧。她不会死的。你担心什么呢？"

这真的让我很恼火。于是我飞回家了。

结果我走的第二天，他们就接到了电话。

来接他们的有三个人：乔·齐托，这位来自罗克福德的老人是主要联系人；另外两人的名字分别是查理和菲尔。他们把孔特和莱芙帝带到了一家名叫“中央舞台”的剧院餐馆，这家餐馆由弗兰克·巴利斯特列里所有。在那儿，他们被介绍给弗兰克的两个兄弟——皮特和史蒂夫·迪萨尔沃，后者是弗兰克的得力助手。然后，他们开车去谈判，孔特建议罗克福德的人和他与莱芙帝一起去。他们跟着皮特和史蒂夫去了斯纳昂的餐馆，这家餐馆位于北街的肖尔克雷斯特酒店。这些地方也都是弗兰克的地盘。

在斯纳昂餐馆，他们和密尔沃基的老板弗兰克·巴利斯特列里进行了谈判，参与会见的还有他的兄弟皮特、史蒂夫·迪萨尔沃以及三个罗克福德的哥们。

莱芙帝给他们讲了一遍情况，然后才叫孔特进来。莱芙帝介绍孔特的时候，弗兰克·巴利斯特列里笑了。

孔特后来给我打电话讲起了这件事。看起来巴利斯特列里不知道孔特已经和纽约方面联系上了，没有把他和莱芙帝以及这场谈判联系起来。他已经追踪孔特和我了，因为我们要开办自动贩卖机公司，还要进驻弗兰克的城市。我们和莱芙帝在汽车旅馆等待来电的时候，他就已经派了两个哥们儿监视这间办公室。

“弗兰克·巴利斯特列里指着我，”孔特说，“然后他说：‘我们打算干掉你。我们觉得你就是G。’”

“G”指的是政府。他首先想到，孔特是一名特工。因为如果他和这个同他一起混的哥们儿——也就是我——都是狠角色，且都想要挤进他的地盘的话，那么弗兰克应该在哪儿听说过我们。不管我们是谁，他那时就已经派人出去找过我们了。那两个哥们儿监视过这间办公室，等着我们回来；而我们很幸运，那时恰好和莱芙帝在汽车旅馆等着电话。所以当介绍孔特的时候，巴利斯特列里笑了，说他最好把他的人都撤走。

“当他说，他打算干掉我的时候，”孔特跟我说，“我很紧张，都不敢点上一根烟，因为我不想让这帮家伙看到我的手在发抖。我还不知道自己是否已经脱离了险境。朋友，我们有可能已经死掉了。”他说“我们”，因为如果他们干掉他，我那时是和他在一起的，自然而然地，他们也会干掉我。

“我要做的第一件事，”孔特说，“就是在我的凯迪拉克车里装上一台遥控启动装置。”

这次谈判之后，孔特和莱芙帝带着乔·齐托以及他的两个哥们儿回到了中央舞台，他们的车就停在那里。孔特哄骗他们开着自己的车往返于谈判地点之间，因为这辆车被安装了窃听录音设备。

莱芙帝说：“和你们见面非常开心。就像我说的，下周找时间，我们在那儿一起玩一整天。”

“你回家后，别忘了给托尼打电话，”他们中的一个人说，“托尼说他想让这事妥善进行。他非常急切，还打来电话问是否一切顺利。”

这里的“托尼”指的是纽瓦克市的托尼·列拉。

“他掌控着局面，”莱芙帝说，“和我们在纽约所做的事一样。如果有谁进来了或想做什么事，我们就不能休息，一直到把事情做完。这应该就是做事的方式。弗兰克对我满意，是不是？”

“肯定的。”

“算了吧。”

“你的名字叫什么来着？”

“汤尼。”

“你的姓呢？”

“孔特。”

“孔特？”

“C-O-N-T-E。”

“哦，意大利语。弗兰克正在彻查你。”

“别笑，”莱芙帝说，“他们正找你呢。”

“你走的每一步，”这个家伙说，“他们都已经知道了。每一步。这些机器，你怎么买下它们的，他们都知道。”

“不用几个月他们就会抓住你。”

接着，他们笑了。孔特说：“我不认为这很好笑。”

“我说几个月。也许一周，也许两周，你知道的。他有很多时间抓你。”

“哦，是的，”莱芙帝说，“做这一行，我们有很多时间的。”

“啊，本尼和你互相认识，汤尼？”

“是的，当然了，”莱芙帝说，人们有时候称他为本尼，“如果我不认识他，会让他加入进来吗？”

“汤尼，你是在东边出生的，对吗？”

“对。在巴尔的摩。”

“巴尔的摩。”

他们送完三个人以后，孔特开着他的车往莱芙帝的汽车旅馆而去。

莱芙帝叹了一口气：“哦，不然你会遇到麻烦的，你会死的，他们会埋了你的。哦，我来这儿是件好事。哇。”

“我告诉过你我害怕的。”孔特说。

“是的，你做得对。他们等着你呢。那个蠢货不给你面子，那个哼哼唧唧说话的人。那个混账东西。”

“我们和自动贩卖机公司谈话的那天。”

“是的，他们认为你他妈的是一个特工。他们他妈的想马上就干掉你。他们派了人监视你。好吧，现在让我来给你讲讲这单生意。下周我回来。我们会再次和他们会合。我们会谈得更多，把生意做得更大。他对我说：‘莱芙帝，你是我这边的人。’他要给纽约方面打电话。现在，你能和他们合作了，已经为你开了绿灯。你有了一个合伙人，他会出钱。你出多少钱——40000 美元，现金？他也会出 40000 美元现金。因为他不想和我的人闹麻烦。他会派一个人来管理账目等所有事情。我是你的合伙人。他想带我转转并介绍给他的人认识。你和我一起去。别他妈的问任何问题。你只是一个干活的人，就这样。这样，将来你会赚一大笔钱。”

他们安静了几分钟。

“他们锁定了你的狗屁连锁店，”莱芙帝说，“庆幸的是，我到了那儿，否则他们就他妈的毁了我们的生意了。”

“是的。你记得两天前吗，我有种你救了我一命的感觉？”

“对，我记得。这个家伙说：‘他他妈的是谁，竟敢来我的地盘？我是这座城市的主人。’他这样说。”

“你能想象，如果我一个人做这事会发生什么吗？”孔特说。

“是的。他们就会开始找你了。他们不知道我代表你。也就是说，如果你自己待在店里的话，他们就要制裁你了，就是这样。”

“他第一次看我的眼神充满敌意。他说：‘我一直在找你。’”

“他很生气。但是，现在你做了一件大事。那是一个老板，你知道的。不是很多人像你一样，有机会见一位老板的。别再想了。但是现在，你要在这个国家做一大单买卖。连基督耶稣也不能把你怎样，因为我罩着你呢。”

“但如果一开始我就知道现在这些事，”孔特说，“我就不干了。”

由于我不在密尔沃基，莱芙帝不停地抱怨。事实上，我是带妻子去度假了，她因为肺部受伤，不能乘飞机。她的眼睛还很疼，手腕有粉碎性骨折，胳膊上戴着石膏夹。其他的方面，她恢复得不错。我们开了 9 个小时的车，到了这片特别的沙滩，在这儿我们可以躺在沙子上，过几天美好时光。每天，我都和莱芙帝、孔特打几个小时电话。她说，我回来了，这么多年来头一次和她一起度假，却不停打电话，这不太像伴侣。

我只离开了 10 天，但莱芙帝却因为我不专注于密尔沃基的生意而感到泄气失望。他以为我在加利福尼亚。孔特编的故事应该是我在安排一次入室抢劫行动。上一次我用一单大的偷盗买卖作为借口离开，回来以后只给了莱芙帝几百美元而不是几千美元，这让莱芙帝很失望。我只能和他解释说，我到最后才知道自己被骗了。

“你在外边干的事真是荒唐，”莱芙帝说，“别人告诉我，你在外面有一笔大生意或类似的事情要做。算了吧。他们把你当成傻子了。你说上一单生意，你没有赚够，你被骗了。算了吧，别提了，你在那边也是下层人物。你笑什么？兄弟，肯定是出了什么岔子。我觉得是你女朋友把你迷晕了。那就是你的问题，唐尼。好了，和你女朋友在一起吧。管他呢，我才不在乎。”

“不是的，我在笑他，笑汤尼。他告诉我，他走进去谈判，你知道的，然后，这个人说……”

“好吧，听着，别担心那些事。所有事都在掌控之中。”

“如果我撞见了那个人，莱芙，我不会让他们炸死谁的。”

“不，不，你就像好事达保险似的，兄弟。这事全都摆平了。他很满意。在那儿，万事都很顺利。”

弗兰克·巴利斯特列里的律师，也就是他的儿子乔和约翰，会草拟合作合同书，莱芙帝说。巴利斯特列里的名字不会出现在合同上，用的是另一个人的名字。巴利斯特列里将成为幕后合伙人。汤尼·孔特充当他的掩护者，负责把机器安装进店，买通销路，可能也做些其他生意。他们和孔特五五分成。而莱芙帝将从孔特的收入中分得他的提成。

“有一件事，唐尼，”莱芙帝说，“汤尼得摆脱那个给他干活的名叫史蒂夫的哥们儿。弗兰克吩咐的。他说，外人不能加入，只做帮手也不行。我不能给这个家伙担保，你也不能给他担保；所以，只有汤尼可以为这个人担保，可这是不够的。汤尼可以给他一个星期的薪水，告诉他再找别的工作。”

所以，特工“史蒂夫·格雷卡”不得不撤离该行动。

在这样的基础上，巴利斯特列里家族和纽约布拿诺家族的结合才形成。这对于我们，即联邦调查局特工来说，是极为成功之举。我们现在打入了两个黑手党犯罪家族。而且我们实际上已经和一位老板建立了合伙关系。

“现在，你对来密尔沃基有什么想法？”莱芙帝问。

“嗯，你打算怎么办？”

“我得去那边，但是我缺钱。今天我在机场花了500美元。迪纳俱乐部拒收露易丝的信用卡。我今天又接到了传票。今天下午

3:10，那些特工在俱乐部外边抓住了我。另外，8 月 15 日，那个小个子家伙——我们的人尼基，将面临大陪审团的裁决。”

尼基就是尼基·马然杰罗——布拿诺家族的二老板。

“他们到底要对他做什么？”我问。“什么也不做。他们没抓住他什么把柄。和我也没关系。他们也没调查我。别管了，唐尼，听我说。你跟不上时代了。你看，现在太不安定了。我告诉你我要慢慢介绍你加入的时候，别觉得受到了侮辱。我回去后会介绍你给他们，说我不在时你可以代表我；我还会说你是我的人。这些人是那儿的重量级人物。那儿的那个人，他觉得你不想加入。”

“托尼吗？哦不，我会去那儿的。”

“我们会在那儿给你开一家烤肉酒店，并在办公室附近找一间公寓。”

“好吧。”

“现在，听着，你得给我一个电话号码，以便我联系你。”

“我没有。”

“听着，兄弟，别告诉我你没有。你总要住在什么地方吧？你把我搞糊涂了，你住在酒店里？睡在地道里？”

“我住在她的房子里，但她没有电话。她没付电话费，所以他们把电话线掐断了。”

“我的日程安排和你的不一样，唐尼。因为我得对自己负责。你简直让我笑掉大牙。”

第十一章　弗兰克·巴利斯特列里

我回到了孔特那里。我们的自动贩卖机生意做得像模像样。我们订了几台机器，安装在四五间酒吧和餐馆里，同时把主要精力放在案子调查上。

我们要办的案子是，把孔特安插进一桩秘密合伙生意，好在密尔沃基搞买卖；把其他生意人挤出局，让巴利斯特列里四处敲诈勒索、制造垄断，并插手州际贸易。

我们还想看看从他身上能挖出些什么。比如我们得到信息，他掌控着大规模的下注生意，隐瞒了拉斯维加斯赌场的收入，还参与过非法社团活动。此外还有机会收集一些谋杀案的证据。

为了让我在这个圈子混个脸熟，莱芙帝坐飞机而来，和巴利斯特列里约好了周五晚上见面。我们三个人开车去了弗兰克的斯纳昂餐馆。

莱芙帝叮嘱我："让巴利斯特列里先开口。这次见面就是个社交活动，不必谈论生意。弗兰克可能不想其他人知道他和我们在做生意，他问什么你就答什么，可别对任何事情表现出好奇。"

"唐尼，"莱芙帝说，"帮我一个忙。我很喜欢你。我宁愿坐 5

年牢也不愿意失去和你之间的友谊。在那儿好好地做每件事，因为你是有单独决定权的，相信我。”

汤尼和我走进了酒吧，等待着随时被叫进去。莱芙帝则被直接带到了巴利斯特列里靠近大前窗的谈判桌旁。人们对他极尽谄媚，并行惯常的吻颊礼。

一个小时以后，我们被管家带到了谈判桌旁。弗兰克·巴利斯特列里大约 60 岁出头，矮小粗胖，双下巴，梳着黑色大背头，穿一套干净的深蓝色套装，活脱脱一个旧电影里走出的黑手党徒。

上次谈判时，汤尼已经见过他了。所以莱芙帝介绍了我。“弗兰克，这位是唐尼。他是我的人，也是迈克的人。”然后，弗兰克介绍了桌旁的人物，6 个人是他的得力助手，包括史蒂夫·迪萨尔沃，一个身材矮小、长相难看、两耳旁留着头发的人。

弗兰克点了几瓶酒，价格都是 70 美元一瓶。他和莱芙帝谈论了他在纽约认识的各色布拿诺家族的人，比如我们的老板卡迈恩·加兰特；他称呼他时只使用昵称——“利洛”。他接受过一些教育，所以不会吐字不清、发音不准。

当谈到有关佛罗里达州劳德代尔堡的自动贩卖机生意时（他在那儿有分成），他的表情和声音变得狠毒刻薄，放在桌子上的手也攥紧了拳头。他说他上周去那儿拿分成，对方却只放了 45000 美元现金在桌上。于是他把钱狠狠摔到了桌子上，告诉对方，“拿着你的 45000 美元滚蛋吧！我的提成至少是 250000！”他说，他需要像莱芙帝这样的人来替自己摆平一些人，照管佛罗里达州的自动贩卖机生意。

我想，这个人能轻轻哄你入睡，但绝不是好打发的人。

出人意料，第二天，也就是周六，弗兰克竟然邀请我们去他家吃晚饭。

离开餐馆的时候，莱芙帝一阵狂喜："唐尼，你记得吗？在卡萨贝拉餐馆的时候，'利洛'在里面坐着，我们只有站在外边的份儿，甚至都不能进餐馆，他走出来的时候都不和我们打招呼。汤尼，在纽约的时候你甚至都不能和老板坐在同一张桌子上。可这回我们竟然能，而且明天我们还会去他家吃晚餐。告诉他，唐尼，这等事在纽约有没有发生过？从来没有。"

"没错，汤尼。"我回答。

"但这人喜怒无常，卑鄙险恶。他有双重人格，有时简直就是个禽兽。他记仇。不喜欢那个来自罗克福德的叫菲尔的家伙，因为几年前菲尔曾把他当傻子一样耍了一次。这就是为什么我做介绍的时候，打进罗克福德的电话需要通过芝加哥，因为芝加哥方面希望缓解罗克福德和密尔沃基之间的紧张关系。"

"那家伙在罗克福德都掌管些什么，莱芙？"

"整个罗克福德。在这儿他有最高决定权。"

"要是老了呢？"

"什么意思，变老了？年龄吗？这儿没有年龄限制。迈克说，这个家伙是中西部最有实力的人物。他的地盘不单单有密尔沃基，他有整个堪萨斯城。而弗兰克的地盘在克利夫兰和底特律。这些也是我刚刚发现的。他每天都在飞机上，一周只能在这里待上一两天。他有一辆豪华轿车，每周接送他母亲去教堂做礼拜。1978 年出产的轿车，唐尼。在这座城市里，不通过他的同意，你是做不成任何事的，他在每个社团都插得上手。"

"他来纽约办过什么事吗，莱芙？"

"一年来一两次，仅此而已。来了又走，见一下要见的人。大多时候会去见西海岸的人，在那儿做生意，就像在维加斯那样。”

“那弗兰克在纽约还能管事吗？”

“他在世界各地都有决定权。但在本国最管用。开什么玩笑？他们有自己的最高决策层委员会，能解决所有事情，他就是其中一员。上次纠纷，他和芝加哥的头头把乔·布拿诺踢出局了。他认识所有头头。他去纽约的时候，还去过老头子——甘比诺的家。两位大佬实力相当。”

“他和‘利洛’关系怎样？”

“他们彼此好得很，”莱芙帝说，“我有时候很害怕他。汤尼，他爱说什么叫他去说！你才刚进入情境。”

“我做错什么事了吗？”汤尼问。

“你问桌上的一个人‘你从哪儿来’，这句话吓我一跳，因为他们不喜欢这样的问题。千万别这么问，因为他们会想：你为什么这样问？你是不是警察？他妈的吓得我一身冷汗。幸亏弗兰克没听见这句话，不然他完全可以转过头来问你：‘你他妈算老几，竟敢问我朋友从哪儿来？’上帝都不能让你这么多嘴。”

“好吧，”汤尼说，“我领教了，正试着适应呢。”

“我来告诉你吧，汤尼。来年夏天，你就会变得越来越圆滑，适应道上的生活。那时候你就不需要我处处提点了。到那时，我就会转过身来对你说，我为你感到骄傲了。但这不是我们现在该讨论的。汤尼，我们要向弗兰克强调，我们的生意目前已走上正轨，找到了安装贩卖机的地方，接手了几家公司，并挤掉了其他生意人。在这个行当里，你千万不可以掉以轻心。弗兰克可不像安东尼·米拉那么蠢，他不是个省油的灯，他在这儿是名副其实的龙头。目前人们看起来都还不错。你认识弗兰克手下的史蒂夫·迪萨尔沃吗？

谈判桌上的那个。我很佩服他。因为他和我一样，干掉过很多人。”

弗兰克·巴利斯特列里开着他的黑色凯迪拉克，把我们接到了他家。莱芙帝给我们使了一个眼色——他不敢相信，一个老板会独来独往，更别提自己驾车了。

路上，弗兰克告诉我们：“我这班人马非常棒，但是他们都老了，一个个顽固不化。我发现了一些值得信任的年轻人，可以接管一两家俱乐部或者其他生意。年轻人比较容易适应当今的生意模式。”

“如果您需要做什么，”莱芙帝开始说，“唐尼和汤尼都能帮您做，尽可以相信他们。他们善于和人打交道。弗兰克，如果您需要他们，他们会听您差遣。”

驾车到他湖边殖民时期风格的家仅需大约10分钟。昨晚那些人和弗兰克的兄弟皮特会合了。皮特稍微高一些，不像他当老板的兄弟那么热情。“可我怎么也到不了他的位置上，”他说，“因为我无法承受那样大的压力。”

弗兰克把我们介绍给了他的妻子，她和另一位女士给我们做饭。

弗兰克坐在首席位置，莱芙帝坐在他的右手边。两位女士没有和我们坐在一起，她们只是负责上菜。这桌晚餐有五道菜，主菜是小牛肉，味道很不错。喝的是拉菲特葡萄酒，杯子被不断斟满，之后上的是路易十三白兰地。

弗兰克开始谈起了他的过去。他曾在密尔沃基城中心拥有7家俱乐部，在那儿举办拳击比赛，其中很多比赛都是计划好的圈套。现在他旅行会坐私人飞机，不必进出大型机场，而且总是使用化名——目前是“连尼·弗兰克”。

屋里气氛开始变得温馨轻松。但是，孔特和我不得不集中注意力，保持镇静，仔细注意自己的言行，以避免冒失行为。毕竟这里是一位大佬的住所。

第二天是周日，晚上将举行一场意在缓和各方关系的“破冰”宴会，以便为高尔夫球锦标赛——一场慈善活动开场。弗兰克说他几年都没参加这个宴会了，因为他和一个人结了仇，这个人曾是他们高层委员会的头儿，名叫露易丝·法齐奥。“但现在他死了，”弗兰克说，“杀他的枪是点 38 口径，挨了 5 个枪子儿。”他笑了，但这不是笑话。点 38 口径啊。所以他计划参加这次宴会，给大家一个惊喜，并“找点儿乐子”。他还邀请我们作为嘉宾参加宴会。

他的兄弟皮特说：“一些人实在让我看不顺眼，我打算给他们点颜色看看。”

莱芙帝笑了：“一点儿暴力绝不会伤到人的。”

我们一伙人抵达马克广场酒店的大宴会厅，准备参加破冰宴会。我们到得挺晚。

我们出现在门口时，管家和宴会委员会主席忙不迭地跑了过来，为没能给弗兰克准备餐桌而不停地道歉——因为他们不知道他会参加。

餐桌上没有空位，而且大家已经开始吃水果沙拉了。服务员们忙碌了起来。人们盯着我们窃窃私语。显然，他们清楚弗兰克·巴利斯特列里的身份。在即将举行典礼的舞台正前方有一张桌子。管家撵走了这桌人，以便给我们让出地方，结果没有人敢抱怨。一张新的餐桌就这样为我们准备好了。然后，他们把我们带进去落座。

服务员围着我们，有两三名单独为我们服务。

晚餐过后，源源不断的人过来打招呼："弗兰克，您看起来气色不错……""在这见到您很高兴，弗兰克……"我从来没见过这样的场景，太不可思议了。

弗兰克尽情地耍了回威风。"这是莱芙帝和唐尼，我来自纽约的好朋友。这是汤尼，我来自巴尔的摩的好朋友……"他本来也应该介绍这些人给我们认识，但是他突然忽略了他们，转而和我们聊了起来。这帮人就被晾在那里，尴尬得脸都白了。

弗兰克给我们介绍了此次宴会的特邀贵宾——卡门·巴西里奥，他曾是一位拳击手，以及约翰尼·德斯蒙德——一位在宴会上演唱的歌手。

庆典结束后，弗兰克说："我们走，去告密者那里坐坐。"

那里是"佩珀康"，一家位于市中心体育俱乐部的酒吧餐馆，是由弗兰克所提到的"讨厌的告密者"经营的。

这地方人很多，大多数人是从宴会上来的。我们待在酒吧里，越来越多的人过来跟弗兰克打招呼。

弗兰克和史蒂夫·迪萨尔沃开始跟我们讲有关告密者的事情。

"有很多该死的告密者，"史蒂夫说，"你是杀不光他们的，只有卡斯特罗的军队才能把密尔沃基的告密者全杀光。在这儿，想识别谁是告密者的办法就是，他们都在车里装了遥控启动装置。"

而孔特最近就在他的车里装了一台遥控启动装置。

弗兰克说，他不能理解为什么有人会跟他们自己过不去，因为"指控过我的人还没有一个能活下来的"。

史蒂夫和我说："我一直劝弗兰克别自己做赌博下注登记生意，直接跟其他经营赌博的业主抽份子就行，每周 1000 美元。因为告密者太多，他们是眼中钉，让人头疼。让别人做这种买卖，他只要坐收渔利。千万别让自己的人掺和进来了，而且现在也很难再找到能吃这碗饭的人了。”

弗兰克说，去年做赌博生意的家伙都不能专心打理买卖。“我可不想把精力耗费在怀疑、监视别人上，我需要可以信任的人。”

“唐尼能做这事，”莱芙帝抢过话来，“他和我一起经营过赌博下注登记生意，他能够处理这些事，他知道自己在做什么。”

弗兰克看着我问：“你感兴趣吗？”

“当然。”

弗兰克抓住莱芙帝的胳膊说：“我们谈谈。”说着走向一张小桌子。

我现在还不是黑手党的入盟党徒，所以可以被一个家族借到另一个家族。莱芙帝会从我的买卖中得到一份提成，而且他清楚弗兰克的赌博下注登记生意做得有多大。

我不仅可以为密尔沃基这几个大佬打理赌博下注登记生意，还有机会弄清拉斯维加斯赌场瞒报收入的内幕。在黑手党控制的赌博活动中，他们直接从总收入中抽取提成。巴利斯特列里负责收取瞒报的钱款，然后分给国内参与此事的其他黑手党家族。

这对我来说是一个非常好的开端。但我立刻就意识到，我不能做这件事。弗兰克的赌博下注登记生意中最大的项目是足球赌博。足球赛季会持续大约 20 周。赛季期间，赌博下注登记生意一周 7 天都有。马上就要进入 8 月，足球赛季即将开始了。

现在，我可没办法整整 5 个月都不回家。

但我也没有直接拒绝，因为我想也许可以从他们那里收集更多的信息。

莱芙帝和弗兰克谈了几分钟以后，他们过来了。弗兰克说："好吧，你和史蒂夫下周二见个面，他会给你讲讲大致情况。"

我们大约在凌晨 2:00 离开了佩珀康。

莱芙帝把他和弗兰克之间的对话告诉了我："弗兰克和我说：'你知道，如果唐尼接管这件事，你就得为他负责。你知道结果会怎样。'我说我肯定知道结果。他说：'一旦我正式交代了这事，如果这哥们儿搞砸了，他们不会找他的麻烦，而是找你。'所以我告诉他：'您不必想这么多，我会负全责的。'我告诉他你是我的人，唐尼，没有人会防着你。"

弗兰克仍需给纽约方面打电话，以获得我们组长迈克·萨贝拉的许可，才能用我；还要公开表明，如果出了什么岔子——比如如果我是一个探子或者我卷走赌博下注登记生意中的钱跑路了——莱芙帝要负全部责任。

"我和他握了手，"莱芙帝说，"但这说明不了什么，他仍然要向纽约方面做公开声明。'去吧，打个电话。'我说。'我愿意为这个人冒险压上我的性命。'汤尼，我现在给唐尼的责任……如果他搞砸了，我就必死无疑。纽约市，只有老板可以给老板打电话。这儿的这位老板，他给纽约方面打电话，也是和一位老板谈话的。如果我被派去，我不知道派我去做什么。他们只是说会来。而我甚至有可能不明不白地被干掉。你们两个人得到了在其他地方都不可能有的机会。世界就在你们脚下。在这儿，大家都害怕他。这帮人都他妈的是乡巴佬，没见过世面！"

莱芙帝睡觉后，我马上找到孔特，对他说："汤尼，我不能做这事。"他理解我，并对我说："唐尼，你该做什么就做什么，别为这个担心。”

我给负责案件的特工麦克·波特孔杰克打了电话，把此事告诉了他。他和负责密尔沃基案件的助理特工拉尔夫·希尔取得了联系，希尔希望见面谈一谈此事。

这些都需要马上解决。因为第二天早上，我要赶在巴利斯特列里给纽约方面打电话之前，告知莱芙帝这个决定，否则对我的信用不利。我无法和迪萨尔沃会面并得到全部细节信息，然后再拒绝这份工作——那样的话，我就真像个警察或探子了。

天亮之前，孔特和我在城外一家酒店的房间里见到了希尔和波特孔杰克。

“考虑再三，我非常希望你能把这事干到底，”希尔说，“你知道自己舍弃了什么。”

“可现在的问题是，我得为我的家人考虑考虑。”

希尔说：“那什么能让你改变主意呢？”

既然他们也无法让我的工作变得简单、安全，于是我只能半开玩笑地说：“更多的钱。”

他认为他可以做到多给我一些薪水。他给华盛顿总部打了电话，解释了目前的情况，看能否给我升一个等级，做监督员。如果成功的话，我一个月能多得一两千美元。

但是总部拒绝了这个请求。他们不能让我升级为监督员，原因是我并没有从事监管工作，而那意味着或者在华盛顿总部的办公室里工作，或者有一票人在你手下干活。希尔请求他们不要太局限于职位的定义，但是总部却无动于衷。

这反而让我解脱了。无论怎样，我是不会接受这份工作的。如果我每天为这个案子奔波忙碌，而总部都不肯为我通融一下，我至少也不会感到愧疚。

现在，我要提供一个莱芙帝能够接受的理由。而莱芙帝也会提出另一个理由来说服巴利斯特列里。

巴利斯特列里没有感到很心烦，因为那天晚上，他只是提出邀请，但是并未和纽约方面取得联系，而且我也没有接触到具体生意。莱芙帝可以告诉他，家族生意出了点问题——这些家伙经常用这种托词，因为它挑不出毛病。

有一件事对我有利：在这帮黑手党看来，没有一个警察会推掉这样一份工作。所以，在这方面，我能够洗脱嫌疑。但是，不管我说什么，莱芙帝总是不停地抱怨，我想他只相信一个简单的理由：那就是我不愿意在密尔沃基连续待上 20 周，尤其要在这里度过一个该死的寒冷的冬天。他不断咆哮，但他相信了这个理由。他不会告诉萨贝拉任何事情，因为这会让人很尴尬。我做他的搭档有一年时间了，一年里，我从来没有让他感到尴尬过，何况我们在密尔沃基还有其他赚钱机会，所以他不会把这事放在心上。

那天，莱芙帝去咖啡店吃早餐。一想到我们即将赚到很多钱，他仍然抑制不住心中的喜悦。

然后，我告诉他，我考虑再三，改变了想法，并告诉他为什么会改变。

于是他发疯了。“你想做一个花花公子，然后一辈子待在加利福尼亚！你为你女朋友想那么多！你担心被抓着！对你来说，所有事都无关紧要！为了你，我们他妈的丢了 200000 美元！”

在咖啡店，他当着所有人的面对我大声喊叫。当他冷静下来的时候，他对孔特说：“汤尼，你和弗兰克联系上了吧。今天去那儿告诉他，唐尼做不了赌博生意，因为迈克今天早上打电话来，他想让唐尼自由地往来纽约，做另一个活儿。”

他不肯看我。“去加利福尼亚吧。别来烦我。现在我太生气了，不能和你说话。去和那个女人在沙滩上亲热吧。等过一两天我冷静下来，再给我打电话。汤尼，送我去机场。”

莱芙帝曾经催促孔特，通过最优销售公司租一辆车，并从生意所得中支付租金。这是典型的黑手党思维模式：挤进任何能够挤进的生意，每周收取一份提成，然后瓜分任何能够瓜分的额外利益。

孔特拖了一段时间。现在，我们重新考虑了一下。莱芙帝对于这次调查非常有帮助。通过发展他、取悦他，我们走了很多捷径，省去了很多麻烦。他帮我们和巴利斯特列里进行了一次谈判，帮我们达成了合伙关系。如果他没有去密尔沃基，孔特可能就死掉了。

所以我们想，管他呢，给他租一辆车，让他开一两个月吧。于是，孔特给他租了一辆褐红色的雷鸟牌汽车，并把它开到纽约，交给了他。

迈克·萨贝拉想和我谈谈。莱芙帝没有告诉迈克，我已经推掉了赌博下注登记管理工作。“别说任何惹他烦的话，”莱芙帝说，“他的烦心事够多了。现在，饭店里的工作就要花掉他600000美元的成本。昨天，他把一个承包人揍了一顿，差点杀死他。还有关于宴会的麻烦，他的管辖区来了一个新人，不允许在那儿设置轮盘，这让迈克很生气。”

这里的“轮盘”指的是轮盘赌，它是圣真那罗节的主要收入来源。

我们去了卡萨贝拉餐馆。迈克告诉我：“对我们在密尔沃基要做的生意，不要声张，因为我们不想让纽约的任何人知道此事。‘利洛’和尼基的许可下来了，这生意只限在老板之间公开。弗兰克垄断了劳德代尔堡。我们想要通过弗兰克开展这项生意。不想让其他团伙搞砸我们的生意。”

他想封锁所有信息，只有莱芙帝、他自己（我们的组长）、老板卡迈恩·加兰特、二老板尼基·马然杰罗知道此事。

但突然之间，一切都发生了变化。巴利斯特列里开始躲避孔特。他们不再为他提供可以购买机器的固定客户。他们甚至都不回他的电话。而且没有给出任何解释。孔特和我去见了约翰·巴利斯特列里，即弗兰克的儿子兼律师，以推测合作终止的原因。

我们在约翰的办公室见到了他。孔特负责谈话，因为这牵涉到他的生意。他没有直接说出问题，只是分析了眼下形势。他着重提了莱芙帝的邀请，请他们所有人都来参加圣真那罗节宴会，和纽约团伙喝酒吃饭。约翰很谦恭。他说，近来他的父亲卷进了某个大陪审团的审查事件，但是他确信，如果他的父亲自由了的话，会愿意来这儿的，他们会来找我们的。

约翰看起来很友好，但他没有说出我们想听到的解释，那就是为什么他们从与孔特合作的生意中撤了出来，而且也没来找我们。

莱芙帝的反应是：“也许弗兰克只是身陷大陪审团的纠缠之中。他们会判处他无期徒刑的。然后，23 个人会接到传票，但是他们只会拒绝提供证词。也许这就是占据他思想并令他心烦的事情吧。但是听着，你不应该放弃那个该死的赌博下注登记管理工作。因为这只是第一份工作，看在上帝的分儿上，接受吧。接下来他会派你去维加斯、佛罗里达州、堪萨斯收钱。你搞砸了整个事情。你应该听我的话的，那样，我们的路就容易走了。”

巴利斯特列里那边的情况并没有好转。现在，也没人给莱芙帝回电话了。最后，迈克参与了进来，通过各种渠道打听了一下情况。结果一无所获，就连他的电话也没人回了。

两周以后，也就是 9 月初，孔特接到了巴利斯特列里当律师的儿子的来信，信里说他们与孔特解除了合伙人关系。

莱芙帝打电话叫我回纽约。我们在位于第七十一大街的林恩餐馆见了面。

“我不能理解这事，”莱芙帝说，“也许他们认为他是一个可疑的人。也许他们觉得他是一个骗子，所以害怕把钱交到他的手里。他们甚至不接任何人的电话，你能明白吗？这是你介绍的人。这位先生有什么内幕吗？我没法和任何人解释这种情况。你得告诉我是怎么回事。”

“我不知道该告诉你什么，莱芙。我是 10 年前认识这个人的，那会儿他不错。”

“也许因为他是个小白脸儿。听着，唐尼，上次他在纽约时，带来一辆车，我就带着他去了一家娱乐场所。在那儿，他给三位女士买了酒水。于是我说了他。现在我听说，他在弗兰克的一家店里，勾引了他的一个马子。这是真的吗，唐尼？”

“我他妈的怎么会知道这事呢，莱芙？无论白天还是晚上，我都没和他在一起。我从来没看见过他做任何事。”

“你知道，如果迈克知道有人侮辱了自己兄弟的妻子或者女朋友，会是什么反应，这后果比当告密者或者皮条客更加严重。迈克和我现在都很尴尬，因为是我们把他介绍给弗兰克的。在这儿，我的情况变得很危险。既然是你介绍他入伙的，你得负责做点什么事来弥补一下，唐尼。”

“你想让我做些什么事呢？”

“你说过，你是在巴尔的摩认识他的。那么你就去巴尔的摩查查他的底细。找出认识他的人。也许他是个探子。我们不知道他他妈的到底是谁。如果你查出来他没什么问题，也许这事还有救。”

就这样，我去了巴尔的摩。当然，我什么也没做，我在那儿待了几天，然后回到了纽约。

我告诉莱芙帝，我找到了几个以前认识孔特的人。据他们所知，截至目前，他从来没做过什么不对的事情，他也不是“窃听设备”——一个探子或者线人——他也从未和女士们有不正当关系，没有侮辱过任何人。

“好吧，”莱芙帝说，“现在，我们得把这个家伙叫过来谈一谈。去密尔沃基一趟，把他带过来。”

于是，我去了密尔沃基。孔特和我分析了整个事情。我们努力尝试用黑手党的思维去思考问题。

两个家族通过一场谈判，共同投资一项生意。而现在，巴利斯特列里没有给出解释就取消了合作。时间过了一个多月，也没有给一位布拿诺家族的高级组长回电话。这是极其缺乏礼貌的行为，而且说明他是出于一个很严肃的理由。有可能是什么事吓到了巴利斯特列里。孔特也可能随时被干掉。

我们确信，不管出于什么样的理由，合伙关系已经结束了，巴利斯特列里不会再回来入伙了。所以售货机生意也没有必要继续了。

但是孔特和我都不能这么不了了之。像孔特这样的特工是不会就这样放弃的。一旦莱芙帝这样的人和你联手了，他就不会停止压榨你。只要你接着做生意，他就是你的合伙人，可以分得 50% 的收益。或者你要卖掉所有东西，他也会从售卖所得中分得 50%。如果你拒绝了替补方案，我，作为莱芙帝安插在现场的人，就会接到电话。他会让我毒打这个家伙，然后诈出一些钱财。要想退出，总是要付出一些代价的。

与此同时，莱芙帝正在索取抢劫盗窃所得的收入。有一批 β 制式录像机，他能够以 15000 美元购得。10 天之内，他就能赚到 18000 美元。但他没有这笔钱。迈克同意借给他 5000 美元，借款期限为 10 天，利息是 2000 美元。莱芙帝想让孔特出剩下的部分，也就是 10000 美元。

我们需要一些时间，想一个万全之策撤出这项行动，同时又能让孔特免于投资 10000 美元。所以最后，孔特假装犯了心脏病。

他住进了圣卢克医院，称自己胸口疼，身上被插上了各种仪器，医生也给他开了药。医院里的人都不知道内幕。如果没有必要的话，就永远不要告诉任何人任何情况——因为你永远都不知道，谁是好人谁是坏人。而且，我们知道莱芙帝会打来电话核实情况。

我给莱芙帝打了电话，告知他孔特得了心脏病的事。莱芙帝给医院打电话的时候谎称自己是孔特的堂兄，想要确认他是否真的病了。

经过几天的治疗，孔特出院了。当孔特住进医院的时候，莱芙帝气疯了。出院时，他仍然很生气。他催着孔特索要 10000 美元。而孔特说，自己破产了，因为他看病花掉了 6000 美元。

“他他妈的就是胡扯，”莱芙帝向我抱怨着，“我们在道上混，就栽在了心脏病上——什么医药费这么贵？住院 3 天花掉 6000 美元？他以为能糊弄谁，一个傻瓜吗？”

“他说他拿不出这笔钱，莱芙。他现在所有的钱都是他妻子的。”

“哦，怎么突然就剩他老婆的钱了？他总是编造各种理由。他和我说：‘我们在这儿遇到了麻烦，你没来这儿帮我对付这些人。’我说：‘我没叫你和不同人的女人上床。’迈克现在大发脾气。第一，他说，这个哥们儿骗你说他犯了心脏病。第二，他没有送你任何东西。这个人是要洗手不干了，所以你最好把那儿的所有东西都卖掉。”

“我觉得他还会继续试着做下去的。”

“什么，想甩开我？我只要打一个电话，他们会收走他的一切财物。然后他会去找警察报案，再然后他就死定了。唐尼，我们必须在10天内做成这笔 β 制式录像机生意。这样我们就能有闲钱花了，我们三个人都会有的。这家伙在关键的时候病了，老兄。”

让孔特撤退、关掉自动贩卖机生意，我们起初想让他一走了之，就此消失。我说，哎，我们这么做不行，因为这会让我很难办。把他介绍进来，我已经惹了很多麻烦了。让他离开，我们需要找到一个合理的理由。他应当慢慢消失，不能损害我的信用和生命安全，因为我还要以唐尼·布拉斯科的身份继续工作呢。所以，在和波特孔杰克商量了这事之后，我们想到了一个主意，说孔特要做一笔大的抢劫生意，然后打算自己私吞全部所得，不与莱芙帝和我分享。我可以为这个理由圆谎。

这次消失要分两个阶段来进行。我们编了一个故事，说12月在芝加哥，孔特和他的老朋友们有一笔真正的盗窃抢劫大生意要做。目标是艺术品，因为需要特殊联系人和特别销路，所以更难核实其真伪。做完这笔生意，处理艺术品的这段时间里，他要销声匿迹一阵子。然后，他才能再次浮出水面，说这次做得非常成功，他很快就要离开，去收他的分成，然后跟莱芙帝和我分享。到了那个时候，他的消失就不会有任何负面影响了。

于是，感恩节的前一周，孔特给莱芙帝打电话，告诉他即将有一笔盗窃抢劫生意。

在这个重要的阶段，我一直陪孔特在密尔沃基待着。第二天，莱芙帝给我打了电话。他的精神劲头高了起来。“下个月，他有一笔大生意要做。他说事成之后，我们三个人就都不用再工作了。”

“真的吗？”

“他说我们一整年都会顺顺当当，活得像个国王一样。”

接下来几周，莱芙帝一直期待着能收到一大笔钱。他把自己的社交俱乐部改造成了一家糖果店，并交由他的女儿来管理。他和我以及其他两个合伙人开始做一笔赌博下注登记生意——每个人都应该下 2500 美元赌注。我们在社区里四处寻找可以收购的酒吧。他还开始改造另一家俱乐部，距离糖果店仅有一两个门店的距离，他打算把它改造成炸鱼和薯条连锁店，由他和我一起经营。12 月中旬，我们去迈阿密海滩待了几天，住在雷鸟酒店，在休息厅、外交家旅店和一个名叫“大礼帽”的景区闲逛，在很多我们认识的黑手党人的陪伴下度日。

莱芙帝一直开着这辆租来的车，不肯还回去。所以圣诞节前夕，我们的特工把它偷了回来。莱芙帝把它停靠在一个停车场里，特工们进去把它偷走了——就像我以前做的那样。其中一个特工把它开回密尔沃基藏了起来，直至行动结束。

“去他妈的波多黎各人！”莱芙帝说，“他们肯定是看到了车后座上的圣诞礼物，所以才偷了车。”他向警察报了案。

到了新年，莱芙帝急需用钱。可是他的 β 制式录像机生意出了问题。他会因为无法交出份子钱而被踢出新办的彩票赌博合伙生意。他欠了 25000 美元，迈克·萨贝拉正在向他逼债。

接着，一个完全偶然的机会，莱芙帝看到了一则芝加哥价值 3000000 美元画卷被盗的报纸新闻。“就是这个，”他说，“是这个，肯定是他干的！”根据他的计算，刨去分给别人的，他应该至少有 250000 美元的提成。

2 月的第一周，孔特给莱芙帝打了个电话，告诉他自己做成了这笔盗窃抢劫生意，但是他得在芝加哥再待上一周，才能拿到他的提成，莱芙帝吩咐我立刻把孔特带回来和萨贝拉举行座谈。

和孔特的“女朋友”——一个化名“雪莉”的卧底特工会合之后，我们就乘飞机去了纽约，首先去了莱芙帝的公寓。莱芙帝把孔特和我带进了他的卧室。

“好，现在听我说，”莱芙帝说，“我们要去迈克的店，你得集中注意力听迈克说话，因为他是直接和上级联系的，有很多老板参与了密尔沃基的生意。”

莱芙帝带上了露易丝，于是我们 5 个人去了卡萨贝拉餐馆。

我们走进酒吧，受到了迈克的欢迎。迈克和莱芙帝单独谈了几分钟，然后才把孔特和我叫了过来。

迈克让孔特完整地给他讲述了一下密尔沃基的情况，从头到尾不漏任何信息。而他只是听着，不发表任何言论。

然后，迈克说：“我发现那儿的形势不对，我告诉你三句话：他们不想让纽约人出现在密尔沃基；那个走向前和你握手并签订协议的人当时没有这个权力；现在，汤尼，我不会和像你这样的市民讲话的。但是，我在此破例了。密尔沃基方面是对芝加哥方面负责的；而芝加哥方面对纽约方面负责。没有得到上级的许可，密尔沃基方面是没有权力达成这样的协议的。”

“我明白了。”孔特说。

“汤尼，你不明白的是他们都要对纽约方面负责。街对面的那位是所有老板的老板。上周三，在那儿举行了一次座谈，芝加哥方面和密尔沃基方面也参加了坐谈，他做出了有利于我们的决定。”

由于布拿诺家族的老板卡迈恩·加兰特仍在监狱中，我们猜想，这个决定是由热那亚老板番兹·提埃里，也就是委员会的主管人做出的。这个决定，就如迈克解释的那样，可以让孔特重新拣起密尔沃基的自动贩卖机生意，而且如果巴利斯特列里愿意的话，他可以重新做回合伙人；但如果他不愿意再次合伙的话，他在任何情况下都不能阻挠孔特做这场生意。如果巴利斯特列里真的阻止他了，他可以立刻通知莱芙帝。因为是巴利斯特列里首先犯的错，所以这个决定有利于我们。

“如果我犯了一个错误，”孔特说，“我会像个男人一样去找那个人道歉。”

莱芙帝和迈克都使劲地点头。“一位老板不会承认自己犯了错，”迈克说，“因为他犯了错，他唯一的办法就是不解释就解除合伙关系。”

迈克把他的椅子向后推开——坐谈就这样结束了。

我们又和雪莉及露易丝见面了。

莱芙帝看起来容光焕发。“今晚是我这段假期以来第一次感觉不错。因为那里的情况很糟糕，都没有人邀请我去参加圣诞派对、婚礼或者节日庆典之类的活动。因为那里的情况，我甚至都没收到圣诞补贴，那让我很难堪。可是现在我感觉很好。”

餐馆里巡回演出的吉他手来到我们的餐桌前。露易丝点了《教父》的主题曲。这个人先后用意大利语和英语唱了这首歌。

“这家餐馆改建后，几天前才刚刚开业，”莱芙帝说，“看到大理石地板了吗？这花了他600000美元。全部从意大利进货。你知道同大理石一起运来的还有什么东西吗？毒品，海洛因。”

莱芙帝想去马德里酒庄，看那里的夜总会歌舞表演。他告诉孔特，应该给迈克1000美元，作为近日忙碌的酬劳。“迈克会填写一份账单，把你的美国运通卡给他。”

因为迈克需要为该账单支付税金，所以莱芙帝说要算上税金和消费，这样，迈克就能到手1000美元了。

我们要走的时候，迈克把我和莱芙帝拉到了一旁。

“你还为这个家伙做担保吗，唐尼？”迈克问我。

“是的，迈克，就跟我以前担保的内容一样。”

“好的，我要确定你为责任人。”

莱芙帝说：“现在，他是要回去取分成吗？你和他一起飞回去吧。然后，别离开他。和他一起取钱，带着他和钱回来。”

“好的，莱芙帝，我会这么做的。”

我们沿着罗斯福快速道路向北开车。莱芙帝给孔特和雪莉讲了一些沿途的风景。

“就在那儿，”莱芙帝指着东河说，“我们就是在那儿抛尸的。有一次，兄弟们往里面扔了两具尸体。正好被两个来自第七管区的警察看到了。他们不想招惹麻烦，所以用船顺着河流把尸体拽到了别的管区，这样他们就不用调查此案了。”

第二天早上，孔特和我去见莱芙帝的时候，莱芙帝给了孔特一张账单，逐一记载了截至当日所有的服务项目，总计31500美元，其中 17500 美元是二老板尼基・马然杰罗的花费。

“和老板们谈判时，尼基非常支持我们，”莱芙帝说，“听着，我得到了迈克的许可，可以每次带你们中的一个人和我一起做签合同的买卖，这样你们就有经验了，就能被列入入盟党徒的候选名单了。”

在去密尔沃基的航班上，孔特和我分析了整个局势。老板们举行了一场大型的谈判，最后决定孔特可以自由地在密尔沃基经营买卖，并和莱芙帝平分销售所得。联邦调查局要自动贩卖机的生意有什么用？我们已经成功达到了目的。本次行动我们一共花费了 50000 美元。这其中包括送给巴利斯特列里的礼物、“贷款”以及给莱芙帝和其他黑手党人“盗窃抢劫”赃物的售卖提成。我们用了大约一名特工的工资，就收集了足够多的违法证据，足以搬倒巴利斯特列里犯罪家族。我们不需要再多花一分钱。如果我们在密尔沃基多逗留一段时间，巴利斯特列里很有可能把我们看成眼中钉、肉中刺，把我们干掉。我们达成一致意见，现在是时候结束“木料”行动了。

现在是孔特离开的时候了——就好像他私吞了销赃的钱财，没和我们平分一样。而我也要努力减少自己的麻烦。

我们住进了马里奥特酒店。第二天，也就是 2 月 7 日的早上，孔特和我本应一起开车去芝加哥，收取所谓的盗窃抢劫提成，然后带着钱直接飞回纽约。我们和负责案件的特工一起为孔特的撤退做好准备，所以那天早上他离开了，他在密尔沃基的行动就此结束。

之后，我和莱芙帝通话，告诉他我们改变了计划。大约上午 9：00，我说，我们在车上装好了衣服和一切物品，准备好出发。这时他接到了计划和他接头的人——“这个带着珠宝的人”，这是我们当时定好的代码——打来的电话。这个家伙说，孔特不能带任何同伴，他必须一个人来，否则他将拿不到钱。所以，孔特就自己去了。但按照计划，他应该马上回来接上我的。可现在已经是傍晚了，他还没有出现，我也没收到他的任何信息。我怕出了什么问题。

“也许他们把他干掉了。”莱芙帝说。

“嘿，别这么说，莱芙。”

“听着，你待在原地别动。别出去吃饭或者干其他的事。”

“莱芙帝，我他妈的还能去哪儿啊？外面的雪下得特别大，天气特别冷。我兜里只剩 40 美元了。我现在只剩这身衣服了，其他所有东西都被他开车带走了。他还带走了飞回纽约的机票，我被困在这儿了。”

“他看起来像在担心什么事吗？”

“他心情不错。他说我们和迈克见了面，并且可以继续做生意，这让他很高兴。你不再生他的气，也让他很开心。”

一小时以后，我又打了电话。

“没别的事，莱芙。你觉得他是失手了吗？”

“不，也许是心脏病犯了，住进了医院。谁知道呢？如果你对自己应该做的事情专注一些的话，这种事就不会发生了。你回来后，将面临 5 年的试用期。这里的家伙会要求你每天每夜都来报到。你再犯一次错误，就会被赶出去。”

“好吧。”

“好个屁。你听着，待在原地别动。现在你被困在那儿，没有衣服，但你还可以在屋里弄些食物。可是在这儿，他知道了所有的事。他要回来。那个人 15 分钟前又给我打了一个电话。”

“迈克吗？”

“他说：‘你说不知道发生了什么事是什么意思？’我说：‘呃，他被困在了那儿。’你他妈的把我置于这种倒霉的境地，对付这些难应酬的人。”

“也许他害怕了。”

“他为什么要害怕？”

“我不知道。”

“你甚至都不知道怎样和人谈话，试探别人的意图。我是说，你什么都不知道。我来告诉你件事吧。道上没有一个和黑手党人混的流氓能够像你们俩这样，做错了事，还能侥幸逃脱处罚的。别提这事了。你们要是在纽约这个城市的话，连5分钟都撑不过。因为你的思维跟别人不一样，没有什么事能让你烦恼。你笑什么呢？”

“我没有笑，是在咳嗽。我感冒了。这儿太冷了。”

“别睡觉，因为我们可能随时给你打电话。”

一个小时以后我说：“我觉得这家伙可能被干掉了。”

“你为什么这么说？”

“这家伙去的时候挺开心，一切都很正常；而且我所有的衣服都还在车上。开车去那里，来回的车程大约需要4小时。这不像他的做事风格。如果出了什么事的话，他会打来电话的。”

“我不相信他被干掉了。现在，别吓我了。我看他就是在芝加哥耽搁时间了。”

我们整晚都这样联系着。第二天早晨，我说：“莱芙帝，听着，我刚接到了一个电话。打电话的人问：‘汤尼在吗？’我回答说，他刚刚出去。然后他说：‘我是他的一个朋友。昨天，我们应该在芝加哥见面的，但他没有出现。我想知道，你是否知道他在哪里。’他大概是那个珠宝商。他根本没见到他。”

“那么，你听听收音机，下楼买份报纸。这个家伙不会出什么事的。因为这事在那儿是一个大新闻，他们会在报纸上刊登所有事的。你不是有一台电视机吗？全天都看看新闻播了什么。”

“但是，他是在芝加哥，对吗？这里是密尔沃基。这儿距离那里有 100 英里远。”

“那密尔沃基没有新闻吗？芝加哥发生了什么事的话，在密尔沃基也能看到。”

“也许执法部门还不知道这事呢。”

“我来告诉你吧。那是汤尼在核实你是否还在那里等他。他让一个人给你打电话。”

“他为什么要核实这事？”

“我也不知道他脑袋里想的是什么。”

一小时以后我告诉莱芙帝：“这个家伙打回来了。他说：‘别等你朋友了，他不会回来的。’”

“他为什么说这话？”

“我怎么能知道呢？我只是坐在这里等着接电话。现在已经过了 24 小时了。”

“他还没有回来，”莱芙帝说，“因为是汤尼在芝加哥打的那通电话！让他的朋友别等了。他甚至没能绅士地告诉你，衣服在机场或者类似的事情，对吧？”

“只是说别等我朋友了。”

“一两个小时以后，你还会接到电话，试探你是否已经离开了。下次，他再给你打电话，你就说：‘你他妈的告诉汤尼，把我的机票和衣服放在机场。他不回纽约，我一点儿也不在乎。’口气要硬，唐尼。就像我这样说。看看他会说什么。”

“好的。”

他停顿了一下，又说：“这个混蛋是不是他妈的特工啊？”

“谁？”

“汤尼。”

“不知道。”

“我知道你不知道！这简直是你的口头禅。我真他妈的疯了。我现在甚至都不生你的气。我已经52岁了，我会对这个狗娘养的做我该做的事，不在乎下半辈子会因此坐牢，就因为他骗得我好惨。在这个街区，我要丢人了。而唯一能挽回颜面的方法就是做掉这个人。我向我死去的父亲发誓，我会这么做的。”

“我们会解决好此事的，莱芙。”

“没问题，摆平它。我可以随意在任何地方追踪这个家伙。在芝加哥，我给他照了三张照片。我会复制千余张，并在国内四处分发——凤凰城、明尼阿波里斯市、芝加哥。当我发出干掉这个混蛋的命令的时候，就不用再提此事了。他可以躲半年到一年，但根本没用，他总会露头的。等这家伙露面的时候，在我们找到他前，不准任何人打草惊蛇。我他妈要好好地揍他一顿。他真让我丢尽了脸。”

“他也让我感到难堪。”

“就别提你了，我都没法在桑树街上走了，因为我帮了一个混蛋。”

“他现在很可能把钱藏在哪里了。”我说。

“我再也不在乎钱了。我现在唯一在乎的就是追捕这个家伙，满足自己报复的心理。”

“我觉得这家伙是被干掉了，他不会消失24小时，一个电话也不打。”

“我不认为他是被干掉了。如果他们要设计陷害他，就会在密尔沃基做掉他的。我猜汤尼是不想上交这笔钱。”

“但是，如果是和他一起抢劫的人干的呢，”我说，“他也想得到汤尼的那份分成，那么你就可以放弃不管了。”

“我不会放弃不管的。如果没有这家伙的报道，他也没有回来，那么不管他他妈的在哪里，我们都会一直追踪他。只是你接到的那两个电话我不喜欢。这一点也说不通。因为没有谁会宣扬所做的事。他们也不打电话。他们都他妈的不在乎你？唐尼，现在你得做点什么事了。你得用你的信用卡租一辆车。然后去两个地方：密尔沃基机场，然后是芝加哥的机场。那辆车肯定在机场停着。如果他的车停在机场，那么就证明他没和我们说就跑了。”

“我找到车，然后怎么做呢？”

“然后，我也会去那儿。砸开车的后备厢，看看是他的尸体还是你的衣服在那里。”

我假装花了 6 个小时，完成了去芝加哥并检查机场的行程。而实际上，我整天都待在汽车旅馆的房间里看着室内的电视节目和室外的雪。我没有叫任何客房服务，不理任何来电——就好像我不在那里一样。

那天晚上，我给莱芙帝打了电话，告诉他我去了机场，但没有找到他的车。不过在芝加哥，我和停车场服务员描述了一下轿车的情况，问他是否看到了这辆车。他们中的一个人说，前天晚上，他确实看到了一辆类似的白色凯迪拉克轿车。他说警察们把它拖走了，他还听到警察说座椅上有血迹。“我觉得这个家伙是被干掉了。”

“我不这么看，这事有些可疑。”

“莱芙，我不能总待在这儿。我没有钱，还穿着两天前穿的那件衣服。现在我连付账的钱都拿不出来，只能逃走了。”

“好吧，回来吧，低调点儿，别让迈克看见你。我告诉你，唐尼，如果我不这么喜欢你，你他妈的早就死了。迈克可不像我这样喜欢你。”

我离开了密尔沃基。我仍然要面对纽约方面对此事的惩罚。我仍然不知道是什么惊扰了弗兰克·巴利斯特列里。然而，如果我们很好地掩盖了与此事相关的蛛丝马迹，我可能会受些惩罚，但不会被干掉。

特工约瑟夫·皮斯通，乔装珠宝盗贼“唐尼·布拉斯科”从事卧底工作，于 1977 年出现在纽约小意大利。特工皮斯通的行动非常隐秘，甚至连联邦调查局监视小组都认为“唐尼·布拉斯科”是布拿诺犯罪家族的同伙。随着特工皮斯通打入黑手党的领导层级越来越高，监视小组也参与了这项行动，助力其记录控告黑手党的证据，并同时保护他的生命安全。所有这些照片均为联邦调查局在当事人不知情的情况下监视拍摄的。这些监视照片拍摄于纽约市玩偶社交俱乐部之外。而玩偶社交俱乐部是布拿诺犯罪家族二老板尼基·马然杰罗的指挥部以及布拿诺犯罪家族高级成员的主要见面场所。

二老板尼基·马然杰罗，昵称是“尼基·雪茄”“尼基·眼镜”或者“小尼基”，他为布拿诺家族管理赌博账目以及其他赌博生意。

分支头目迈克·萨贝拉（左）与他手下的一名高级跟班兼职业杀手，本杰明·“莱芙帝·甘斯”·鲁杰罗会面。鲁杰罗成了“唐尼·布拉斯科”的黑手党搭档。

托尼·米拉（右），所有布拿诺家族打手中最令人恐惧的角色。他正在和马然杰罗谈话。米拉最后觊觎“唐尼·布拉斯科”不断扩张的影响力，想要置他于死地。

莱芙帝·鲁杰罗来到街角与一名打手杰瑞·吉利（戴眼镜者）见面。

1981 年 7 月 28 日，特工皮斯通结束卧底生涯后两天，联邦调查局特工（从左到右）杰瑞·洛尔、吉姆·金尼、道格·芬纳尔在告知桑尼·布莱克‘唐尼·布拉斯科’是一名联邦特工之后，从他的公寓里走了出来。

特工来访之后，桑尼·布莱克走上了屋顶，走到了赛鸽笼旁，他经常在那里独自思考。布拿诺家族被联邦特工渗入的事被揭露之后，黑手党的安全被空前地破坏了，而这就意味着对那些话事人判了死刑。

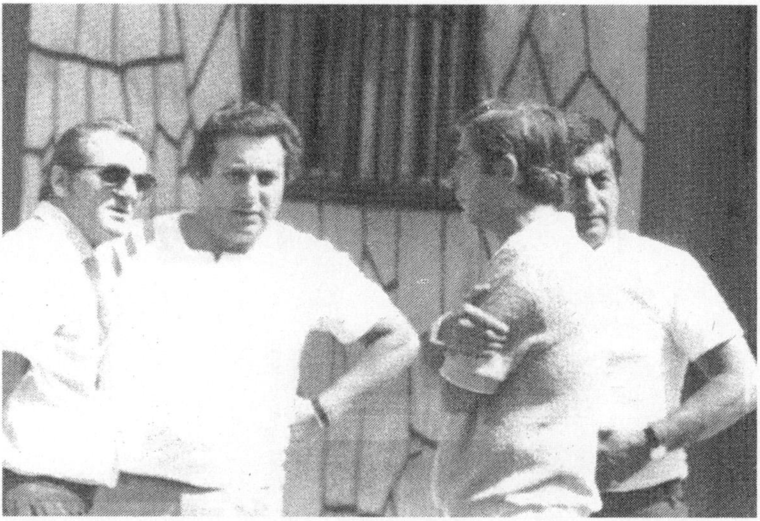

桑尼·布莱克召集了他团队里的所有高级成员，针对令人惊愕的新闻——“唐尼·布拉斯科”是联邦特工——筹划对策。左起：“小不点儿”塞拉萨尼、尼基·桑多拉、莱芙帝·鲁杰罗、桑尼·布莱克。

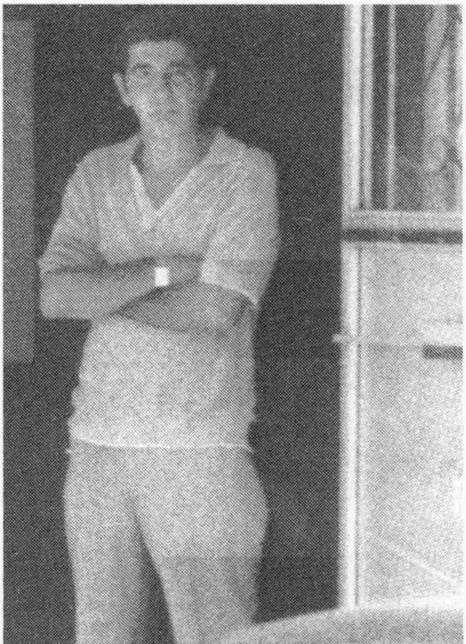

莱芙帝·鲁杰罗，与特工皮斯通合作五年的黑手党“搭档”。完全明白“唐尼·布拉斯科”的真实身份之后，站在了运动休息厅的门口。

托尼·米拉（背对镜头者）与乔伊·达米科（左一）和两位最重要的“拉链”见面：凯撒·博旺特尔和塞尔瓦托·卡塔拉诺（右一）。“拉链”是被带到美国的西西里人，他们通过开办比萨店建立了一个大型的海洛因贩卖集团——这次行动最后发展成了著名的“比萨连锁店”贩毒案件。

左起：阿尔·沃克、比格·乔伊·马西诺、一名未确定身份的同伙和托尼·米拉。马西诺最后负责管理“拉链”，对于生病的布拿诺家族老板菲利普·“拉斯提”·拉斯泰利来说，他显然成了自己的继承人。

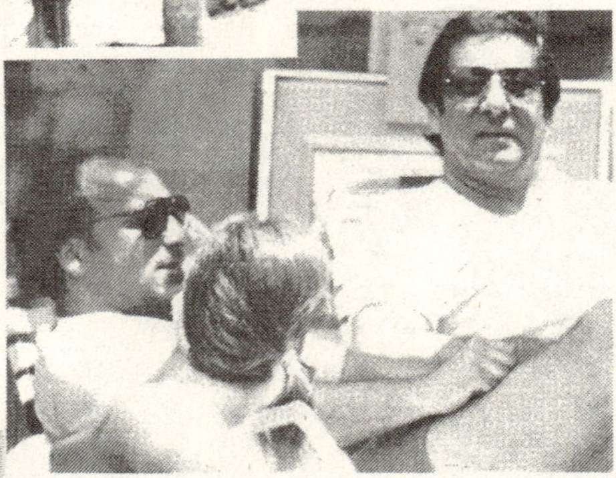

1980年7月，特工皮斯通假扮成“唐尼·布拉斯科”，正与布拿诺家族高级组长多米尼克·“桑尼·布莱克”·纳波利塔诺在佛罗里达州假日酒吧塔希提汽车旅馆的水池边放松休息。

莱芙帝·鲁杰罗从佛罗里达州的一家汽车旅馆出来，正要去勘察环境，以便进行一桩即将在圣彼得斯堡进行的银行抢劫案件。

布拿诺家族老板卡迈恩·加兰特躺在血泊之中，口中还叼着雪茄烟——1979 年 7 月 12 日，他在布鲁克林的一家餐馆里遭到了暗杀埋伏。“拉斯提”·拉斯泰利因此成了布拿诺家族的新老板，桑尼·布莱克也被晋升为高级组长。

桑尼·布莱克和佛罗里达州老板桑托·特拉菲坎特出现在一家汽车旅馆的咖啡间里。他们代表布拿诺家族和特拉菲坎特家族结成了新的联盟，以分享赌博和其他非法交易所得。

弗兰克·巴利斯特列里，密尔沃基家族老板。特工皮斯通于1978年促成了巴利斯特列里和布拿诺家族之间的联盟，共同瓜分密尔沃基老虎机生意的收入。

菲利普·“拉斯提”·拉斯泰利在宾夕法尼亚州路易斯伯格联邦监狱中管理布拿诺家族长达七年。

这张清早拍摄的监视照片，内容是布鲁克林的运动休息厅，即桑尼·布莱克的指挥部。他的公寓位于第三层，而他养的赛鸽就在房顶。

1981 年 5 月 14 日，在运动休息厅外，桑尼·布莱克给了“唐尼·布拉斯科”一个暗杀任务。被杀目标是一名敌对黑手党的成员。左起：尼基·桑多拉、“小不点儿”塞拉萨尼、桑尼·布莱克和特工皮斯通。

第十二章　桑尼·布莱克

我没有被处罚，也没有被增加试用期。迈克·萨贝拉对我的态度很冷淡。但是由于我不是黑手党的入盟党徒，即使我犯了一两个错误，也会被原谅的。由于我放跑了孔特，同时弄丢 200000 美元，莱芙帝一直对此耿耿于怀。几个月以来，我在全国辗转奔波，佯装为莱芙帝和自己寻找各种毒品生意。

7 月，我在迈阿密的时候，莱芙帝打来电话叫我出去买一份纽约报纸。"你一定会很吃惊的。"他说。

卡迈恩·加兰特被暗杀了。这位布拿诺家族的老板刚从亚特兰大州监狱出来几个月就被杀掉了。当我和莱芙帝在卡萨贝拉餐馆外边保护他的时候，我曾担心过自己会被干掉。而现在却是加兰特自己上了头版头条。报纸刊登的照片上，他躺在地上，背后一片鲜血，嘴里还叼着雪茄。他是被三个人用猎枪杀死的。当时他正在乔和玛丽意大利美国餐馆的后院吃午饭，这家餐馆位于尼克布克大道——这条街恰恰是意大利黑手党经常活动的地方——即布鲁克林的布希维克区。餐馆老板和一个朋友也被杀了。还有两个家伙被确认和加兰特一起用过餐：他们是加兰特的贴身保镖，巴尔多·阿马托和凯撒·博旺特尔。我在玩偶世界社交俱乐部见过这两个"拉链"。枪杀事件过后，他们就逃走了。

我给莱芙帝打了电话。“哇。”我说。

“将会有一场大的变动。”

“那我们该站在哪一方呢？”

“我不能在电话里说这事，你马上回来。”

如果一位老板被杀掉了，事情绝不会就此结束。如果一派得到他们高层委员会的许可，除掉一个老板，那些反对的派别或者被杀老板的那些忠实马仔们，必须被争取过来或者一起干掉。这场杀戮会最终分出胜负，有时候需要几年的时间，到时候厮杀才会停止。我不知道这些派别是如何联手的，莱芙帝最终会选择哪一方。莱芙帝讨厌加兰特，但是不能仅仅凭这点就投靠哪一方。看来这些个“拉链”是加兰特自己的人，但是他被杀的时候，有两名意大利亲信和他在一起，说明这是一场阴谋。所以，我也不清楚大家都是如何选择的，这意味着我不知道自己是哪一方的人。

我在麦迪逊大街，也就是糖果店的外边和莱芙帝见了面。

“‘拉斯提’·拉斯泰利成了新的老板，”莱芙帝说，“即使他还在监狱里。我们会被归于桑尼·布莱克麾下。他现在是组长了，并接手了迈克的人。”

多米尼克·“桑尼·布莱克”·纳波利塔诺隶属于布鲁克林布拿诺团伙。我曾经在附近看见过他一两次，但是大多数时间，布鲁克林的家伙都在布鲁克林活动，而曼哈顿团伙也只在曼哈顿活动。桑尼因为劫持罪入狱了，这些劫持案件多数是在我卧底之后的这段时间里做的。

“那么迈克呢？”我问。

“他和尼基本来都会被干掉，但是因为很多人喜欢他们，所以躲过了这一劫。但是，他们和那些人约定，以降级作为处罚代替办法。”

萨贝拉和马然杰罗接受了降级处分。现在他们只是普通打手了，和莱芙帝是同一个级别。他们算是幸运的了。

“那么，会如何安排我们呢？”

“我们不会受到什么处分，我以为自己会被干掉。”

他说，加兰特被枪杀之后，他接到了桑尼·布莱克的电话，他虽然知道莱芙帝是迈克·萨贝拉手下的人，还是叫他午夜去运动休息厅和他会面。这家酒吧是桑尼经常出没的地方，位于布鲁克林格拉曼大街和威瑟斯大街交会处，而且他不允许莱芙帝告诉别人自己去了哪里。

“我猜他们也要干掉我，因为我和迈克总是走得很近，”莱芙帝告诉我说，“他说我不可以将这次行程告诉我的组长。我别无选择，因为我很清楚，桑尼·布莱克现在掌权。我不知道等我开车去了布鲁克林见了桑尼后，会他妈的发生什么事情。”

出乎意料的是，这次会面很友好。桑尼告诉了他发生的所有事——都有谁遭到了暗杀、谁成了新的组长，等等。乔伊·马西诺，这个胖家伙成了组长。我曾经在社交俱乐部里见过他。塞尔瓦托·卡塔拉诺，另一个玩偶世界的家伙，成了“拉链”行动的负责人，他们的“拉链”分子都是从西西里引进的。凯撒·博旺特尔，这个聪明年轻的“拉链”（加兰特被杀时，他们正在一起），也成了组长——他年仅28岁，是家族里面最年轻的组长。虽然桑尼给了莱芙帝一个机会，让他选择以后跟着他还是乔伊·马西诺一起干，但是其实桑尼心里是想让他跟着自己的。

“所以我说：‘好的，我想跟着你。’”

做黑手党的生意，你只能问关于你自己的问题。对于黑手党来说，平常的好奇并不一定平常，可能暗含玄机。一个黑手党人不会四处打听是谁干掉了老板。如果太好奇，就会把注意力全部吸引到自己身上。如果警察确实查明了什么事，大家首先会想，这里可能有线人。我可不想别人这样说："为什么唐尼对什么事都这么好奇？"

我没有偏离正轨，去了解联邦调查局可能从线人那里得到了什么有关谋杀的情报。我不想知道太多一个联络党徒不应知道的事情。因为过犹不及，知道太多会遭遇同样的危险。我不想承受压力，还得将我应该和不应该知道的事情整理分类。

在道上，人们不会过多地谈论老板被杀这件事。因为生意原则是不会改变的。对于黑手党人来说，只有一条原则：挣钱并上缴所得。只有人格会改变，而普通入盟党徒和联络党徒都不会谈论此事。他们只负责做生意，而权力问题是各派领导需要操心的事。

"'拉斯提'出狱的时候，"莱芙帝说，"情况就会不同了。"

他喜欢菲利普·"拉斯提"·拉斯泰利，他们是老朋友了。我从来没有见过拉斯泰利，自1975年起，他就因敲诈勒索罪入狱了。

当走在桑树街上、路过卡萨贝拉餐馆，并且意识到迈克·萨贝拉已经不再掌权的时候，我有一种奇怪的感觉。

莱芙帝说，一段时间内没人会做出什么举动。莱芙帝做回了老本行，做起了支票和赌博勒索的买卖。他决定，把那家炸鱼和薯条连锁店改建成一家炸鸡快餐外卖店，还由她的女儿管理；它将会为我们赚得稳定的收入。他想买下附近的酒吧，但我们得拿出60000美元，而联邦调查局是不可能拿出那笔钱的，并且我也不想拴住手脚经营酒吧。

在此期间，我能够自由地行动，为其他行动提供协助。其他特工介绍我时会说，我是一个联络党徒，是他们来自纽约的一个朋友，这会提升他们的可信度。我告诉莱芙帝我已经赚了一些钱，所以要四处打听一些事情。而事实上，我是参与了联邦调查局开展的一些别的卧底调查行动，行动范围覆盖了从新英格兰到西南部的广大地区。其中一些行动在持续进行，一些则无果而终，而另一些则是绝对机密，不可在此泄露。

拉里·基顿是一名在洛杉矶郊区工作的特工，他在郊区的城镇中开展了一项调查行动。该行动的调查目标是一群参与贪污腐败、赌博和毒品交易的黑人。他想向这些家伙证明自己和黑手党人有关系，因此想让我去拉斯维加斯，并且假装自己是一位代表老板的黑手党人。他还找来另一个人参与扮演老板的角色。

我扮演的角色就是看看这些家伙是否能拿出什么值得推荐给老板的赚钱项目。如果有，我会安排他们和老板会面，并告诉他们如何行事。

我出发去了沙漠旅馆，在这里我们租了一间大套房。有4个人进来了，这几个老兄长相凶狠、打扮时髦，穿的都是最新款式的服装。我安排了这些人在屋里的位置，告诉他们如何就座。其中一个家伙把脚放在了咖啡桌上，于是我踢开了他的脚，对他说：“和老板谈话的时候，可以把脚放在桌子上吗？连家具都不尊重！”接着我对另一个哥们儿说：“别那样窝在沙发里！坐直了，这样你看起来才像有兴趣会见老板。”

“看，”拉里说，“这个家伙可不是瞎混的。等老板进来，你们表现不好的话，就会让我没有面子。因为这里的一切都反映了我的水准。”

现在，大家都坐直坐正，注意力集中。我逐个纠正他们的坐姿。“你，叫什么名字？做什么的？”他们告诉我，他们卖些可卡因、大麻，并经营赌博场所。于是我说：“我们得保证，你们能够得到当地政府官员和治安官的保护。”接着，我开始诱使他们说出自己能够做什么工作，因为我要证实他们是否值得老板抽出时间来。他们说：“我们在城镇里认识一些政府官员。一些治安官。”他们真切地想说服我，他们是值得我介绍给老板认识的。他们向我提供了相关姓名、日期、金额和计划。

“嘿！慢点说，”我说道，“等老板进来的时候，你们得慢慢说，把所有事都说清楚，因为他不喜欢重复听你们说的话，也没有听过或者和黑人讲过黑话。”

此外，我们还在房间里装上了窃听设备以防止漏掉什么信息。

我说，当他进来后，我们要站起来表示尊重，但是他们不要奢望能和老板握手，因为没有人可以碰触老板。只有老板让他们说话的时候，他们才能说。而且他们也别想着和老板说话，因为老板是不会直接和普通马仔说话的。因为这位老板是看重拉里，给拉里面子才来的。我们让大家都紧张了起来，专注于做对每件事情：包括坐直坐正、讲话速度缓慢而清楚。

然后，我走进另一个房间，去请老板过来。

这位老板是一位名叫史蒂夫的特工，他很完美。他身穿一套黑色套装，戴着一条白色领带，西服翻领上还别着一朵康乃馨。他矮壮结实，面色黝黑，蓄着短胡须，看起来就像《铁面无私》里的弗兰克·尼提一样。

我大张旗鼓地把他领了进来，替他拉了一把椅子，让他坐下。

“好吧，唐纳德，”这位老板说，“把我介绍给这几位先生吧。”

于是，我一位接着一位地介绍了他们。我告诉他们，我和老板说了整个事情的经过，他很开心你们能够专注于此事，有能力做成这笔盗窃抢劫生意，因为他十分看重拉里，不想将拉里置于不利的境地。

哦，不会的，他们说，他们不会那么做的。

老板史蒂夫什么也没说。他只是点头，我问他们是否有什么问题要问老板的。他们都回答没有。于是我对史蒂夫说：“老板，您有什么要对他们说的吗？”

他回答说：“就告诉他们，所有事情都会解决，这让我感到很开心。”

我重复了他说的话，然后对他们说：“好吧，就这样。”最后，我把老板送了出去。

整个过程花费了大约40分钟。

之后，我再也不需要参与那个案子了。拉里把他们全部都定罪了。

莱芙帝和我在迈阿密逗留了很久——度假、在海厄利亚或者赛狗场输钱、寻找可做的生意。迈阿密在某种程度上被认为是开放的地盘，就像拉斯维加斯一样，在这种地方，只要互不干涉，不同的黑手党家族都可以在这里活动。莱芙帝总是谋划着如何打入佛罗里达州，因为那里能赚到大钱。一旦我们做成一笔大的盗窃抢劫生意，他总是四处物色着想要购买酒吧或者酒廊。

“为你自己物色一家好的酒廊，”他会这样说，“那就是发财的方法。”

我们会经常待在多维尔或者雷鸟酒店里，他认识的很多和黑手党有关系的人都在那儿。他到处向这些人介绍我，包括一些住在这片地区的布拿诺家族成员。多维尔酒店是莱芙帝最喜爱的地点之一，因为酒店的经理，一个名叫尼克的同性恋黑手党人，是他的一个朋友。莱芙帝总是和他说，要着手在众多酒店中找出一家来开一间酒廊或者游戏厅，而尼克也总是帮忙密切注意着。

8月，莱芙帝和我在迈阿密，有一群来自纽约的哥们儿和他们的妻子、女友也在这里度假。他们不停地谈论着，如果拥有一艘船并能在海上航行将是一件非常美妙的事。莱芙帝由于错过了拥有一艘船的机会，因而总是渴望着能在水上航行。

此时正逢诱捕卧底行动开展之际，这项行动最终以“阿布斯堪姆”丑闻闻名于世。最终，几名国会议员因收受联邦调查局特工假扮的富有阿拉伯人的贿赂而被抓获。为了开展这项行动，联邦调查局付出了一艘船的代价来取悦他们的抓捕目标。这艘船名叫“左手号”，是一艘中国产白色快艇。全世界仅有两三艘同样型号的快艇，而这就是其中之一。船上还配有全职船长。

我恰巧认识侦破“阿布斯堪姆”案件的特工。他的卧底名叫托尼·德维塔。我和他取得了联系并说明了我遇到的契机，我遇到了一帮联络党徒和他们的女人，如果我能把他们带上这艘船，那么我将给他们留下深刻的印象。我问他，“阿布斯堪姆”案件是否很快就会被公开。如果不能，我可否借这艘船一用。他明确地告诉我，未来很长一段时间，这个案件都不会被公开的。于是他在日程表中找到一个船只闲置的日子，并把“左手号”借给我们使用。

我告诉那些家伙，一个和我鬼混的来自劳德代尔堡北部的女孩把我介绍给了他有钱的哥哥，他住在加利福尼亚，拥有一艘奢华的快艇，但却停在劳德代尔堡皮尔 66 号。她趁她哥哥来访之际，把我介绍给了他。我们挺合得来的。他让我接触了船长，而且说，如果我想使用这艘船，他随时欢迎。所以，我向他预约借用一天。

听到这儿，大家都很兴奋。我们一共有十几个人，包括莱芙帝和来自假日酒吧 116 号的一名酒保。我们出去买了意大利冷盘、面包、橄榄、腌渍菜和配菜。女人们做好了三明治。我们在冷冻箱里塞满了啤酒、葡萄酒和苏打水。然后我们挤进了汽车，朝着皮尔 66 号开去。

当他们看到这艘船的时候，情绪都十分激动——尤其是莱芙帝，他为自己的搭档能够为整个团伙提供这样的待遇而感到自豪。“真他妈的是艘好船！”他感叹道。“唐尼，你弄到这样的一艘船，真他妈的算是做出点成绩了。”上了船之后，他们一个个都兴奋不已。

“你的马子呢？”莱芙帝问我，“有哥哥的那位？”

“她来不了。”

但是，我带来了另一个人。他在调查另一个案件，为了帮助这个卧底特工，我把他介绍给了这帮黑手党成员。这个警察的卧底名叫洛奇。带着洛奇上船能帮他和一些坏蛋建立联系，而他在执行任务时可能会遇到这些人。

我们驾着快艇驶向大海。一整天，我们都在航行、吃东西、喝酒和饮料，过得很愉快。有一两个人带了相机，大家都愿意和其他人拍合照。

然后我们就回来了，把船驶进它停靠的水域，又继续吃吃喝喝起来。“别再乘那么大的船了，”人们都说，“它他妈的就像一艘轮船！乘着它都能去巴哈马群岛了！”

那是一个难忘的日子。但在那之后，我就把“阿布斯堪姆”案件和那艘船忘得一干二净了。

莱芙帝把他的妻子露易丝带到了迈阿密。我和他们一起去了雷鸟酒店吃晚餐、看表演。到那儿的时候已经很晚了，里面挤满了人，所以即使我们和总管很熟，也不得不坐在了舞台正前面的餐桌旁。

一名喜剧演员上台了。我觉得他来自澳大利亚。他开始娱乐大众，对着坐在舞台附近的人讲笑话。

不一会儿，他就将注意力转向了我们。

莱芙帝挥手撵走了这个人。“别在这儿烦我们。”

这名喜剧演员以为这是在和他开玩笑，所以他继续对莱芙帝讲着俏皮话。

“我跟你说了，拿着你的麦克风去那边吧。”莱芙帝指着舞台的另一边说。

这个家伙还是不依不饶。突然，莱芙帝从他手中抢过了麦克风，走上了舞台。他走到了舞台的另一边，把麦克风摔到了地上，然后走回来对这个人说。“这是我对你的最后一次警告。”

莱芙帝对我说：“如果这个人再敢回来，你就上去把他拉下那个该死的舞台。”

这个人待在那里继续对着我们冷嘲热讽，观众们都觉得这是表演的一部分。

当表演结束时，莱芙帝对我说：“去和那个人聊聊，让他下场演出别再过来。”

我追上那个人，抓住了他的胳膊。“嘿，兄弟，下次别人再跟你说什么话时，你要听进去。我们再走进去的时候，你得装作我们不在这里一样。”

“听着，”他说，同时挣脱我的拉扯，“我一直这样和观众互动，我不会因为你们不喜欢就改变我的表演风格。”

我用右手给了他腹部一拳，疼得他弯下腰来。接着我向后拖拽他。

这时，经理过来了。“唐尼，发生什么事了？”

“你看到了，我们只是试图告诉这个人别惹我们。”

“是的，我也想警告这个人下次注意。对于刚刚的骚扰，我感到抱歉。”

我放了这个人。结果第二天，他就被解雇了。

接着，莱芙帝接到了新泽西黑手党打来的一通电话。打电话的是萨姆·普拉姆·迪卡夫肯特的一名伙计，是他请来的这名喜剧演员。他对那天发生的事感到抱歉。当天晚上，他还把我们全部请回雷鸟酒店吃晚餐。

我们去吃了晚餐，所有花费全部由这个家伙支付，他还不停地道歉。

“算了吧，”莱芙帝说，“这个家伙是个笨蛋，仅此而已。唐尼已经摆平他了。”

查克，在我卧底之初就做光盘生意和音乐会之类的买卖，正在迈阿密针对银行开展一项行动。这些银行为哥伦比亚和古巴的客户提供毒品的洗钱服务。联邦调查局给予此次行动的代号是“班克舍尔斯”。黑手党人总是寻找洗钱的各种方法。查克想着，也许我能和布拿诺家族搭上关系。

于是，我把这件事告诉了莱芙帝，并建议带去一些客户，这样也许我们能够分些提成。于是他决定，我们可以去那儿和一些幕后人物会会面。查克不能和莱芙帝见面，因为几年前，当查克还是一名“正经”特工的时候——那时他不是卧底特工，就在纽约市见过莱芙帝。所以我们把小尼古拉斯·洛雷介绍进来，他曾经在加利福尼亚工作过，并且自那以后就从联邦调查局退休了。他现在就住在那里。他可以扮演一个大人物、一个自由职业者和所有生意真正的幕后人物，负责各个银行间的全部生意。

之前我恰巧告诉了莱芙帝，尼可就是我们出游用的那艘船的主人、那个和我鬼混的女人的哥哥。为了增强真实感，我们将一个有血有肉的人，而并非一个名字，安插进了编造的故事里。

我们去和尼可见面了。莱芙帝因为尼可有赚大钱的途径而对他印象深刻。尼可在比斯堪湾连锁酒店宴请了我们。他把莱芙帝介绍给了“托尼·费尔南德斯”，一名由特工扮演的与银行进行交易的中间人。托尼和一家迈阿密银行的行长一起共事。这位行长是古巴人，他通过所在银行进行毒品洗钱犯罪，涉案已经很深。

莱芙帝想通过引进纽约的人脉，分享银行家洗钱的部分所得。他还想着做可卡因走私买卖。那时，在哥伦比亚花5000至6000美元买一公斤可卡因，在纽约就能卖到大约45000美元。但是他对毒品的态度是：让中间人以及其他能够分成的人都见鬼去吧，我们自己来做生意，不与他人分享所得。唐尼自己就能去哥伦比亚取回货物。“在纽约市，我不需要任何人，”莱芙帝说，“唐尼来的时候就是这样，没有人知道他是做什么生意的。”如果你不和家族成员分享你的所得，你可能一夜暴富，也可能被干掉，或者两者都有。但是既然我们是和黑手党人以外的人打交道——他们甚至都不是美国人——莱芙帝觉得这值得一试。

费尔南德斯向这位古巴银行家提出建议，让他和莱芙帝以及我——来自纽约的黑手党人合伙做生意。这位银行家很乐意地答应了，并且安排我们在他的银行见面商谈细节。

莱芙帝和我随着费尔南德斯去了这位银行家的办公室。这位银行家喜欢说西班牙语，所以费尔南德斯就充当了翻译。我们坐了下来，准备询问详细的价格和其他信息，以及如何取得收益。突然，这位银行家开始躲躲闪闪。他看起来对毒品交易和洗钱操作都一无所知。很显然，这笔生意做不成了，于是我和莱芙帝很快就对这家伙的轻描淡写失去了耐心——我想抓捕这家伙，而莱芙帝想赚大笔的钱。

于是我们离开了。我们不知道是什么吓到了这个人。也许是莱芙帝，这名非常可怕的黑手党，让他感到紧张。

结果不是莱芙帝吓到了他，是我。事情过后，费尔南德斯回去问他出了什么问题。这位银行家说："我看着唐尼的那双眼睛，里面充满了杀气。如果在哥伦比亚或者其他地方出了什么问题的话，他会回来杀了我的。我不想和那个唐尼有什么瓜葛。"

莱芙帝听后笑了："我他妈的才是杀手呢，但是他却害怕你。"

但是我们搞砸了和哥伦比亚的毒品合作，这对他来说可不好玩儿。莱芙帝告诉尼可说："得派人和这位银行家坐下来谈谈，说明一下，做人不能轻易许诺，然后随便毁约。那浪费了我们的时间，也不是意大利人的做事方式。"

一名叫托尼·罗西的特工正在佛罗里达州努力打入赌博生意，而这可能对我们建立与桑托·特拉菲坎特犯罪家族的关系有帮助。特拉菲坎特在坦帕市郊区活动了25年，他是佛罗里达地区最大的黑手党头目。卡斯特罗上台前，他在哈瓦那经营赌场，然后因为承认于肯尼迪执政期间参与中央情报局密谋暗杀卡斯特罗的活动而臭名昭著。

罗西做起了执行打手，一个以暴力保护纸牌赌博的角色。几周之后，罗西和他的上级托尼·丹尼斯都觉得事情进展得太慢了。

于是，汤尼·孔特加入了罗西，传授了他在密尔沃基“木料”行动中获得的经验。他们想到了开一家夜总会，以此为媒介接近特拉菲坎特。此次行动代号名为“冷水计划”。

4位案件的特工假扮这名卧底特工的联系人，他们是：吉姆·金尼、杰基·卡斯、比尔·加纳、迈克·朗斯佛特。1979年秋天，他们在帕斯科县假日旅馆租了一间俱乐部，距离坦帕市西北40英里远，位于19号国道，是一座八角形建筑，坐落于5英亩的土地上；这片土地曾经是网球俱乐部，有6个网球球场，人们给它取名叫国王球场。

罗西的身份被定为“业主”。为了使国王球场不必与州酒类管理局打交道，它被设定成一家私人“饮酒俱乐部”：只要花上25美元会员费就可以进去喝酒。人们会为自己买上一个杯子，锁在酒吧后面的小柜子里。他们还要花钱才能使用餐具。

罗西和孔特雇了一位管理网球场地的经理、酒保、女服务员、一名钢琴演奏员和一位俱乐部经理。没人知道这是一项联邦调查局的调查行动。他们重新大修了这家俱乐部，窗帘、橡木桌和带坐垫的橡树座椅都是全新的。前门上还有一个窥视孔和一块指示牌，指示牌上写着：国王球场私人场所；请不要穿蓝色牛仔裤；会员和顾客请按门铃进入。

他们开始在俱乐部后面的一间屋子里经营扑克牌游戏，屋主会收取5%的利润。他们还向帕斯科县治安部门的一名工作人员交了保护费。除此之外，他们还雇了一些当地从事小型销赃和毒品买卖的流氓。有几个进来的人是搞垃圾回收的，所以特工们又想到了一个主意，即成立一个卡车司机联盟，成员们就能垄断该地区的生意，挤掉所有同行。

黑手党中的一些小角色开始在这里活动了——前芝加哥黑手党人和前纽约黑手党人。他们暗示自己认识一些大人物，通过他们，我们也许能够接近特拉菲坎特。但最后却没有任何进展。

孔特建议我把一些布拿诺家族的成员带进去，就像我在密尔沃基做的那样，这样才会有机会接近特拉菲坎特。我们还和佛罗里达当地的一些大佬们进行了联络，让他们在我们的地盘有自己的买卖，这将同样勾起了当地布拿诺家族的兴趣。也许我们也可以安排一场和特拉菲坎特的谈判，就像在密尔沃基做的那样。当然，孔特不能参与进来。不管怎样，他已经消失了。他的过去是无法抹去的。

10月的一天，联邦调查局总部突然传来消息，要我撤离行动，结束扮演“唐尼·布拉斯科”的卧底生活。联邦调查局查明了是什么吓到了密尔沃基的弗兰克·巴利斯特列里——巴利斯特列里知道了汤尼·孔特是一名特工。根据黑手党人的规矩，巴利斯特列里的下一步行动是将此事转告给纽约布拿诺家族。他们很快就会将矛头指向我了。

上级没有咨询我的意见就做出了相关决定。但我必须说服他们放弃这个决定。因为我确信我已经做足了铺垫，可以继续潜伏下去。

我乘飞机去了芝加哥，和麦克·波特孔杰克见了面。他曾经是负责“木料”行动的特工，我向他讲述了案件的进展情况。

很显然，巴利斯特列里还没有向纽约方面转告相关信息。我们假设他最终转告了该信息，那么会发生什么事呢？

如果纽约方面得到了信息，那么肯定不会有什么警告，我就被干掉了。这是事实。但是我觉得这不会发生。我把孔特引进来，这也是事实。但是我在为他做担保时非常谨慎，我所做的担保也仅仅是某种程度上的担保。所以如果莱芙帝质问我，我会说："瞧，就像我告诉你的，他和我10年前做过一些事，而且我也没提什么建议。所以，也许他10年前就是一名特工了——那又能怎么样呢？我当时不知道这个情况，现在我也不知道更多的信息。"莱芙帝会相信我的。更何况，莱芙帝已经进退维谷了。为了说服巴利斯特列里相信孔特是可靠的，莱芙帝说过他自己也认识孔特，孔特是他的一个朋友。而且，在那次破冰宴会上，巴利斯特列里也介绍说孔特是他一位在巴尔的摩的朋友。

波特孔杰克也站在我这边。还有在联邦调查局里我最信任的一位老朋友——纽约有组织犯罪计划协调员朱尔斯·博纳沃隆特。但是这件事非常紧急，我们必须行动迅速，而且全部通过电话进行。我们说服了"木料"行动的总部监管领导吉米·纳尔逊——之前我在纽约还和他共事过。

他们在总部高层人士中做工作，最后大家都准许我以唐尼·布拉斯科的身份继续工作。但是华盛顿方面仍然十分担心。自那以后，每隔一阵，人们就会为我的安全问题感到担忧，并且认为我应该退出行动。但他们一次又一次地被说服了，所以我继续潜伏，我安全地活了下来，我们的工作也做得越来越好。

我坚信自己是正确的。但是从那时起，这种情形总是浮现在我的眼前。每次有人派我去和家族内部人员见面时，我都会想，巴利斯特列里是否已经透露了那个信息，我是不是到了末日？

我的妻子和女儿们乘飞机去了新泽西，和亲人们共度圣诞节。

在圣诞夜，所有黑手党人都会四处走动，到各个社交俱乐部向其他黑手党人致以敬意，和认识的人喝杯酒。莱芙帝和我逛了各个地方，包括卡萨贝拉餐馆和这些家伙经常出没的其他餐馆。

圣诞夜那天，我去了莱芙帝的公寓，同他与露易丝一起吃了晚餐。餐桌上有一棵小圣诞树。我和莱芙帝互赠了礼物——我送他几件衬衫，他也回赠了我几件衬衫。

大约 11:00 的时候，我回到泽西“去看我的女朋友”。

圣诞节时我便回到小意大利，和莱芙帝一起过节。我们又在不同的地点四处闲逛、消磨时间。下午 4:00 左右，他结束了一天的庆祝，于是我回到泽西，和家人共度剩下的节日时光。

圣诞节的第二天，我们都回到了工作岗位，四处活动，拼命赚钱。

莱芙帝终于帮他的儿子汤米摆脱了麻烦、戒掉了毒品。他把他送进了夏威夷的康复中心，然后在福尔顿鱼市给他找了一份工作。汤米和一个女孩同居了，还生了个孩子。

一天下午，我去了 116 号，莱芙帝正在那里发脾气。他告诉我，汤米的女朋友给他打来电话，说汤米没回家，也没给她钱，所以她无法给孩子买食品和生活必需品。看起来汤米也许是又吸毒了。

莱芙帝非常愤怒，因为汤米没有好好照顾孩子。

“唐尼，他说好要来这儿见我，我要和他谈谈。但他还没来。我想让你去找他，狠狠地揍他一顿，然后把他带过来。”

我不能揍他的孩子，所以我故意拖延时间："出什么问题了？"

"我他妈的刚刚告诉你出什么问题了。"

"是的，但是，我的意思是毒品、妓女还是别的什么问题？"

"唐尼，去找他，揍他一顿，然后把他带来见我。"

幸运的是，汤米这时走进了酒吧，朝我们走来。莱芙帝把他儿子好一顿痛打，数落他不照顾孩子。汤米试图解释些什么，但是莱芙帝不听他说。他只想好好教训教训他。

从 1979 年秋天到 1980 年 2 月，我逐步培养了莱芙帝对国王球场的兴趣。我告诉他，我认识一个匹兹堡的人，他杀气腾腾地来到了坦帕市区，开了一家夜总会。但他没有任何人脉，因此总是受到一些黑手党人的骚扰。我们可以趁机打入。莱芙帝很感兴趣，让我密切关注此事。与此同时，罗西把我介绍给其他人，说我是他在纽约的黑道人脉。

最后，我给莱芙帝打了电话，告诉他我相信我们成为合伙人之后，能够赚一大笔钱；趁别人还没有打入之前，眼下是宣布合作的时机。

"我们能从这家伙那儿分得多少钱，唐尼？"莱芙帝问我。"我第一次去至少得拿到 5000 美元，因为首先，我需要得到桑尼的许可，而如果他同意了，我就得交给他 2500 美元，然后从剩下的 2500 美元中拿出给你的分成。"

"好，我去办。"

但是，我却告诉罗西："托尼，我们不能预先给他 5000 美元。最多只给他 2000 美元。他会催你的，但是不用担心。"

罗西和我扮演的角色与孔特和我在密尔沃基扮演的角色雷同。

我是黑手党人的代表，他是当地商人——虽然他的角色并不像孔特那样“不谙世事”。我会对付莱芙帝或者任何其他纽约的黑手党。

3月，莱芙帝首次去了国王球场。罗西和我接上他，把他带到了帕帕斯餐馆——一家位于塔彭斯普林斯的很受欢迎的希腊餐馆。

“唐尼，”莱芙帝说，“让托尼给我讲讲情况。”

于是，我让罗西给他讲了有关情况。他给莱芙帝讲了俱乐部、纸牌赌博游戏以及俱乐部周围的黑手党小角色。他说一个名叫吉米·伊斯特——也就是一名卢凯塞家族的组长——的人，已经给了我在那里经营游戏的许可。名叫乔乔·菲特佩利和吉米·阿夸夫雷达的两个前纽约人在俱乐部从事一些工作，他们说自己和重量级人物有联系，并且尝试建立一个垃圾工垄断团体。

“我讨厌这些人，”罗西说，“他们说自己在纽约做过黑手党人，但却讲不出任何事情。我想做一些事，也许在奥兰多做，因为我在那儿认识一名地方检察官。但我不想让这些人控制我，因为他们根本不能创造价值。”

“有其他人向你的俱乐部投资吗？”莱芙帝问。

“都他妈的是我自己投的钱。”

“你没有合伙人吗？”

“没有合伙人。我是自己做买卖的。”

“既然没有其他人投资，你也没有合伙人，”莱芙帝说，“这说明你和我可以建立合伙关系。如果有人问起这事，你就说我在这家俱乐部投入了15000美元。”

关于合伙的规矩是，一旦一名黑手党人向一家俱乐部或者一项生意投入资金，他就是合伙人，其他黑手党人都不可以挤进来，因为如果他这样做，就等同于从另一个黑手党人手里拿钱。和一个黑手党人合伙，就等于取得保护，等于支付“省心费”。

我们去了国王球场，坐在后面罗西的圆桌旁。女服务员们知道，除非有人被邀请过来，否则她们是不可以安排他们中的任何人就座的。圆桌后面是落地窗，直接通向后面的网球场。罗西指出坐在酒吧里的阿夸夫雷达，让我们注意他。

莱芙帝说：“托尼，你去告诉他，希望他去见你的一位亲密朋友，莱芙帝，一位来自纽约市的兄弟。”

罗西把阿夸夫雷达带到桌子旁并介绍了他。他原本应该是个凶狠的人，但他的脸却红了。他坐在莱芙帝旁边的时候，看起来还很紧张。阿夸夫雷达说，他认识“拉斯提”·拉斯泰利以及家族里的其他人，而且他还开着一家卡车司机联盟店。

“我在这里待了几天了，”莱芙帝说，“为了拜访我的老朋友和合伙人托尼。我刚刚向这家俱乐部投了一笔钱。托尼会跟你讲这件事的。我每隔一段时间就会来这里一趟，以确保一切进展顺利。在迈阿密——劳德代尔堡一带，我们有16个人，个个都会留意地盘里发生的事。俱乐部里有任何问题，可以和我联系。”

阿夸夫雷达毕恭毕敬地点点头，然后回到了酒吧。

乔乔在门口值班，门上有窥视镜和门铃。莱芙帝让罗西把他带进来。

我头几次来这儿的时候，就知道乔乔有兴趣针对俱乐部采取快速行动。我能看出，他因为我拥有人脉并且有可能打乱他的计划而十分烦恼。

互相介绍之后，乔乔说，他在纽约有一个堂兄弟，最近成了卢凯塞家族的入盟党徒，而且他正计划下周来俱乐部查看一番。

“因为我是托尼的合伙人，”莱芙帝镇定地说，“除非度假，否则你的堂兄没有任何理由来这里。如果他想谈谈有关这家俱乐部的事，他可以在麦迪逊大街或者桑树街联系我。只要一问莱芙帝，所有人都认识我。”

菲特佩利点点头，回到了那扇门边上。

“现在没人能找你麻烦了。”莱芙帝对罗西说。他转过身来告诉我，“好吧，唐尼，我们来谈谈钱的事。问问托尼，他能给我多少钱。”

我张开嘴正要问托尼，但是莱芙帝说：“不，唐尼，把他带到外边去问。”

于是我们走过了落地窗。

“这到底是怎么回事？”罗西问我。

“这就是我们做事的方式。”我解释道，就像很多黑手党人一样，莱芙帝的思维方式是，如果没听到人们讨论抢劫或者阴谋，他就不会为谁打破规矩。“关于钱数，我们得回去，我来告诉他你的答案；而如果他想要其他一些东西，我们再谈。但我们不能把他想要的东西都给他。只给他 2000 美元，不管他说什么。”

我们又回到桌旁坐了下来，罗西坐在莱芙帝的正对面。我对莱芙帝说，“莱芙帝，我知道我告诉过你，他会给你 5000 美元的，但他现在只有 2000 美元。”

“但我告诉了桑尼是 5000 美元，唐尼。我得和他对分这钱的，而且我和所有与此事有关的人见面时，还要打点关系。再和他谈谈。”

“莱芙帝，他说他只有 2000 美元。也许等你离开的时候，他还能再拿出 1000 美元。”

“唐尼，问问托尼他一周能挣多少钱，作为他的合伙人，他愿意给我多少钱。”

于是我们出去了。不管我们说他一周能挣多少钱，莱芙帝都会拿走一半。我们不想给莱芙帝太多或者太少。因为最后在法庭做证的时候，我们也不想让大家觉得我们是在挥霍纳税者的钱，把钱白扔给这些黑手党人。但是我们给他的钱要足够让他兴奋才行。诱惑物是金钱。我们必须向他展示，这是一桩吸引人的生意，这家俱乐部也是一部能够赚大钱的机器。如果我们处理得正确，我知道莱芙帝能够把桑尼·布莱克带来，那样我们就有可能接近桑托·特拉菲坎特。我们在外边待了很长时间，一直饶有兴趣地讨论此事。

回到桌边后，我说："莱芙帝，他一周赚 500 美元，他说一周会给你 250 美元。"

"好吧，这个数我同意，每周三他得汇款，这样我每周五就能拿到钱了，加上目前的 2000 美元，还有我离开之前的 1000 美元。"

我重复了他说的话，合伙关系就这样定下了，谈话变得越来越正规。"你现在省心了。"他对罗西说。莱芙帝说，他会联系"正确的人"为罗西清除障碍，把生意扩张到奥兰多和佛罗里达州其他地方。他想知道俱乐部能从纸牌赌博生意中赚到多少钱。

"我们刚刚开始赌博生意，"罗西说，"上次游戏赚到了 247 美元。"

"不行不行，那太少了，你们在那儿赚得太少。你们应该做的是，设定这个游戏 1 次的赌注限额为 20 美元，可以加注 3 次，那样一晚上就会为俱乐部带来 800 到 1000 美元的收入。我们得赶紧去做。"

莱芙帝也希望俱乐部向外扩展：搞 1 个奥林匹克标准尺寸的游泳池、4 处短柄壁球场地、15 间更衣室，还要做很多环境美化工程。

“在这儿建一座建筑，”莱芙帝说，“画几张平面图。去打电话找个人来。”

“明天一早就办。”罗西说，因为现在已经凌晨 2:00 了。

“不行，现在就找个人过来。查查黄页簿，找一个家庭电话。告诉他你是托尼，国王球场的业主。你一说他就知道你了。告诉他，你会给他买牛排当晚饭，并给他 100 美元。他就会马上过来。”

我说：“莱芙，你觉得桑托·特拉菲坎特那里会有什么问题吗，关于我们在坦帕市地区做买卖的问题？”

“别担心这事。你就集中注意力在这里开店吧。”

我和莱芙帝回到了 19 号路上的最佳西方塔希提汽车旅馆。他还在抱怨没有拿到那 5000 美元。

“莱芙，”我说，“我们一开始别给这个哥们儿压力，因为现在这件好事正在进行中。”

“好吧。但是，唐尼，如果桑尼有什么疑问的话，你就告诉他，我得到的只有这么多。我不想让他以为我对他有所保留。”

“我会替你说话的。”

他用屋里的一部座机打了一通电话。“桑尼吗？这里一切进展顺利，我对这边的情况很满意。”

莱芙帝回纽约了。过了一周，也就是复活节之后，桑尼派他回来，签署了正式合伙协议。该协议的日期签到了一个月以前，以排除来自另一家族的挑战；协议上规定，他们是五五分成的合伙人，第二合伙人已经在俱乐部投入了 15000 美元。他们去了公证处。罗西的签名是“E. 安东尼·罗西”，而莱芙帝的签名是“托马斯·斯巴诺”——他儿子的名字。

莱芙帝给他团队的一名成员约翰尼·斯帕盖蒂打了电话，让他开车去假日旅馆查看这项生意。如果莱芙帝和我都在纽约，而罗西和某人发生了争执时，约翰尼·斯帕盖蒂会从迈阿密出来帮他解决问题。

约翰尼·斯帕盖蒂那天下午去了那儿。他是一个强壮高大、粗暴厉害的人，大约6英尺高，220磅重，头发灰白。他曾经在纽约的码头工作过，直到背部受伤才不得不停止了那儿的工作。他转而领取工人工薪，转移到迈阿密继续为该家族工作。莱芙帝告诉罗西给斯帕盖蒂40美元，作为从迈阿密开启这段旅程的汽油费。

那天晚上，我们去了坦帕市郊区的德比莱恩灰狗赛场。罗西给了莱芙帝250美元周薪加上来自最近纸牌赌博游戏收入中的200美元分成。但是，莱芙帝把钱全都输在了赛狗场上。

第二天早上，在汽车旅馆咖啡店，莱芙帝说我应该和罗西谈谈，关于上次他应得的5000美元中剩下的部分。“告诉他，还得交上2000多美元才行。告诉他，唐尼，如果不是你参与，如果你不是我的搭档，当初他拿不出5000美元的时候，我就直接走人了。我还需要2000美元，才能把整个事情汇总报告给纽约方面。”

那天晚上，罗西和我讨论了此事，觉得这很值得。莱芙帝已经引起了桑尼的兴趣——可是我们要想把桑尼·布莱克和桑托·特拉菲坎特联系在一起，还要花上2000美元吗？

第十三章　国王球场

我们的根基逐渐强大起来，国王球场也成了当地特工相互联络的一个重要场地。罗西四处带着我逛，好让人们知道我是他在纽约认识的人。我需要立刻向纽约方面和佛罗里达州方面证明自己，以便能自由地行动。

他把我带到一家名叫乔·皮特内河船的餐馆。乔·皮特以前是纽约人，是个黑手党党徒，也是个厉害角色。他吹嘘过他的人脉和他做的意大利食品。他还开办了一家赌场。

我们在餐馆里坐下吃饭，这时乔·皮特从酒吧里走了过来："托尼，你最近怎么样？看见你很高兴。"

罗西说："乔，我想让你见见唐尼。他是我的新搭档。来自纽约。"

"哦，是吗？"乔·皮特说道。然后就去玩那个叫作"你知道我都认识谁"的游戏了。

我得了感冒，声音有些嘶哑。罗西和我继续吃饭。

乔·皮特说："天啊，唐尼，你听起来身体不好。"

"是不太好，也许是因为你们这里的饭菜。"

"你这是什么意思？"

“我本来好好的，直到吃了你们这里的狗屁饭菜。吃了这饭，我现在觉得自己要死了。”

他感觉自己被冒犯了：“你怎么说话呢？”

“我想怎么说就怎么说。你们这里的狗屁饭菜，我吃了感觉自己要死了。”

他站了起来：“也许你会因为别的事情死掉。”

“不会，就是因为这些饭菜。”

我们就这样出了名。此后，我们在当地进行毒品交易、销赃买卖，建立了各种人际关系网络。

乔乔·菲特佩利和吉米·阿夸夫雷达训练罗西，让他熟悉招聘卡车司机联盟新成员的流程和留住这些成员的方法。

“你需要使用一点儿暴力，”阿夸夫雷达说，“如果你恐吓一下某人，揍他一顿，在他脑袋里留个伤疤——你知道的，内心里的伤疤——要是你的恐吓恰到好处，他就会留下的。”

罗西说，他不认为恐吓策略对该地区的一些毒贩有作用。

但是阿夸夫雷达坚持这样做。“你得弄一辆非法卡车，开出去和那些不是会员的垃圾工竞争。如果你不喜欢谁，就撵走他，把他踢出这个圈子。”

莱芙帝从纽约打来了电话。他说因为国王球场的事情进展顺利，桑尼感到很高兴。他喜欢这个扩建的建筑平面图。他对生意的前景感到开心，会在 4 月 6 日亲自来查看。

和桑尼·布莱克见面对于我来说将是一项巨大的考验。与密尔沃基的巴利斯特列里见面比起来，这将是更大的挑战。现在，我更加出名：一方面，人们认为我更有经验，更有责任感，因为即使我犯了错误，所找的借口也很少。另一方面，我设计的骗局越来越大、越来越高明，因而我需要保护的东西也越来越多，所以我要有更强的自信心去面对这些难题。桑尼是纽约的一个组长，地位举足轻重。他是个极其强硬的家伙，为人机敏，甚至黑手党那些分支头目也这么认为。

莱芙帝已经为我担保了。当然，桑尼已经向桑树街的家伙核查我了。但他仍然要面对面地掂量一下我。如果我不能说服桑尼·布莱克，证明我就是自己说的那样，如果我没有给他留下正确的印象，如果我引起了他的任何怀疑，那么整个事情就会戛然而止。而如果我操作正确，我无须通过莱芙帝或者其他人就有可能直接接近他，就像我曾经对迈克·萨贝拉所做的那样。

罗西和我在机场见了他们，即莱芙帝、桑尼以及桑尼的女朋友朱迪。莱芙帝和我握了手并互相行了吻颊礼。莱芙帝介绍我们说："桑尼，唐尼。"于是桑尼和我互相亲吻了脸颊。我说："桑尼，这是托尼，他是和我一起的。托尼，桑尼。"桑尼握了罗西的手。

我带他们到坦帕市的玛利欧餐馆吃晚餐，然后去了国王球场。

桑尼已经快 50 岁了，身体强健，身高 1 米 7，体重大约 77 公斤，胸肌和臂肌非常发达。他的右手臂上文了一只美洲豹，皮肤黝黑，头发也染得黑亮——这全是他的昵称的缘故。他的脸很丰满，眼睛下面有黑眼圈，看起来像是很疲倦，或者是在恐吓人，当然这取决于他的心情好坏。当他用那双黑色的眼睛盯着你，或者在生气、下命令的时候，都会令人毛骨悚然。凡是黑色的东西，在他身上都会变得更黑，没有什么是温柔的。但是和莱芙帝相反的是，桑尼有种悠闲的气质。他看起来充满自信、掌控力和权力，却丝毫不会自大、傲慢。他比迈克·萨贝拉年轻，更加机警、厉害。他能注意到所有细节。对于他的每一句话，我都相当留心。他因讲义气而出名，如果你背叛了他，他会在一分钟之内干掉你。

参观完国王球场，桑尼把我拉到一张桌子旁，和其他人分开。

“唐尼，我在来这儿之前对你做过一些调查。我和市中心一些认识你的人谈了话。他们都说了你的好话。莱芙帝也说了你的好话。他们说，你是这种人：只做生意，从不多嘴，不惹别人烦，也不大吵大闹。你很会赚钱却不炫耀。我喜欢这点。从现在开始，你可以向我报告，不必再向莱芙帝报告了。”

“我感到很荣幸。”

“在这儿你想做点什么？”

“想做些赌博下注登记、高利贷之类的生意。”

“很好。我在纽约的人会支持这些生意的。你想让我派些人过来帮你开展高利贷放贷生意吗？”

“我看不用。我带了个家伙过来，他叫基科，会在这儿看着生意的。我信任他。”“基科”是名卧底特工，我让他做这家俱乐部的总监管员，这样我和罗西就可以自由随意地往返纽约了。

“搞高利贷买卖，你需要多少启动资金？”

“大概25000美元。”

“这里的利息是多少？”

高利贷收取的是高额利息。“托尼说，利息是4个或5个点，取决于客户是谁以及贷款金额。我们也想扩张到奥兰多。”

“等这里准备好了，我们就可以进驻奥兰多了。我找人去查看了奥兰多的环境。目前为止，情况还不错，比如这儿的夜总会、俱乐部的格局。它看起来能让我们赚到大钱。唐尼，记住，我们都能赚到钱。我们和朋友做生意时，都会平分所有收入，而且我们不会欺骗彼此。我们在纽约的后台强大，只要处事妥当，没有人能够烦扰我们。”

桑尼告知我可以直接向他报告，把我置于了两难的境地。如果我是一名地道的坏蛋，我会扑向这个机会，和一名组长勾结并顺着梯子向上爬。但作为一名特工，我不可以破坏这次行动。因为如果莱芙帝因此跟我翻了脸，他会筹划一场行动，压制整个国王球场的交易。一方面，我不能看起来像在公然反抗桑尼；另一方面，我还必须对莱芙帝忠诚。

我得赶在莱芙帝从别人那里听说桑尼接近我之前，告诉他这件事，而且我必须确保，如果我告诉莱芙帝的话传到了桑尼那里，我也能安然无恙。不管桑尼听到有关我的什么话，这些话需要包括对我的这种评价：我是一个坦率的人。

第二天一早，我要做的第一件事就是让莱芙帝坐下，然后告诉他桑尼所说的话。“但是我仍然会对你忠诚，”我说，“和桑尼一起做的任何事，我都会告诉你并征求你的意见。因为是你和我一起白手起家的。”

“你说这些话让我很开心，”莱芙帝说，“但是这个家伙以为自己是谁，竟敢从我身边抢走你？他没有权力夺走你。”

第二天，我们绕着塔希提汽车旅馆的游泳池闲逛，桑尼继续鼓励实施计划。他提出了经营赌博下注登记业务和放高利贷的好办法，那就是驾驶一辆向建筑工地运送咖啡的卡车。卡车司机可以在卡车外边经营这项买卖。他想让我们举办一场拉斯维加斯之夜；这是很受欢迎的活动，在那儿，赌博活动被视为以慈善为目的。

“一旦我们举行了拉斯维加斯之夜，”桑尼说，“那么它就是我们的了。没有人能夺走它。在这儿开始安排吧。我会从纽约运来轮盘赌和其他东西。”

我爱好读书。在这份工作中尤其如此，我总是如饥似渴地看完所有能够到手的报纸。这些家伙会说：“把报纸给唐尼，他能坐在角落里，一整天都很开心。”

但我不总是仅仅为了阅读而阅读。阅读报纸是一种很好的掩饰手段。当我一篇又一篇地阅读《纽约邮报》《纽约时报》或者《纽约每日新闻》新闻报道的时候，我其实是在听他们的谈话内容。我看起来好像是在阅读，这样我偷听他们讲话的动机就不那么明显了。

离开纽约的时候，不管我是在密尔沃基、加州还是佛罗里达州，莱芙帝总会给我带来当天的《纽约邮报》和《纽约每日新闻》，从来不会落下一期。下了飞机之后，他所做的第一件事就是把那些报纸交到我的手上。

有一次，我在坦帕市机场接他，然后开车去了酒店。我忽然察觉，他没有给我任何东西。“莱芙，我的报纸呢？”

“你他妈的不会相信发生了什么事的，唐尼。我坐在飞机上阅读《纽约每日新闻》，有一个印度人坐在我旁边。”

“你是什么意思，印度人？”

“那些头上裹着毛巾的人其中的一个。”

“哦，你说的不是美籍印第安人，而是从印度来的人。”

“他他妈的是一个印度人，我不知道他从哪里来。头上裹着一条大毛巾。他从哪里来并不重要。他是一个印度人。”

“那些报纸又怎么了？”

“我读着报纸，正读到一篇关于泰德·肯尼迪的文章。这个家伙一直斜着身子看着我手里的报纸，问我：‘你觉得泰德·肯尼迪怎么样？’我没有理睬他。他甚至都不会好好说英语，说的是什么破英语。可是他又重复了刚才说的话。于是我说：‘嘿，查理，我认识你吗？我怎么看泰德·肯尼迪，关你他妈的什么屁事？’”

“我读完《纽约每日新闻》，开始看《纽约邮报》。这个家伙竟然拿起这张报纸翻看起来！等我把《纽约邮报》放下的时候，他又拿去看了。这个裹毛巾的家伙摸了的那些报纸，我是不会再把它们拿给你的。”

“莱芙，无数人都摸过那张报纸。”

“唐尼，我不知道这个印度人都携带了些什么病菌，他也许有病呢！我不会让你和这个印度人看同一份报纸的。我就把那些该死的报纸放在飞机上了。”

不管我们去哪儿，莱芙帝都让罗西埋单。莱芙帝会带客人过来吃晚餐，罗西也要买单。罗西去商场购买剃须用品，莱芙帝也会和他一起去，并在购物车里装满泳池设备和化妆品，罗西也要付账。

适逢莱芙帝生日。在这个团队中，关系近的人总是要互相赠送生日礼物和圣诞礼物的。这天他期盼着我的礼物，而我却什么也没说，甚至没有祝他生日快乐。我就是想让他着急。

一整天他都在问我：“唐尼，你今天是不是忘了什么事情？今天是不是应该有什么事要发生才对？”

“我想不起来有什么事情。所有事都在掌握之中。”最后，大约那天晚上10:00，他、罗西和我坐在俱乐部圆桌旁，莱芙帝开始生气了。于是我说：“莱芙帝，我忘了！今天是你的生日！”

“嘿，对了。”他开始咧嘴笑。

我斜着身子，吻了他一下并且给了他一个信封。信封里面用纸巾包了7颗钻石，是联邦调查局没收的财物。“这是托尼和我的礼物。生日快乐！”

他打开了信封。“啊，唐尼，你不必送这么贵的礼物。多么棒的礼物啊！我要送给我妻子一颗，送给每个女儿一颗，再送给每个外孙一颗。”

“托尼和我觉得你值得拥有这些东西。”

“啊，天啊！”他给了我一个大大的拥抱，并且亲吻了我，“托尼给了我什么？”

罗西就坐在那里。

“这些钻石是我们两个人的礼物。”我说。

“唐尼，我无法告诉你这是多么棒的礼物，这也正是我如此爱你的原因。虽然你犯了一个错误，但是像这样的错误只是——托尼呢，他忘了吗？”

“莱芙，我们俩一起送的这份礼物。”

“托尼准备送给我什么礼物啊？”

最后，托尼站了起来，走进了办公室，把3张100美元的钞票装进了一个信封里，回来后交给了莱芙帝。“生日快乐，莱芙帝。”他说道。

“啊，托尼，你不必这样做的。你可以和唐尼送同一份礼物的，你们俩一起送我钻石，那就足够了。”

我们决定在5月9日这个周五举办首次拉斯维加斯之夜。桑尼通过航空货运公司寄来了一个轮盘赌、21点赌牌桌、纸牌、骰子等东西。单据上的寄件人姓名是“丹尼·曼佐”，寄送地址是“纽约布鲁克林格雷厄姆大街 415 号意大利退伍军人俱乐部。”我们还弄了一块牌匾，宣布举行活动，并声称所得收益将全部捐给意大利——美国战争退伍军人俱乐部。

帕斯科县治安官办公室的组长约瑟夫·多纳休像平常那样拜访了该俱乐部。像往常一样，他没有穿制服，在下午俱乐部关门的时候才来。多纳休 60 多岁。他喜欢吹嘘自己在纽约市有过 16 年的警龄；但这件事我们从来没有确认过。

罗西告诉他，我们正计划举办一场拉斯维加斯之夜。多纳休向他保证，他会管控所有事。于是罗西问他，如果一名治安官副手来这里，他能在门口阻挡他吗？因为这毕竟是一家私人俱乐部。多纳休说，不能把一名副手关在门外；但是如果他没有搜查令的话，他就不能搜查任何已经锁上的房间。多纳休说在拉斯维加斯之夜，他会值班以确保没有麻烦发生。

于是，罗西给了他 200 美元作为他此次的拜访费。

我们把这家俱乐部设置成一间游戏房。在另一个房间，我们摆放了一张长桌子，上面放了免费的自助餐——冷盘肉和沙拉。桑尼、莱芙帝以及几名桑尼介绍的专业游戏管理人员来了。那晚，大约有 200 人来参加首届拉斯维加斯之夜。罗西已经买通了警察多纳休，花了 400 美元以确保我们不被骚扰。所有事都进展顺利，除了一两名奸商诓骗了一名负责骰子赌桌的老人。

我们从迈阿密请来几名资格老的人管理牌桌。这些人擅长经营赌博游戏，但是他们还不适应真正的拉斯维加斯骰子赌桌游戏的复杂性。所以，这两名客户试图恐吓这个资格老的人，他的名字叫作里基。

里基走到我的身旁说："唐尼，有两个人合起伙来搅乱我们的牌局。和你说实话，我无法像我想象的那样管理好这张牌桌。他们的出千速度太快了，我知道他们是在出老千。"

我走过去看了一眼。我知道这两个希腊人是一对重量级赌徒，他们在威胁里基，要求拿到他们并没有下的赌注，所以我得出面了。

我走到这两个人面前，大声说话，以便整个俱乐部都能听到。而且我知道桑尼正在看我，这是他头一次看到我采取行动。

"你们俩想骗走这张赌桌上的钱，"我对他们说，"这是一项诚实的游戏。你们今晚手气不错，但是我现在要告诉你，不允许你们再走进这里，打扰我们的人，搅乱我们的游戏。不然我会亲自把你们扔出去。在我把你们扔出门外之前，我要拿回所有你们已经揣进兜里的钱。"

"哦，不要这么做，我们没有做什么事……只是运气好，一直赢牌而已……我们没有出老千。"

他们还是不肯走，从桌上将2000美元装进了兜里。幸好我及时地发现了他们。里基回到了他们身边，把他们拿走的钱全部要了回来。

我们处理得很好。桑尼对围观的人数、我们的表现以及可以拿走几千美元这件事感到非常满意。这将有助于我们接近桑托·特拉菲坎特。他说我们应该和其他俱乐部的业主做笔生意，在他们那里也开办拉斯维加斯之夜。他们可以保留销售自己酒水的权力，还可以拿到一部分拉斯维加斯赌博收入的提成。

桑尼想让我们尝试其他一些生意。他问我是否在该地区有可卡因或大麻的进货渠道，因为他想增加货源。"我以前在迈阿密有一些人脉，"我说，"但是最近我没有做毒品买卖。两三个月前，我卖1

千克毒品能够拿到48000美元，但我不清楚现在的价钱，还有我是否还能找到以前的合伙人。”他说他在奥兰多有人，名叫鲍比，有车，可以把毒品运到纽约。他还想让我们帮忙注意胶合板、油漆和假冒名牌牛仔裤的销路，供其所用。他还想让我四处查看赌博账目生意是否是一个好主意；如果这是个好主意，那么他会从纽约派人来经营这项生意。

“我已经准备好了一本账目，准备为足球赛季服务。”我说。

“我会和‘拉斯提’说说，往这里投一部分家族资金，”桑尼说，“‘拉斯提’知道你在这里的工作。我想带史蒂夫来这里看一看，因为他为家族管理资金。我们可能需要两周时间才能拿到钱，并且要支付1.5个点的利息。”

史蒂夫·“史蒂夫牢骚鬼”·加依纳是布拿诺家族的顾问。自然而然地，我对能够见上他一面而感到很荣幸。

桑尼说他在纽约有一笔生意，需要筹集400000美元，购买几批珍贵的金属，这笔买卖会带来1000000美元的收入。“那家伙有几家生产这些金属的工厂。他许诺给我一批货，但却没有兑现承诺。于是我烧毁了他的一座工厂。他以后少给我一次，我就再烧毁他一座。”

我们单独在一起的时候，桑尼说：“莱芙帝最近怎么样？他和罗西出了点问题。”

在拉斯维加斯之夜的前一晚，我们都出去吃饭，莱芙帝邀请了俱乐部里的一些女服务员。他点了几瓶昂贵的葡萄酒，然后又让罗西买单。桑尼不喜欢他这样。但他在餐桌上什么也没说，因为他不想在市民面前让一个黑手党人难堪。而且，他想先了解一下事实。

但我要谨慎地发表自己的言论。因为每次我向黑手党人反映一些情况，都会如履薄冰。我不想冒犯或者侮辱任何人，我还想继续开展这次卧底行动。但是我又必须装成一个敢打敢拼的黑手党人。现在一名组长向我询问他团队里一名高级黑手党人的事。我不想让他觉得，我马上就放弃了一个伙伴；而另一方面，这也许是一个很好的机会，可以终止莱芙帝继续敲诈罗西。于是我把赌注下在了罗西的身上。

“呃，桑尼，罗西最近总是和我抱怨，说莱芙帝诈了他太多的钱。他不在乎一周花掉250美元。但他还要为其他的东西买单——饭菜、旅行花费等。”

“告诉罗西，除了250美元，他不必再多给莱芙帝任何钱。你告诉他，他只需要向我报告就行。”

“好的，我会告诉他这事的。”

我没有对莱芙帝透露任何信息。如果罗西和我是地道的坏蛋，我就会严格地遵守桑尼的指示。但是我现在必须小心行事，因为我不想莱芙帝抛弃罗西，他可以轻而易举地做出这事，只需要和桑尼撒个有关他的谎话就行。他也可以和我说：“他不想再给我钱了？好吧，我就告诉桑尼一些有关他的屁事，罗西就完了。”我也不能忽视桑尼的指示。罗西和我只能让这件事看起来是莱芙帝主动放弃了敲诈。

桑尼和他的得力助手约翰·“小不点儿”·塞拉萨尼来到了假日旅馆。这个助手是从纽约来的。自1978年，我就已经认识“小不点儿”，因为他经常去莱芙帝的店里。“小不点儿”比桑尼更高更瘦，两边太阳穴上的头发都剃光了，脸长得像鹰一样。他很安静、聪明，喜欢玩国际象棋。他是一个卑鄙的混蛋，口风很紧，很难认清其底牌。但如果你跟他说说话，他看起来也没那么难搞。桑尼不会和很多人都保持亲近关系。“小不点儿”是他的亲信，能够做所有事情，其中包括保护桑尼的安全。“我相信‘小不点儿’，”桑尼说，“就是这样。”

桑尼从纽约打来电话问我是否知道有关绘画的知识，我回答不知道。他说他们偷了布鲁克林的一家仓库，那儿有伊朗国王收藏的各种昂贵的绘画作品。现在他需要有人能够马上处理掉偷到的这些画。

“基科有点关系。”我说。桑尼已经见过基科了，这名管理俱乐部的特工。“我会问问他是否感兴趣，然后再回复你。”

这名伊朗国王最近被伊朗驱逐又身患疾病，所以上了新闻。我们努力寻找有关此次盗窃的新闻报道，但是却没有找到。

我给桑尼打了电话，告诉他基科对此感兴趣，但是要等上两天才能去那里。桑尼有些不耐烦了，他对此类物品的处理一无所知，也不想让这些画闲置在那里。我们不想看起来很急切，不想让人们觉得基科无所事事。最后桑尼说他会等的。

基科和另一名来自芝加哥的特工联系上了，这名特工假扮成一名隐秘的艺术画商人，他们一起飞去了纽约。

桑尼在拉瓜地亚机场接上他们，经过几个急速转弯，甩掉了跟踪者，并把他们带到了斯塔恩岛，他藏画的地方。这些画作很了不起——画的是黄金托盘和文物，相当精美。基科用宝丽来相机拍下所有有关画作的照片，并解释说这对于研究照片、检查货物“原产地”——即检验画作真伪很有必要。

几天后，仍然没有任何有关盗窃的报道。基科向桑尼传话，说目前还没有找到买家。于是桑尼开始卖掉一部分盗窃物。可是我们却不能采取任何措施。联邦调查局为了保护我们的行动，也无法收回那些物品。

桑尼去了佛罗里达州，寻找一些能够联系上特拉菲坎特的人。

罗西和我在塔希提汽车旅馆咖啡间与桑尼用早餐时，桑尼提到了伊朗国王艺术画作。

“我们卖出了 100000 美元的价钱，”他说，“他们甚至都不知道画已经丢了。”

接着，他们试图在伊朗国王妹妹位于比克曼广场的宅邸行窃。比克曼广场是曼哈顿地区最独特的社区之一。他们有一名内应，负责对付那里的保安。那天，桑尼在车里等着，而其他两个人走上楼梯盗窃。但是他却听到一声枪响，于是赶紧跑了。

他回到了布鲁克林的俱乐部，很快他的同伙也回来了，其中一名盗贼开枪打中了自己的手掌。他们和保安进行了一场混战，结果一切都泡汤了。桑尼让这个人去附近找经常给他们看病的医生看看，给了他 500 美元，让他暂时躲避两周。

“差他妈一点儿就能拿到价值 10 亿美元的货了，”桑尼说，“我都不想说这事。”

但还是有希望的，因为伊朗国王身在埃及，而且已经病入膏肓，很快就会死去。等他一死，桑尼让我们马上去纽约，因为他们要再次去偷那家仓库。

“你们马上过来，兄弟，”桑尼说，“乘快速喷气式飞机。等东西从埃及运来，我们就把它们全部偷走。”

但几周以后，伊朗国王死了，“小不点儿”却打电话告诉我整件事情暂时搁置了。

安吉洛·布鲁诺，一位长期在费城充当老大的人物，被暗杀了——这是一年之内第二位遭到暗杀的重要老板。他当时坐在自己的车里，有人用猎枪从他耳后干掉了他。我问了莱芙帝相关的事情。

“布鲁诺想要霸占整个大西洋城，”他说，“他已经占有了赌场所有的服务项目，但他还想占有所有赌博生意。你不可能独吞整个大西洋城的。甘比诺家族和特拉菲坎特在那儿也都有利益。桑托让布鲁诺在佛罗里达州也能分一杯羹，以换取大西洋城的好处。我们在那儿也有收入。明白了吧，和别人一起做事，必须要懂得分享。在家族内部做事尤其如此，唐尼，你要和你这边的人分享收入。在我们家族里，‘利洛’被暗杀的原因就是他不愿意和家族里的其他人分享毒品买卖。”

“那样对吗？”

“嘿，仔细听着，唐尼。他们想要谁的命，谁都躲不过。”

第十四章　冷水计划

一段时间以来，联邦调查局一直在监视桑托·特拉菲坎特。因为布拿诺家族和特拉菲坎特之间有联手的可能性，所以“冷水计划”的监督行动一直在进行。国王球场里也添置了电子设备，俱乐部里安装了隐形摄像机，可以监控罗西所用的办公室和主室内私人圆桌周围的环境。圆桌正上方的枝形吊灯和电话里还安装了窃听器。罗西还在轿车的后备厢里安装了一台纳格拉录音机。

我搬进了一座叫“假日公园公寓”的大楼，就在国王球场附近19号国道的对面。楼高4层，我住的是2层的一室公寓，罗西也在这里租了一间。从我公寓的窗户向外望去，就能看到国王球场。我的电话里也安装了录音设备。在之前的黑手党卧底行动中，在密尔沃基或者佛罗里达州，当我想通过电话录下一段谈话时，我就在电话听筒里装上一个简单的吸盘式麦克风，再用一个普通的常规录音机。而现在，我拥有了一间公寓，能接待很多来客，所以我不能再四处摆放录音设备了。于是我把录音机藏在墙里，直接连到电话线上。

有的时候，罗西或者我会带上一些“录音设备”，有时是一部纳格拉录音机，有时是一部T-4发送器。

我使用的纳格拉录音机长6英寸、宽4英寸、厚3/4英寸。磁带录音时长是3个小时，只能录音，没有放音功能。麦克风大概有橡皮擦那么大，被接上了长长的线，这样就可以将它藏在身体的任何地方了。录音机装有转换开关，使用之前可以做些测试，看看它是否运转正常。但对于纳格拉录音机，一旦不监视，你就无法知道它是否还在运行了。

T-4发送器是纳格拉录音机的一半大——长3.5英寸，宽2英寸，厚1/4英寸。它本身不具备录音功能，只是会把声音传送给附近的监视特工，由他来监听和记录信息。它上面没有转换开关，只有一根小巧灵活的天线，大概有1到2英寸长，天线末端有一个球状物，那就是麦克风。你把天线拧上，发送器就打开了。新电池会保证持续传送4个小时的音频信号。可以提前测试发送器，只要给一名监视特工打电话，问问他是否接到了你发出的广播信号就可以。但就像纳格拉录音机一样，一旦你出发执行任务，就无法分辨系统是否正常运行。

纳格拉录音机的一个优点是，无须另一位特工提供支持，在哪里都能录下谈话内容。而发送器的优势是体型小、易隐藏，而且当你使用它时，会有一名特工在不远处直接从发送器上接收谈话内容。有了一台发送器，如果情况变糟，卧底特工面临紧迫的危险时，另一名特工可以立刻出现在现场。而携带纳格拉录音机，当你遇到危险的时候，是不会有任何人知道的。

携带一部纳格拉录音机，你可以在任何地点进行录音，而发送器在城市里的传送范围仅为大概两个街区的距离。钢结构建筑可能会妨碍传送效果，大气条件或者过往车辆都有可能影响接收质量。监控团队可能失去信号或者脱离接收范围。一个潜在的危险是T-4

发送器传送的信号可能被某台电视机接受并回放。当你和一两名黑手党人在屋里聊天，你们的聊天内容有可能会突然被传到屋里的电视机上播放。到那时候，屋里的所有人都会知道有人接通了录音设备。

任何录音机或者发送器的共同缺点就是，你需要冒着生命危险使用它们。如果被抓到佩戴了录音设备，通常会被干掉。更糟糕的是，它们总是失灵。在影视剧里，这样的事看起来很简单，只要用胶带把设备粘在身上，走进去然后录下控告证据就可以了。然而事实上，这些设备尽管被人们认为是接近科技前沿的，却并非绝对可靠的。因为若要把设备做得小巧灵便，通常是以损耗功效为代价的。

一般来说，我们这些卧底特工不一定总能拿到最尖端、机密性高的科技产品，即那些间谍可能使用的产品。因为最后我们出庭做证时，我们必须提供调查所用电子设备的细节信息。而间谍无须出庭做证，所以他们所使用的设备不会暴露。政府规定保密的电子设备是不会交给卧底特工使用并作为法庭证据公开的。

所有这些设备都有着精妙的录音功能。这意味着它们能够录下所有的声音。一台藏在身体上的录音设备能够录下你自己的打嗝声、衣服摩擦发出的沙沙声以及屋内或者附近的所有其他声音——包括谈话声、脚和椅子摩擦地面的声音、广播和电视声、空调的声音以及街上的噪声。因为他们很多疑，所以我们在屋里安装了很多窃听设备。黑手党不管是在酒店房间里还是在汽车上或者其他任何地方，都会打开电视或者广播以掩盖谈话内容。

再者，如果其他事情都很顺利，你也无法让人们在恰当的时间谈论你期望讨论的内容。关于管理录音和传输信息的规定是，一旦你开启了某个设备，那么在整个谈话过程中，这部设备就必须一直开着；而那些谈话内容——通过电话、在现场录制完成，或者由其他监视传输过程的特工记录下来的内容——将被转化成为证据。不管谈话是否包含无关的部分，都要整个儿呈交给法庭。尽管只有相关的谈话内容会被呈给法庭作为证据，整个谈话录音仍要提供给辩护律师，以防止他们控诉我们选择证据内容不当，即试图歪曲现场录制的谈话内容。

进入现场之前就要打开录音机或者发送器。需要好长时间，才能录到想听的内容。但是这时，磁带已经用完了，电池也没电了。

现场情况几乎是无法控制的。你不能在现场测试声级，无法按照自己的意愿安排人员谈话以便录音。你也不能让他们提高音量大声说话，不能抹去扰乱接收质量的杂音。你需要做几个小时的铺垫工作，才能引出所有你想知道的内容。可是，当他们在联邦调查局回放这些磁带的时候，却发现只录下了一半的谈话内容或者什么也没有录到，而这已经是行动结束以后了。你无法还原谈话内容，也不能回去找那些坏蛋，并对他们说："你记得我们昨天的谈话内容吗？我们再说一遍吧，这次我们别去那座楼旁边了，因为它的钢筋结构隔音效果太好……我们也别说得太快，因为那辆录音的汽车已经脱离了录音范围。"或者"我们再谈一遍，因为上次电池坏掉了或者磁头磨损了或者磁带卡带了"。

对于我来说，相比其他的卧底工作而言，这更多的是一种负担，是更大的压力。

隐藏东西太困难了，所以我不喜欢佩戴任何设备。我和这些家伙的关系已经相当铁了，而且行礼总避免不了拥抱和吻颊。我们总是打打闹闹，做格斗练习。我们不分白天黑夜地混在一起。拿莱芙帝来说，我一天 24 小时都和他在一起，包括一起待在酒店房间、更换衣服、把衣服都脱掉只剩泳裤，然后在泳池边坐着。

当我真的需要使用一台录音机或者发送器时，我不会把它带在我的身上。我唯一一次把设备带在身上是在1975年。那时，重型机械盗窃案行动刚刚开始。我佩戴的是纳格拉录音机或者T-4发送器，通常放在夹克兜里。佩戴纳格拉录音机的时候，我不喜欢冒险把麦克风藏在衣服上面，所以通常情况下，我会把线缠在机器上，然后把整个机器放在兜里。而当我不穿夹克的时候，我会把纳格拉录音机藏在我的牛仔靴里。然后，把麦克风线向上拉，藏在衣服下面，并把麦克风粘在胸部。

我从来不喜欢在自己身上佩戴各种设备。因为总会有人闯进我的公寓或者汽车进行搜查。所以，当我想使用一台设备时，我会做好安排，在某个地方和负责案件的特工见上一面，拿到设备，然后和他再次见面时再归还设备。

总体来说，佩戴设备的一个明显优势是，可以获得重要的谈话证据，使案件得以成立，我们值得为此而冒险。在任何情形下，是否要佩戴录音设备取决于我。自从开始执行"冷水计划"时，我一共佩戴了十几次录音设备。

桑尼正在努力争取和特拉菲坎特取得联系。他派莱芙帝去了假日旅馆执行一项任务，即通过中间人介绍他和特拉菲坎特认识。我们以为莱芙帝会谈到重要的人物和程序。穿夹克待在这里太热了，于是我把纳格拉录音机藏在了牛仔靴里。

他曾经告诉过我，我们要乘飞机去迈阿密，和迈耶·兰斯基的女婿见面。他是黑手党中臭名昭著的金钱和赌博生意策划者，人们认为他是特拉菲坎特的一位朋友。

吃早餐时，我对他说："我还不清楚我们为什么要去那里。"

“因为我想见见这个家伙，”莱芙帝说，“他在迈阿密海滩。他会把我介绍给那儿的一个人，而那个人会把我介绍给这里的大人物。”

莱芙帝又像往常那样抱怨罗西没有给他足够的钱。罗西为他预订了往返纽约的机票，但是没有为他支付从假日旅馆到迈阿密的行程费用或者他可能花掉的其他费用。

“让他坐下，给他解释一下发生的事。”我说。

“应该由你来告诉他，这事是他的主意。”

“我知道这是他的主意，但是他他妈的还没赚到什么钱。”

“我不想为这事烦恼。你只要告诉他，我们要去见迈耶·兰斯基的女婿。而且，他得给我钱。”

莱芙帝派罗西去俱乐部找一下纽约至坦帕市的往返机票，因为他对罗西说，他在那儿把这张机票丢了。但事实上他并没有丢票。他向我透露了用意——他只是想试试罗西的反应。

早些时候，桑尼去市中心查看俱乐部的情况，注意到罗西的车上挂的是宾夕法尼亚州的车牌，就向莱芙帝表达了他的疑虑。莱芙帝问我怎么回事，我向他解释道，这是一辆租来的车，所以车牌是它原本自带的。

但是莱芙帝想多调查他一下。罗西已经用自己的美国运通卡为莱芙帝预订了纽约至坦帕市的往返机票。莱芙帝之前假装丢了机票，想看看罗西如何反应。因为据莱芙帝推断，如果罗西是一名特工，他会因为要向办公地点报账而感到紧张，而且他还担心一些做“黑道买卖”的人可能会找到这张机票，并且查出购买它的美国运通卡账号属于政府所有。

我一有机会就会向罗西提供消息，这样他就能度过这场调查。

他告诉莱芙帝，他会取消那张机票，然后另订一张新机票。

我们去了俱乐部。罗西说：“什么事都没有，莱芙帝，但是这样我就明白了，你想让我为你买去迈阿密的机票，对吗？”

“那么，我们去那里见谁呢？我要见这个人，为的是能在那里做点生意。我不会自己行动的。一旦这个人给你开了绿灯，你可以去任何想去的地方。那位是他的岳父。我见了这个老人，他打电话叫这个人过来，然后我向他做了恰当的自我介绍。现在，你得给我例行的250美元，我要拿回纽约。再给点儿钱，我好款待那儿的人。”

“换句话说，”罗西说，“你得和这位老人桑托见见面。”

“不，他在这儿。得先和这位叫作迈耶·兰斯基的老人见面。看，在这里，除非他让你来这儿，否则你见不到他。他在我面前打了一通电话：‘哈喽，你好吗？我的一位好朋友要在某天3:00拜访你。’现在，我要去那里，说明一下我要在这座城镇里做什么。接下来，我会问他：‘您同不同意我们在这儿做生意，或者我们做点别的什么事？’他很有可能会回答：‘可以，没问题。’这才是妥善的办事方式，不可以另辟蹊径。现在，我们扫除了所有中间人，所有胡说八道的人。你想在这儿做什么就去做，不会有任何人接近你说：‘嘿，你，在这儿干什么呢？’知道怎么回答他们吗？‘跟这个家伙去说吧——如果你们有能耐见到他，当然我对此表示怀疑。’”

“这样你们就会安排一次会面，”罗西说，他是在引他说话以便录音，“和桑托见面。”

“就是这样，我他妈的采取了一整套措施。听着。我们在一间破屋子里待了三天——唐尼能够证明，那是在芝加哥。他们让我等了三天。最后才说：‘快点，上车，我们走。’我他妈的都不知道要去哪儿，但是我却上了那辆车。他们把我带到了一间规模巨大的卡巴莱餐馆。到了的时候，因为正是淡季，它已经关门了。‘在这儿等着。’然后他妈的又从那里进入了另一家餐厅。‘在这儿等着。’然后这个大人物才出现。他说：‘快点，我们进办公室。你的名声不错，因此才得到推荐。’就是那样。”

我说：“他想确认，当我们采取这些措施的时候，我们会从想加入生意的人那里得到相应的保护。”

“这个我知道。”莱芙帝说。

“不是你，莱芙。我不是和你说话，是托尼需要知道这点。”

“关键是，莱芙帝，”罗西说，“天下没有免费的午餐，我得开始挣钱才行啊。”

“等一下，”莱芙帝说，“我们现在为你开张了，对吗？另一件事，我们得在这儿弄一顶帐篷，再来点不花钱的食物和饮料，然后在帐篷里赌上几把。你为什么要在俱乐部里浪费周五晚上的宝贵时间？那是你犯的最大错误。如果周五晚上在俱乐部度过，那么我们周末下午干什么事啊？”

“我们得在大城市里做买卖，”罗西说，“比如奥兰多这样的城市。”

“他们也占领了奥兰多。我要开发的第一个城市就是奥兰多。”

“还有坦帕市。”罗西说。

“坦帕也归他们，这就是我要办的事。昨天一整天，我都在纽约和那帮该死的人在一起。”

“别误会，”罗西说，“我不是不尊重你，相反，我对你十分尊敬。但是，我也得努力工作。现如今偷东西也不容易了啊。”

“好吧，我来告诉你吧，老弟。开门见山吧，你只是赶上了淡季。如果你赶上了足球赛季，唐尼会去帮你的。在这儿，你他妈的会有很多忙不完的事。不过，周日不能关门，因为周末是他妈的最赚钱的日子。”

“但是，你知道的，你不能再继续赌足球了，”罗西说，“最终你是要开始赚钱的。但是赚大钱的机会还没有到来呢。”

“这是在坦帕市，”莱芙帝说，“你他妈的认为，我们去他妈的迈阿密是来做什么？你觉得我喜欢坐这该死的飞机？第一，我不喜欢餐馆；第二，我不喜欢带着行李箱旅行。唐尼知道我喜欢做什么事：我就喜欢周末在家里看电视，就我和我妻子两个人。我甚至都他妈的不喜欢去什么娱乐场所，包括迈克那里，因为我厌倦了狗屁娱乐场所。”

“你知道我在说什么。”

“我知道。好吧，唐尼，去拿上你的衣服。我们他妈的离开这里，去做我们该做的事。你知道我喜欢做什么吗，托尼？我自己就能做到——买一瓶冰汽水。”

约翰尼·斯帕盖蒂在迈阿密机场迎接了我们，然后带我们去了乔·彪马的饭馆。饭馆位于哈伦代尔海滩大道1025E的小意大利，就在迈阿密郊外。乔·彪马是布拿诺家族的人，一直在迈克·萨贝拉手下做事，直到加兰特被暗杀。加兰特死后，他就在菲尔·“菲利·拉克奇”·吉埃孔纳手下做。莱芙帝想让我去见见彪马和史蒂夫·马茹卡，另一名入盟党徒。马茹卡是最近才从狱中获释的。他比彪马还恐怖，长相粗野，身高6英尺2英寸，声音洪亮，手掌宽大。

彪马和马茹卡都是“菲利·拉克奇”手下的人。我们和另一位组长的手下在一起，这没什么错；但是，目前布拿诺家族的情况不稳定，我不知道莱芙帝让我见这些家伙有什么事、用意何在，在“拉斯提”·拉斯泰利手下操纵权力的派系中，人们都各自站在哪一方。但是我知道彪马和马茹卡在家族中的地位很重要。

莱芙帝正在探索另外一条接近特拉菲坎特的道路，即通过桑托·特拉菲坎特的一个亲戚接近他。据推测，他会介绍莱芙帝给他的亲戚，然后这位亲戚会介绍他给桑托认识。

但是这两次见面都未取得成功，这两个家伙都出了城。

桑托打来电话，告诉我他要和“小不点儿”乘飞机去庆祝周末的阵亡者纪念日。我打电话给莱芙帝，告诉了他这件事，这让他大发雷霆。

“你什么意思，桑尼明天会来？”

“我不知道。我问他是否和你谈过，因为我想确认一下你知不知道这事。他说：‘别担心，莱芙帝不会有什么问题的，明天我们出发之前，会和他见面的。’”

“我真不敢相信这儿的该死的家伙。这他妈的是我的行动。”

“莱芙，我会和你在一起，你知道这点的。”

“没问题。他为什么要来这儿？”

“也许他想来这儿度假。”

“别跟我胡扯了，也许他确实想来这儿度假。但他不应该在没有我的情况下去那座城镇。谁他妈的给他买机票？”

“我猜是我们买，但是他说他明天会摆平这事的。”

“别骗我了，兄弟。”

“他就是这么说的。”

“你他妈和谁确认过他机票的事？”

“莱芙帝，我能和他争辩吗？”

“你这个笨蛋。”

听到这儿，我挂掉了电话。

他马上又打了回来。“你他妈的混账东西！不准挂我的电话！”

我能想象到他已经青筋暴起：“别再骂我混蛋了，莱芙帝。”

“我想怎么骂你就怎么骂你！我可以骂你混蛋，可以骂你……”

我又一次挂掉了电话。

他又马上把电话打了回来：“让我和托尼谈谈。”

我把电话给了托尼。

“他妈的，那个狗娘养的混蛋最好清楚自己是在和谁说话，托尼。没有人可以这样对待我，挂我电话。你最好和那个人谈谈。”

“莱芙帝，我不知道你在说什么。”托尼回答说。

“让我和唐尼谈谈。”

我又接起了电话，但是他又接着骂起来了。

“我告诉你，没人继续支付费用了。你告诉那个混蛋东西托尼，说他欠我 500 美元，而且他明天就得给我汇 500 美元。不然的话，我就打爆那个混蛋的头。这儿出了点问题，兄弟。明天我要去布鲁克林，到时候我要得到所有问题的答案。谁他妈的是你的老板？”

“你是。”

“我是你的老板。在他离开之前，我要在布鲁克林等你的答案。12:00 的时候，我要你在俱乐部里接电话。安排另一个混蛋接分机电话。我打电话的时候，你们两个必须都在听电话。”

“我保证他在那儿。”

“等我到时候惩罚完桑尼，如果他不能给我正确的答案，我会告诉你某件事的。”

“什么事？”

“没人知道我有3颗炸弹，等我惩罚了那些混蛋以后，他们中没有一个人能活着。如果这个家伙明天没有给我满意的答案，我会把他炸飞的。”

“莱芙帝。”

桑尼和“小不点儿”来了。他们与罗西和我坐在塔希提汽车旅馆的酒吧间里。我在鞋子里藏了一部纳格拉录音机。

“我不想被莱芙帝抓个正着。”我说。

“我会和他谈的，”桑尼说，“看，当我和你说‘什么也别说’的时候，那你就什么也别说。我不在的时候，莱芙帝支持过我。那么我也不会做任何伤害他的事情。他会完全同意你的意见的。他是一个了不起的人，但他有些戏剧化。他和你通过电话之后，又给我回了电话。他他妈的喝得烂醉。现在，我不必告诉任何人我要做什么。所以你也不必告诉他任何事。我会告诉他我想让他知道的事情的。但我从来不会告诉他正在进行什么谈话。他认识我很久了，我从来不做阴险的事情。如果我从这儿拿走什么钱，他会得到他的那份，然后回家睡觉的。”

“这6年以来，他为我做过很多事，”我说，“但我不想因为你而和他吵架。我们一起做事的收入，我都会从中分给他一份，我不想让他觉得我在骗他。”

“唐尼，你知道他们这些人干了什么事，我离开的时候，他们把我晾在了一边。”

“我知道这事。”当桑尼坐牢的时候，他的人马抛弃了他。他和他的妻子分开了，但他有4个孩子急需照顾，本该支付给他家人的钱也没有兑现。

“他们不想为我费心，”桑尼说，“他们害怕了。但是当老板发话，让他闭上该死的嘴，别再说有关我的事情时，他却站了出来。所以现在我回来了，所有的事都改变了。现在我们有权力了。所以我立刻把他带了回来。”

“他是一个正直的人，这一点我确信不疑。”

“但是你不能对他说任何事。他他妈的喝了两瓶葡萄酒——好吧，他是在尝试帮助你，但是他却伤害了你。现在，看，所有事都关乎策略。5 年前，我向你表示敬意，我他妈的会在兜里揣上两支枪，谁叫我去，我就为谁卖命。但是今天，你不能那么干了。今天你别管闲事，该干什么干什么去。”

“说得对。”罗西和我说。

“今天，有很多年轻的孩子加入了进来，你知道的，他们比牛还壮。而那些老家伙，他们有着七八十岁老人的脑子。70 岁老人的脑子没法和我的比，因为他们有 20 多年来自那个年代的经验，而我拥有 50 多年我们这个时代的经验。我们是生活在我们的年代里，而不是他们那个年代了，这就是为什么他们无法理解我们。”

“说得对。”我们说。

“比如说，谁会想到牛仔裤会变成好东西呢？一个年轻的孩子会想到偷牛仔裤，然后看看它们能他妈的卖出多少钱。而这些老人一辈子都不会穿牛仔裤。他们的脑筋锈掉了。有些人，我一周得给他们一二百美元，但他们却连一分钱也赚不到。这些抽着雪茄、戴着戒指的大烟鬼们，他们把钱都骗走了。现在是时候改变一下了。”

“是的。”“小不点儿”附和着说。他正在环顾四周，看那些路过的人。“那些金发碧眼的人是和别人来这儿，还是怎么回事？”

“他们只是顺便来这里，”我回答说，“据我所知。”

罗西离开了桌子一会儿。这时，桑尼在我面前说话更加无拘无束了，因为大家仍然认为罗西是一个外人。

我告诉桑尼：“我们的一个朋友，一名警官，已经把托尼介绍给了一个拥有一艘捕虾船的家伙，他用这艘船偷运可卡因和大麻。”

“这位副治安官给了你这个人作为关系人？”桑尼问我。

“是的。这名副治安官不久之前和这个人在一起，保护他偷运大麻。这个家伙什么都做。我们刚刚和他见了面，你理解的。我告诉托尼：‘让这个家伙负责与人沟通。我们不想让人们觉得我们急于做成这笔生意。我们只是让他告诉我们，他想要做什么。’他说，一两个月前，他想要来看看我们，但是他要确保我们没有问题。”

“我不想和托尼说这事，”桑尼说，“如果我们要和这个家伙做什么的话，那么就由你来安排这事。我们会分得一部分，然后分给道上其他的人。这会花掉我们 7 天的时间。不管我们赚到了多少钱，我们都要上交。跟他说，这大麻不错，味道没那么浓。你看，我有一个车队，可以往来奥兰多。现在，我们要解决的是人们之间的信任问题。我只和你说话，因为你不错，所以只有你可以和我说话。”

“是的。”

“说实话，家族生意以外的那些混蛋实力都不怎么样，所以我不会和他们中的任何人谈话。我总是单独找人谈话，因为和两个人谈话很容易被逮住，现在法律很严。也就是说，只能像我们现在这样谈话，这样他才不会被抓去告我们的密，因为谈话时只有我们两个人。但是，我们还有很多人因此坐了 5 年或 10 年牢。我们谁也不要相信。因为我们越隐秘就越灵光。”

几天以前，副治安官多纳休向罗西讲了赛狗赌场的生意。他想知道，罗西是否感兴趣。必须贿赂一些政府官员。我向桑尼提出了此事。“这名警官让托尼的人拿出一些钱，他们会封锁塔拉哈西州首府地区，并取得经营许可证。他想让我们帮助他整合赛道生意，得到保护，这样就没有其他人挤进来了。”

“我们肯定会在赛狗赌场上保护这个人的。另一个家族管控着这片地区，所以我们得让这个家族参与。”

“我认为那就是他想要的答案。”

“是的，我会处理这事的。我会派出我的头马。我们听听罗西想说些什么。”他向罗西招手，让他回到桌旁。“我们在说赛狗赌场的事。”

罗西点点头说：“他保证会有两位投资者在这儿投资，而且每位会投入 1000000 美元。但是他想要的是保护，以及能够整合赛道生意的所有支持。”

“他想要什么帮助呢？保护他免受谁的伤害呢？”

“他找到我，因为，你知道的，没有得到特拉菲坎特的许可，是不可以在佛罗里达州经营赛狗赌博的。这件事没那么好办，反正我就这么理解。他认为我可以找到一些办法。”

“是的，好吧，没问题。但是谁知道整合赛道生意的事情呢？那也是我们要解决的事情。他到底想要什么？”

“桑尼，我所做的所有事就是听他说话。我没有说行或者不行，我什么也没说。现在有 3 个赛狗跑道，每个赛道都会开 4 个月，所以他们都在和彼此协调合作。而现在，多出来 1 条赛道，这会和其他 3 条赛道发生冲突，除非那里有人能够给予控制和管理。所以，他真正想要的是得到许可。”

“或者什么人能够和这个坦帕市的人坐下来谈谈。”我接过话来说。

“好吧。等我看到他时，我会向他提这件事的，看看他会怎么说。如果这个人说：‘好吧，去干吧。’那么你就接着做这事，没有人会找我们麻烦的。但是，如果他说：‘听着，我已经有 3 条赛道了，还要第 4 条赛道做什么？’那么就别想这事了。因为你需要向他表示尊敬。我们给了那个组长 400 美元，他高兴吗？”

“哦，是的，”罗西说，“我一直给他钱——200 或 300 美元不等。”

“我的意思是，那天晚上他高兴吗？”

“维加斯之夜吗？哦，是的。”

“我们应该告诉他，几周之内，我们还想再开办一场这样的活动。我会带我的团队去那儿，两个人负责骰子赌桌。这样的话，也许我们能赚点大钱。”

我给家里打电话的时候，家人很不满意。“你什么时候回家？你为什么不回家？”

我想和每个女儿都说说话，问问她们学校的事，是不是喂了那些马——她们现在养了三匹马，并把它们关在路南面的畜棚里。她们主要想知道，我什么时候会回家。我的妻子说：“乔，告诉我你在做什么工作。知道了你在哪儿，想象你正在做什么，这会让我感到更舒心，让我头脑清醒。”

我会告诉她一点儿内幕。如果孩子们为我担心，我会说：“不需要担心什么。这些人很愚蠢，他们是作茧自缚，无法逃脱法网的。”

账单、家庭问题、青少年成长问题——对于这些问题，我什么也不能做。有太多的事情正在上演，人们来到了佛罗里达州，又走了；我已经 7 周没有回家了。

我的大女儿毕业时，我回家了，那是7月的第一个周末。一个月前，我的妻子在割草坪的时候摔倒了，扭坏了踝关节，缝了6针。但是她并没有提这件事。我的女儿们养成了一些坏习惯——并不是很严重的坏习惯。只是这让人感到很失败，因为我无法帮她们纠正这些恶习。有一次，我一个人待在房间，用拳头打碎了卧室的门。

我的妻子为庆祝大女儿毕业，准备了一顿丰盛的早午餐。我的妈妈在那儿，她的妈妈也在那儿。我没有和大家一样兴奋开心，也不是很健谈。我离开太久了。

后来，我的妻子对我说："那是庆祝你女儿毕业。你应该暂时放一放你的事，表现得开心一些，换上一张不同的面孔。"

我不得不回佛罗里达州，因为桑尼和莱芙帝去了。他们已经和特拉菲坎特安排了一场谈判。我回家待了三天。"这三天，你的情绪一直很糟糕。"我的妻子说。她不问出了什么事，我也不知道该怎么回答她。

6月3日周二的早上，她开车送我去了机场，那是我们结婚19周年纪念日。

到了坦帕市之后，我打电话回去，为我的坏脾气和她道了歉。

桑尼是和他的女朋友朱迪以及莱芙帝一起来的，住在塔希提汽车旅馆。桑尼得等电话。特拉菲坎特会定好见面的时间和地点。我们在水池边闲待着。

第二天，他接到了电话。他会在晚上8:00的时候与特拉菲坎特见面。他想让我在6:45接上他。"我想早点到那儿，"桑尼说，"去感受、查看一下那个地方，确保不是一个阴谋，没有警察。"

一位布拿诺家族的高级组长与佛罗里达州最大的老板会见，于是联邦调查局派出了监视小队。

我开了罗西的车，因为这辆车的后备厢里安装了一部纳格拉录音机。我接上了桑尼。莱芙帝没和他在一起。

“我们去帕帕斯餐馆，”他说，同时指着位于塔彭斯普林斯的餐馆，“他甚至都没提名字。他没必要这么做。他只是说‘我想吃希腊饭菜’。于是我说：‘我知道你说的是哪家餐馆了。’”

大约在 7:15 的时候，我们走进了餐馆。我们坐在酒吧间喝酒。桑尼随意地扫视了一下周围环境。

“这个家伙是怎么认识你的？”我问他。

“我上周在纽约见了他。我一直在努力谋划这件事。他当时就在那里。史蒂夫几年前就认识他。是史蒂夫把我介绍给他的。”

大约在 7:30 的时候，桑尼说：“好吧，唐尼，你走吧，回俱乐部去，等需要接我的时候，我再给你打电话。”

于是我出门去了停车场，正好同特拉菲坎特和另一个走向餐馆的人擦肩而过。特拉菲坎特是一个看起来很安静的年迈绅士，肩部微弓，面部表情凝重。想到他是干这一行的，这让我感觉很奇怪。

10:00 的时候，桑尼打来电话了。我在餐馆酒吧间见到了他。于是我们在那儿喝了杯酒，然后才离开。我没有提起见过特拉菲坎特这件事。

“他人特别好，”桑尼说，“他喜欢我。我们得到了想要的东西。现在，在佛罗里达州，所有的大门都向我们敞开了，这样我们就能够安心地做事了。分成是五五开。如果我们搞砸了，唐尼，这位老人会关上所有的门。他说，我们应该查看的众多事情之一就是宾戈游戏。他在宾戈游戏领域做得很大，但是他在帕斯科县没有任何此类游戏生意。而这项生意能赚到很多钱。”

在车里，桑尼放松了。“这是一次试探性的谈话，”他说，“我告诉他说：‘听着，我不是一个城府很深的人。我一辈子都在道上混。’我又说：‘我爱黑道，你知道的。我什么也不懂，什么赌博之类的生意，我都不知道。’我说：‘我，我就喜欢在道上走，然后抢任何能抢的人。’”

“他说了什么？”

“他笑了。”

“他很有可能喜欢你，因为你很真诚。”

“我真的很尊重这个人。谈话的时候，我表现了出来。”

“上周你在纽约见到他，那真是很幸运。”

“你知道我之前和史蒂夫说了什么吗？我去见他并和他说：‘嘿，史蒂夫，你得来佛罗里达。我告诉你，我从未要求你做任何过分的事，我总是在你的左右，如果你他妈的不来佛罗里达州找我，我他妈的就再也不来这儿了——别他妈的再打扰我，我以后会单独做事。’说完，我就起身走了出去。第二天，他给我打了电话。在电话里他说：‘看看我们多么幸运——有一个党徒就在这里。我们马上就去。’他说。”

“是这样的吗？”

“他说：‘你为什么对我发火？我会来找你的。’他这样说。”

“所以今晚这家伙还不错，可以聊天，对吧？”

“就像我刚对你说的那样，唐尼。”

“太棒了。”

“他在讲故事，你知道的，关于其他人的事。他说其他人是这样想事的——拿布鲁诺来举例吧，他来自费城——他说因为你们不是在这里出生的，所以布鲁诺不想为你们开门。‘那是不对的。’他说，‘应该这样做才对，你从外地来这里，而我出生在这里。’他说，‘你有什么资源。我们就一起工作。’他这样对我说。”

“那大家就能够一起赚钱了，对吗？”

“没错，兄弟。”

我们或多或少都为同样的原因而感到高兴。我为促成了两大家族的第二次合作而深感满足。

第二天，特拉菲坎特的手下本尼·哈斯克，一个矮小、满头白发的家伙，来和桑尼谈宾戈游戏生意。之后，桑尼说，本尼经营着特拉菲坎特的宾戈游戏厅。他说我们得开始和本尼选址了，所选的地址应该是建筑面积为 8000 到 10000 平方英尺的大楼，楼内需要配有空调，比如一家旧超市就是个很好的选择。他说我们要提供场所和一半的资金以确保其开张。特拉菲坎特会提供设备、专门技术以及另一半资金。另外还得给我们的店起个名字，让它听起来更像是某个出资出力的慈善机构。但是它的名称中不应该包括“意大利人”这样的词汇。某种残疾老兵组织是很好的选择，这样你就能雇用一名残疾人坐在门口附近，以假乱真。

莱芙帝桑尼跟我说了和特拉菲坎特谈判的情形，我把这些告诉了莱芙帝，但他却早就知道了。

“他在纽约，”莱芙帝说，“那有什么关系，你认为是谁他妈的在纽约做了这些事？答案是我，而不是他。我们两个都了解他。”

“我觉得你根本没法儿坐下来和特拉菲坎特这样一个人谈判，莱芙。”

“啊哈，不要低估了你的好朋友。”

桑尼给了我5000美元——50张100美元的钞票——用来“在黑道上”进行高利贷买卖。他指导我们如何“收高利贷利息”，然后再次进行投资，直到投资的钱涨到60000至80000美元。然后分享所得的人将会是我、他、“小不点儿”和莱芙帝，而罗西只能拿到一小部分。

“目前来说，”他说，“别借多于500美元的贷款。一个月，你要给史蒂夫200美元，让他还清家族的本息。”

罗西和我记录了发票的年份和序列号码，并把发票交给了负责案件的特工。

7月第四个周末，桑尼、朱迪和“小不点儿”来了。7月4日，桑尼和特拉菲坎特又进行了一次会谈。罗西和我开车送桑尼去了坦帕市的布里顿广场，特拉菲坎特在那儿开了一家宾戈游戏厅。他的手下哈斯克想领我们参观这家游戏厅。哈斯克把桑尼带去参加会议。会议后，桑尼就去玩具盒餐厅和我们会合。

他的心情不错。他和我们说特拉菲坎特喜欢这个赛狗赌场的主意，并且告诉桑尼，他会安排一名律师、一名建筑师负责此事。因为他们是“平民”，所以我们不能和他们讨论黑手党生意上的事；特拉菲坎特已经嘱咐过他了。

“我们得做些事了，”桑尼说，“因为这个老人期待我们做成一些事。在佛罗里达州，我们他妈的可以赚到很多钱。如果这老家伙死了，我会马上过去，占据整个州。”他说他在纽约把15个手下派给了其他的二把手，这样他才能把精力集中在“佛罗里达州的大买卖”上。

我们做了短暂的休息。桑尼、“小不点儿”和我开车出城，去了配有滑水道的娱乐场所。在那儿，人们会给你一张小垫子，然后你要顺着楼梯爬到五六十英尺的高空，坐在垫子上向下滑。滑行速度大概是每小时 20 英里，然后落入底部的水池里。我们向下滑的姿势各式各样：腹部朝下、背部朝下、手脚和踝关节相连、做成“火车”状。我们在滑水道上玩了三四个小时，笑得像孩子似的，逗弄彼此看谁滑得最快。

周日那天，桑尼、朱迪、罗西和我乘车去了奥兰多，这样桑尼就能查看一下这片地区。现在，得到了特拉菲坎特组织的支持之后，他想在那儿开办宾戈游戏厅和赌博下注生意。早些时候，罗西曾说他在奥兰治县有一位高级官员做内应，所以桑尼觉得我们也会得到他的保护——奥兰多是一个比较容易得手的地方。

然后，我们去了迪斯尼乐园。这对于桑尼来说，去这样的地方游玩实属头一次。我们在那里度过了那天余下的时光，坐了所有的可乘坐游玩的娱乐项目，参观了博物馆和展览馆，到处消磨时光。我们还去了射击场，那里配有步枪和可移动靶子。桑尼是一位相当不错的射手。而罗西和我却命中了所有的靶子。“你们俩他妈的比我强多了，”他说，“你们在哪儿学到这样的射击技术的？”

他比莱芙帝善于放松自己。莱芙帝是 24 小时待命的黑手党人，与我一起时，他事事都离不开黑手党的生意，所以他从来不会放松警惕。尽管桑尼更加强大和危险，但是和他在一起却让人感到轻松。在餐馆或者在公共场合，他是一位绅士，不是一个叽里呱啦讲话的人。我不需要替他拿行李箱。撇开黑手党人的生意不谈，桑尼只是一名普通的黑手党人，他会大笑和开玩笑。我们开心的时候从来不讨论生意上的事。

他的女朋友朱迪是一个好人，一个率直的女孩，而且很聪明。她并不清楚他是做什么的，他也从来不会让她参与到任何生意中去。

她是他的正牌女朋友，他们是在卡萨贝拉餐馆照看酒吧的时候认识的。她是另一位让我感到抱歉的局外人。

桑尼在路边摊看到一棵幼小的盆栽棕榈树，于是他打算回布鲁克林后也弄几盆棕榈树种在门外。“棕榈树在那儿看起来不错，”他说，“它们会给人们留下好印象。”

“棕榈树只能适应热带气候环境，”我说，“冬天，它们在布鲁克林活不长的。”

“只要它们能活过夏天，”他说，“不就很好吗？反正没有什么会长生不死。”所以，我们买了五六棵棕榈树，通过联邦快递把它们运到了布鲁克林。

桑尼不擅长打网球，但是他喜欢这项运动。他穿着黑色的袜子，在国王球场上纵横驰骋。罗西、我与他和“小不点儿”打网球双打。桑尼在场地上四处奔跑，一边抽打网球，一边对我们大喊：“我要干死你们！”有时候，我会和他掰手腕。桑尼会做举重锻炼，我也会。虽然他很强壮，但是我自备杠杆优势，因为我很高，胳膊也长。我们在水池边或其他地方闲坐，这时他就向我发出挑战。他从来都打不过我。这快把他气疯了。我从没见过他向别人发起挑战，却总要和我一决高下。

一天，桑尼把一瓶药丸拿到了俱乐部。这种药丸名叫邹木思(Zooms)，是一种能够提高性生活质量的药物。桑尼把这瓶药给了基科，并告诉他：“这些东西是由秘鲁的处子修女制造的，能让你的阴茎变硬。你会爱上它们的。给唐尼一颗试试。我们都试试吧。”

基科把这个瓶子带回了家。我们知道这些东西其实就是咖啡因调和物。第二天，基科走进了俱乐部，对桑尼说：“哇，它们真是太棒了，这些邹木思。”

“不错吧？”桑尼说，“你给唐尼一颗了吗？”

“没有，我全都吃了，”基科回答说，“全部 20 颗。”

“你全吃了！你真是疯了！”

“可我没法把它全咽下去，一边吞咽，还得一边拍打胸部，可还是下不去。”

“你这傻瓜！你不能把它们当他妈的玩具来用！它们是从秘鲁引进的。你还活着真是幸运！”

因为我们现在正在和特拉菲坎特来往，所以我们想让国王球场保持得相对干净一些。我们不想吸引不必要的注意，让人们知道这家俱乐部是赌博场所。所以我们为经营纸牌赌博又开了一家俱乐部。这是一家小型的商店，位于迪克西高速公路 1227 号，仅仅一两英里以外。桑尼给了我 500 美元作为保证金。我们把纸牌赌桌搬出了国王球场的后屋，搬到了现在的俱乐部，一同过去的还有扑克牌发牌人；这样，夜场赌局就能继续进行。

“我们必须好好做，”桑尼说，“这位老人说，他在这儿有 500 个人，但他们工作并不卖力，所以他正在这个州寻找新鲜血液，注入纸牌赌博生意，然后就找到了我们。”

罗西遇见了一个名叫特迪的人，是这片地区的一名赌博下注登记人。特迪想要为我们管理足球赌博下注生意。我们安排了他和桑尼见面。我们 5 个人——特迪、我、罗西、桑尼和莱芙帝——围着塔希提汽车旅馆的水池闲坐。特迪说他管理过最高等级的赌博活动登记工作。于是桑尼开始盘问他做这行多久了、记录了多少笔赌博生意、怎样管理这项生意等。

特迪离开后，桑尼说："我不想和这个家伙做生意。他觉得自己很精明，最后没准儿会搞砸生意害了我们，我还得干掉他。现在，让乔乔通过电话记录赌注吧，基科来负责付款和收款。"

为了和特拉菲坎特会见，桑尼要在纽约和佛罗里达州来回奔波，以巩固他的地位。8 月 8 日，他和莱芙帝来了。桑尼在公寓里给我打了电话，让我和罗西下午 3:30 在塔希提汽车旅馆的咖啡间等着。"那个人要来了。"他和我们说。

我决定带着发送器去那里。

于是，我和联络人见了面，拿到了发送器。罗西和我在我的公寓里测试了一下机器。罗西给场外的一名特工麦克·朗斯佛特打了电话。我对着发送器说话，但是朗斯佛特却无法听到收音机里的任何声音。鉴于时间紧迫，我们一次又一次地测试着。可是朗斯佛特还是没有接收到任何信息。

罗西说："如果这些昂贵的设备不工作，那我们他妈的要它们干什么？"

很难和别人讲述这是一种什么感觉，当你冒着生命和暴露行动的危险携带这些设备的时候，当你把这东西戴在身上一整天或者一整夜并且以为录到了什么有价值的谈话内容时，接收器却什么也没有收到，磁带上要么只有哔哔声和噪声，要么就是沉寂一片。这本来是部好设备，但可能在他们把设备交给我们之前，它就已经被过度使用了，没有办法知道它们什么时候会出故障。

如果我戴着发送器时被逮住了，这些家伙首先会想到的是我是一名线人。而如果你被认为是一名警察或者一名特工的话，也许他们会三思而后行，因为我正在执行本职工作。可是，我和这帮人在一起 4 年了，他们绝对不会相信我是一名特工。他们只会认为我反向倒戈了，变坏了，而且会把我干掉。

在这种情况下，我马上就要和桑尼·布莱克出去，而他要和桑托·特拉菲坎特见面，可是我手里却只有一台失灵的发送器。不过，提前发现它无法工作是件好事。但是，罗西和我越摆弄它、越注意它，我们就越恼火。

最后，我十分紧张，把发送器摔到了墙上，正好摔到窗户旁边，“当啷”一声掉到了地板上，它摔弯并弹了起来。“至少我们不会因为这破玩意儿而陷入危险。”我说。

罗西和我去了咖啡间。桑尼正和特拉菲坎特以及哈斯克坐在桌子旁。他让我们单独坐在另一张桌旁。哈斯克走了过来，让我们带他去看看未来的宾戈游戏厅，即位于新里奇港山脊路的房间。等我们回来的时候，桑尼和特拉菲坎特还在谈话。桑尼告诉我们坐在柜台旁。

半小时之后，桑尼走了过来，告诉罗西在位于达尼丁的好胃口餐馆预订三个人的晚餐。“你们俩去莱芙帝的房间。”他吩咐道。

莱芙帝的房间紧挨着桑尼的房间。莱芙帝正躺在床上看电视节目。罗西依照指示，打了一通电话。而我就在门口站着。

桑尼和特拉菲坎特走了过来。桑尼示意我进屋。在屋内，他介绍了我。

“唐尼，这是桑托。桑托，唐尼。”桑托透过厚厚的眼镜，用他那细长的眼睛看了看我。接着，我和第二位大佬握了手。

第十五章　毒品和枪支

桑尼想让我去纽约一趟，向他汇报所有正在经营的生意——包括宾戈游戏、赌注登记和赌博生意的进展。于是，我第一次拜访了他的住所。

威瑟斯意大利——美国战争老兵俱乐部有限责任公司是桑尼的私人社交俱乐部，位于雷厄姆大道 415 号，即布鲁克林绿点区雷厄姆大道和威瑟斯大街交会处的拐角。这个街区宁静、安全、干净，大多数二层楼或三层楼的公寓里都分布着小商店和店面。这儿和南面的本森赫斯特区的社区相似，4 年前，我曾经和吉尔利他们以及科伦坡家族一起在那里混了 4 年。这两个街区的一个主要共同点是外来人很快就会引起注意。

威瑟斯俱乐部里有一间大的前屋，里面有小型的酒吧和几张牌桌；还有一间后屋，里面有一张桌子、几部电话、一个水槽和男士卫生间。在十字路口斜对角，即雷厄姆大道 420 号，有一家运动休息厅。这是另一家私人会所，供桑尼和他的团队聚会消磨时间之用，前门上没有任何标识。它的外墙上镶有人造的散石壁板，三层楼上层的地板上覆盖着棕色的鹅卵石。休息厅的前屋是酒吧，里面配有大屏幕投影电视机、弹球机和两张桌子。酒吧后面摆着一大缸热带观赏鱼。后屋里有一座小舞台、一张台球桌、一台点唱机和几张牌桌。厨房是建在后屋外面的。

就像在分布于小意大利的那些俱乐部里所做的事情一样，夏季，桑尼的人马会在这些俱乐部里面以及周围闲逛。他们所开的车辆——大多数是凯迪拉克车——都随意或者并排停放在各个街区。

桑尼说，我不应该为一家酒店的费用和便捷程度这种事烦恼，我应该待在他住的公寓里。那间公寓就在运动休息厅顶层，共有三层，没有配备电梯。这是一间简朴的、实用的一室公寓。进入门厅之后，就会看到左边有一间小厨房，前面有一间餐厅，一间客厅的右边摆放着一张折叠沙发床，桑尼的卧室就在客厅外边。各个房间之间都没有安装门。一组梯子形状的楼梯一直通到楼顶；在那里，桑尼养了一群赛鸽。

他没在这间公寓里安装空调，因为这座建筑并没有设置安装空调的电线；那天晚上屋里热得不行，于是他打开了面朝邻居屋顶的窗户。我睡在客厅里的折叠沙发床上，而他睡在卧室里。

我仰躺着，背上不停地出汗。这时有什么东西触碰了我的胸膛，于是我醒了。刚开始，当我还晕晕乎乎的时候，我觉得碰我的是一双手，因为我的脖子感觉到了指甲的触感——有人想把我勒死。

但那却是一双爪子——是一只耗子！

我僵在了那里，不敢睁开我的眼睛。在黑手党组长的公寓里睡觉一点儿也不会让我觉得烦恼。但是我很害怕耗子，无论是死的还是活着，只要看到它们我就会发抖。如果我的家里有一只老鼠，我的妻子或者孩子会除掉它们。

可是现在我却要被老鼠咬，还会得狂犬病死去。

我一边屏住呼吸一边倒计数，抓住任何能抓住的东西乱打这只老鼠，把它撵到了房间的另一边。我一开灯，这只老鼠便重重地摔到了地板上。

我一瞥，那像是一只猫，它跳上了窗户，穿过对面的房顶，消失在了夜色中。

桑尼跑了过来。“发生了什么事？”

我把事情告诉了他，他笑得浑身乱颤。“一个身材魁梧的硬汉竟然他妈的怕一只老鼠！”他说，“等着，我要把这事告诉所有人。”

我怕了：“桑尼，你最好别告诉别人这件事，什么人都别说。如果你在这儿他妈的安装了空调，我们就不会把窗户打开，也不会放进来什么狗屁动物。”

“好吧。”

“任何人都能从那扇窗户进来，桑尼，这样不安全。”

“好吧，好吧。”他走回了卧室，仍然大笑着。

大约 6:30 的时候，他把我叫醒了。他已经去面包店买来了糕点，煮好了咖啡。我们穿着内裤，坐在厨房的餐桌旁，一边喝咖啡，一边随便聊生意。

他的卧室里有杠铃和一张举重床。于是我们一起练习举重。

我们爬上了屋顶，这样他就能给我看他的鸽子了。

他为自己的赛鸽感到自豪。他喜欢在屋顶消磨时光。他还有三个笼子，房顶和笼子顶端都装有白色的尖桩篱栅。

他告诉我，他想把食物混合起来，添加维生素，这样可以增强赛鸽的活力。他给我讲了怎样给不同品种的赛鸽配对，得到善于长距离飞行的赛鸽。每个赛鸽腿上都绑了一个标记环用来辨认。他说不同的城市会举行很多场比赛。鸽子会飞回家，回到他们的笼子里。主人们有一个秒表，会记下标记环上的时间。他说最高可以赢到

3000美元。

他告诉我，在房顶照顾鸽子的时候，他能够很好地思索事情。

作为一个在同一个小区长大的孩子，他告诉我，他只是道上的一个贼。“我不在乎是否做黑手党入盟党徒，我已经做得足够好了。”但是后来，他却沦落到了不经当地社区黑手党的允许，就做不成任何事情的地步。“和他们反抗，不如加入他们，那样比较简单。”他成了一名劫持犯和强盗，而且最终服了刑。

他谈了黑手党的统治结构。科伦坡家族情况很糟糕，因为卡迈恩和“艾利·博伊”·珀西科都遭到了指控。他还暗示布拿诺家族内部的权力之争将会不断升温。

“整体来说，你实力越强、权力越大、越卑鄙无耻，你就越能在黑手党的世界中扶摇直上。”在屋顶和他的鸽子在一起的时候，桑尼总是在谈话中一遍又一遍地重复着这个话题。“每天都他妈的是一场战争，因为你不知道谁会打败你，尤其是当你成为一名组长或者大佬的时候。每天都会有人试图除掉你并且取代你的位置，你总得小心翼翼，每天都他妈的得筹划骗局以保证自己的权力和地位。”

当我们和其他黑手党人在一起的时候，情况就不同了。桑尼的行为举止非常有组长范儿，使人肃然起敬。在黑道上以及其他经济环境中，你就能看到他不仅让人尊敬，还会让人惧怕。但是在这儿，当周围没有人的时候，我们就像两个平等的人一样闲聊。他谈到了他是多么爱他的孩子。对于佛罗里达州的生意，他感到十分乐观。他鼓励我继续做毒品交易。他想让我们继续开办另一场拉斯维加斯之夜。

他给了我一把钥匙，这样不管他在不在，我都能随时来他的公寓住。有时候，他会待在朱迪在斯塔顿岛的公寓里。从那时起，我几乎每次来纽约都住在桑尼的公寓。

等我回到佛罗里达州，我给桑尼寄了一对吊扇，安装在他的公寓里。而他也给我寄了一个大包裹，里面有罐头鱿鱼、意大利面包、意大利冷切肉和奶酪，因为他知道我爱吃这些东西，而且我在佛罗里达州也买不到纽约的这些好东西。

桑尼对我们登记的赌注数目和高利贷放贷金额不满意。他想从纽约派人经营这两项生意。罗西和我想到一个好主意：我在费城有一位叫作埃迪·香农的朋友是特工。我 1968 年就认识香农了，当时他是费城警署的一名侦探，而我在美国海军情报局工作。他曾经在巴尔的摩做卧底，经营赌博登记生意。

"我认识一个人能够做赌博登记生意，"我告诉桑尼，"他不是意大利人，而是爱尔兰人，但是他不错。"我给他讲了这个人的事。"下一次，你来这儿，我会把他也带过来。你可以认识一下他，和他单独谈谈。如果你喜欢这个家伙，那么很好。你来做决定。如果你想让他和我们在一起做，他会留下，因为他欠了我一些人情。"

"现在，我们要和一个该死的爱尔兰人见面了。"桑尼说。

桑尼来了，花了两天时间了解埃迪·香农。之后他说："我喜欢这孩子。他很聪明，有见识。他对你非常忠诚，是一个正直的人。我喜欢这点。在这儿给他找一间公寓，让他住进来。"于是，香农在罗西和我所住的综合公寓楼里找了一间公寓，其他特工能够在这栋建筑里接收和监视到来自国王球场的微波视频传输信号。

罗西和我一直为将来的毒品交易忙碌着。我们理清不同的毒品交易，并阻止了它们的进行，这让我们像跳踢踏舞一样兴奋。我们通过促进往来和销售，通过说“自己人”能卖掉多少多少来尽量获取毒品的货源渠道。我们通过增加毒品的货源渠道来使桑尼和莱芙帝保持兴趣。但是我们不能促成大买卖，也不能实施抓捕，因为那样会破坏我们的行动。所以诀窍是联系卖家，逼出有关信息，让他们一直上钩，让桑尼和莱芙帝一直保持兴奋——并且一直让双方保持距离。

我们的联系人已经准备好提供一系列产品。我们发现当地有一个人出售可卡因，售价是15000美元一磅。我们的人兜售安眠酮，每片售价是80美分或者90美分，是一种每磅售价230美元至240美元的大麻。可可海滩有一个可卡因经销商。我们的人还从墨西哥带来了海洛因样品，他用一架双引擎皮佩阿兹特克飞机来空运货物。一个当地人说，如果我们能给他找架飞机，他能在两个月内赚到1000000美元；在去哥伦比亚的路途中，他能弄到纯度为90%的可卡因。他需要25000美元预付款作为启动资金，之后每次旅程将收取50000美元。这个家伙还说他能在南美拿到安眠酮，价钱在20美分一粒。我们会一直和他们所有人谈话，来回议价几次、讨论不同问题以及信守诺言和背弃诺言条款，等等。

“联邦调查局在我的档案里描述我说：‘此人讨厌毒品。’就写在我的照片旁边。”莱芙帝对罗西和我说。

我们聊了南佛罗里达州有多少百万富翁是通过毒品买卖发财的。

桑尼总是谈论海洛因、可卡因、大麻、安眠酮。有一次他告诉我：“现在别担心可卡因了。硬货和大麻正在纽约热卖。”他马上就找到了一个销路，一单是300磅的大麻，另一单是400磅。“我想要一个稳定的货源，一周能够提供100磅大麻。这样一周我就能从目前的销路净赚10000美元。但是，我们第一单生意要支付预付款2000美元。”

电话里，我们给毒品买卖取的一个代号是“鸽饲料”。通过电话，我告诉他一个新的人脉，他会说：“带一份鸽饲料样品来纽约。”这样他才能查验一下货物。

罗西把一份样品装进了口袋，我们就乘飞机去了纽约。在肯尼迪机场，“小不点儿”来接我们。他把我们介绍给了尼基·桑多拉，一个肥胖的、卷发的、随遇而安的人，他是桑尼团伙的人。

“小不点儿”问我是否带来了样品。

“大麻？托尼带着呢。”

“我以为你们拿来了海洛因。”

“我觉得桑尼说的是大麻。我猜，我们已经交换了暗号。”

“小不点儿”有些烦心，因为他有一个朋友正准备检验海洛因样品。

“我们下次来会带上那东西的。”我说。

尼基开车送我们去了长岛小颈，桑尼暂住在那里。尼基谈了赌博登记生意，最近他刚刚出狱。“我因为通过电话下了4次赌注就被定罪了，”他说，“你能想象吗？”

桑尼和一个叫约翰·帕尔扎拉的人一起待在长岛小颈的北岸公寓。

桑尼说：“你告诉我说，你有一份海洛因的样品。”

“不，我没有。”

“好吧，他妈的。把样品给尼基，也许他能用这些样品做些什么。”

罗西把一个装有大麻的小塑料袋交给了尼基。“这个哥们儿想要一磅卖 270 美元。”我说。

“那价钱高了。”桑尼说。

“也许我们在这座城市能卖到 350 美元到 400 美元一磅，”尼基看着这些毒品说，“它结了很多种子。我明天会把它拿出去，逛几家商店给几个人看看。”

我们一帮人在楼下会面，然后去了一家位于公寓楼内的餐厅吃晚餐。桑尼的堂兄卡迈恩也在那儿。尼诺、弗兰基、吉米——他们都没有使用姓氏。几名妇女来了，其中包括一名叫作萨拜娜的女人。萨拜娜从我们的大麻样品上拿了一块，然后离开了一小时。回来的时候她说：“天啊，那真是好东西。”

大家都谈着各自的买卖。卡迈恩说他有很多可以得手的失真珠宝——假的劳力士手表、朱红色的饰品、金子首饰。罗西同意带回一些在俱乐部销售。

约翰正在等待对“庞氏”骗局的宣判，这是他和手下在全国范围内实施的骗局。他说实行“庞氏”骗局的一个好办法，是找一些需要投资的有钱人，告诉他们你认识一个服装制造商，他生产的衣服过剩了——牛仔裤之类的，可以批发一部分给他。如果这个人投资了，比如说 5000 美元，你就可以担保在第一周得到 500 美元收入。这收入太大了，于是越来越多的人开始投资，金额也越来越高。你给他们不错的利息，但是要自己保留本金。当你拿到了足够的本金，你就“跑路，再也不和这些投资者见面了”。

他说医生和专业人士是最佳的目标，因为他们总是寻找投资的途径。最近，最大的受害者则是一批按摩技师。他已经认罪，其他的“家族”成员便不会被拖进法庭做证了。

罗西和我、桑尼、约翰都待在公寓里。大约凌晨 2:00，我们准备上床睡觉了。罗西穿着乔基内裤从厕所里出来。桑尼笑得滚到了地上。“破洞内裤！”他一得空就说这事，“破洞内裤！”因为罗西内裤的后面有破洞。桑尼总是笑得不能自已：“穿着200美元的便裤，100美元的衬衫，200美元的鞋，却他妈的穿着中学生的内裤！有破洞的内裤！”

两天以后，尼基·桑多拉汇报说，他发现我们270美元的大麻报价太高了。但是他说他可以做这个生意，只要我们“提前”上交200磅货，然后等一周再付款。

当我们回到佛罗里达州的时候，我和货源那边联系，告诉他这些大麻并不像他说的那样好，而且我们的人购买它的唯一条件是，他们得提前供300磅的货，并且等两周后再付款。这个人说他需要再想一想。

桑尼再次来到佛罗里达州，他带来了委员会剧变的消息。“番兹·提埃里被打倒了。”他告诉我。然后，他接着提到现在掌权的是保罗·卡斯特利亚、尼尔·德拉克罗斯和乔·加罗——他们都是甘比诺家族的精英。“他们被赋予了权力，也对此游刃有余，”他说，“几天以前，我和保利见面了。我帮了他一个大忙，那是别人都帮不上的忙。保利和这儿的老人也结盟了。”他指的是特拉菲坎特。

他没有告诉我他帮的是什么忙。但是甘比诺家族毒品的生意做得很大。无论如何，桑尼是在暗示他现在和众多老板中的新老板关系密切。

他在等桑托·特拉菲坎特来汽车旅馆，特拉菲坎特到了，他们进了桑尼的房间。经法令许可，我们在房间里安装了窃听器。但是他们马上就打开电视掩盖了谈话内容。

桑尼和我单独用餐。桑尼没有戴珠宝或者任何艳丽的装饰，但是他却有一些漂亮的戒指。如果他的腰带上配有一枚金扣的话，他就会戴金饰品；如果是一枚银扣，就会戴白金饰品。黑手党人佩戴小手指指环是稀松平常的事，但是我尤其喜欢他戴的那枚。那是一枚马蹄铁形状的白金戒指，上面镶有钻石。我爱那枚戒指。那也是他最喜欢的。

“桑尼，哪天我也要弄一枚那样的戒指。”

“什么样的？”

“钻石马蹄铁戒指那样的，我非常喜欢。我一直想买一枚那样的戒指，但是它们都太贵了，而且在商店里也很难买到。总有一天我会有幸碰到的。”

“你喜欢它？你今天真是幸运啊。”他把这枚戒指摘了下来，并且放在了我的手上，“它是你的了。”

“嘿，桑尼，我怎么可以夺人所爱呢？”

“为什么不可以呢？你喜欢，就拿去。”

我真的不能从他那里拿走戒指。我所处的位置不允许我接受如此贵重的礼物。如果接受了，我还要记录下来，并且像其他证据那样上交给联邦调查局；否则我就得在调查中做出妥协退让。我猜，我可以接受它，等行动结束后再把它归还回去；但是如果我把它弄丢了，或者桑尼被干掉了，或者其他什么事发生了，那么接受它就只会让我感到烦恼了。

我也不想冒犯他，因为他是发自内心想把它送给我的。他这么做是不计任何回报的。“我十分感激，因为我知道你非常喜欢这枚戒指。”我用手指把戒指从桌子这边推了回去，“我不能接受，但是谢谢你。”

他耸了耸肩，把戒指又戴回了小手指上。

第二天下午，我们在塔希提汽车旅馆的咖啡间闲坐。

“今天我感觉很有力气。”他说。

“啊？那是什么意思？”

“我感觉很有劲儿，可以和你掰手腕，还能赢你。”

“桑尼，你从来没有赢过我。今天是怎么了？”

“我多么强壮啊。来吧。”

“就在这儿？”

“快点。”

我们把胳膊肘放在桌子上，做了所有的热身准备，然后紧紧握住了对方的手。“准备好了吗？”他看着我的眼睛说。

“是的。”

“我要打败你。”

“来吧。”

“开始！”

我们的胳膊扭在了一起。然后，他朝着我的脸吐口水，我向后躲了一下，他就把我的手猛地扳倒了。

“我只是没有告诉你会如何赢你。”

桑尼筹划了一个骗局。在这片地区的任何地点都买不到好吃的面包。我们四处打听，为什么会这样，为什么纽约的面包会比较好吃。可是没人知道。后来我们问了一个面包师，一个从纽约来的意大利人。

“是水，”他回答说，“纽约地区的水比较好。这是关键所在。

因为它和酵母如何发酵有关系。那就是在这个国家的其他地方都不能烤出上乘的意大利面包的原因。”

我知道接下来桑尼会和这个人做一笔交易。他会为我们烘烤面包。桑尼要弄一队油罐卡车，就像那些运输牛奶的卡车，然后从纽约把水运到佛罗里达州，并让这个人为我们烘烤意大利面包，赚大钱。

托尼·米拉出狱了。当他在监狱的时候，这些家伙一直向莱芙帝报告，说米拉一直在骂人。听说我和莱芙帝在密尔沃基赚了一大笔钱之后，他很生气。他认为那些钱中有一部分应该是他的，因为是他最先把我带到这个团队的。

莱芙帝和我说：“我告诉他：‘你出来之后，最好能有朋友帮你。也最好别再找人不愉快了。’”

当我和桑尼单独待在塔希提汽车旅馆时，他问我：“我要问你一件事，唐尼，洛奇是线人吗？”

“嘿，桑尼，我和他打了6年交道，没有出现任何问题，我还让他买卖商品，没什么问题。我只能说这么多。”

“好吧，米拉觉得他是一个线人。但是当然，那是米拉的风格。”

莱芙帝有一只狮子。当它还是幼崽的时候，新泽西的一个养动物的人把它给了莱芙帝。莱芙帝爱这只幼崽，开车兜风时会带上它。平时，他把它放在运动休息厅里，我们就逗它玩。这是一只不错的小宠物。莱芙帝从来没给它起过名字。我们就叫它“狮子”。它待在俱乐部前面的酒吧里。我们在后面还养了一只普通家猫。

一两个月之后，这头幼狮长成了一头真正的狮子。它开始在莱芙帝的皮质汽车座椅上留下抓痕，所以他不能开车载着它到处转了。和它玩的时候，它也会用爪子抓你。它的个头像一只大狗一样。很快，我们都不能像往常那样带它出去散步了。白天，它会待在俱乐部里，但是不能整晚都把它放在那儿。桑尼的堂兄弟察尔米内有一间空的库房，离运动休息厅不远，这样莱芙帝就能每天晚上用笼子圈住狮子并把它送到那儿。那些人每天都会去那儿喂它。喂养它需要花上大约每天 200 美元，因为给它吃的都是上好的牛排。

一天，我在国王球场接到了运动休息厅的“小不点儿”打来的电话：“莱芙帝在街对面把狮子装上了卡车，我们得把这头狮子从酒吧里弄出去。有人告发了他。我们要交 10000 美元的罚款。”

社区中有人发现了俱乐部里有狮子，并叫来了警察。警察来的时候，莱芙帝已经把狮子带到了库房里。所以警察只发现了在后屋台球桌上睡觉的家猫。

警察对酒保查利说：“我在说一头狮子。”

“我们这里只有猫，”查利说，“如果说我们养了一头狮子，那就是它了。”

之后，这头狮子需要整天待在库房里。

我在佛罗里达州时，莱芙帝给我打来电话：“我们得处理掉这头狮子了。它在库房里毁坏了墙面，咬坏了电线。你把它带到你那里怎么样？你那儿有 5 公顷大。只要在一个网球场四周装上铁丝网围栏就可以了。我们会把它运到那儿的。”

“你疯了吗。他们不会让我们在网球场里养狮子的。”

一天晚上，他们把狮子装进了箱式货车，把它运到了皇后区的公园，并用皮带把它绑在了一个凳子上。

莱芙帝给我打了电话。“看看今天的《纽约邮报》。他们发现了我们的狮子。它逃跑了。他们把它放进美国防止虐待动物协会了。那头狮子出了新闻了。电视上都在播放它的新闻。真是头漂亮的杂种。”

《纽约邮报》头版的标题是《皇后区发现丛林之王！》。在一张巨幅照片上，这头狮子站在两名警察中间，其中一名警察手里还握着拴它的皮带。这条新闻说，在皇后区法拉盛，一个人看到这头6个月大的狮子正在圣·玛丽公墓外边闲逛。没人知道这头狮子是从哪里来的。

桑尼团队里有一些人在布鲁克林被抓了，看似好像还涉及一名告密者。莱芙帝打电话告诉我，说每个新来的人都有嫌疑。

“换句话说，”他在电话里告诉我，“这个人可能会被干掉。”

“他们没有怀疑托尼，是吗？”

“我们这么说吧：你不怀疑，我不怀疑，但是他们怀疑了。我们得查查他的背景。”

“好吧。”

“我们周围还有洛奇，那个人遭到怀疑了吗？”

“埃迪。”

“埃迪，是的。我们还有基科，是吧？”

“呃，基科和他女朋友又吵了一架，走了。”特工基科脱离了这项行动。

“我不喜欢这样。你看，那是又一件我需要核实的事情。也是另一件不好的事情。”

“哎，那个贱人都快把他逼疯了。”

“我理解这点，但是这不好。你参与了所有事。我不能事事都为你辩解。比如现在，他们就对洛奇的事糊弄了事了。”

洛奇是我帮助介绍进黑手党的一名卧底特工，负责另一场调查行动，就是那个和我一起上船的人：他在纽约市不远处做汽车销售。这份工作是我帮洛奇搞定的，好掩饰身份。当托尼·米拉出狱的时候，他开始和洛奇混在一起，这把莱芙帝置于了困境。因为我把洛奇介绍给了莱芙帝，所以他认为洛奇是属于他的，而且他做成的每一笔买卖，都欠他一份分成。莱芙帝不想和米拉扯上任何关系。

“他和告密者一起混，”莱芙帝说，他指的是米拉，“我不知道你要和他一起做什么。我也不知道发生了什么事。如果这个人做了错事，唐尼，你和我要说拜拜了。我知道这个人要置我们于死地，咱们得谈谈这事。”

这下我也难了，因为我也不知道洛奇和米拉之间发生了什么。

“我们明天就要来了，”莱芙帝在感恩节前几天给我打电话时说，“一共 4 个人。”

“都有谁要来？”

“你得来接我们。到时候在那儿，他会告诉你的。”

他给了我航班信息，让我记下来；他说了“他”，意思是桑尼，会打电话告诉我这事。“4 个人。别问任何问题。”

“好吧。好的。呃，这些人是重量级人物还是什么？”

“当心，别提这事。就给我们找几间房间。还得给我们弄一辆大轿车，能坐 4 个人的。相关费用记在这笔生意上。”

“好吧。”

“要靠近水池紧挨着的两个双人间。”

几个小时之后，桑尼打电话来了。

“看，两个人要来这里。他们需要一辆车。只要“小不点儿”向你要什么，不管是什么，你都要给他，然后我会补给你。”

“是的，好的。”

“只可以对他这样做。”

“好的。”

“他们会在那儿向你解释的。”

“我只是和莱芙帝说，”我说，“他说你想和我说说来这儿的那些人。你也没有任何信息，哼？”

“明天吧。”

然后我给莱芙帝回了电话——我一直向他们两个人提供情况以掩护自己。“我刚刚和他谈了话，”我说，“他说‘小不点儿’和其他两个人会来。”

“他没有提到我的名字？我不知道他妈的这个男人脑袋里在想什么。那是他说的所有话——明天‘小不点儿’和两个人要来。而且他没有提我的名字。”

“根本没有，但是我说我和你谈过了——看，我不想提任何人的名字。”

“是的，不要牵涉任何人。我们做的事情总是对的。我们不能让自己难堪，那才是重要的事。现在，我们不会把你们绑在一起，明白吗？”

“是的，我们只管为你找辆车，让你去做该做的事情。”

“我们会回来，聚一聚喝几杯酒。”

“你明天没什么事要做，对吗？”

“没有，没有，就是一起喝几杯。等我们之后回来吧。和你见面的时候，我会和你解释的。”

第二天晚上，罗西和我去坦帕市机场接他们。我们努力降低花费，尤其当莱芙帝也在其中的时候。我告诉罗西，我不打算出钱给他们租车，他们得自己租。

我们见了莱芙帝、“小不点儿”、名叫丹尼斯的前纽约警官和吉米·“长腿”——詹姆斯·埃皮斯科皮亚——他块头很大，身高大约6英尺4英寸，瘦胳膊瘦腿，啤酒肚，戴假发。

莱芙帝说：“你租车了吗？”

“没有，我的美国运通卡用光了，资金周转也不灵了。”

“好吧，那么谁来租车？”

“你就用你自己的银行卡支付一次吧。为什么要我付费？我甚至都不知道你他妈的为什么会在这儿。”

然后，我们去了提行李的地方。我没有像往常那样替他提行李。其他人都拿到了自己的行李，只有他的行李还在行李带上转动。最后他才明白过来，自己拎起了行李。

这一幕被其他黑手党人看到了，他因此火冒三丈。等我们单独在一起的时候，我又得听他的辱骂了。但是我不在乎，我已经厌倦了莱芙帝。

有一段时间，我和莱芙帝还能坐下来愉快地聊天，这大多源于他对我的真挚情感。也有几次，因为他让我难堪或者极不尊重我，我有了想勒死他的念头。比如，我们在中国餐馆吃饭，我没有点中国菜，他就会当着大家的面侮辱我是一个傻子白痴，我知道这不是针对我的，他和别人在一起的时候也是这样，但我不能总是忍气吞声。

回想1979年年末的时候，我因为什么事对他大发脾气。“我他妈的不是你的奴隶，”我那时候这样对他说，“所以我们出去的时候，你他妈的别当众让我难堪，因为我可能会气疯，然后他妈的干掉你。那对我也没有好处，因为之后我会因此而被杀掉。”

“但是你看，唐尼，你不明白，”他那时说，“我只是想劝劝你。你从来没听过我对迈克·萨贝拉那样说话。假如迈克听到你说了那样的话，他们打开名册的时候是不会推荐你晋升的。你不想成为正式的黑手党成员吗？”

现在，我们抢先上了租来的车，他大发脾气。

“你他妈的在我朋友面前让我那么尴尬，你个混蛋！”

“你也不喜欢那样，是吧？现在你知道，你让我难堪的时候，我是什么感觉了吧？现在，轮到我来教你我的想法。我他妈的不再是一个听差了。我已经为大家赚到了太多的钱。我有权力得到同样的尊重。”

“你不觉得这些家伙注意到了吗？你不觉得他们会回去告诉桑尼吗？你不觉得那将成为你的一个污点吗？”

“我是永远不会让桑尼难堪的，因为他是一位老板。但是，嘿，如果那是这个该死游戏的规则，那么这就是它的玩法。”

他叹了口气：“都他妈的过了6年了，你还是一无所知。”

前警官丹尼斯和吉米·“长腿”也上了车，和我们会合。“小不点儿”和罗西乘坐同一辆车。

在去塔希提汽车旅馆的路上，“小不点儿”问罗西：“你有多少把枪？”

“三把。”

“很好，我不想要口径小于点25的小手枪。”

“我的枪是点32的自动手枪。”

“那些枪可以。我们现在不打算有任何行动。我们只是查看一下，进行时间测试，了解圣彼德斯堡大街的情况。如果下周一切进展顺利的话，我们会再次回来做这笔生意。”

时间测试包括计算一次作案所需时间——也就是成功偷盗物品、路上往返所需的时间。

那天晚上，我们坐在国王球场吹牛皮、大笑，直到凌晨5:00。我们无所不谈，从雇用一个可靠的女服务员的困难，到银行优惠贷款利率，再到教育的价值。

吉米说：“我在加拿大保护老头子的时候有充裕的时间，所以我决定去那儿的大学听听哲学课。”

“小不点儿”问罗西，他从桑尼的堂兄弟察尔米内那里拿的那些假珠宝怎么样了。我们把它们陈列待售。罗西说一些便宜的小饰品卖得不错，但是一些重的装饰品却卖不动。他把一块“劳力士”手表卖给了一名女服务员。“这是一块漂亮的手表，”罗西说，“但是它却把她的手腕染绿了。”

莱芙帝私下和我说：“唐尼，我不能告诉你这次抢劫的事，因为那不是我做的。但是等我准备好去做的时候，我会让你知道具体行动是什么的。我们很有可能会用到你的公寓来藏这些物品，也许会藏一冬天。”

第二天早上，他们中的4个人开着大轿车走了。一个监视小队跟着他们去了圣彼德斯堡地区，但是在十九国道和第四十九大街附近把他们跟丢了。

那天晚上，我们7个人去了塔彭斯普林斯的一家希腊夜总会，在那儿举行了肚皮舞表演。女孩们围着我们的桌子跳舞，党徒们在她们的胸衣和短裤里塞5美元和10美元的钞票。

党徒们开始讨论谁是最帅气的人，姑娘们会和我们中间的谁来调情。“小不点儿”把一张100美元的钞票拍在了额头上，这张钞票就粘在了那里，然后他说：“这就是最帅气的人。”

第二天，监视小队跟着他们去了皮内拉斯公园，就在圣彼德斯堡外面。这些特工监视着这些勘察里程碑信托银行的人，银行距离警察总部仅一个街区的距离。

那天晚些时候，莱芙帝说他决定不做这单生意了。“事情不妙。”他说。

私下里，我和罗西正在努力克服卧底工作的一个重大难题：我们没有得到明确的授权，当事情发展到要为这些人提供枪支时，我们能否这样做。

我们经常遇到这样的困境，那就是无法及时地从总部得到有关的行动规范。

在黑道工作，需要当场做出决定，通常在和一个坏蛋谈话的时候就得做出决策。那是很平常的事，是卧底特工每天工作的一部分。但是，也许我们需要在一天之内就拿到总部颁发的有关某项行动的许可，可事实上要拿到该授权却需要两周时间。部分原因是，我们请求的授权涉及法律上敏感的、未来也会引起争议的领域。而且在此领域里，事物不一定总是黑白分明、非善即恶的。

但是，这些对我们的调查活动却是至关重要的，通常关乎生死。在我的整个职业生涯中，我对自己和大多数其他卧底特工都说，卧底行动中最大的难题就是当需要得到许可时，却总是得不到。

当你和这些恶棍做成了一笔生意，需要请示总部：“我能这么做吗？”却没有人说行或者不行，所以这项行动就被拖延了。而那将置你于某种尴尬境地，使你不得不向坏蛋编造理由拖延这笔生意，还要让他们一直上着钩。

你可能需要钱或者许可来购买货物，当然也可以拖后一个月再购买，那没什么大不了的。但是如果你无法拖后一个月，如果你找了几个星期的借口，那就会降低你的信用——尤其是在拖延时间快要结束，你仍然不能做这笔生意的时候。而如果你那么干了两三次，这借口就不新鲜了。坏蛋会想，这家伙没什么权力，不值得打交道。道上会四处传言，说你是一个吹牛大王或告密者。

早些时候，当我和莱芙帝进行银行本票诈骗的时候，我从美国检察长那里得到了许可——只要我对购买活动进行记录，我就可以放手去做；这样，等案件结束后，我们就可以回去赔偿受害商人的损失。但是后来，另一位美国检察长接到了案件，他说如果他一开始就知道，一定会反对我所从事的事情，也可能会因为我进行诈骗而控告我。

因此，一名卧底特工总会在脑海里这样想：即使我做了恰当的记录，做了妥善的报告，遵守批准的程序，抓住了坏蛋，但我自己是否也有可能面对控诉呢？我会因为从事这项工作而被起诉吗？

在这个案子中，涉案人有莱芙帝、“小不点儿”和其他人，案件还涉及了枪支。

桑尼或莱芙帝询问了此事，我告诉他们，我们已经把枪支藏在了佛罗里达州。我是联络人员，所以自然，我能够接触到这些枪支。枪支是被禁止携带上飞机的，所以最方便的就是让枪支在你需要的地方等着你。

所以，当党徒们下来勘察银行周围环境的时候，“小不点儿”问罗西是否有可得的枪支；罗西给出了正确的答案：是的，我们有枪。

然后，罗西和联络特工取得了联系，并且问他，如果他们要求我们提供这些枪支，我们该怎么办——给他们枪支可以吗？这个问题被传给了美国检察长。他说："当然，只要让那些枪失灵，这样它们就不能使用了。"那没什么大不了的，很容易就能弄坏它们。所以，到那时候，当你不在现场的时候，如果发生了什么事，这些人想设法使用手枪，它们便会走火，这样就没有人会因为我们提供的手枪而受伤了。

后来，问题被提到了总部。他们需要时间去询问执法部门。这场辩论持续了三天时间。与此同时，莱芙帝的同伙决定不做银行这单生意了，所以他们也不再需要这些枪支。紧接着，我们的执法部门拒绝了这次请求。

所以现在的情况是，负责我们这件案子的美国检察长同意了请求，而联邦调查局总部却拒绝了请求。我是为联邦调查局工作的，而不是为美国检察长。所以一般来讲，我要听从的是联邦调查局的意见。

我本该在这个案件里做什么工作呢？我要把枪支弄坏，然后把它们交给莱芙帝的团伙。你需要自己做出一些决定。

有传言说联邦调查局局长威廉·韦伯斯特觉得我们的工作很了不起，想要见见我们——在佛罗里达州执行"冷水计划"的卧底特工，无论在什么情况下都要确保安全。

起初，我不是非常喜欢这个主意。因为不管怎样，这项行动将伴随着安全隐患。他无法在俱乐部或者公寓里和我们见面，所以我们得开车去什么地方和他见面。你永远都不知道谁会在哪里看见你；任何人看见我们三个人——罗西、香农和我——在一起，都会好奇我们到底在干什么。

但是，既然安排此事的联邦调查局官员愿意让我们来做这个决定，而且他是局长，我们就决定去见他。

我们准备在午夜时分去乔治·史坦布瑞纳名下的位于坦帕市的海湾酒店和局长见面。这家酒店距离机场很近，很繁忙，我们偶尔会去那里。在那里见面会比在更远的地点要好，因为如果有人发现我们在非常偏僻的地方和一个陌生人见面，那会让人更加怀疑的。

我们三个人走进酒店的酒吧间，喝了几杯酒。我们没有一起去局长的房间，而是一个接着一个地进去，间隔只有几分钟。

局长带了一名副手等着我们，还有坦帕市负责案件的特工金尼，他协调安排了这次会面。法官伟伯斯特——他是一名联邦调查局的前任法官，还是一个安静的人，说起话来轻声细语，以至于有的时候都很难听到他说的话。

他赞赏我们在佛罗里达州行动中的表现，还对我在其他卧底行动中如此长久而深入地执行任务表示赞扬。他对我们为开展卧底行动、执行危险计划并出色地完成任务而做出的牺牲表示敬意。他了解这个案子，知道谁是主要办案人员。他问了一些细节信息，但是这真的不是讲故事的时候，所以我们的回答也简洁明了。基本上，他担心的是我们的福利待遇问题，所以问一问以确保我们能够得到有效的支持以及所有需要联邦调查局提供的东西。他说这就是他来这里的主要目的，他想亲自看看。

我们没有任何抱怨。相反，我们感到很荣幸。

桑尼想让我来纽约，并从我们的赌博下注登记生意的“利润”中拿出2500美元给他。他说他们在足球赌博活动中连续三周损失惨重，所以他需要这笔钱用来还给道上。

“记得上次你路过约翰家并进去拜访的事吗？”他问我，“那件事还可行吗？就是你提出的那个问题。”

“我不知道。我再没和他见过。”

“好吧，去见见他。”

“好吧。如果我拿不到东西呢？”

“你不必拿到手，只要这事还有可能，它们还在那儿就行。我对这个感兴趣。”

不久之后，莱芙帝打来电话。

“我拿支铅笔，记下这些数字，”他说，“因为我得去见那个家伙。我们昨天赢了多少？”

“昨天，1160 美元。”

“那么几天前呢？”

“周四的赌局吗？达拉斯的赌局吗？”

“是的。”

“我们赢了 2480 美元。”

“那么这周，还会涨 1500 美元。”

“是的。现在别忘了，告诉他，我要拿走 1000 美元作为那个哥们儿的工资。我想给他一些钱。”

“我不知道他是否会接受。”

“好吧，我会拖一拖，等我周三见到桑尼，我会亲自向他解释的。”

莱芙帝不停地呻吟：“我感觉不舒服，可能是流感。医生给我打了一针，让我回家休息一周。我还预约了胸透检查。可是我没有钱。没有人愿意接我的赌注。听着，唐尼。等你拿着给他的钱到这儿的时候，你得给我 105 美元租车费，你知道吗？因为我要给我妻子 105 美元。她要还美国运通卡的欠费。我告诉过他这事了。”

我给桑尼汇了 2500 美元，并告诉他我们仍然能拿到大麻。他告诉我，约翰（我带来大麻样品的那段时间就住在他的公寓里）欠了 20 多万美元的高利贷。“既然他是和我在一起的，”桑尼说，“我就得为他担保。他欠了察尔米内 60000 美元。我让他拿出 150000 美元给察尔米内。我告诉你，如果我不能在他后面保他，那么，那么多债主中，不一定哪个就把他干掉了。他积欠了那么多债，之后就会对谁都撒谎。”

桑尼从迈阿密地区的古巴人手里买了 100 磅大麻，并且和长岛以外的一些人做了交易，把这些大麻出了手。他还要尽快买 100 磅的另一批大麻。在迈阿密他联系到了可卡因的货源，经检验，这批可卡因的纯度为 81%。他花了 47000 美元买了 1000 克。他想让我们联络海洛因的货源。

在国王球场的办公室里，皮特和汤姆·索尔莫父子正在竭力向罗西兜售毒品。这两个家伙都蓄着胡须，狂妄自大。罗西坐在桌子后面。汤姆戴着金项链、金镯子，坐在桌子前的扶手椅上。皮特不是站着、胳膊交叉在胸前，就是踱来踱去、不停地往玻璃杯中续葡萄酒和苏格兰威士忌。

“我们真正需要的，”罗西说，“是海洛因。”

“弄到海洛因有些困难，”汤姆说，“你们需要多少大麻？”

“如果你能给我一份样品，我周三会让纽约的人来，他们会告诉我的。”

皮特解释了大麻是如何转手成功的。“他会来这里，住进一家汽车旅馆。不管是在北迈阿密、好莱坞还是劳德代尔堡，都可以。只要他给我打了电话，我们就去找他。他手里有钱，对吧？你把你的汽车钥匙给我，我把它交给我的人。他去那里，装上货物，再开回来。接着他进屋把钥匙还给你。就是这样。每包货都会标上序列号码和相应的分量。和我们合作一次，你就明白了。”

“我父亲提供资金支持，”汤姆说，“我去办事。我知道什么货好什么货不好。我去过哥伦比亚很多次呢。”

“脏活儿都由他来干，”他的父亲说，“他统领船只，走私，弄进各种批量的毒品。”

罗西说：“上次我拿着货去纽约，他就问我：‘你给我带来这么多种子干吗？’”

“我们有没有种子的货。”汤姆说。

“你们得多多送货了，嗬？”

“太棒了，”汤姆说，“我们每周会给你们 5000 磅，那不成问题。”

罗西说：“我们需要提前供货。在纽约，他会说：‘我们已经供过于求了，暂时先放一周或一个月吧。’我不得而知。我想说的是，我无法告诉你这项生意整合在一起需要多久。你们知道，我他妈的只是一个中间商。”

“关于另一种毒品，”汤姆说着，随意地从夹克兜里拿出一个装有白色粉末的小塑料袋，“这是好东西。你可不知道自己在看什么好东西。”说完，他又把袋子装回兜里。“我不认为你很识货。”

“是的，我不知道，”罗西说，“你也不必告诉我。”

“你没用过，就不会懂。”汤姆说。

“那些货什么价钱？”罗西问。

“在那儿的价钱吗？”汤姆又拿出了样品，并放在桌子上，“价钱是 2205 美元。”

“纯度是多少？”

“我认为是 80%。”

“我们有纯度是 92% 的货。”罗西说。

“怎么测出来的？”

“我他妈的怎么知道呢？我所有能告诉你的就是一个家伙会把它交给另一个家伙进行检测，然后回来和我说：‘托尼，纯度是 92%。’我问：‘那不错吧？’他回答说：‘那非常棒。’”

“你给我 5 分钟时间，让我和你们的买家聊聊，他就会买我们的货的，因为我们确实拥有城镇里最好的货。”

“你们不必和我们的买家沟通，”罗西说，“我刚刚把样品给了他。你们需要关心的是，当我们告诉你们我们需要什么东西的时候，就去拿到那东西，我们就会找你们，也有可能不对头。”

“如果他喜欢那些货，”汤姆晃着样品说，“他看看就知道要什么了。”

“安眠酮怎么样？”

“那得看情况。如果你要 500000 片，我会弄些安眠酮。”

“还有‘柠檬’呢？”

“那得看情况。现在都是自己制造了。通常情况下，里面会放‘安定’。你想要那样的货，我们的要价是 35 美分一片。我能给你们任何他想要的东西。只是这些交易的一个要求是货到付款。我只是说刚开始交易时要这样做。一旦合伙关系确立了，我才不在乎这些事呢。”

“我不喜欢拐弯抹角。”罗西说。

我和埃迪·香农一起进了办公室。罗西说：“唐尼是我在纽约的合伙人。埃迪负责这里的行动。你之前见过唐尼吗？”

“没有。”皮特和汤姆一起回答。

“一天晚上，在乔·皮特那里，”我说，“你们都喝醉了。”

他们听了后，露出了羞愧难堪的表情。

“他们给我们拿来了一份样品，唐尼，”罗西说，“他们说能为我们提供需要的所有货——除了海洛因，其他所有货都能提供；而那正是我们所需要的。”

“不是的，”汤姆说，“别说除了那个。我们能搞到货。但是……我们得找找……”

“他妈的可卡因在那儿什么也不是，”我说，“别提它了。在那儿，可卡因根本卖不掉。所有人都吸食海洛因。你们什么时候才会有海洛因的信儿？”

“我不想这样做了，”汤姆说，“因为很多人在那儿死了。在那儿的时候，我参加过多次争夺。那太荒唐了。真让人讨厌。现在，如果你们想的话，我可以带你们去那儿，让你们也赶赶时髦。”

“如果你能介绍的话，”我说，“如果你们能向你们的人介绍我们从纽约来的一个家伙的话，我们会证明这样做很值。”

“需要拭目以待。”汤姆说。

“我需要好好地想想这事。”他的父亲说。

“可卡因是什么价钱？货从哪儿来？”汤姆又拿出了样品，“55000美元，60000美元。从哥伦比亚或者这里拿货。”

“55000美元？”罗西问。

“到60000美元之间。”皮特回答说。

“我们给你的样品怎样，”汤姆说着，把样品放在了桌子上给罗西看，“你最终拿到手的货就怎样。”

“听起来不错。”我说。

他们把样品留了下来。第二天，可卡因样品被拿到皮尼拉斯县治安官的办公室实验室里进行检验，结果纯度还不到15%。

那天之后，这对父子又回到了我们的办公室。乔乔认识这些哥们儿，所以他和我们一起留在了这里，他感到十分不自在。

我说：“我不知道你们是不是真的觉得在骗一帮傻瓜还是什么，那些可卡因样品的纯度甚至都不到15%。狗屁都不是。”

皮特和汤姆开始结巴了：“你觉得我们是在做手脚吗，唐？你认为我们会那样做吗？”

“你告诉我们它们的纯度是80%。”罗西说。

“头天晚上，我忽然想起来，”汤姆说，“这些样品就是那天晚上我随手拿的，所以我把它们揣在了兜里。我绝对不会故意那么做的。我喜欢做的事情——真的，我喜欢做的就是这事，如果你们说的是真话……”

“不是如果我们说的是真话，”罗西说，“而是它就是真话。我们为什么要说谎？我们希望它的纯度是90%才好呢。”

“有人该死了，”汤姆说，“这个家伙不会那么做的。我和这个家伙在一起5年了，还是头一次出现这事，相信我。我是认真的。”

“这并不是钱的问题，”罗西说，“是信誉的问题。”

“老天哪。”汤姆摇着头，而他的父亲则踱来踱去，也摇着头。

“谁给你的货，谁就是要陷害你。”罗西说。

“唐尼，别误会我们，”皮特说，“我们觉得你是在耍我们或者什么的。”

他们真的急了。皮特说：“我们不过是在卖东西，不然把样品还我们。”

我站了起来，走到皮特面前。乔乔在我身后的座椅上感到很尴尬。

“别想这事了，”皮特说，“我来请你们喝酒吧。现在。”他用手指戳了戳罗西。“现在！”

“什么‘现在’？”罗西问他。

“把它还给我！”他举起了他的手，“好吧，别还我们样品了。就这样吧。我真发脾气了。”

“你发脾气就发吧，”我说，“但是别他妈的这种态度，兄弟，我们不会因为一份破样品就要你的。明白我说的话吗？”

我听到乔乔小声在我后面说：“唐尼……唐尼……”他正试图从后面拽我的袖子。他害怕有人会因此而被干掉。我把手指放在了皮特的胸膛上：“我们从你那里拿到了样品，还怎么要你？如果我从你那里拿到样品并想卖掉它，我想要的是好货，不是吗？”

皮特迅速后退。“你在这儿是拿不到好货的。”

“那就是我的人跟我讲的话。”

“好吧，不成交，没有钱，什么也没有。嘿，我们是朋友。”

“没错。因为他是和我一起的。他不是和其他人一伙的。”

“当然，他一直都跟着你。你的话就是你的人说的话。”

“那么别再回这家该死的店，说我们试图要你们了。”

“我能来这儿喝杯酒吗？”

汤姆还在摇头，他说：“说心里话，这是头一次。”

“嘿，你心里并没有这笔生意，”我说，“这笔生意应该在你的掌控中，在你的脑袋里，而不是放在你的心里。”

“我说心的意思就是指的头脑。首先，不会有人向你们要样品钱的。”

罗西笑了："向我们要样品钱？我每天都他妈的能拿到那样糟糕的样品。"

这时，我走了出去。汤姆和皮特嘟囔着："唐尼！唐尼！回来，唐尼！"

我们计划在12月13日举办第二次拉斯维加斯之夜。特拉菲坎特会派一队人去管理赌博游戏。可到了那天，他的人没来，我们就将赌博游戏推迟到1月。

圣诞节前夕，罗西和我去纽约和桑尼一伙人待了几天。12月17日，他在运动休息厅举办了一场盛大的圣诞派对。每位组长都为队员举办圣诞派对，酒保查利为大家准备了各种食物——包括意大利面、香肠、胡椒粉和肉丸。桑尼团队的所有人都来了。我们吃吃喝喝，谈论战绩，度过了愉快的时光。罗西和我每人给了桑尼200美元作为礼物。

桑尼急切地想回到佛罗里达州，和"那儿的大佬见面，敲定一些事情"。他说察尔米内要出资在国王球场后面修建附属建筑物，即一座舞池和一个游泳池。他说现在主要的事情是，安排好拉斯维加斯之夜。"现在，我们要开始赚钱了。"

但是，接下来的几周，他要待在纽约。"我在布鲁克林遇到了一些问题。"迈阿密可卡因交易没有成功，但是他在长岛郊区买了100磅大麻，尼基·桑多拉用一辆租来的卡车提了货，并把它运到了托尼·布茨的车库里暂存。

安东尼奥·"靴子"·托马苏洛——他总是穿着工作靴——在靠近运动休息厅的那条街对面有一家店，名叫卡普里汽车服务部，位于格雷厄姆大道421号。我从来没在那里见过什么汽车服务部。那只是一家杂乱的店，在那里，“靴子”代表桑尼进行各种活动。他是桑尼赌博下注生意的合伙人，负责收取所有的赌金。桑尼总是使用那里的电话。

桑尼说，他藏了一支卡宾枪和几支手枪，他可以给我一些，让我带去佛罗里达州，以便他的团队能够用上它们。尼基·桑多拉说，他有两支点 38 口径的手枪，在他进监狱之前，他把它们包在衣服里，藏在运动休息厅的水槽里了。它们还在那里，但是他没有查看它们。“我希望它们没被水浸坏，”他说，“我把它们包裹得很严，还涂了油。”

第一年之后，桑尼说他搬出了维瑟斯社交俱乐部。他会在运动休息厅出现的。

罗西回到佛罗里达州经营国王球场，我留下来和桑尼闲逛。

我待在他的公寓里，学习了更多关于鸽子的知识，和他尽情地畅聊。他不和睦的家庭生活给他带来了某些问题。他担心他的孩子们。我会在位于曼哈顿麦迪逊大街的假日酒吧和莱芙帝活动一两个小时。晚上的时候，我会与桑尼到处娱乐。

尼基·桑多拉在长岛经营着很多歌舞夜总会。一天晚上，桑尼和我出去闲逛，大约凌晨 2:00，我们回到了运动休息厅。尼基和几个家伙、一些他夜总会里的女孩在后屋聚会。

“你可以选一个，”尼基对我说，“有一个女孩口活不错。”

那些女孩聚会的时候，我们看着她们。“我要选一个口活好的姑娘。”桑尼说。

我得马上想到一个好的借口，因为桑尼会带一个女孩上楼，我和他在一起，所以他也希望我带一个女孩。“我得撤了，兄弟。你继续吧。我不认识这些妓女，她们在夜总会里和飞车队员混在一起，你知道她们有多么脏。肯定都带着疱疹病毒，我不想冒险染上疱疹。”

“上帝啊，唐尼，也许你说得对。尼基，那些妓女和飞车队员混过。马上把她们带出去，快点。”

“出什么事了？”

“那些他妈的妓女会传染给我们疱疹。”

“疱疹？”

“是的。什么也别碰。”

尼基向桑尼抱怨，说一个名叫卷毛的家伙插手了尼基的歌舞夜总会。“我们昨天组织了一场谈判，”尼基说，“谈判结果是我继续持有我的 12 家夜总会，而另一个隶属卷毛的家伙继续持有他的 10 家。现在，这个家伙去了我的一家夜总会，威胁我雇用的一个舞女，要她上缴一部分钱，才可以继续跳舞。”

“让莱芙帝安排我和卷毛周一会面，”桑尼说，“我来摆平这事。”

一天晚上，桑尼、“小不点儿”和我在克里希饭店用餐，这家饭店离俱乐部不远，在罗瑞莫大街 593 号。那是我们最喜欢的地方。他们喜欢桑尼，桑尼和任何他带来的人都能享受皇家一般的待遇。我们甚至不用菜单就可以点任何想吃的菜，而他们就会去做。

我们在酒吧里喝了两杯酒，然后就入座了。

“我们对你在那里的表现很满意，”桑尼说，“你是做什么的，赌博登记还是放高利贷？你很独立，不需要别人告诉你该怎么做。你不像其他很多家伙那样来这儿向我要钱。”

“谢谢，兄弟。”

“年末的时候，入盟党徒名册会公开招募会员。我能推荐 5 个人，已经有了人选，“小不点儿”是第一个，还有另外4个都是家族成员的亲戚。但是下一次名册登记开放的时候，也许在下一年，你会是我第一个推荐的人选。”

“嘿，桑尼，我非常感激，非常荣幸。我很开心你能这样评价我。”

“你有因吸毒被捕的记录吗？”

“没有。”

“很好。现在的大买卖就是毒品交易，如果你有了被捕记录，警察就总会盯着你。继续做你的事吧，你就是下一个我推荐的人选。”

“我非常高兴，那就是我需要的，桑尼。”

那就是事实。很明显，没有一位特工在黑手党中卧底时成了一名入盟党徒。我能取得成为入盟党徒的成绩是令人难以置信的。

“现在，”桑尼继续说，“你查清楚托尼了吗？你能为他做担保吗？”

“当然——你知道的，我会尽我所能的。他是一个精英、一部赚钱机器。”

“如果他仍然能和你一起工作并挣到大钱，唐尼，我也会推荐他的。这是你们应得的。”

我们回到了桌旁，吃起了莴苣菜、豆子和意大利面包。我需要冒险一试，再次提一下莱芙帝敲诈罗西的事。罗西和我讨论了一下此事。我们花在莱芙帝娱乐和旅行上的政府资金还是太多了。自从上次桑尼下了指示，让我们终止给莱芙帝任何钱财，并直接向他汇报问题之后，情况没有任何改善。我越来越担心，桑尼会注意到这些花费，并且责怪我没有遵从他的命令。

我想让桑尼知道，一切都在我的掌握之中。毕竟，我本来也应该享用所有从罗西那里敲诈来的钱。

“我想随便说一下，”我说，“再次提起这件事，我也感觉不太好。但是因为在莱芙帝身上花了太多钱，托尼非常生气，他总是跟我不停地抱怨。”

“那你他妈的想让我怎么做呢，唐尼？”

听他的语气，我感觉我这次是搞砸了。“桑尼，我只是想让你注意一下，以防止罗西退出——我们就失去了这家俱乐部和他的人给我们的钱了。”

桑尼拿走了他的沙拉。“你有两个选择，唐尼。或者你找莱芙帝解决这事，或者我找莱芙帝处理这事。如果我来找莱芙帝谈，他也变聪明了，那么我会把他那双该死的腿剁下来。你告诉我，你想怎么样。”

“当然，我来找莱芙帝谈吧，因为我是和他一起的。我不想让他发生什么事，也不想在你和莱芙帝之间或者我和莱芙帝之间引起什么不快。我们就把这事暂且放一放，不要再谈下去了，只要你知道就行了。”

“好吧，”他说，“这事就到此为止了。但是如果有任何其他麻烦的话，我会来处理的。”

第十六章　突击检查

过去两年，我的妻子和女儿们都会坐飞机去我们在新泽西的亲戚家共度圣诞节。

那天傍晚的时候，我顺道去向莱芙帝和路易丝祝贺圣诞快乐。他们在桌子上摆放了一棵小圣诞树。我送了莱芙帝两件衬衫，他给了我一张百老汇雷顿服装店的100美元礼品券。他还在上面签了名："致唐尼——我最亲爱的朋友——莱芙帝。"

然后我去了布鲁克林，并且在运动休息厅待了一阵。桑尼把我带到了餐厅，向我展示放在那里的两台立体音响设备。他说察尔米内从一个卡车司机那里买来了50台，他把序列号码从机器上划掉了。"这些是给你和托尼的，"他说，"作为圣诞节礼物，放在你佛罗里达州的公寓里。"

然后，我借口说去找"新泽西的女朋友"，离开了。

圣诞节早上，大家都在俱乐部里见面。我和团队成员一起喝咖啡，消磨时光直到下午三四点，然后我回到了泽西，和我的家人一起吃圣诞晚餐。

圣诞节之后两天，我和莱芙帝、桑尼坐在运动休息厅的后屋里。

“明天早上，”莱芙帝说，“你开车去蒙蒂塞洛女士餐馆。我给你一个电话号码。给阿尔打个电话，他会来见你的。他有几支枪要给我们。”

蒙蒂塞洛距离城市西北部仅两个小时的距离，距离卡茨基尔山很近。我去过那里的赛马场几次。

那里特别冷。开车去的话，途中你会感觉很悲惨，因为道路上积有大量降雪和融冰。我到了蒙蒂塞洛女士餐馆，时间已经是上午10:00了。餐馆里面有一部付费电话。我打了莱芙帝给我的电话号码，和阿尔取得了联系。“我是来自纽约的唐尼，现在就坐在柜台旁边。我身高6英尺，黑色头发，穿着一件棕色的皮夹克。”

几分钟以后，这个家伙进来了。“是唐尼吗？我是阿尔。”

阿尔很胖，身高大约5英尺9英寸，体重大约181斤，还戴着眼镜。他坐下来要了一杯咖啡。他说他来自纽约，但是过去5年一直住在蒙蒂塞洛。我们聊了聊天气。

“我得回去了。”我说。

“快点出来，我要送你一份圣诞礼物。”

我们走了出去，来到停车场上。他开了一辆林肯汽车。我记住了车牌号码以便向联邦调查局汇报。他打开后备厢，拿出了一个包裹，其大小和形状都像是一个鞋盒，外面包着圣诞彩纸，还系着一条红色丝带。

“谢谢您送的礼物。”我说。

“小心开车。”

我开车行驶在乔治华盛顿大桥附近的帕利塞兹车道上，在一处服务区停了下来；那里有个室外电话亭。我小心翼翼地打开了包裹，慢慢地拆开以确保不撕坏任何东西。很幸运，他没有用胶布粘住礼物，而只是用丝带捆绑了盒子。

里面有 4 支手枪，每支手枪都用塑料袋子单独做了包装：一支点 22 口径布尔戈 6 发左轮手枪，没有序列号码；一支点 45 口径柯尔特式自动手枪，上面有美国陆军财产编号；一支塞斯卡 · 塞罗约夫卡 - 纳罗尼克自动手枪，口径在点 22 和点 32 之间；一支口径点 38 柯尔特眼镜王蛇左轮手枪，枪管是 2 英寸。

我在一张纸条上写下了所有的信息，又仔细地包好了枪支，确保所有的折痕和原来一样。我走进了一个电话亭，给负责案件的纽约特工杰瑞 · 洛尔打了一通电话，并读了一遍那些信息，然后撕毁了那张纸条，丢进了垃圾桶里。

大约中午的时候，我去了莱芙帝的公寓，但莱芙帝不在。“我只想把包裹留给莱芙帝，”我对露易丝说，“他知道这是什么东西。”我把它放在了圣诞树下面。

然后，我开车去了布鲁克林，并告诉莱芙帝我已经把包裹送到了地方。

“很好，”他说，“我会检查它们的，看看我想留下哪个，哪些给你送到佛罗里达州。”

那天晚上，我们一帮人闲坐着聊黑手党人的生意。莱芙帝开始细数他做过的生意，以及他成功投资的买卖，包括国王球场生意，在那儿我是他这边的人。然后，他又开始聊起密尔沃基的事了。

我仔细地听他说，并注视着他。他说了他是怎样和我参与了自动贩卖机生意，以及那项生意是如何引发了一场密尔沃基和纽约之间的谈判的。他说纽约方面由卢凯塞家族的老板托尼 · “鸭子” · 科拉洛组织人员参与了谈判。

莱芙帝一句未提托尼 · 孔特的事，而且没有任何迹象能证明莱芙帝和屋里的其他人知道密尔沃基行动中渗入了线人或者卧底特工的事。就好像托尼·孔特从来没有存在过一样。

桑尼的“布鲁克林问题”让他无法在新年前夕拜访国王球场。于是我也留在了布鲁克林。尽可能长时间地和他待在一起对于我来说至关重要。我在他的公寓里休息过夜。我们一起照顾鸽子。我们在俱乐部和运动休息厅消磨时光、玩金罗美纸牌。我们在街对面的卡普里咖啡馆喝浓咖啡；那是一家小店面，前窗上面装有华丽的白色格子，里面摆放了五六张小桌子。有一阵，我们会去曼哈顿、小意大利，也许还会在莫特大街玩掷骰子游戏。

我明显得到了团队成员更多的尊重，因为我现在是桑尼的人。我在纽约的时候，总是和桑尼在一起。团队里的人在我周围谈话的时候更加毫无顾忌。

有时候，当我们在屋顶和鸽子在一起的时候，桑尼会倚在围栏上，面朝着社区的屋顶望去。在这里，他度过了自己一生的时光。我好奇他在想些什么。

他没有提起托尼·米拉。他在背后对我破口大骂，坚称我是他的人，而不是莱芙帝的人，并要求分得一份国王球场的收入。我本来不会知道这些的，因为这些都是黑手党内部的事，而我并不是他们的入盟党徒。莱芙帝告诉我，这是给了我一个人情。桑尼也知道这事，但是他却没有透露一点儿信息。

我们从位于布鲁克林的彼得·鲁格牛排店走了出来。桑尼停在了门口，和他认识的一个人聊了一分钟。我继续向前走，取回了车，它就停在街上。

这时，一个街区以外，有一个人向我走了过来。他径直走向我并站在了我的正前方。他看起来很正常。可是接着我却看到他拿出了一把刀。他站得很近，就好像我们要亲密地交谈一样；而且他还用刀尖顶住了我的胸膛。

“把钱给我，动作慢点儿。”

比起枪，我更害怕刀，而且持刀的人还知道如何使用刀。于是我把钱给了他。

桑尼从我后面走了过来，经过我们身边；很明显，他觉得我是在和某个熟人交谈，所以这不关他的事。可是突然，他转过身，在这个人的后脑勺上重重地捶了一拳。这家伙就像块石头一样，当场倒在了地上。

“快点，咱们撤，”桑尼说，“趁你还没惹上什么麻烦之前。”

新年第一周，我回到了国王球场，推进拉斯维加斯之夜计划，帮助安排桑尼和特拉菲坎特的另一场会面。

莱芙帝生气了，因为我向桑尼汇报情况过后才转告他。我告诉桑尼，我们在赌博登记生意上输掉了2400美元。我们所输掉的每笔钱中也包含了莱芙帝的一份赌注。

“你不应该今天早上给我打电话，”他在电话里和我说，“你应该昨天晚上就给我打电话。你拿不动电话吗？”

“我把你的电话号码弄丢了，所以我给俱乐部打了电话。他没有告诉你我打过电话吗？”

“这个人什么也没告诉我，他在和我耍心眼。他知道我不喜欢发生了的事，和他结了仇。我告诉你，我很伤心。我和每个人都结了仇，和每个人都争斗过，就是因为我和这些人都处不来。我支付不起我的账单。”

"我打电话到'靴子'的店里，想要找你，可是你没在，所以他让桑尼接了电话。"

"他他妈的怎么一丁点儿都没和我说？我来和你说吧。你的声誉大大降低了，我来告诉你为什么。有事出问题了，我一直在筹划。我希望你下周脱离困境，因为到了下周，我们不能欠人一分钱，否则大家都会插手了。今年的足球赌博与往年不同，否则我会派我的人去那儿。"

"你为什么对我发火？那里发生了什么事？"

"那与你无关，唐尼。就我和他所谈的内容，你只是个小人物，你无权知道。你就是个局外人。至少我告诉你，我和他争吵了，满足了你的好奇心。你也不必打电话问他；但是我会和你一起了结这件事的。我觉得这事应该结束了，我们会和他势不两立，你的就都属于我了。"

"不错，我不在乎。"

"我知道我该说到什么地步，也就说到这里为止。很多人在那儿下了赌注。我不像他，给他一个娘们，他就开心了。"莱芙帝从来没有真正玩过什么女人。可是桑尼却玩过很多女人，这件事让莱芙帝很烦恼。

"我和你一起出过城，你了解我，"莱芙帝说，"我从来不会烦扰任何人，我肩负起了男人的责任。我从来不想招妓的事。你他妈的带了和你同住的爱人，第二天还能再招一个妓女？'小不点儿'问我说：'嘿，你把你的妻子带来了？'我说：'嘿，小不点儿，别把我的妻子和桑尼·布莱克的妻子混为一谈。我的妻子有品位多了。你带你媳妇们来这儿的时候，我也会带我的妻子来。他带朱迪我能理解，因为她是一个好女孩。但一个妓女？这家伙真是病了，他肯定有病。”

他说话的时候，我电话听筒里的录音设备出了故障。我害怕他会注意到这事，所以我先提了出来。“你听到静电声了吗？”

“别提什么静电声。”

“我听不清你说的话。”

“我们别提什么静电声。我来跟你说些事吧。当你和米拉出现矛盾时，他抛弃了你，把你扔给了我。你知道是什么伤害了我吗？是当众受辱啊！新年聚会的时候，我祝桑尼和大家好运。米拉给他打了电话，他就接了电话。但是，听着，我不是一个骗子。只要我在，你就在。我们不招任何女孩，那种烂货妓女。”

“他为什么不告诉你我打过电话？”

“他什么也没告诉我，因为他觉得自己是法鲁克国王。其实整个世界都厌恶他。”

“嘿，如果我们遇到了麻烦，他会出钱吗？”

“他必须出钱，但那不是我们要说的。他没有告诉我一件该死的事。我说：‘你最好别再烦其他人。’我就告诉他这句话，然后我就走开了。我说：‘没有人会再理解你。’我会摆平所有的事。这都是胡扯，我们别在这儿扯淡了。我能告诉你的就这么多。代我向托尼问好。”

我终于和特拉菲坎特的人——哈斯克取得了联系，并确定了拉斯维加斯之夜的日期：1月17日。

罗西、香农和我与组长多纳休在国王球场办公室见了面。罗西告诉他，我们计划再组织一场拉斯维加斯之夜，纽约和佛罗里达州的重要人物都会出席，所以他想确保万无一失。多纳休向我们保证，他会照看一切的。

罗西给了他 200 美元，作为“圣诞小礼物。”

莱芙帝也来参与拉斯维加斯之夜。他一直病着，患上流感或者感冒已经有一个月之久了。“这儿他妈的只有 8 华氏度，”他在电话里说，“他妈的鬼天气就是不见好。所以我才害怕出去。在那儿我可能还会得病，或者死在飞机上。”

其实，桑尼原本指示他去迈阿密商谈 2 千克可卡因的生意。

活动的两天前，罗西、香农和我在机场接上了桑尼和察尔米内。桑尼给了罗西一个棕色的纸袋，里面有 10000 美元，是用来开办拉斯维加斯之夜的资金。“别让这东西离开你的视线。”桑尼说。

桑尼要我从高利贷资金里拿出 1000 美元给他。于是我给了他 10 张 100 美元钞票。

“我们去购物中心吧，”他说，“我想找一家贺卡商店。”

“有人过生日吗，还是其他什么事？”

“我想为桑托买一张贺卡。”

我们开车去了新里奇港的海湾景观广场购物中心。他选了一张贺卡，里面写了有关至交“好友”的祝福。

“这真可爱。”他说。

入盟党徒管彼此都叫“好友”，这和说出“成员”是一样的意思。桑尼把 1000 美元塞在了贺卡里。

拉斯维加斯之夜那天，特拉菲坎特来到塔希提汽车旅馆，进入了桑尼的房间。我们在这个房间里装上了窃听器。可是，特拉菲坎特进去后马上就说：“我们不能在这个房间里说。”

之后，桑尼告诉我们，所有事情都在有序地进展着。我们将会从当晚的收入中分得三分之一，特拉菲坎特和他从迈阿密带来管理游戏的这些哥们儿也将各自分得三分之一。

“我喜欢这张贺卡。”桑尼说。

俱乐部里已万事俱备。我的公寓里有一部老旧的老虎机，我们决定当晚把它放在活动现场。那里面没有一分钱，它只是用来娱乐的。组长多纳休已经拿到了好处费，保证所有的车都会出队，在该县的另一边巡逻。

我们有一个6人团队负责管理游戏，还有酒保和女服务员，另有一个门卫。若想从前门进去，顾客们必须从外边按门铃。门卫会从窥视孔向外看看按门铃的人是谁，确保他们是成员或者好友才开门。罗西和香农会负责售卖圆形筹码，并在后面的库房外管理所得钱款。我负责前面的工作，包括从赌桌上收集圆形筹码，并把它们带回来。

罗西用圣诞彩纸包了10000美元，并把纸包放在了盒子里，藏在临近库房的炉子间。在那里，他还藏了联邦调查局的2000美元政府资金，就放在圣诞树彩灯下面的一个棕色纸袋底部。他有一把点22口径的德林格马格兰手枪；他把它塞进了钱包枪套，并且粘在了壁炉的后面。他还将他的瓦尔特点32口径手枪放在了身边的公文箱里。

拉斯维加斯之夜活动从晚上7:00开始。桑尼和察尔米内代表纽约方面参与了活动。哈斯克和其他同伙代表特拉菲坎特出席了活动。午夜的时候，赌博活动空前活跃，屋里挤下了大概100名赌徒。他们排起队在库房外购买圆形筹码。我们已经赚得了几千美元，而且赌金数额还在上涨。

凌晨1:15的时候，我还在库房，向一队人售卖圆形筹码。这时，蜂鸣警报器响起来了。我立刻将顾客赶走，随后锁上了门；罗西、香农以及所有的钱和收据都被锁在了里面。

我走到前门，尼克门卫按响了蜂鸣警报器。“唐尼，外面有两个穿制服的警察。”

我透过窥视孔看见了他们。他们是帕斯科县治安官办公室的官员，其中一名还是小组长。“别开门。”我觉得我们已经交了保护费，所以应该不会有什么麻烦；但我还是在屋里四处走动，确保桌子上没有钱，任何地方都没有现金而只有圆形筹码。

桑尼、哈斯克还有其他人都在圆桌旁边。我小声地对他说：“外面有两个治安官。我过去和他们聊聊，看看发生了什么事。”

我打开了前门。“嗨，警官，有什么问题吗？”

“我们接到了投诉，说俱乐部里发生了骚乱。”那位组长说。

“没有骚乱，没发生任何问题。”

“介意我进来吗？”

于是我把他们带了进来。“想吃点什么、喝点什么吗？”

“我接到了一通匿名电话，”这位组长说，“打电话的人说他在这里赌博，玩二十一点的时候输掉了很多钱。”

“这里没有赌博。我们正在进行一场慈善活动。所有的物品只有圆形筹码。没有人在这儿输掉什么钱。”

他想看看办公室。于是我陪着他走过酒吧间。

“你们这儿有一些大人物，”他说，“一些人是塔彭斯普林斯最好的客户。”

“呃，这些人愿意为慈善活动出一份力，在这里也很愉快。”

另一个警察进了办公室。“我刚刚在你们的机器上赢了钱。这属于赌博。”

"您说什么？"

他说，他向机器里面投了25美分，又赢回来了25美分。他还没进来的时候，就从门口的缝隙中看到人们在玩老虎机，还在桌子上进行赌博。

"别胡扯了，在这儿你是看不到那种事情的。"这家俱乐部的布局是不可能让别人在门口看到任何内幕的。"任何人都看得出，那是一台废旧的老虎机。"

"你是谁，某个该死的聪明人吗？"

"不是。大家都很开心，而且我们也没有打扰到其他人。"我不能让他在桑尼面前任意摆布我。也不能让事态失控。"你们为什么找我们麻烦？你们为什么不离我们远点儿？"

"谁是这地方的负责人？"这位组长问。

"我不知道。"

"那么你是谁？"

"我只是一名顾客，到这里来为慈善活动做贡献。"

"那你为什么说这么多话？你是这里的代言人吗？"

"因为是我开了门，让你们进来的，而且你们也是在问我问题。总得有人来回答你们的问题吧。"

"你叫什么名字？"

"唐尼·布拉斯科。"

"一个该死的纽约意大利人，是吗？"

"呃，我是来自纽约，而且我是意大利人。"

"你们想来这里接手一切事宜，那么先让我看看你们的身份证件。"

"我什么也没带。"

“你的社保号码是多少？”

“我没有，我不工作，如果你们不工作的话，也不需要社会保险号。”

“如果你们继续在这里开赌场的话，我会把这地方关掉的。我可以申请搜查令。”

“我不允许你用这部电话。”

他还是拿起了电话，拨了号码。

我赶忙出去告诉桑尼发生了什么事。“好吧，”他说，“所有人从后面的通道撤离。”

于是，当这两个警察还在办公室里的时候，我和女服务员们带着大家通过法式对开门逃了出去。

桑尼独自坐在圆桌旁，一脸愁容。“那个该死的罗西。我还以为他买通了那个家伙呢。”

“他确实花钱了，桑尼。他和那个家伙谈的时候，我就在旁边。我看到他给他钱了，而且那个家伙也说会照看一切的。”

“告诉他滚远点儿。”

我敲了库房的门，把托尼和埃迪叫了出来。

罗西走了过去，坐在了桑尼旁边，并且开始向他表示歉意。

“别他妈的说话，”桑尼说，“你他妈的当众让我难堪。老头子的人在这儿呢。还有迈阿密的人。你就和其他人一样，自己说能做好事情，到头来却他妈的让我难堪。我他妈的都想掐死你、割掉你的喉咙。”

罗西也开始咆哮。

我拦住了他：“托尼，你最好什么也别说，让他冷静一下，我会和他谈的。”我转向桑尼，并且说：“这真的不是他的错。”

桑尼狠狠地看了我一眼。“唐尼，你他妈的最好别说一句袒护这家伙的话。这就是托尼的责任。如果我们发现那个警察耍了我们，我们会剁碎他的。我要回布鲁克林了。我不知道将来怎么面对这件事。托尼，你最好还我给你的10000美元。”

那位组长又来了。“大家都哪去了？”

“我不知道，”我说，“我猜他们觉得是时候回家了。”

“你们哪位带了身份证件？怎们你们两个人一个也没带身份证件？”

另一个警察在前门挡住了香农。接着警方增援部队也来了，警察数目越来越多。现在，这次检查发展成了全方位的突击检查了。

“好吧，”这位组长说，“你们三个人进监狱吧。”

“你在说什么？”罗西问。

“作为没有亮出身份证件的惩罚。”

“这里是私人房产。”

“又来一个聪明的纽约人。把他们铐起来。”他对另一位警察说。

“我们的证件也许落在公寓里了，”我说，“因为我们三个人今天下午都在那儿待过，也许我们把证件落在了那儿。”

他们给罗西、香农和我戴上了手铐，开车带我们去了公寓，押着我们上了楼，去了我的住所。我们尽了最大的努力拖住他们。我们本应装作坏蛋，所以我们就得像真正的坏蛋那样行事。更何况，这些警察是自己找麻烦。罗西和香农坐在沙发上，而我进入卧室四处找了起来。“呃，我的证件不在这里，他们的也没有找到。”

“你们这帮家伙真他妈的是黑手党，”小组长说，“好吧。你们进监狱吧。”

现在大约是凌晨2:30，他们把我们带回了国王球场。

桑尼还在圆桌旁坐着，生着闷气，就像是一座即将爆发的火山。

“他也得进监狱，”这个警察说，“我们会把你们所有意大利人都抓进监狱，这回你们更加清楚我们在这里干什么了吧。”

他们把手铐铐在了桑尼的手腕上。

我想揍这些警察，他们搅扰了我们、侮辱了我们，而且缺乏专业素养。罗西和香农都曾经当过警察。我们都清楚对于警察来说，什么样的程序才是恰当的。

这些警察发现了国王球场的非法赌博勾当并没有什么错。但是因为他们中一两个人对我们施以了不必要的耍弄，我们此次的卧底行动就要被破坏了。如果桑尼大发脾气怎么办？如果有人因为这些侮辱和胡扯而乱开枪怎么办？

我们四个人戴着手铐——其中三个人是联邦调查局特工，一个人是黑手党的组长——被他们押着向前走。

桑尼靠向了我。“你们的证件哪去了？”

“在我的车后备厢里。”

“拿出来吧。否则的话，我们就都进监狱了。我们还得求道上什么人把我们弄出去。”

到了停车场的时候，我对警察说：“嘿，我刚刚想起来证件放哪儿了。在我的后备厢里。我把它放在了那儿，这样就不会有人把它偷走了。”

香农也说：“我的证件在储物箱里，我才想起来。”

警察需要为我打开手铐，我才能打开我的后备厢。“这是你的最后一次机会。”他说。

香农和我出示了驾驶执照之后就被释放了。

而桑尼在一辆巡逻车后面坐着，双手被铐在了身后。这时，车窗被摇了下来，他叫了我的名字："唐尼。"

于是，我走了过去。警察们在车的另一边交谈着。

"我兜里有一把刀，把它拿出来，不然的话，他们会控告我持危险刀具的。"

我把手伸进窗户，伸进他的兜里，拿出了一把长款折叠刀，并把它揣在了我的兜里。

"嘿！"这时一个警察冲我大喊。

我吓得一抖；也许他认为那是一支枪，或者我是在给桑尼松绑。

"离那辆车远点儿！还想再被捕一次，是吗？"

"不想，警官。"我钻进了罗西的车，随着治安官的车去了新里奇港的帕斯科县治安官办公室。

在这个小型监狱里，他们记录的抓捕原因是桑尼拒捕、罗西赌博。我问了警官保释金是多少。他说桑尼的保释金是 1000 美元而罗西的保释金是 5000 美元。

时间是早上 4:00 左右，这时候太晚了，很难找到保释担保人，而这是我们想要保护自身身份的途径。埃迪和我去了塔希提汽车旅馆，找到了察尔米内。

我告诉了察尔米内俱乐部里所有人走掉之后所发生的事情。

"唐尼，我身上全部的钱只有 1000 美元。"他说。

我们回到了监狱。他们正在给桑尼照相和录指纹。

"托尼，"我说，"我只有保释一个人的钱，可那个人不是你。"

香农开始笑了，我也笑了。可是托尼没有笑。他们做好了桑尼的登记工作之后，我们就支付了保释金。

“明天见。”我对托尼说。

他们在监狱搜查桑尼的时候，发现了他兜里的驾驶执照。那上面记载了他的真实姓名，但是这名字对于他们来说没有任何意义。至于他给出的职业，则是流动商店司机兼售货员，个体户。”

在我们回酒店的路上，桑尼的心情久久不能平静。我无法让他消火、让他不对罗西发脾气。

“昨天，老头子把帕斯科县的地方给了我们，让我们随意做任何生意，”他说，“可是现在呢，看看这里的情况让我多么尴尬。我他妈的要勒死托尼。”

“我们已经封锁了这片地区，桑尼。肯定有什么人告了密。”

“找出他来。谁找出了告密者，我们就给他报酬。然后干掉这个告密者。”

“我们会的。”

桑尼和察尔米内乘坐下一趟航班飞去了纽约。我们联系到了保释担保人，并把罗西保了出来。

我们回到了俱乐部。治安官们捣毁了这里，当晚所得的收入也不见了——包括桑尼的10000美元、联邦调查局的2000美元和大约8000美元的利润。他们还拿走了罗西的两支枪，清空了桌子上的东西，并把它们丢得到处都是。他们甚至撕毁了成箱的圣诞装饰品，并把碎片四处丢散。他们还搬走了老虎机。

罗西的心情不太好，毕竟他在那间破旧的监狱里待了一晚，现在又遇到了这样的场景。“我要抓住那个该死的小组长，狠揍他的嘴。我要去那儿把那个该死的工作站拆成两半。”

我们都很生气。我们自己也进行过很多合法的搜查。按照规定，只能按照搜查令上面规定的内容进行搜查，而不应该毁坏某个地方。我们一下子没了 20000 美元，其中一半是布拿诺家族的资金。我们让桑尼难堪，现在又被迫接受了干掉告密者的任务。我们还不得不担心这些警察可能无意中发现了我们的真实行动计划，泄露了我们的卧底身份，还要担心这场突击检查是怎么一回事。

那个匿名告密电话是一个阴谋，因为没有谁输掉了很多钱，也没有什么麻烦事，但是却有人告了我们。我们一点点地缩小怀疑范围：罗西和另一个俱乐部业主发生了矛盾，他抱怨我们抢走了他的生意。罗西十分肯定就是那个人在搞鬼。但是那又能怎么样呢？我们什么也不能做，也不能把这事告诉桑尼。我们不能让桑尼发现这件事。

第二天，我给桑尼打电话，报告了事件的进展情况：因为那是一场非法搜查，所以指控罪状可能会降低或者撤销；但是两三天之后，检察官才会知道这事。

“你确定托尼拿回那 10000 美元了吗，”他说，“我不管他是怎么拿回来的。”他还想拿回需要还给察尔米内的保释金，还有他的驾驶执照。“那天他们挑起的事端是怎么回事？”

“桑尼，那只是一个巧合。”我告诉他，多纳休组长一直在街上巡逻，直到午夜；而且所有事情都很顺利。只是有个人在二十一点牌桌上输了一些钱，很恼火，就出去打了电话叫来了警察。我觉得用警察们提供的内幕最为安全。

“听着，唐尼，如果他能给出这个家伙的名字，那么这算是一份大礼。”

“那就是我们现在努力要做的。事实上，昨天托尼和组长打了两个小时的电话。”

“他打电话干他妈什么？有可能是那个家伙告的密呢，他可能还佩戴了录音设备。托尼的声音比指纹要好得多。告诉托尼要和这个家伙亲自见面聊。我们得开始变得聪明些。”

“好的。”

“电话上有轻轻敲击的声音，你听到了吗？有回音。”

那又是我的录音机出了毛病。“是这里的电话，桑尼。他们本该来这儿改换一下线路，但是还没有来。”

桑尼三个星期没和托尼说话。我也不得不每天面对莱芙帝的唠叨，抱怨我们之所以搞砸事情，就是因为我没有很好地看住罗西，以确保他不会搞砸事情。

“从托尼那里把该死的钱拿回来，”他告诉我说，“提醒该死的托尼，没有我们，他什么也不是。还有听着，唐尼，别再提那不是托尼的错。你应该为我保持警惕，而不是为他。”最后桑尼说，他必须拿到钱，并且让我去借高利贷，然后我们两个人把钱带回纽约。

罗西和我各自都拿着一半钱。桑尼和“小不点儿”在肯尼迪国际机场和我们见面，我们把10000美元交给了他们。

“好的，”桑尼说，“现在，我希望你的家伙联系可卡因和海洛因的货源——尤其是海洛因的货源，因为我在这儿弄到了销路。还有，我买了一台生产安眠酮的机器，你们去找下家吧。”后来，对桑尼的指控被撤销了。但罗西可能要面对审判。我们一而再再而三地拖延此次审判，直至整个行动结束。

一位国王球场的正式会员带来了一个来自塔彭斯普林斯的医生朋友。这位医生和罗西说，他在黑手党里有朋友。这场谈话涉及毒品生意。这位医生说，他做过很多生意，还因为毒品交易而被捕过。

事实上，他目前在堪萨斯州威奇托接触到了价值1000000美元的海洛因——共16千克。他刚刚从威奇托回来。他说那是前联邦调查局特工没收来的海洛因。他说他可以为我们组织一次交易。如果他早知道我们会感兴趣，他说，他就会带来一份样品。

我向莱芙帝和桑尼转达了这个提议，于是他们让我们来催促此事，并拿回一份样品。

这个医生说，他会拿一份样品去佛罗里达州的，还定下了送货的日期。

我去迈阿密和莱芙帝会合。我们的计划是，罗西从这个医生手里拿到样品，把它带到迈阿密并交给我们；在那儿，莱芙帝有一个哥们儿，可以检测样品质量。桑尼则在纽约待命，那儿有一名潜在的买家。莱芙帝和我入住了多维尔酒店，等待罗西归来。

我一直给罗西打电话，询问那个医生是否来了。而莱芙帝则一直给桑尼打电话，报告这个医生还没有出现。我们不敢一起离开这个房间，唯恐接不到罗西打来的电话，说他正在途中。这就像是等待一场谈判。我们或者叫客房服务，或者由某个人到街对面的熟食品店买三明治回来。

我们每两小时打一次电话。罗西一直说他没有收到医生的消息。三天过后，我们放弃了等待，回到了假日酒吧，而莱芙帝则回到了纽约。

几周以来，我们一直在催促这桩生意。而这名医生却说，取得样品并带去佛罗里达州的事被他们一拖再拖。

“这件事让我感到尴尬，”莱芙帝说，“在这儿，大家都很失望。真想敲他一笔，让他出我们花掉的费用。这真让我痛心。你得坚定立场。扼住他的喉咙。我没说狠狠揍他一顿。而是掐死他。”

我们三个人坐下来分析了形势——罗西、香农和我。我们积累了多年的黑道经验。罗西先表达了想法："这个家伙是在陷害我们。有人在利用海洛因的事，耍手腕欺骗我们。这个家伙没有接触到任何海洛因，那个有海洛因的人也是虚构的。这是某人设计的圈套。"

我们都同意这个说法。罗西猜得完全正确，这个医生之前因为贩毒而被捕。有人逼迫他，利用他给我们下套。

可能是州警察局或者联邦调查局警察或者缉毒局设计的圈套。也可能是坏蛋，也许是不知道如何完成毒品交易的菜鸟。我们无法精确推断内幕到底是什么。但是有人掌控着这个医生，而且看起来他很害怕。

罗西决定继续执行这个方案，靠这名医生给我们提供样品。没有人会看见我们碰过它们。

罗西给医生打了电话，说他得在 24 小时之内拿出样品。那天晚上，这名医生出现了。

他是在晚上 9:00 进入俱乐部的。他很紧张，他把罗西拉到一旁，告诉他，他在门外把样品扔到了灌木丛里。

这名医生在酒吧喝了杯酒。过了一阵儿，香农从容地走了出去。外面伸手不见五指，这很好，因为就不会有人看到任何事了。他四处摸索着，发现了一个小袋子，于是就把它带进了办公室。

第二天，我们检测了样品，但那却是滑石粉。这时，这名医生万分惊慌地发誓，说他不知道这事，他只是从别人那里接受了样品。我们相信了他。如果我们是真正的党徒，要是有人这样欺骗我们，我们可能会干掉他，至少会暴打他一顿。

既然我们是特工，那么我们就什么也不能做。"下一次，你想要什么人的时候，"罗西告诉他说，"别和大人物玩。"

我们始终没有找出是谁安排他设计陷害我们的。我们名气很大，因此意识到了我们可能被算计的概率有多大。我们可能被一家执法机关算计而倒台，而这可能会破坏我们的行动。或者我们可能被觊觎我们所取得的成绩或者想夺回地盘的坏蛋陷害。

一个名叫查理·萨科的卧底特工——我们都叫他查理·“链子”，因为他经常戴着很多金项链——正在南卡罗来纳州查尔斯顿附近调查镇治安官涉嫌腐败和赌博的案件。他成立了一家赌博大厅。他把罗西引了进来，因为他的一些客户是希腊人，而罗西知道他们是塔彭斯普林斯希腊人社区的人，并且是国王球场的常客。我和罗西、香农也经常去查尔斯顿地区，代表查理·“链子”扮演相关的角色。

罗西见了一个名叫福拉莫斯的希腊人，他声称自己来自哈莱姆区，而且能够提供任何数量的任何毒品。

“别和我吹牛，万一你不能提供呢，”罗西说，“和我打交道的纽约人是无法忍受吹牛的。”

这个人坚持称自己有很多货源。

我作为罗西在纽约的人脉来到了这里。查理租了一间独立产权的公寓，位于棕榈岛沙滩和球拍俱乐部的沙滩上；我们就待在那里。他约了福拉莫斯来和我见面。

罗西和我躺在沙滩上。福拉莫斯穿着休闲衣裤走过沙滩。罗西介绍了我，说我是来自纽约的朋友唐尼。“告诉唐尼你能给我们什么。”

福拉莫斯说他能拿到任何货物。

“海洛因呢？”我问他。

“我在加德满都有直接联系人，”他说，“但是，我要一些预支费用才能去加德满都，15000 美元。”

“我他妈的像是傻瓜笨蛋吗？加德满都？”

福拉莫斯开始愤愤不平。“我不了解你。我怎么才知道你是否坦率？我也来自纽约。我在那儿有一些朋友，他们都是正直的人。”

“如果你在那儿交对了朋友的话，让他们查查桑树街的唐尼是谁。谁是莱芙帝的朋友。如果你的朋友查不出来桑树街唐尼和莱芙帝的身份的话，那么你那些朋友连屎都不如。”

福拉莫斯转向了罗西。“我不想参与进来了。你的朋友太能说了。”

“嘿，”我说，“你可以说你能得到天底下的任何东西，就是别跟我在这儿胡吹。”

“我在两天之内会回来的。”他说。

第二天，福拉莫斯回来后，就直接来找我了。“你看，唐尼，如果我冒犯了你，那么我向你道歉。我和哈莱姆区的朋友核实了一下，当我提到桑树街的唐尼和莱芙帝的时候，这些家伙对莱芙帝表示了无尽的崇敬，他们也听说你是和他一起做事的。上帝啊，唐尼，我没有意识到你是布拿诺家族的人。”

“嘿，我们在这儿就别提名字了。我们也别提家族的事。底线是，你能否给我们提供毒品？”

“我能拿到海洛因，唐尼，但是我得去加德满都。忘了 15000 美元的事吧，但是我需要 5000 美元作为旅行费。”

“那么也别提 5000 美元的事了，也别提加德满都的事。明天你能往这儿拿什么东西？”

“明天？我这儿藏着印度大麻。这些大麻值 25000 美元。”

“好吧，拿过来吧。”

“等一下，我们得制定一项恰当的交易，你知道的。”

罗西说：“你需要做的就是，把它送到我们这里的仓库来，等货到了，你就告诉我们，我们会派人去验货的。你回来后，我们再给你钱。”

“那就是交易的方式。”我说。

等他离开了，罗西对我说：“我们不能给这家伙 25000 美元。一旦那东西到了库房，它就是我们的了。我们只给他 5000 美元，让他大声吼叫吧。”

福拉莫斯把毒品拿到了库房。查理·“链子”去了那儿检验了毒品，然后给我们打了电话，说货物全部在那儿，而且都是好东西。于是罗西把钱给了福拉莫斯。

福拉莫斯数了一下。“嘀，等一下，只有 5000 美元。”

“那就是你能得到的所有的钱，”我说，“你们不是真的想要这些货，把它们还回来，你们什么也得不到。这些大麻是属于我们的。”

“哦，老兄，我们的人是不会接受你这样做的。”

“如果你想去的话，去哈雷姆区找你的人去吧，去他妈的找任何你想见的人。他们会和莱芙帝联系。莱芙帝肯定会说。我们给了你 25000 美元，而你肯定藏下了另外的 20000 美元。他们会相信谁呢？”

就这样，我们只花了 5000 美元的政府资金，就拿到了价值 75000 美元的大麻，让其远离了黑道交易；而与此同时，我们还提升了自己作为坏蛋的信誉。

莱芙帝打电话叫我们去迈阿密，因为他想让我们一起查看一下一家酒店大堂。他说在撒哈拉酒店（临近雷鸟酒店）的大堂，我们可以拿到 15000 美元，而且桑尼给我们亮出了绿灯，让我们设法拿到它。

“所有来自纽约的黑手党人都活跃在雷鸟酒店，”他说，“我们能拿到所有超出的额度。因为所有哥们儿都会来，纽约人、像乔·彪马一样的前纽约人以及跟随他们的那些人都会来。去找一名优秀的钢琴演奏者。”

我们在大堂酒吧里四处活动，观察着这地方。我们都觉得这里看起来不错。

我感觉到布拿诺家族的紧张态势，因为内部暗斗已经引起了莱芙帝和桑尼之间的矛盾。我没有直接询问很多有关的问题，但是我竭尽全力收集我能收集到的任何信息。那样做的部分原因是为了收集情报，部分原因是确保我能够活下来。

现在，在酒店，莱芙帝向我提供了一些新闻。

“委员会在纽约会面了。他们提名沙利·法鲁贾在‘拉斯提’服刑期间代为担任老板一职。”

塞尔瓦托·“沙利·水果”·法鲁贾曾经担任组长。

“等‘拉斯提’出来，沙利就得降职了，”莱芙帝说，“桑尼目前是主要组长。每个家族都有一位主要组长。等‘拉斯提’出来了，桑尼想成为一名顾问。”

“哦，是吗？我还不知道这事。”

“当选顾问需要整个家族投票同意，你知道的，它并不像任命组长那样。另一件事，委员会命令，‘拉斯提’还在监狱的这段时期，家族内对立的两方要和平相处。”

“那么会平静下来还是会怎么样？”

莱芙帝咯咯地笑了。“我来告诉你吧。桑尼的优势是他和‘拉斯提’走得很近。”

“阿布斯堪姆”丑闻爆发了，抓捕行动开始了，所有的新闻媒体都刊登了这条消息。但是我没有太注意这件事。因为我实在太忙，没有时间揣测布拿诺家族内部的权力争斗。

我在迈阿密和莱芙帝以及其他一帮家伙在一起。凌晨三四点的时候，在我们活跃了一夜之后，其中一个家伙建议我们去南森餐馆吃点儿东西。

我和他们坐了下来。这时，莱芙帝拉住我的胳膊说：“坐过来，坐到另一张餐桌旁。我有话想和你说。”

于是我们坐到了角落里的一张桌子旁。“唐尼，关于我们出去游玩的那艘船，你都知道些什么？”

我正要回答他的问题，突然想到他会有什么意图；与此同时，他拿出《时代杂志》一张折叠起来的内页，把它打开，拍在了我的面前。

“就是那艘船，唐尼。”

我惊呆了，在那上面，在有关“阿布斯堪姆”丑闻故事的旁边，就是一张“左手”的照片——那艘我们曾经在上面聚会的船只，以及一份联邦调查局如何使用该船制造骗局的描述。我此刻命悬一线，关键就看我怎么处理此事。

“天啊，我认为那不是我们乘坐的船，莱芙。”

“别给我编这种屁话，唐尼。我知道是那艘船，我们坐了联邦调查局的船出游！”

“我来这么跟你说吧，莱芙，如果它就是那艘船，那么我们就等于优势合作，我们比他们都好。”

“嗯？”

“那个该死的借我们船的家伙，他骗了国会议员和参议员们，现在又来骗我们。虽然他的伎俩骗过了那些人，可我又不是书呆子，不会上他的当。但是，他没在我们身上找到一点儿证据，对吗？我们开了一个很棒的派对，然后从船上离开了。”

“你确定？”

“嘿，他们抓到我们了吗？我们还在这里坐着，莱芙。我们打败了那些联邦调查局的人！”

“我不知道，唐尼。”他说。他看着那张照片不停地摇头。“我希望你知道你他妈的是在和谁瞎混。一条该死的联邦调查局快艇。”

我在公寓的时候，莱芙帝给我打来了电话。托尼·米拉又在找麻烦。他去找了老板，又一次向他要求把我要回来。米拉说我第一次来的时候，曾在塞西尔迪斯科舞厅为他工作过；而那让他有权力要回我来。

“可能要在王子大街对这事进行谈判。桑尼和我不得不坐在谈判桌旁来解决整个事件。而那就发生在今天下午。上周，米拉赢得了一个决定，即他每周可以从马尔科餐馆拿到5000美元。”

史蒂夫·卡诺纳的社交俱乐部位于王子大街20号。马尔科餐馆是一家市中心的餐馆，曾经是加兰特的地盘。

“莱芙，我绝不会跟着米拉。”

“你什么都别说。”

第十七章　谈判

3月中旬左右，线人向联邦调查局报告了小意大利王子大街的一场异常活动。一系列貌似真实的谈判在王子大街20号，也就是由史蒂夫·卡诺纳所有的社交俱乐部里进行着。

“我得控制一下我的脾气了，”莱芙帝在电话里说，“你无法理解我们到底经历了什么。为了你，我们他妈的和这个混蛋谈了8天。我的意思是，大人物们不得不坐下来谈判。周六是在纽约进行的会谈。今天，我们又要因为你开四个半小时的会议。”

“会议主旨是什么？”

“别问我主旨是什么？”

“为什么你从来不告诉我？我甚至都不知道你在说什么。”

“除了米拉，还有谁参与了这事？”

“呃，这个人现在又想要怎样？”

“我告诉你他想要什么，你这个狗娘养的，你就是他妈的混蛋。你让我对洛奇越来越恼火。”米拉就是个麻烦。现在又来了洛奇。这个卧底警察的名字总是被提起。除了把洛奇带上“阿布斯堪姆”快艇，我还把他带到了纽约地区，并为他安排了租车生意，作为他卧底行动的掩护。他曾经和米拉混在一起。而且目前的谈判涉及我，米拉和洛奇也参与了进去，这不是什么好消息。“那么洛奇呢？”“洛奇承认你多挣了250000美元。我没有在电话里大发脾气，你知道我在说什么。你从他身上拿走了125000美元！”

“在哪儿发生的事？”

“安东尼·米拉说你敲诈了洛奇，你们把钱算到了他妈的毒品钱里！”莱芙帝几乎没有控制他的声音，“我已经受够了这儿的废话！”

“你在说什么，毒品钱？我从来没有和他瓜分过任何钱。洛奇和谁说我拿到了250000美元？”

“安东尼·米拉和他的人——你不明白吗，你他妈的混蛋？我刚刚离开谈判桌。”忽然之间，我就被控诉秘密地和洛奇瓜分了250000美元的毒品交易收入。这罪行仅次于告密者，最坏的情况就是，你没有向你的老板上交一笔大生意的所得。我不知道洛奇都参与了什么事。我不知道如果他说了什么的话，他到底告诉了米拉什么。我不能冒险试图联系洛奇，因为我担心他的电话上可能被做了手脚，我甚至都不确定是否可以信任他了——我不知道他的处境到底是怎样的。除了从莱芙帝那里得到相关消息，我现在没有别的办法能够弄清情况，而且我必须很好地处理此次对话。我甚至都不能说一句错话或者给出一个错误的答案，因为那足以置我或者洛奇于更糟的境地。在没有正确了解情况之前，我无法确定说什么话才是对的。目前，我所知道的所有的事就是，谈判的局势可能引发一项决定，即把某个人踢出黑手党。我必须以坏蛋的角色对此事做出反应——那就是不能让别人任意摆布我。“洛奇在说谎，莱芙。我从来没有和他瓜分任何毒品交易所得。”

“我知道他在说谎。”

“那你为什么对我大吼大叫？”

“你他妈的太不小心了！”

“他在说谎！米拉也在说谎。”

“但是你说的话没人相信。”

“那么为什么他说的话就有人相信？”

“因为洛奇已经说了。”

“就因为是他先说出来的？”

“这个狗娘养的发表了言论。你只能去反驳这个言论。这件事如今就像滚雪球一样一发不可收。这是一件非常非常危险的事。现在，桑尼已经没有能力管这件事了，这件事已经脱离了桑尼的掌控范围，被一直向上报告。今天我就被叫去了。桑尼没有告诉我他想说什么话。然后，当我到了那儿，他说：‘莱芙帝，我想待在这里。’为什么？他回答说：‘沙利要来了。’”

他指的是沙利·法鲁贾，那名代理老板。

“突然，米拉带着两个家伙走了进来，行了吻颊礼等礼节。沙利没有就发生的事警告我。这又是一场大型的谈判。其中包括来自加拿大的人，来陈述这个‘母亲’想要回你的要求，因为听说这事涉及了巨资，你明白吗？我预先表达了自己的观点，那就是决不会放弃你。我会和你共生死。如果老头子出来了，我们就他妈的不会遇到任何问题了。沙利什么也不能说。他感觉这样很不好，但是他还要负责解决此事。他只能听人们表达观点，但是他们都是在编造故事。今天我顶撞了米拉。我从桌子旁站起来，顶撞了酒吧一角的米拉。我骂他是全世界最大的混蛋。我抓起了他。他对我说：‘我从来没有说你拿了钱，是唐尼和这个家伙瓜分了钱。’我对他说：‘别再提毒品钱这个该死的词儿，你这个肮脏的混蛋。’就是那样。桑尼说：‘别再闹了。’然后，我又对该死的组长大发雷霆。他的组长——看起来像是老头子死时，出现在报纸上的那个人——他把手放在了我的身上。我对他说：‘把手拿开。’他说：‘你知道自己在和谁说话吗？’我还是说：‘把你他妈的手拿开！我甚至都没见过你。’整个娱乐场所的人都听到了我说的话。‘我他妈的不是笨蛋！’我说。”米拉的组长是凯撒·博旺特尔，一名“拉链”；加兰特受害时，他是他身边的一名保镖，也是我们所认为的参与了暗杀的人。

“我惹上麻烦了。当时，我大发脾气，桑尼说：‘你应该听别人说。’‘我听个屁。’我说。我和桑尼大吵了一架。我甚至掏出了枪。有目击证人看到这一幕了。顾问史蒂夫也在那儿。还有一个像桑尼一样的人物——乔伊·马西诺，另一位有权势的分支头目和我说：‘莱芙帝，你紧紧握着那支枪吧，我回去后会告诉监狱里的那个人的。’”

“今天洛奇在那儿吗？”

“你是在开玩笑吗？为什么那样的人渣会和我们在一起？哦，我会说服你的。但是这事需要上报。”

“我觉得这事已经解决了。你两周以前就告诉我了。”

“他想再找我们麻烦。那就是为什么我当着桑尼的面生气。当着所有老板的面，我对他说：‘你是什么，一坨屎吗？这件事和所有人、我们的家族、我们的老板都协商过了。这人又他妈的干了一次这样的事，然后就侥幸逃脱了——你们为什么不张开嘴说话？’然后，我就顶撞了组长们，惹上了麻烦。我被赶下了谈判桌。”

“那这家伙怎么了？”

“米拉是下层社会的混蛋，”莱芙帝说，“他是一个皮条客，一个该死的狗腿子。当他和老板们在一起的时候，大家都叫他下贱的告密混蛋。”

“你相信他还是相信我？”

“你去过几次塞西尔舞厅？”

米拉在塞西尔迪斯科舞厅拥有一部分股份，很多年前在那里，我曾经和他混过。我不清楚这个问题是出于什么样的角度提出的，并且如何回答它才会安全。我不知道去塞西尔舞厅次数多还是少对我会比较有利。我必须揣测言外之意，迅速思考以便回答问题。我没有正面回答他的问题。“大概两三次。”

“他说你有三四次经过那家舞厅的大门。”

“莱芙，我就有一次经过那扇大门。”他在寻找我是否为米拉工作过的证据，因为如果这证据被米拉利用，就会成为他要回我的有利条件。“我从来没有得到一分钱。你知道我都能得到什么东西吗？免费的酒水。”

“你在那家塞西尔舞厅活动的时候，安东尼·米拉成为一名黑手党人了吗？”

“恰巧是在那段时间左右。我不是十分确定。”

“我说当他得到塞西尔舞厅的时候，并不是一名黑手党人，因为我那时候还没有成家。他只是入伙 3 年半了。我紧随其后，入伙时间晚了 6 个月。如果，你在那儿的那段时间，米拉不是什么好人，那么他的论证也不会算数。桑尼会彻查此事的。桑尼会去找委员会的，你知道的，去查证他是什么时候入伙的，然后他们会再次考虑这件事情。我告诉过他，你是在我的店里见到安东尼·米拉的。是我介绍你和小个子认识的——二老板尼基·马然杰罗——因为我非常喜欢你。而那是众所周知的。”

现在，问题的关键是，到底是莱芙帝还是米拉介绍我进入团伙的。事实上，我是先认识米拉的。而莱芙帝声称，是他介绍我和米拉认识的。虽然目前存在这两种情况，但是，确实是莱芙帝在很久以前找到马然杰罗，正式申请要我成为他的手下的——而据我所知，米拉是没有做过这事的。

“凯撒是他那边的人，”莱芙帝继续说，“他说你整晚都和他在一起。”

“我从来没在塞西尔舞厅见过凯撒。他不会认识我的。”

“唐尼，你是在和一个危险的人物混在一起。我想要这个人的脑袋，因为他也想要我的。他告诉他的人：‘我住在莱芙帝所住的公寓里。他住在8楼，而我住在6楼。如果我没有咖啡或者黄油或者其他类似的东西，那么某个早上，我会停在莱芙帝的楼层并敲他的房门。’他在他的人面前是这么说的。而我对他说，‘我告诉你，安东尼·米拉，你若敢来我的门前，我就对着你的脑门开枪打死你，因为你不是我的朋友。’我十分想得到洛奇。如果他没有撒谎，我是不会伤害他的。我对米拉说：‘你告诉那个混蛋，他是属于我的。如果让我看到你和他待在同一辆该死的汽车里，我会开枪打爆他的头的。而如果你敢挡道的话，你也得死。’这家店安装了窃听设备，唐尼。但是我说了我不得不说的话。我说我会把两颗子弹打进他的眼睛里，还指出了是用多大口径的枪。今天在布鲁克林，没有人能控制我。在会上，是不允许喝酒的。你知道和政客们一起开四个半小时的会议是什么样吗？”

“我知道。”

“不，你不知道。你惹的该死的麻烦。”

“好吧，你从来没和我交代过。”

“我无法和你交代。我现在告诉你的事，是你本不应该知道的事。你看，人们把你当成朋友来对待，明白吗？现在回答我，是你把洛奇带进城里的吗？”

这是最微妙也是最危险的问题。“是的，他去了那儿，为什么这么问？”

“现在，洛奇是通过你进来的。我怎么才能知道洛奇是通过你呢？”

“好吧。我在那儿遇见了他。我在劳德代尔堡的酒吧里认识他的，我告诉过你这件事，在皮尔 66 号。”

“这个家伙是跟着你的吗？”

“不是。”

“唐尼，我们说的是一回事。但是，现在，是你带着他过来的，是你给了他这份工作。记住你现在说的话。你在那儿安排了这个人。那么，我们就汇报说，是某个人把他安排到了那里。而安排他到那里的人乘坐了联邦调查局的船，那么这个人就是联邦调查局的密探。所以，那家店有问题。”

此时是莱芙帝最危险的时候。他在兜圈子，一会儿想到这儿一会儿想到那儿；而如果揪住什么错事的话，他就不会放手。现在，他忘不了真相，假如事情处理不当，我或者洛奇就会被干掉。

“是你把那个人安排在那儿的，唐尼。现在，那家店归谁所有？”

“我不知道现在它归谁所有，莱芙。”

“唐尼，那之前它归谁所有？洛奇给谁做事？是你把这个人带过来的。这个人在这座该死的城镇谁也不认识。他说：‘当我到了那里，做起了租车买卖，我不得不和唐尼一起查看那里的环境。唐尼是那里的老板。他对这家店管理很严。’现在，唐尼，你在那儿的时候，是从什么渠道得到那家店的？如果你不能回答这个问题，那么事情就严重了。这件事发展下去会如何呢，唐尼？”

"莱芙，我不知道。"

"好好想一想，别睡着了。去那儿坐下，喝一杯咖啡，然后给我回电话。"

我无法和洛奇谈话。我也不能和桑尼谈话，因为我本不应该知道所有这些正在发生的事。

我需要追问莱芙帝才能得到相关信息。如果我们面对面的话，至少我还能观察到他的表情，更好地衡量他说的话是真还是假。我不能浪费任何时间。几分钟之后，我就给他回了电话。

"听着，"莱芙帝说，"我问你一个问题。这个人承认你赚了250000美元。他为什么要揭发你？"

"因为是米拉逼着他这么说的。"

"你能证明吗？"

"我怎么能证明这事呢？因为他大概害怕米拉，这是唯一的原因。我确定这个家伙没问题。但是我不知道他为什么这么说，除非是米拉让他说的，说我们瓜分了250000美元的毒品钱。"

"他是一个告密的该死混蛋。我得到了你，我也会留住你的。我说：'我会和这个孩子一直走下去、一起共生死。'没有人会抢走你的。我不喜欢桑尼所做的事。他想要和解。他想为了你而放弃洛奇。桑尼说：'我们要唐尼，放弃洛奇。''你放弃的是我的人。'我说。接着，当我大发脾气的时候，他说此事可以暂且缓一缓。'你不想要他。'他说。是的，我不想要洛奇，但是他也别想得到他。米拉是一个该死的骗子杂种。他在那儿分得提成，你知道的。每天早上8:00到下午3:00，他都会去那儿。你就和我说洛奇的事吧，让我开心，上床睡觉时脑袋也会清醒。你还没有回答我的问题，唐尼。是谁安排他到那儿的，唐尼？"

我犹豫了，努力提前想出三个他可能问到的问题，我该如何摆脱自己和洛奇的关系以及为他安排汽车生意的事呢。“我刚刚告诉你了，他是跟着我从佛罗里达州来这里的。”

“唐尼，别跟我支支吾吾的。不是这个问题。你当时是那里的老板。他承认了这点。社区里的所有人都知道这事。你就是老板。”

“那有什么大不了的？”

“那是谁的买卖？你为什么放弃了它”

“我们在那里赚到了钱吗？”

“别跑题，什么在那儿赚没赚到钱的。关键是，那家店归谁所有？”

“莱芙，我告诉你了，他归加利福尼亚的一个家伙所有。”

“一个家伙开了一家该死的克尔维特汽车连锁店，里面全都是新车，而你却不知道他的名字。”

“莱芙，那里就有三辆车。他们关了那家店。他们所做的全部生意就是在幕后倒卖赃物。洛奇告诉我——”

“哦，得了吧。卖赃物会支付那么贵的租金？你在玩什么呢，游戏吗？你他妈的是笨蛋吗？现在关键是，是谁把大家都带到了那儿？这一切都是怎么来的？你们是怎么见面的？为什么洛奇向安东尼·米拉提出毒品钱的事，却没有提及那艘船的事，那艘告密者的船，联邦调查局的快艇？为什么洛奇没有提到那艘联邦调查局的船？猜猜是谁把他弄出监狱的？”

“是谁？”

“继续猜，这是你需要猜的事。”

“我不知道。”

“哦，你不会相信的。是洛奇把他弄出来的。”

“洛奇把米拉弄出监狱的？怎么弄出来的？”

“我不知道，据说是写了一封文书。你来弄明白吧。洛奇把他弄出监狱；是他向那些人申请假释的。他是那儿的在职人员。所以，你来猜猜吧。”

我想不明白。这对于我来说是条全新的新闻。“那是一件好事。”

“那不是一件好事。你被罗网套住了。唐尼，你是我的朋友。我非常信任你。但是，有很多次我都怀疑过你。你根本不知道事情的来龙去脉。”

“那么现在我们能做什么呢？就任由这家伙四处胡说，对大家撒谎吗？”

“那都是题外话了。我本来不想一听到消息就来吓你的。”

“嘿，莱芙，我不怕任何人。”

“你不能帮我摆脱困难。我不得不单独处理这事。”

“我也不害怕米拉。”

莱芙帝低声地咯咯地笑。“我来告诉你吧。别他妈的再摆那副高傲的样子了，一会儿再给我回电话。你他妈的真让我生气。”

“我会听你说话的，继续说吧。”现在，我想一直和他通着电话。不想冒险失去联系，或者让他离开房间。我需要尽可能快、尽可能多地了解情况，有关家族内部正在发生的以及我将要面对的情况。

“唐尼，我他妈的来佛罗里达州的目的是什么？我是什么，一个印象主义者吗？至少杰瑞·‘辣椒’去那儿的时候，会下达很多命令。而且一天还能拿到5000美元。我和你在一起，能拿到什么，唐尼？我什么也拿不到，相反却生了很多气。”

杰瑞·"辣椒"是阿方斯·"桑尼·雷德"·尹帝利凯托手下的一名入盟党徒，也是反对派的一名组长。"辣椒"是纽约人，在迈阿密做过很多生意。

"现在正在暗中进行的事是，当你松懈放松的时候，他们抓住了洛奇，还有三个目击证人，他们都是重量级人物。他们吓住了他——因为你知道的，当你拿枪指着一个人的头，对吧？你卷进来很多大人物。我要一直上报此事。很多仇恨正在上演。这件事还必须上报给路易斯堡的那个人，明白吗？"

在宾夕法尼亚州路易斯堡联邦监狱里的那个人就是布拿诺家族的老板"拉斯提"·拉斯泰利。

"明白。"我回答说。

"'拉斯提'听说此事的一个原因是我让乔伊·马西诺做证，让米拉打了退堂鼓；今天我又因为公然藐视"拉链"而惹上了麻烦。而且我还要给予补偿。这一切全都因为我的朋友唐尼正在迈阿密坐着——而且不改口说别的事情——只是说些什么女人之类的屁话，好吧。每个人都喜欢娱乐。你还年轻，但是你染上了懒散的毛病。一个他妈的大个子男人。你就是一大坨屎。你就忙着吃吧，你甚至都不想工作了。连赌博下注登记的生意也不做了。你什么都不想做了，唐尼。你想成为一个花花公子，是吗？"

"当然不是。"

"是你在那儿说服托尼变成后来那样的。当我告诉托尼说，我要来了，我的机票本来应该都买好了的，就像以前那样。可是当托尼变得懒散了，你也变懒散了之后，你就认为桑尼比我更加重要了。"

"我从没想过——"

"如果你不承认的话，那么就闭上你的嘴。你觉得我温和好糊弄吗？为什么你对桑尼·布莱克就恭恭敬敬，但是对我就随随便便？别再懒散了。看着，唐尼，我只说这一次，不会再重复一次了。你顶撞了我两次了。你甚至都没有意识到你是在顶撞我。”

“是的，我没有意识到。”

“你还有一个致命的缺点。这并不是说，我要伤害你。只是，我会反对这些事的。比如说：‘你自己拿包吧’或者类似的事情。当我走进那座城市，放下了我的行李，你就得拿起它。”

“好吧。桑尼今晚是什么立场？”

“他没有放弃你，但是他也没有站在你的立场上。换句话说，如果发生什么意外的话，我要承担责任。你为什么不生气呢，你不生洛奇的气吗？”

“我生气。”我确实生气。我就不应该把洛奇引进来。我并不了解洛奇，只是通融了一次，帮了一个忙而已。可是现在，这件事却没完没了，我真想勒死他。

“一个家伙会核实你们两个人的底细的。”

“嘿，莱芙，你知道的，他们不会查出我什么事来的。”

“我不在乎。如果你这辈子做错了什么事的话，我会来处理的。米拉是处理不了的。桑尼知道自己在做什么。看到你懒散后都惹上什么麻烦了吗？我们家族的老板、主要成员不得不坐下来。可是他却不能解决这件事情。唐尼，你告诉我，是你把洛奇安排到了那儿，现在这些事情传开了。你还隐藏了什么该死的事吗？”

“我没有隐藏什么事。”

“那么，只要向我保证一件事就行。从现在起至你生命结束的漫长时间里，你要以生命发誓，一直遵守我制定的规则。”

“我以一切起誓，莱芙。”

“现在，你想面对这个家伙吗？”

“是的。”

“我不知道能不能做成这事，因为我们现在是他妈的和正统势力打交道。如果我不能扳倒洛奇，那么你就得继续面对你的问题。”

“好的。”我正在采取一项危险的举动。“正统势力”指的是入盟党徒。我想参加谈判，但是只有入盟党徒才可以参加。我不想和洛奇见面，因为我不知道他遇到了怎样的困境，他可能会说些什么，见面会陷我们两人于怎样的危险境地。但是我猜，米拉是不会让洛奇出席谈判的。“为什么我会是那个被干掉的人呢？”

“因为你现在人在佛罗里达州，如果你他妈的犯了什么错的话，就躲到任何你能躲的地方去吧。”

“我没有任何错，莱芙。”

“那家公司归谁所有，唐尼？你为什么退出那家公司？是谁整合了那该死的生意？唐尼，你不能只在那里支支吾吾的。是你把他安排在那儿的。我无法和我的人说谎。如果我因为这事死了，那么我也要死得像个男人。但是他们会给你出难题的。”

“不管他们给我出什么难题，莱芙，我都有能力还击的。只要我们去谈判桌旁，我就能向你证明，洛奇是在说谎。”

“安东尼·米拉说，他认识他 5 年了。我说：‘不是的，你他妈的说谎。我们是从迈阿密把他带过来的。’现在，你上了谈判桌，我就得从桌上下来。因为他们会问你一些问题，而我是不可以在那里为你辩护的。他们要问你的第一个问题就是：是谁把他带去迈阿密的？答案是你。是谁把他带到这座城市的？那项生意是怎么开展的？我来告诉你吧，唐尼。我们在那座城市里有朋友。我们能找出所有的答案。那也是最终一定会做的事，但是我不想等到那时候。

为什么洛奇会揭发你？”

“因为他害怕。”

“唐尼，我知道你十分谨慎，但是我知道你的一切举动。我能够一字不落地说出你在密尔沃基所说的话。看，每个人都低估了我的能力。我知道你有多么懒惰，多么有个性。但是现在你他妈的被归于另类当中了。你钻进了我们都无能为力的圈子。这该死的事件爆发了。别忘了我们是在和‘拉链’打交道。他们最喜欢找碴了。这帮外国佬都他妈的是混蛋。当‘拉链’给了你死亡之吻的时候，算了，不提了。总之，他们讨厌美国人。他们憎恨美国黑手党人。我他妈的非常生气，他们总是和我作对。而你，他们能在一分钟之内嚼碎你。因为洛奇和你，我们被他们围追堵截。那就是为什么桑尼·布莱克想让我放弃洛奇。因为他觉得那样会出现问题。他想要平静、想要妥协。那就是为什么桑尼不想让你参与进来，因为你无法回答那些问题。

“如果你在谈判桌上不能证明自己，我们都会输掉这场谈判。你无法提供正确答案，你没有正确的思维方式。虽然你有头脑，但是你会因为一些事情而被干掉。一旦你支支吾吾了，他们就不会再说任何话。他们会让你讲话。唐尼，有你头疼的事了。你是无法回答那些问题的。你可以和桑尼说这事，但是当你坐到了谈判桌上的时候，他们会出其不意地给你出各种难题，而你也必须回答他们。”

“我会对这些难题予以反击的。”

“你不会对那些难题做出反击的。你看，桌旁坐着洛奇，对吧？现在，当他知道他要和所有人见面，他会说出所有事情的。所以，在他说出我乘坐过那艘该死的破船之前，我必须告诉大家所有事实的真相。如果最后他们派我去那儿，然后他们说那是一艘联邦调查局的船——我该怎么回答他们？我无法既回答了他们的问题又不会伤害你，也就是说，我只能说你是一个笨蛋。他们抓住了我的致命弱点，也同样抓住了你的致命弱点。你乘坐了那艘该死的联邦调查局的快艇。话说回来，回答我一个该死的混账问题。你他妈的是如何把这个蠢货从那艘破船上弄到那项该死的汽车租赁生意中的？”

“莱，莱，莱芙帝，我告诉过你——”

“慢慢想。这事有些不对劲儿。”

“你曾经想过米拉会成为告密者吗？我是说他是一个眼线，他和什么人做了一笔交易。”

“不，不，你不能那么说，因为如果你把一个人说成是一名眼线，你就必须提供证据以支持你所说的话，要不然你就死定了。他不过就是一个该死的告密者。但是你能管一名黑手党人叫作告密者吗？你不能随心所欲地回答问题。但是当我到了那儿的时候，我却可以这么说。现在，我正在搜索所有的证据。我正在扩大自己的搜索范围。连桑尼都不知道我正在做什么。我认识一个家伙，联邦调查局里一半的人都无法向他隐瞒实情。我会拿到包含所有详细信息的清单。因为有人要敲诈洛奇了。他们要从他钱包里拿走所有的钱。而那些钱将归我的朋友们所有。你的信息我知道，包括你的美国运通卡卡号等一切信息。密尔沃基的托尼，我是通过迈克·萨贝拉知道他的卡号的。我向上帝祈祷，一切信息都会公开。今晚，当他赴会的时候，我就要发挥我的智慧了。今天他们在谈判桌上说谎了，而那个说谎的人必须死。但是那与我们说的事无关。我要说一些很严肃的事情。我在船上认识了这个人。那艘船是从哪里来的？我得给他看那张该死的照片。并解释他们都要干什么？那就是这事的发展趋势。”

“我仍然不明白，你为什么要说那是一艘联邦调查局的船呢。”

“唐尼，我有那艘船的照片。你怎么了，疯了还是什么？我在船上到处拍照片。我还能拿到所有人在那艘该死的船上拍到的照片。你想让我做得更多吗？我一周就他妈的能办到。我能告诉你那该死的告密者叫什么。”

“好吧，我们在他后面参加谈判吧。到谈判桌旁，骂他们都是骗子。”

“你不能骂他们是骗子。唐尼，现在你已经惹起14位大人物的注意了，而且这还要持续两周时间。”

“我和那个人一起去，我步行去，莱芙。我现在先通知你。”

“不是你步行去的问题。在这儿我还没有得到正确的回答。你的回答还没有让我满意呢。”

“我们为什么不干脆干掉米拉，那就没有麻烦了。扫清障碍了。”

“不行，不行，我们对自己人不这么干。”

“但是，那就是他试图要对我们做的事啊。”

“没错。他明目张胆地那么做了。现在，我把他想做的事交给桑尼来处理。我会回复你的。”

“好的。”

“我说的不是现在。而是从现在算起一周之后。”

挂掉电话，我感到很孤立无援。我不知道米拉要做什么。我不知道洛奇要做什么。我也不能去纽约。我必须等待结果。

一个小时之后，莱芙帝打来电话了。他的声音听起来十分低沉，有些听天由命的味道。

“我只想让你明白，我感觉我做的事情是对的，所以我想还是给你回一个电话。只希望你能够给我正确的回答。”

“莱芙，我给你的答案就是真的。”

“就像我说的，要是这么说了，那么在谈判桌上，他们会吃了我们的。你犯了一些该死的错误，兄弟。我因为这事都生病了。现在我们之间的麻烦是什么，我告诉你。唐尼，你不会犯很多错误。但是，只要你一犯错误，你就会引发一场第三次世界大战。我必须让这事终止，一个原因是：我想要这个混蛋。我非常想要他。我非常想要他们两个人。得有人为此事的后果负责。我不是打电话来让你担心的。我打电话只是出于一个该死的原因：那就是让你帮我想办法赢得这场战争。把你所有的零件都动起来，思考。埋头苦思吧。我把所有事都写了下来，正绞尽脑汁地想呢。我想弄清楚正在发生什么事。”

“我希望我知道。”

“唐尼，一旦我们摆平这事，我们就能合法地搞生意，连基督耶稣也碰不了我们。这个不要脸的混蛋。”

“是的。他个坏蛋杂种。莱芙，我想做的是真正抢劫一笔，并把所得的钱塞到他的屁眼里。”

“我告诉你一件事，唐尼，王子大街上最遭人憎恨的人就是米拉。所以在‘拉斯提’回来之前，我们就走着瞧。但是，我们能否挺过这他妈的16个月是问题的关键。虽然那些老板们说，在这段时间里，不允许发生斗争，但是我也不确定。只要有一个家伙拔出手枪杀了人，他们就会干掉整个团队的人。”

“是那样的吗？”

“他们会打碎团队，解散团队。好了，睡觉吧。别担心了。”

第十八章　暗杀行动

没有什么便捷的办法来解决谈判的问题。我只能保持冷静，并等待着，等了一天又一天，一周又一周。莱芙帝来到假日公园公寓。罗西和我开车把他送到了迈阿密，他需要在那儿和一些人谈谈。

“我想把那些老东西通通摆脱掉，”他说，“他们没法给我们带来好处；他们都 80 多了，还不愿意被人打扰。他妈的，桑尼让我请他们去守夜。还是让那些家伙们自己待着吧。你没法让他们退休。那样没好处。他们失去了威信，而我们也因为他们而受困了。”桑尼曾让莱芙帝成了代理组长，而莱芙帝以前对那个家族里的方方面面做了估量。我也努力让他的地位提升。“杰瑞·‘辣椒’站在凯撒他们那一边，对吗？”

“两兄弟都站在我们的对立面呢。”他说，指的是乔和杰瑞·‘辣椒’。

“谁是他的组长？他跟着谁呢？”

“他跟着崔尼，是‘桑尼·雷德’的人。”他指着对方的组长阿方斯·“桑尼·雷德”·尹帝利凯托和多尼米克·“大崔”·特林切拉说。“一个每周给崔尼弄回 1000 美元钞票，一个弄回 3000 美元。这是他们实力的来源，是那两个家伙的功劳。这伙兄弟正大把大把地赚钱呢！而我们循规蹈矩，所以没发财。这就是我们听说的消息了。”

“乔伊·马西诺仍然做咖啡生意吗？”

“是的。乔伊·马西诺手下的人都不错。他们都喜欢我。我们是从小玩到大的。他知道谁有实力。”

“乔伊去拜访‘拉斯提’了，是吗？”

“是的，他准备去看他。他不知道米拉出了什么事。他不能插手……乔伊·马西诺几个星期以后会去那儿，到时候他会告诉他的。”

“嗯，桑尼做的事不会出错的。我想没人可以耍桑尼的。”

说起米拉，他夸夸其谈了好一会儿。

我说：“那么，他不会和你单挑，这一点你知道的。”

“他妈的，纽约城里没有哪个家伙可以和我单挑，只因为我要用牛仔打斗的方式。我要在南街单挑，我们俩相距一个街区，然后面对面单挑。要几把手枪？两把吗？让我们面对面单挑吧。我们其中一个要他妈的死掉，要不就两个都死掉。这就是我要做的。我不会在乎，也不会忘记。我会和桑尼待在一起，对他表示尊敬。”

“嗯，‘拉斯提’知道那些。”

“嘿，我来告诉你一些事吧。我们当时正在打一场仗，和布拿诺家族。‘拉斯提’替我开车。你知道我是怎样一个见鬼的家伙，而他就是个该死的二老板。他开车的时候得听我的。‘“拉斯提”，在那儿换挡……把那倒霉窗户开着吧。’他是一个不错的司机。”

但“拉斯提”是个强硬的老板，莱芙帝接着说。有一次打仗的时候，“拉斯提”人在加拿大。他给莱芙帝打电话，命令他来。他甚至没有告诉莱芙帝自己在哪儿，只告诉他一个目的地。

“我有四个小孩子。‘去整理一下手提箱。’他如是说。所以我便去整理了手提箱，上了那架该死的飞机，带着两把手枪，动身去了加拿大，订了一个房间。他说：‘我要到那个角落去见三个人。不能让他们脱离你的视线。如果我出了什么事，你只管做好你这一摊。那地方有警察的话，就把他们赶跑。’

“他让我在那里待了他妈的6个星期。不许给家里人打电话。幸好我的上一任老婆明白事理，从不问我出了什么事，也不问类似的问题。该死的6个星期啊。现在，我也这样教我的新老婆露易丝：‘瞧着，如果出了事，你没见到我回家，别大吼大叫地找别人帮忙——他只是没回家罢了，你什么也不知道。’我说，‘你想掉眼泪，那是你的事。别问附近的人我去了哪里，也别盘问我姐姐。只要说一句‘他没回家——这是我男人教我说的，这是他的命令’，就是这样了。”

“‘拉斯提’知道我们在那边弄到了什么，对吗？”

“哦，没错儿。他无所不知。这就是麻烦所在。他们都知道。”

“唐尼，认真听我说。”莱芙帝说。当时是星期六的晚上，也就是4月11日。我已经按照惯例打了电话。“我要那辆车，你朋友的车，明天在劳德代尔堡见我。”

“为什么，出了什么事？”

“你怎么不好好听着呢？我现在就能废掉你。我要你独自一个人来。我不知道我会用什么样的化名。我还会带一些人来。你能弄到那辆车吗？”

那是罗西的四门林肯车。“我想可以。为什么要这样做呢？”

“唐尼，别说‘我想可以。为什么要这样做呢？’只要说句是的就行。你来劳德代尔见我吧。”

“我肯定能把它弄到手的。”

“我可以使用复式车道。但我的朋友和我需要你。我们没法在这样寒冷的天气去那儿，我正在努力和尼克取得联系。我会在那家旅馆逗留一天，我们从旅馆把车开走，可以吧？”

“好的。”尼克是多维尔酒店的经理，也是莱芙帝的朋友。

“就是这些话了，伙计。我以后会解释一切的。我的朋友需要你。你得同我们走一趟。我有事要办。如果你不喜欢我们这个主意，想退出的话，那样也好，没问题的。你回家就是了。但是这件事我要拉你一起做，这是认真的。因为我们谈过一些事，在你我之间谈过的，对不对？”

“我明白你指的是什么。”

“我买了机票，10:00 起飞。三角洲公司 1051 号航班，头等舱，从肯尼迪机场出发。我们将在明天下午 12:30 到目的地。你得提前 6 个小时动身，开上你的大车，从坦帕市赶来，然后在机场接上我们。起飞前 2 小时，你别在机场出现，我不希望有人看到你。你自己算时间，时间没到之前离机场远点。明白我的意思吗？”

“明白。”

“我们只是钻进车里，然后开车离开。现在，你有问题吗？我说过，如果你要洗手不干，没问题，你抽身走人，我们没有二话。我说过的，有两个人需要你——他和我。我对此负全部责任。他问过我的，问我是否需要你。你觉得可以吧？”

“可以。”

多年以前，莱芙帝答应过，只要有合适的机会，他会带上我的。现在我就跟着去参加暗杀行动了。

关于布拿诺家族的派系纷争如何处理，以及他们之间意蕴不祥的摩擦是怎么一回事，经过几个星期形形色色的交谈，我把这些问题一点点地弄明白了。沙利·法鲁贾、史蒂夫·卡诺纳顾问、桑尼·布莱克组长和乔·马西诺是同“拉斯提”·拉斯泰利一伙的，和他作对的则是凯撒·博旺特尔、菲尔·“菲利·拉克奇”·吉埃孔纳、多尼米克·“大崔”·特林切拉、阿方斯·“桑尼·雷德”·尹帝利凯托，以及他的儿子安东尼·布鲁诺·尹帝利凯托。

桑尼和往常一样谨言慎行，尤其在关于我的谈判仍然进行的情况下，他就更加谨慎了。他什么也没告诉我。尽管我们十分亲近，他却把家族置于了首位，依照规则行事。如果我在纽约，我很可能会多听到一些消息。但是每个人对于接打电话都抱着小心翼翼的态度。莱芙帝一直在暗暗提示我事情是如何理出头绪的，也让我知道桑尼是所有力量的关键，尤其是现在，他和桑托·特拉菲坎特已经成了盟友。

我面临着两大问题，其一是作为特工，我不能真正参与到暗杀行动中去，我们的职责是在可能的情况下避免暗杀行动。而作为一个恶棍，我不能既拒绝邀请，同时又保住我的信誉。

另一个问题是，我不在佛罗里达州假日公园的公寓，我离佛罗里达州远着呢。我现在在家里。我离家已经一个月了。这些年来，我无数次地错过了孩子们的重要日子。这个周末，我的小女儿要受坚信礼了。而那段日子，这份工作中没有大起大落的事情发生，所以我偷偷溜回家度周末。现在是周六晚上，明天是星期天，是举行坚信礼的日子。佛罗里达州的暗杀行动也定在星期天。

事情要分轻重缓急。我得先参加暗杀行动。按道理说，我不是入盟党徒，我可以拒绝，也不会有人反对我的。但是从实际上说，这么做会削弱我从1976年起努力树立起来的信誉。如果我不去，他们也是要开展这次暗杀行动的。我不知道谁是暗杀目标。我推测是对立派系中的一个黑手党人，或许是四位组长之一，但不知道具体何人，所以联邦调查局也没法对谁发出警示。而且我也不知道时间和地点。他们可能出门就直接行动，也可能在周围游荡、观察形势、等待好时机。如果我随他们去，至少有可能在足够早的时间内提前找出暗杀目标，并把消息透露给我们的人，好让他们把目标从街上撤离。

我在坦帕市给负责案件的特工吉姆·金尼打了个电话。他认同我的观点，说我们能做的唯一的事，就是从我动身前往迈阿密之日起，让一个监视小队尾随着我。我和莱芙帝及其手下接洽后，如果能在足够快的时间里找出他们的暗杀目标，便可以给他们打电话。如果我不能马上弄明白，监视小队还可以跟在我们后面，直到最后一刻，等我发出信号，他们便制造一起路面骚乱，或者其他见鬼的横冲直撞的事故来阻止我们。他们可以瞎掰，说把我们误认为黑手党人，问我们聚成一伙在那儿做什么——然后便掀起一场例行公事的舌战了，这些家伙平时也总是这样打口水战的。这么一来，他们可能不会怀疑有人泄密，而这次意外也足以让他们取消暗杀行动了。

金尼匆匆忙忙去组织监视小队了。我将搭乘第一班飞机去迈阿密。目前的局势十分不稳定。监视小队可能被发现，也可能失去我们的行踪。每个跟着莱芙帝的人都会领到一支枪，而我有可能被指定成为首先动手的人。如果监视小队被甩掉，而我们前去执行暗杀，我又成了前锋，那会怎么样——我他妈的该怎么办？面对这样的形势，我不知道有什么先例可以参考。但是许久以前，我曾经想象过发生这类情形的可能性，并决定以自己的方式解决问题：不管规矩如何，如果目标是个坏蛋，在你死我活的情况下，就让他去死吧。

我打电话给罗西，对事情做了安排。我会搭飞机去迈阿密，而他将替我把大车开到迈阿密，然后搭飞机回坦帕市。

现在得给家人打电话，说我要错过女儿的坚信礼了。届时我们的家里会高朋满座、亲戚盈门。亲戚们正从四面八方飞来。即使是我的妻子，也不知道我卷入博南格家族到了这样深的地步。

我先和妻子说了，我说自己接了一个电话，得马上赶回佛罗里达州去。我不会告诉她细节，因为我不希望她变得忧心忡忡。但她偷听过我和特工金尼的谈话，所以知道有些黑手党人要我去干掉一个人。

我告诉她，这是和我有关的一件十分重要的事，我必须去，因为有人的性命岌岌可危，如果我们力所能及，便要阻止凶杀。要完成这个任务，许多人都指望着我——这是个老生常谈的借口。除了这些，我能对她说的只有一句：别担心。在那样的情况下如此谎话连篇，可从来不是我的长项。

她怒不可遏又惧怕不已。她对我吼起来，而且哭哭啼啼。她痛恨那个联邦调查局。我怎么会走到了这种地步呢？谁来保护我？为什么必须要我去，找别人不行吗？为什么不找一个没有家室之累的人？她全身颤抖着。

这是她发生事故以后情绪最糟糕的时刻。

我的小女儿今年 14 岁。我和她坐了下来，告诉她自己没法参加她的坚信礼了，因为我的工作上出了点事，我有义务去处理，而我正束手无策。她落下泪来，说：“爸爸，我不想你走，因为这对我来说是特殊的一天啊。”但是，她又接着说，她要疯了，因为我要在这么一个特殊的日子离开，她又说，但至少有祖父可以替代。而我得马上动身去机场了。我别无选择。

我飞往迈阿密，并从罗西手里取了车。我驱车前往劳德代尔堡机场，比莱芙帝的航班预计降落的时间早了5分钟。莱芙帝的飞机来了，人们鱼贯而出。可是我没见到莱芙帝，也没见到其他人。

于是，我在布鲁克林区给桑尼打个电话。“出了什么事，桑尼？我在这儿没看到一个熟人。”

“我们取消了行动。”

“什么意思，取消行动？”

“听着，你给另外一个家伙打电话，他会解释给你听的。”

“他在哪里？”

“在家，唐尼。”

我驱车回到假日公园公寓。我需要在这6个小时里平息自己的怒火。我女儿的坚信礼在我缺席的情况下举行，而暗杀行动压根儿就没进行。

然后我给莱芙帝打电话。他告诉我，他去了机场，并按计划给桑尼回了电话，可是桑尼说行动取消了。“那时给你打电话已经来不及了，”他说，“因为你已经离开坦帕市并在路上了。”

暗杀行动是针对“菲利·拉克奇”的。他们之所以要取消行动，是因为他是独自一人，他们决定把三个组长聚在一起再动手，因为每次只暗杀一人是不明智的。

“我很抱歉，伙计。”莱芙帝说。

“没关系。他妈的，你可以和我联系的。居然出了这样的事情。”

“我知道。你说得对。”

“嗯，如果你这么做，事情便会好一些，对吗？”

“我不能谈论这事。”

“我的意思只是说——”

“不，如果他们让我干的话，我是不能透露的。你明白的……”

“下一次，莱芙帝，别再问我或者说‘你不一定非要这么做’。我们有任务，我便去执行。不要以为我会因为某些原因退缩。”

“但是你可以选择的。”

“什么选择？我们齐心协力，我才不会为没有选择而担心。”

“菲什”·安东尼·拉比托是一个富态的黑手党人。他身高大约5英尺9英寸，体重大约250磅，满脸是肉。他是一家海鲜餐厅的老板，是一个单身汉，在曼哈顿的东五十三街411号有一所公寓。他的公寓很受其他一些黑手党人的欢迎，他们经常带着女友在那儿逗留一个小时左右。桑尼说拉比托是一个好人，如果你有朝一日需要在街市上打工，比如说打仗的时候，那么和他结识或厮混都不错。

4月13日，在暗杀计划取消两天之后，莱芙帝打来了电话。

“唐尼，仔细听我说，好好听。我将和一些人一起离开，不能打电话。如果一切安好，你在纽约就万事大吉了。明白吗？”

“明白，好的。”

“你不明白的。”

“我只是说，可以的，如果你——”

“因为这可能要花掉两周，可能需要一段时间。现在，这是你最后一次听到我的消息了。一会儿就有人来接我。还有，别给另一个人打电话。”

“好的，我不给任何人打电话。”

他唯一要我打电话的人是露易丝。他让我每天给她打两次电话，以防止她遇到什么问题。我要在下午6:00她下班回家时打一次，然后在晚上11:00她睡觉之前打一次，还要给她1000美元用以支付账单。

“还要帮我一个忙。尽量留在附近，以便真的发生什么事情的时候，我们知道上哪儿联系你。换句话说，比如，我要用那个俱乐部。明白吗？”

“是的。”

“因为我准备在道上做些事。”

我对纽约的案件特工杰瑞·洛尔发出了警示。于是一个监视小队看到了莱芙帝同露易丝离开他们的公寓，上了他的车，然后前往拉比托居住的大楼。莱芙帝出来的时候，手里拿着一个褐色纸袋，去了拉比托的公寓。而露易丝开车走了。

直到五天后，我才接到莱芙帝的电话，那时我刚刚知道自己通过了谈判的考验。

“我刚刚从布鲁克林区回来。”他说，“一切进展顺利。我们会没事的。我们占据了优势。”

“嘿，那样就好。”

“但是这些混蛋，他们都在吃喝玩乐。你知道吗，他们觉得我被干掉了。我失踪的时候，他们他妈的以为我死了，这帮混蛋，所以每个人都在庆祝。”

“他们是疯了还是怎么了？”

“连迈克·萨贝拉也是，他不知道我对此一清二楚。他说：‘真丢人。不过我挺高兴的，我拿了他老婆的珠宝。’”

莱芙帝曾经拿出他妻子的珠宝，作为一次借贷的抵押品。

我说：“他会吃惊不小吧，嗯哼？”

“难以置信，这帮混蛋。等着吧，明天我会和布莱克斯坦谈谈，他知道那些人以为我被干掉了，但他不知道发生了那么多事情。”

布莱克斯坦指的就是桑尼·布莱克。

“那帮混蛋，”莱芙帝说，“再过几个月，他们就要大吃一惊了，他们还蒙在鼓里吧。我告诉你一个消息，伙计。谁都不会再烦你了。那个人露面的时候，你会过得很好的。”

“哦，是吗？”

“我因为你陷入了困境。可是奇怪的是，他也支持你。”

“你是指布莱克斯坦吗？”

“是的。”

“好极了。”

“这星期我在这里做了这些事，足以让你今晚好过许多了。”

“比上周舒服多了，对吧？”

“现在的局势没办法改变了。我不能详谈。你在周围走动的时候，可以随便打谁的耳光，我只能告诉你这句话。”

“谁都可以？”

“随便哪一个。等我出去的时候，你替我把他们指出来，照着他们的臭嘴抽耳光吧。唐尼，你会大吃一惊的。现在，布莱克斯坦太他妈的高兴了。”

他要我在迈阿密见他，他会在那里和我说更多关于谈判结果的事。

“帮我一个忙。”他说，“让托尼带一条领带和一件衬衫来。不要穿得像个宾夕法尼亚来的印第安人。我要穿拉风的衣服。”

他让露易丝接了电话。露易丝说：“你好，唐尼，你明天做什么？”

"就是我在星期天的例行公事。"

"没有特别的安排吗？你准备吃点什么？"

"还不知道呢。"

"明天是复活节。"

"我知道，但是我找不到同伴和我一起过复活节，你知道吧？"

"哦，我们晚些再敲定吃的问题吧。"

我开始考虑那些频繁的电话，以及如果莱芙帝或桑尼变本加厉，会发生什么的问题。我曾经和拉里·基顿在P. J. 克拉克的家里待过，拉里被人认出特工的身份，而且莱芙帝听说了这件事。芝加哥黑手党人向他们透露了托尼·孔特的特工身份，他们什么时候才会接到那些芝加哥黑手党人的电话？在回来的路上，那个我曾经抓捕过的出现在布鲁克林区吉尔利家的家伙怎么样了？他会在街上再次见到我吗，会记得我是谁吗？还有"阿布斯堪姆"行动的船只，还有洛奇这个麻烦。

在黑手党人内部，要你命的往往是你的好友。在这座旅馆里，我无时无刻不和莱芙帝混在一起，全天24小时，任何小纰漏都会被发现。可以说，我正躲避着枪林弹雨。

罗西和我在迈阿密的机场接到了莱芙帝。米拉和他的派系在谈判中落败了，我倒还好。

"尘埃落定了。"莱芙帝说，"不会再生枝节了。他们失败了，在全国范围内都一败涂地。纽约、迈阿密、芝加哥——他们在全国都是输家。听着，这就是我花了他妈的5天时间在外面跑动、做些必须做的事情的原因。"

“那挺好的。桑尼高兴吗？”

“别提了，他高兴得像去了月神公园一样。我很高兴你们都很满意，因为简要地说，这就是全部事情的经过。”

“嘿，莱芙帝，我们这段时间都为这件事奔走，对吧？”

“我们不好过，因为我们赚不到大钱。但是今天我们有实力了。我宁可要实力，不要金钱。因为这些家伙都拿到了钱，却再也不知道可以用钱干什么了。他们要去哪里？他们谁也不能去找。他们还有自己的组长呢。但是组长们要去找谁呢？”

“他们会不会仍然在‘拉斯提’手下，那些家伙？”

“每个人都是‘拉斯提’的手下。这是这片土地上的规则。全国都是一样。只有一个该死的老板。”

“就这些吗？”

“还有，没有人可以取代他的地位。”

我们去了多维尔酒店的钢琴酒吧。莱芙帝告诉我，他、桑尼、乔伊·马西诺和尼基·桑多拉在纽约参加一个重要的工作，为“委员会”而工作。他说他们进行了“整合归并”，作为回报，委员会保证拉斯泰利仍然会是老板。

我不知道莱芙帝在那5天做了哪些“黑道”的事，也不知道他们为委员会怎样效力，或者这两者根本就是一回事。联邦调查局监视了他两三天，但是什么也没发生，所以他们放弃了这件事——他们的人力资源也是有限的，没法长期监视每一个人。我假设这件工作涉及了一次暗杀行动，因为一切都具备暗杀行动的典型特征——行踪保密、在黑道以外办事、事后所有在谈判中产生并指向老板的问题都解决了，而且最后一切都在全国范围内被代表所有家族的黑手党委员会承认了。我推测莱芙帝拿给拉比托的纸袋里有枪支——

这是携带许多枪支的通用做法。

我不能直接询问。我担任的角色是见多识广的，作为一个相关的人员，足以独立地解决一些特定的问题、理解我所听到的话，并且像莱芙帝喜欢说的那样——“置身事外”。尽管一切都指向暗杀行动，我却想不出那个消失的人是谁。没有尸体出现。

我们正坐在那儿，听莱芙帝又臭又长的讲述——关于家族派系之间的麻烦、关于米拉的胡扯，还有黑手党人内部艰难而暴力的解决措施。

“莱芙帝，”罗西说，“我明白大家都想赚钱。但是，成为一个黑手党人有什么实际好处呢？”

“你在开玩笑吗？什么好处……唐尼，难道你什么都没告诉这伙计？托尼，作为一个黑手党人，你可以撒谎、诈骗、偷盗，还可以光明正大地杀人。你可以随心所欲地做任何伤天害理的事，没人能够对此嚼舌头。谁不想当个黑手党人呢？”

一些从纽约方面来的人正在那儿玩得很开心。罗西想使用付费电话，却没有零钱。他问那些人中的一个——纽约来的退休侦探，是否有 1 美元的零钱。

“用这些。”那个前任警察说，同时递给罗西四个古铜色的金属圆片，大小是 1 美元的四分之一。“它们很好用。”他说。纽约有些人可以大批量地弄到这些小金属片，50 美元能买 500 片——每片 10 美分。

罗西打电话用了一片，然后把其余的三片交给了联络特工。

第二天的午后，我们坐在多维尔酒店的水池边。莱芙帝哼哼唧唧，抱怨我们不够努力。他想要在岸边弄张躺椅，好彰显自己的身份。“现在就去弄来吧。”莱芙帝说，“因为我年长，而且累了。”他对整个世界都怨声载道。“答应去赛马场赌马，这事就没戏了，让我们好没面子。答应举办拉斯维加斯之夜，又没实现。答应了玩宾戈游戏，结果也是泡汤。”

罗西进来了。莱芙帝抱怨罗西没有尽心尽力，而我对罗西施加压力也不够。他叽叽歪歪又说了一小时。大约在 4:00 的时候，他说：“我们得上去打个盹了，这样我今晚出门才有精神。”

过了几分钟，罗西出来了。“你想象不到我做了什么。我把空调开到了最大档，又把开关拿走了。”

“他妈的。”我说，“我们要听他一路尖叫着冲到水池边了。我这会儿就不去那边了，因为他要胡说八道的。”

莱芙帝讨厌空调。夏天的时候，不论在纽约还是坦帕市，不论在汽车里还是旅馆客房，他都不许我打开它。他不能忍受冷风吹在身上。我们在最热的天气里四处奔走的时候，我也只能把汽车窗户敞开着。我们打过架。因为我要开空调，他要关上。我大汗淋漓，他却全身干爽。“在这辆车里，你怎么会不流汗呢？”我会这么说。“啊，只要打开窗户就好，你不需要空调的。”他会这么回答。

我们住旅馆时总是同住一间。他总是感冒。有时候，他甚至在夏天也要把房间的暖气打开。“这里太潮湿了。”他会说。“莱芙帝，你是个该死的白痴。你这属于神经不正常。我要另开一间房。”他一支接一支地抽着英国奥瓦尔香烟。如果运气好，我便可以把窗户打开。

这一次，我们住的是阁楼，三个人挤在一间房里。最后，我和罗西进了房间。

“唐尼，你这个狗杂种！是你干的吧！”莱芙帝正一边跺脚，一边绕着这间凉爽的房间不停地走。

“你在说什么呀？”

“你打开了这台见鬼的空调，它关不上了！”

“莱芙帝，我们离开这房间以后就没回来过啊。”

“你这混蛋悄悄溜进来，做了这样的好事，只为了让我受点苦吧！叫维修工来，把这见鬼的空调修一修！”

“你怎么不把它关上呢？”

“找不到那倒霉的开关了！”

罗西笑不可遏，几乎都站不直了。但是莱芙帝吼的人是我，而不是他。

“我甚至连打个盹都不行，”莱芙帝继续嚷嚷着，“他妈的，我在这里待了两个小时，屁股都快冻掉了。”

“你怎么不叫维修工？”

“因为是你干的。”

“好吧，我干的。”

“你今晚甭想和我一起吃饭了。”

“好吧，我自己吃。”

这个时候，罗西正趴在地上。“它在这儿。”他说着，从沙发底下把开关拉了出来。他把开关放回原处，关上了空调。

房间里充满了二手烟和莱芙帝身上的味道。我快发疯了。我走了出去，罗西随我走了。我在大堂停下了脚步。“托尼，我要回去，捅了那个狗娘养的。”

“嘿，唐——”

“我再也受不了他了。我要捅死他。然后我们只要去水池那儿，让他们找他去吧。就算他们再发现一具挂掉的黑手党人尸体，谁又会在乎呢？”

“嘿，托尼，少安毋躁。”

要考虑的事情林林总总，而我还必须每天忍受这个混蛋。罗西觉得我是认真的。我对莱芙帝已经腻烦到如此地步了。

我在5月5日早上和莱芙帝谈了谈。那是一个例行公事的电话。从他的声音听不出任何异常的迹象。我们正常地闲聊，然后说再见。

我按惯例在晚上打了个电话，露易丝说莱芙帝不在，她也不知道他在哪里。

第二天早上我又打了个电话。露易丝说莱芙帝没有回家，她依然什么也不知道。

我又给纽约的案件特工杰瑞·洛尔打了电话。我告诉他莱芙帝失踪了。他说他们从两个线人那里听到消息，说布拿诺家族的三个组长在前一天晚上遭到了暗杀，他们是“菲利·拉克奇”“桑尼·雷德”和“大崔”。

那三个人看起来是被召去了布鲁克林开一个“和平会议”，想要草草处理一些分歧。开会的地点是一个饭店。我们得到消息说，他们就是在那儿被杀害的。尸体没有找到。

反对“拉斯提”·拉斯泰利和桑尼·布莱克的核心人物全都被干掉了。另外一个大对头是凯撒·博旺特尔，他正因为一桩关于武器的指控，在纽约州纳苏县的监狱里服刑。但是，有消息说他已经决意投入桑尼一边，而且会带来“拉链”。

三天以后，莱芙帝在下午给我打了个电话。

“我刚刚回来。”

“你和露易丝说过话了吗？”

“我早上给她打了电话，讲了两分钟，就这么多了。你知道我为什么回来吗？因为她昨晚把我所有的衣物还给我了，整个箱子的衣物。但是她漏了我那见鬼的短裤。一开始她哭哭啼啼的。‘你哭什么哪？’我说，‘我拿到衣服了。’”

“我给了她1000美元，你知道的，因为我之前不晓得你要出门多久。”

他当时躲在拉比托的公寓里。“是要一段时间的，不过让我先告诉你一些意料之外的事。”

“我听着呢，说吧。”

“一切顺利，我们是赢家。有些混蛋跑了，但是他们会回来。他们回来，我们便会提供庇护。”

“那样做对吗？”

“我们想和你一起做的事是，我们得再解决一个难题。我日夜和那个家伙在一起。你得有一点儿耐心。”

“是的，嗯，我觉得还有些事情，所以我一直在给露易丝打电话。你也不知道自己要出门多久吗？”

“不知道。今晚回来是因为我累得要死了，这个晚上就待在家里啦。”

“你会一直待在家里，对吧？”

“嗯，直到我接到电话为止。你明白我的意思吧。”

“是的。”

“每个人都心满意足。有两个人出来去了沙滩上——别提他们的名字。”

“好的。”那两个人是乔·彪马和史蒂夫·马茹卡。

“他们现在归我们了。现在，别对我说话，唐尼。你只要设想一下所发生的事。”

“是，好的。”我想象着那次暗杀行动。

“你明白吗？”

“我明白你的意思。”

“现在他们是我们的人了。那边的天气怎么样？”

“挺不错的。到处景色清朗，或许你可以过来吧？”

“嗯，我们要看看事情的进展。现在我去不了，我在这儿被绊住了。那边发生了什么吗？”

“我在关注一些事情，可能有 10000 美元左右的利润在里面呢。”

“哦，那太棒了，伙计。我们可以用这笔钱了。我想把那些该死的账单统统清掉。”

“这就是我认为自己可以给她 1000 美元的原因。”

“她感激在心。”

“我以为你会在外面再逗留个五六天的。”

“嗯，现在需要的时间会更长一些了。明天是母亲节，大家都会回家，你知道的。每个人都放假了。我准备明天早上见他。”

“你仍然还有一种情况要考虑。”

“没错，好的，伙计，再见了。”

暗杀行动之后的第六天，菲尔·“菲利·拉克奇”·吉埃孔纳的妻子向纽约沙福克县的警察局提交了人员失踪报告。

5 月 12 日是星期四，那天莱芙帝打来电话，说桑尼想要马上见我。我告诉他我需要几天时间处理一些生意上的事，然后便可以动身。“这件事很重要。”他说，“所以，一旦你做好安排，马上告诉我。”

我在佛罗里达州没有任何生意上的事需要处理。但是，在这个节骨眼上，我不愿意表现得太焦虑。桑尼召唤我，不外两个原因。他要么想除掉我，要么想告诉我关于暗杀行动的事，我可能会卷入仍然没有解决的“其他情况”之中。这两样可能性都十分关键，需要我花一些时间做好准备。

我在5月14日的下午飞抵拉瓜迪亚机场，一下飞机就看见我要找的特工比利·弗林。我默不作声地尾随他进入了男洗手间。一个钱包从他手里滑到我手里，里面是一个发射器。我把它丢进运动上衣的口袋，然后出了洗手间。

我叫了一辆出租车，前往布鲁克林区格雷厄姆大道和维瑟斯大街交会处。我在离运动休息厅一段路的街边下了车，抵达的时间大约是3:30。我想对这个街区进行一番观察，所以我没有直接在酒吧前面下车。

最近几个星期，我一直和总部的朱尔斯·博纳沃隆特保持电话联系。朱尔斯和我在纽约的时候都是便衣特工。做秘密工作的人，需要在机构内部有一个能够完全信任的人，他理解我和我的处境，能够和我像好友一样交流，同时在官僚机构内部也游刃有余。对我而言，朱尔斯就是这么一个人。他可以掌控内部关系，帮我得到授权和支持。我一直垂头丧气地给朱尔斯打电话：“你很难相信这些事的。”每当我觉得一头雾水时，都会这么说。

联邦调查局有一点值得赞扬——告诉过他们的事，他们总是不辞辛苦地考虑。

最近朱尔斯一直在试图了解我的境况："你是不是觉得累了？你回家的时间够多吗？你觉得自己马上就要出来吗？"

现在，因为暗杀行动，总部十分紧张。当他们知道我要随桑尼参加一个会议时，一些人认为他可能想陷害我，准备杀我。我说："他们为什么要杀我呢？我和桑尼在一起。他就是那个让我出面的人啊。"朱尔斯同意我的看法，认为桑尼不会陷害我。

但是仍然有许多让人紧张的问题。桑尼现在是被人报复的目标。我和他走得近——这样我也可能成为一个目标。

他们不仅要派一个监视小队跟着我——这是合理的，还要派反恐特警队的人隐藏在屋顶上。"你们发神经吗？"我说，"在那个地方，在桑尼的地盘，你们要让带枪的人上屋顶？只要派一帮得力的人在街上就好了。我不会有事的。"

吉姆·卡斯唐是技术服务的协调员，而技术服务就包括监视小队。我特意要求由帕特·科尔根作为便衣主管领导这个小队。

监视小队不仅仅是一支被动的监控团队。如果有麻烦，他们可以破门而入。大部分特工没见过我，只看过我的照片。他们不了解我谈话的方式，也不了解桑尼的。这样一来，他们不仅可能打断会议，使事态无法预料，还可能误解谈话的内容，导致过早采取行动，突然闯入我们中间，搞砸整个行动。

对我而言，派一支搞砸行动的监视小队比没有更危险。如果他们被派往那片地区的街上，如果别人要告密，首选的地方会是哪里？他必定径直前往运动休息厅，去报告给桑尼·布莱克，他是这片地区的掌权人。

我沿着那个街区向运动休息厅走去，心里明白监视小队就在附近的某个地方。我在找他们，好确认他们已经就位。我受过训练，也有相关的经验，知道如何在街上辨认这些人。我仔细地张望。可是我一直找不到他们。我根本没法发现他们。这证明他们是多么出色。

桑尼在酒吧里等候着。场面看上去很平静。“小不点儿”正在玩电动弹球机。查理在酒吧后面。吉米·“长腿”也在那儿。此外，还有一个我素未谋面的人，他的名字叫雷。我后来知道，这个叫雷·维恩的人是联邦调查局的线人，正跟着乔伊·马西诺和桑尼做事。在1980年伊朗长公主别墅入室盗窃未遂案中，维恩曾经向自己的手开了一枪。那一刻，我们俩都不知道对方真正的身份。

我走了进去，分别和桑尼、“小不点儿”和吉米亲吻拥抱——这是惯常的问候。“你好吗？”“佛罗里达州那边事情进展如何？”一切都挺正常。桑尼请我到后面的房间去。我们随后在一张牌桌边坐了下来。

“你知道的，我们对那三个人下了手。”他的开场白是这样的，“他们已经玩完了。你在迈阿密有什么可靠的人吗？”

“有。什么事呢？”

“有一个人逃走了，是布鲁诺。你知道安东尼·布鲁诺吗？”

安东尼·布鲁诺·尹帝利凯托是“桑尼·雷德”的儿子。“我可能见过他。但我不认识他。”

“我想他去了迈阿密，因为他对可卡因上瘾了，一天要花3000美元，而且他和那里的一些哥伦比亚人有货源。我要你找到他、干掉他。小心做事，因为他吸毒的时候是神志不清的。他赤手空拳的时候不算厉害，但如果他有枪，你知道的……”

“好的，明白了。”

“他可能和他叔叔J.B.在一起，如果你同时遇见他们两个，就一起干掉，把尸体丢在大街上好了。你要不要我派莱芙帝和你一起去？”

“你是开玩笑吧。我宁可自己去。那样办事还利落得多。”

“沙滩上的那两个人，彪马和史蒂夫那小子，你认识吗？”

“是的，我认识。”他说的是乔·彪马和史蒂夫·马茹卡。而所谓的沙滩，是他们用来指代迈阿密地区的。

“你觉得他们怎样？”

“乔·彪马这个人我见过几次。怎么说呢？他给我的感觉并不算敢作敢当。”

“现在他们正在那儿，他们心里还敬畏着上帝呢。嗯哼，这对于他们来说太糟糕了。他们的日子要到了。我有很多事要做。”

“桑尼，你是了解我的。我不会打听事，但却知道很多事。这两个人会在当地许多地方出没。我会和几个我认识的人联络。一旦我准备好了，我们便能休整几天，观望事情的进展。”

“好的。随你怎么办吧。还有，我到那儿的时候，你拿得出枪支吗？我不能手无寸铁在当地活动。我需要两支枪。你有吗？”

“是的，我们有几支枪。有一件事，你得对我描述一下那个人的样貌。”

“我认识他，但我可能描述不好。他的体重在140到150磅之间，个子比你小，脸庞瘦削，看起来像意大利人，皮肤黑。他总是抱怨自己秃顶。他大概20多岁了，娇小苗条，短小精悍。他这个人挺危险的。吸毒的时候，会变得非常疯野。”

“他戴着高高的绷带发卷吧？”

“就像他的马子们一样。”

“如果我遇见他，然后找到机会骗他出来，我不需要给你打电话问是否动手吧？”

“不，不需要。当然由你自己行动。你宰了他，把尸体扔在街上就好。”

“好的。别太亢奋了，我会马上搞定的。”

“我大约在下星期过去，然后我会和老头子聊聊。你现在在那里有落脚的地方吗？”

“有许多地方可以去。多维尔酒店，这里有妓女，很多的妓女。”

“好的。现在，我们就把那边的事情托付给你了。”

“乔和史蒂夫现在跟着你，是不是？”

“是的，因为他们的头儿就是死者之一（指的是“菲利·拉克奇”）。事情总是毫无进展。我们会把那边封锁起来。目前的形势很严峻。我有许多事要办。我玩的是一场守株待兔的游戏。不管发生什么事，你能出手时就出手吧。对你而言，结果不是这样就是那样了。”

我们走上屋顶，去喂他的鸽子。屋顶上有一个人，正把桑尼电视的电缆线盘起来。“今天把信号盒子装好吧。”桑尼说。

像其他黑手党人一样，他是非法接入电视信号系统的。他有95只鸽子。“除了这95只以外，”他说，“我们大约弄丢了4只。等我今年冬天装好取暖器，我们再也不会因为寒冷而损失一只鸽子了。”

他提起安眠酮这个话题。他要我带一些样品去佛罗里达州，看看那里是否有市场。这些玩意儿每片买进的价格为80美分，他想，说不定能以1美元卖出去。

我们下了楼。那个叫雷的家伙已经离开了。当时我们之中没人知道，他离开是去打电话给帕特·科尔根，那是他在联邦调查局的联络人，当时正好在为我指挥监视小队。他在电话里告诉帕特，说一个叫唐尼的人刚从佛罗里达州来，看起来是桑尼·布莱克的好朋友，因为他们彼此亲吻和拥抱了，此外，他看起来像一个挺大的毒品贩子。

桑尼和我穿过马路，去卡普锐咖啡馆喝了一小杯咖啡，吃点奶油煎饼卷。我们坐在靠后的一张桌子边上。

桑尼说他正在着手进行一系列改变。“我正在组建一批很好的人马，你可以和这些人同床共枕，可以信赖他们。”

我问了他关于迈克·萨贝拉的事。

“他从前以为我会干掉他。”桑尼说，“但是，我们谈得挺不错。他说他曾经站在我的对立面，因为他们恐吓他，但是我对他说：‘你现在是我的人了。’他很开心。他会忠心耿耿的。”

他说在暗杀行动的前一天，托尼·米拉承认自己站在他的对立面。在行动那天，桑尼打电话给米拉的叔叔“艾衣·沃克”，叫他来运动休息厅。他们让他坐下，让两个人分别站在他两侧，他吓得汗流浃背，直到传来行动取消的消息才作罢。“他听说这件事的时候，”桑尼说，“脸色变得死白。他以为我们也会干掉他的。但我们只是对他说托尼的坏话，告诉他托尼不怎么样，他最好认识到这一点，自求多福。他同意了，唐尼。”

我问他，如果我和乔·彪马、史蒂夫·马茹卡谈判，告诉他们条件，他们会怎么想。因为他们是黑手党人，而我不是。

“别担心这个。只要你还是我的代表，他们就会听你的。我会派一个人跟你去，好在你需要的时候提供帮助。我也想让你见见他。你晚一点儿会去见莱芙帝吧？”

“是的。”

“让莱芙帝给沙利·‘彩绘玻璃’打电话，叫他 10:00 到休息厅见我，你到时候也来。”

沙利·“彩绘玻璃”·奥塔维奥是一个入盟党徒，他开了几家车身彩绘与喷漆店，所以得了这个诨名。

我离开布鲁克林，前往曼哈顿。当我过桥的时候，我发现自己被人盯梢了。后面有一辆无牌照的客货车，上面有一个白人和一个黑人。这事挺奇怪，但我不想惊动他们。这事无所谓。我推测他们是警察。我准备去尼克博客村。他们去那儿什么事也没做。后来我也没有再看见他们。

直到两年以后，我才在做证的时候发现，纽约警察局的刑警从暗杀行动之后就一直在监视桑尼的俱乐部。那时他们不知道我是哪路神仙。他们和联邦调查局同时监视着运动休息厅，却不知道彼此的存在。

莱芙帝在家里，得了感冒。我们坐在沙发上，我开始对他讲述我和桑尼之间的谈话。

“我已经知道桑尼交代你的事情了。”他说，“他现在是家族的掌控者。唐尼，他让你去干掉布鲁诺，我真高兴。因为在老板们看来，你做了实事，这样很不错。这是个好买卖。”

“是的，我也高兴，莱芙帝。”

“那个人应该在那儿。他没有出现是因为整天吸食海洛因，沉迷其中了。”

他给沙利·“彩绘玻璃”打了电话，交代了和桑尼会面的事。我说，我在回布鲁克林之前，会花一点儿时间回去看我的女朋友。

“好的，”他说，“我会和你一起去布鲁克林，但我在这里会性命不保的。”

我的确去了泽西。我穿过乔治华盛顿大桥，来到 80 号国道边上的假日旅馆。在那里，我见到了吉米·科斯勒、杰瑞·洛尔和吉姆·金尼等几位特工。我告诉他们那个下午发生的所有事情。虽说按道理应当用发射器接收和记录那番对话，但我们没法依靠这个仪器。我想要尽可能快地传递这个信息。我把发射器还给了他们，因为电池反正是坏的了。

我感觉不错。我不是一个入盟党徒，但我却接受了除掉一个入盟党徒的任务。我还要去迈阿密，去告诉另外两个人，他们现在是桑尼的手下了。所有的黑手党人都能看到我和桑尼的关系是何等亲密。除了蹲监狱的"拉斯提"·拉斯泰利以外，桑尼正逐渐成为家族中的另一首脑人物。

10:15时，运动休息厅里挤满了人。桑尼把我介绍给了沙利："唐尼是跟着我的，沙利。你可以像信赖我一样信赖他。"沙利·"彩绘玻璃"身高大约5英尺9英寸，身板结实，大概比我大5岁。他看上去强硬、油滑，下巴也很小。他答应在三天后，即5月17日见我，地点是哈兰达市小意大利乔·彪马的餐厅。

桑尼说："10年来，这是这个家族第一次能掌控自我，而不是受委员会摆布。唐尼，看紧了那个人。我要在他对我动手之前干掉他，因为在抓到那个人之前，我夜不能寐，裹足不前。那是我们唯一的障碍。"

第二天，我穿着我在佛罗里达州常穿的褐色格子运动夹克，去了运动休息厅。

"唐尼，你得把这件该死的夹克丢掉。"

"它有什么问题？"

"你看起来像他妈的游客。就算在佛罗里达州，我也不看好它。他妈的，我们去买几件衣服吧，别让你丢脸。"

他带我去找一个生产服装的朋友，我买了几件夹克和几条长裤。“我现在觉得好些了。”桑尼说。

“小不点儿”告诉过尼基·桑多拉，说我需要一些安眠酮的样品，好带回佛罗里达州。在俱乐部里，尼基便说他下午要为此去找一个人。当我即将动身去赶飞机的时候，“小不点儿”说样品已经备好，在街对面“靴子”开的卡普里汽车服务部里。

我们步行去了那儿。“小不点儿”从桌子里取出一个褐色纸袋给我。我把它放在口袋里，离开去了机场。

在布鲁克林-皇后区高速公路上，一辆车靠上来和我并排行驶。开车的是指挥监视小队的特工帕特·科尔根。他向我打手势，要我跟着他。我们离开了机场附近的公路。我从口袋里取出那个袋子，打开了它。纸袋里是一个塑料袋，装着药丸。我们数了数，共有25颗。我们在袋子上签了姓名的首字母，标注了日期。科尔根将它带走，准备上交。

我去了拉瓜迪亚国际机场，乘飞机前往坦帕市。

第十九章　暗杀合同

罗西和我驱车穿过佛罗里达州，前往哈兰代尔，找到了乔·彪马在小意大利的餐厅。

我们在 7:00 进入餐厅。沙利·“彩绘玻璃”已经在那里了。我们过去坐了下来。

“乔不在，”沙利说，“我找不到他。这里的人，还有他的妻子，都不知道他的去向。”

彪马害怕我们杀害他，所以溜走了。

“我知道。我刚刚和莱芙帝谈过这事。桑尼很生气。”

“他的搭档应该在 8:00 到这里。我从纽约开车过来，一路直奔这里。然后我发现这个家伙不在，我他妈的要疯了。”

“他的搭档知道他的去向吗？”

“我和他在电话里谈过，说是向北边去了。所以，让桑尼把他丢上一架破飞机，把他弄来吧。”

“这就是莱芙帝和桑尼说过的：叫这两个混球——乔和史蒂夫——到这里来。有时候桑尼太过掉以轻心了。”

“他觉得，如果你在那边给他们打电话，他们会紧张的，”沙利说，“他们俩都有点受惊吓了。看吧，我们到他们的地盘上，算是关照他们了。”

“是的，这样他们应该放心了。”

“我带来我的妻子，这样一来，那两个狗杂种会觉得舒服些。这是因为另外一个人整个晚上都在躲避我。我对他说：‘到酒店来喝咖啡。我妻子在这儿，把你妻子也带来。’”

这是一个简单的提议，尽管或许有点可怕。我们想告诉这两个家伙，他们是桑尼的人。我们希望他们接受这件事，放松一些。我们不想他们认为他们还是对立派，对我们开枪。

史蒂夫·马茹卡进来了。他看起来总是像一个可怕的旧式歹徒。“天哪，这里好热。”他说着，坐在我们三个旁边。

但是，和上次我见他和莱芙帝在一起时相比，他表现出紧张和受了打击的模样。他的声音有一些颤抖：“我不想对人无礼，也不想言之无物。但是，我不认识托尼。我们讨论的时候，你们能请他去另一张桌子坐吗？”

于是，托尼自己找桌子去了。

马茹卡坐立不安：“你们说杀了那三个，嗯……”

我们对他解释说，那三个组长已经死了，现在有了新的领导，所有人现在都归入桑尼·布莱克麾下了。

“一切还好吗？”马茹卡问，“事态都平息了吗？”

“一切都结束了，”沙利说，“只有那一个家伙的问题了。如果你听说什么，马上打电话给我们。”

“我见过他，只有一次，在迈克儿子的婚礼上。我和他聊了一分钟。”

“那是必须的。”沙利说，“每个见到他的人都要这么做。”

我说：“你知道的，他吸毒，每天3000美元的可卡因。他之所以公开露面，都是因为想弄到毒品这个原因。”

“啊哦，”马茹卡说，“他怎么能养成这样一个习惯呢？”

“他是个没用的坏蛋，”沙利说，“又想活得比他父亲久。而‘桑尼·雷德’，那可是一个不错的人呢。”

“我只见过‘桑尼·雷德’三次，”马茹卡说，他很快地撇清了自己，“我不认识他。”

“他是一个绅士。”沙利说，“但是每个人都难免犯错误。”

“这是司空见惯的。”马茹卡说，“你没法责问这些。”

“是的，没什么好问的。”沙利说，“你得认识到，不管发生什么事，都有其理由。”

马茹卡清清嗓子：“但你不能说起这些事，也不能发表意见。”

“那些正确的事总有一个道理的。”我说。

“我当时没意识到这些。迈克给我打电话，说：‘听着，一切都好，只要忍耐帕特些，其他就没有什么好说的了。’”

“好的。”

“这就是他们花了大力气把我派过来的原因。”沙利说，“因为你们这些伙计会觉得好过些。我的意思是，他们不想派两个你们不认识的人。”

“如果他们派不认识的人来，”马茹卡说，“我们便不能与之交谈。必须是认识的。”

“陌生人能有什么好处？”沙利说，“所以现在你觉得舒坦些吧？”

“是的，是的。因为我没做错事。你没做错事的情况下，就没什么好担心的，对吧？”

“是的。”我们说。

“现在我们的人掌权了。”沙利说，“但是，我要坐下来，好好安排一下‘桑尼·雷德’和‘菲尔·拉克奇’。他们掌权够久了，而且主要是在幕后。”

“他们就是杵在那儿。”我说。

“结果招来了子弹。”沙利说。

“我不知道他妈的发生了什么。”马茹卡说，“他根本就没告诉我什么。他几乎什么都没说。”

“现在我们是为一个光荣的组织工作了。”沙利说，“你会在我们的兄弟间获得荣誉的，是吧？”

“本来就应该如此。”马茹卡说。

“嗯，你跟对人了。”我说，“跟着桑尼很好。”

“是的，他现在正成为一个大人物。”沙利说。

“因为他懂得伺机而动。我们都是桑尼·布莱克的手下了，每个人都是。”

“换句话说，你是在告诉大家桑尼·布莱克的地位。”

“有什么问题的话，尽管给我打电话。”沙利说。

“没问题的。”马茹卡说，“在这边我会有什么损失吗？”

“你以前做的事是正确的。”我说。

“如果我做错了，我就要发疯了。”马茹卡说。

我们又回到我的目标——安东尼·布鲁诺·尹帝利凯托的话题上。“看吧，他必须得露面。”我说，“那个玩意儿，一旦吸上了，只能兴奋大约 20 分钟，然后就得吸更多。它和海洛因不一样，海洛因的效力能保持四五个小时。那就是为什么吸可卡因的人都疯疯癫癫的。”

“布鲁诺，”沙利说，“这家伙需要满满几麻袋。”

“这就是花费巨大的原因。”我说，“也是因为这个，他开始露面了。他在这里有关系，可以弄到那玩意儿。”

“我在那之前从未见过他。”马茹卡说。

“我见过他三四次。”沙利说，“我记得他嘴巴的模样。”

“只有可卡因生效的时候，他才能做点事情。”我说，“否则的话，那就别提了。”

“我们那边的人说他是个废物。”沙利说。

“眼下，他就有可能冲进来对我们开枪，他妈的。”我说。

“他进过O. K. 克拉尔的屋子，”沙利说，“他不会在乎的。”

“你这段时间会在附近吗？”我说，“因为我会在这儿逗留一段时间，寻找这个人的踪迹，所以，如果我需要什么的话……可以请你留在这儿吗？”

“需要的话，打我家里的电话吧。”马茹卡说，“我会飞奔而来的。如果你要我快点儿来，只要说一句‘快来’就行。”

“好的。”

“只要告诉他外面温度很低，穿上衣服就行了。”沙利说。

“好的。”

“你不用那样说。”马茹卡说，“只要讲一句：‘我要买一辆车，想叫你帮忙看看。’”

“好的。这里没人认识我。虽然我认识他，但是他根本对我一无所知，所以我可以出入许多这类场所。我住在沙滩边的假日旅馆。”

“你准备逗留多久？”

“我不知道。”

“如果他能把碗碟洗了，他就能快点回家。”沙利说，“就这一会儿，我们是完全独立的，没有人会指手画脚。”

“说得对。”我说。

“希望莱芙帝那边进展还好。”马茹卡说。

“别说这些了。”我说。

在这次会面之后，我打电话向桑尼报告。

“你得为我来回跑很多趟了。”桑尼说，“替我问候那个穿着破洞内裤的小丑吧。”

我给莱芙帝打电话。他得到消息，彪马既不在佛罗里达州，也不在纽约。

“我昨天和他在一起，就在这里。”莱芙帝说，“他已经没有退路了。”

我到处对人说，我正在各种场合寻找那个人。我的确四处抛头露面。我不担心和他不期而遇，也不怕别人认出我。我心里有数，他就在附近。按理来说，这样做会让我陷于不利的境地，但实际上不会。

归根结底，黑手党人是在寻找他，联邦调查局也是，后者希望阻止他露面，好保住他的性命，那时我也可以告诉桑尼，自己已经完成任务了。如果黑手党人和调查局都找不到他，我也没什么好担心的。在调查局里，有些人唯一担心的问题就是，如果我受托对付安东尼·布鲁诺这件事被传播开去，他或许会着手干掉我。

沙利和我在迈阿密地区逗留了一个星期。然后我接到了桑尼的电话。“我想他不在那儿。他应该在纽约。所以你现在动身回坦帕市去吧。”

几天以后，我按惯例打电话给莱芙帝，他问：“出了什么事？”

“没事。只是到外面转转，看我是否能促进一些事，再弄点好处。”

“希望你如愿以偿。”

“你那边没有动静？”

“没有。”他说，“你去买一份今天的《纽约邮报》吧，就这件事。”

“在这个地方，我要明天才能买到。”

“那明天你去买一份。早上给我打个电话。”

那是一篇登在《纽约邮报》版面头条的文章——黑手党人除掉野心老大。文章说，在皇后区奥松公园内一个空地的浅墓穴内发现了阿方斯·“桑尼·雷德”·尹帝利凯托的尸体，还描述说，尸体“被子弹打得千疮百孔”。几个小孩曾在附近玩，他们看见一只牛仔靴子从地面露出来。

他的两个亲密伙伴失踪了，据信已经死亡。我还发现，在文章刊登前一天，纽约警察局通知了联邦调查局，说尸体肯定就是“桑尼·雷德”，他死于枪伤。

我第二天给莱芙帝打了电话。“我看到那篇文章了。”

“是的。嘿！这里有许多激烈的讨论呢。算了，不说了。”

“因为这件事吗？”

“是的，还有许多其他原因。”

“不过我们都没事的，对吧？”

“很多激烈的讨论呢。不过我什么也不能说。我们继续打电话是没有什么好处的，你明白吧？”

因为有公开的冲突，主要家族成员也被杀害，总部便想要召我回去并结束行动。他们想要马上结束，在6月1日之前。可能有更多刺杀事件出现。朱尔斯·博纳沃隆特觉得，自从我接近桑尼并接受暗杀合同以来，我也成了一个被暗杀的目标。我能明白他们的担忧，但我不以为然。

我很快就要获得资格，成为一个真正的黑手党人。我能身临其境地感受这种滋味了。“拉斯提”·拉斯泰利很快就要出狱。我确定桑尼想迅速办成这件事。他给了我这份暗杀合同，好让我被提名的时候有自己的资本。他需要一个亲密的盟友、一个可以信任的卒子、一个可以平等面对其他黑手党人的人。桑尼已经说过，我得为他来回跑很多趟。作为一名入盟党徒以及他的使者，我将会拥有很大的影响力。我将会有资格和任何人谈判。作为一个黑手党人，我会是桑尼的搭档。桑尼可能会让我担任类似使者和联络其他家族的中间人这样的角色。

作为一名入盟党徒，我能向其他调查项目提供的帮助是无穷无尽的。我曾经渗透进黑手党人内部，成为一名入盟党徒，一旦这件事被披露出来，就会让黑手党蒙羞，永远结束黑手党无敌的神话。我想要潜伏下来，直到 8 月。对于是否成为入盟党徒一事，我们有过争论。有些人觉得如果我成为入盟党徒，办事就少了灵活性和独立性。我再也不会因为“低级错误”而被原谅，而那些“低级错误”其实正是我真正在做的事，是我为了调查采取或取消的行动。如果我成为入盟党徒，我将要按他们的吩咐办事。我可能会被命令去犯罪。在那些反对我潜伏并成为入盟党徒的人当中，朱尔斯是其中一个。

这个问题的核心在于安全问题。大家都认为我的处境不够安全了。他们觉得我们已经制造了许多事件，不值得再为了制造几件事而冒险逗留。我却觉得足够安全。结束这次为期 5 年的行动也是没面子的事，但我不得不接受这个决定。我们在华盛顿郊外开了个会，地点在水晶城市万豪酒店。参加会议的有罗西、香农、朱尔斯、我、不同方面的主管、总部人员和案件特工。有许多其他的行动已经以不同的方式和我们的行动关联起来，因此要彻底结束我们的行动，倒是相当复杂的。我们需要给这些行动的负责人时间，把工作推进到一个程度，使之在没有我参与行动的情况下，也可以继续开展。他们绕着桌子来来去去。每个人都被要求缩减预估的时间。如果需要一个月，就会被要求在两个星期内结束。经过几个回合之后，我们在所有相关人员的协助下，敲定了需要的总时间。

我们把行动结束的日期定为 7 月 26 日。

在那之后不久，我们又开了一个会，讨论结束行动的步骤。地点是在新泽西州，在乔治华盛顿大桥附近的霍华德·约翰逊住所。议程上有两大要点，一是决定我们要在哪些电话机上安装窃听器，二是我们应当接近哪些布拿诺家族的成员，向他们透露我的真实身份。

这两件事是彼此关联的。在我们对案件进行起诉之前，我们的行动应当保密，而起诉是在完成行动之后几个月才开始的。同时，当 7 月 26 日行动结束时，特工们会知道我在布拿诺家族的角色，所以他们不会跟随我去当线人。如果按照一贯的做法，黑手党人不会报复警察和法官，因为会损失很多内部力量。另一个原因是我们想从电话中获取更多的对话内容，可以作为业务、位置、阴谋、人员身份方面的黑手党人证据。

要弄到这些对话内容，我们需要窃听器，而这需要法院批准。想要法院批准，我们又需要提供尽可能多的最新相关信息。这些信息要具体，你不能简单地走进一家法院便拿走一百个窃听器。我们现在要开会做出最后决定，这样才能获得法院批准，才能在我脱身之前安装好窃听器。

我们详细地罗列了那些最重要的、需要监听的电话，那是最重要的人物最常用的，所传递的也都是关于最重要的业务的信息。

然后我们开始讨论首先应该向谁透露我的身份。几乎每个人都说应该是莱芙帝。他是平时和我交集最多的人。他得知之后，会到处打电话，对每个人尖叫，泄露出各种各样的信息。

我坚持说应该先告诉桑尼。桑尼现在是那条街上布拿诺家族的老大了。他冷静、淡漠而理智。莱芙帝会打电话、到处叫嚣、曝光太阳底下的所有事情。但是桑尼如果给人打电话，内容会更重要、更具体。桑尼的命令会更认真，别人也会认真地执行。这是毋庸置疑的，必须是桑尼。

他们同意了向桑尼透露。然后问题来了：谁应当去告诉他？一些人说我去告诉。但那是没门儿的。那样就等于照着他的脸打上一记最重的耳光，等于往他没愈合的伤口上撒盐。那是不公平的，也没必要。应该让其他的调查局特工去说，比如桑尼以前见过的人，这样他便会相信。

一切就绪，我便回去做事了。

现在，我的任务不再是进一步向那个家族渗透了。在我脱身之前的六个星期时间里，我只要简单地尽量获取信息就好了。实际上，这件事并不简单。我仍然需要扮演好我的角色。我仍然要保持我的个性和特征——我不能表现出突然间特别渴望学到东西的样子。如果黑手党人对某个业务淡然处之，那么我也必须采取同样的态度。这其中就包括如何看待家族内部的内斗事件。

总部有人想要我们马上扩大调查规模，并开始到处打听黑手党人的事，使之成为最后的情报。但是我们拒绝了这个要求。如果我们错误地急速推进，我们甚至连六个星期的时间都没有，可能一天就要设法脱身了。

“小不点儿”的女儿要结婚了，所以我们都获邀参加6月20日的婚礼。6月15日，我回了纽约，好去同桑尼和他的手下会合。他们还在找那个叫安东尼·布鲁诺的孩子。

在去运动休息厅的路上，我遇见了尼基·桑多拉。我说：“那个人不在迈阿密，尼基。我们把那鬼地方翻了个底朝天。”

“现在我们把一些耳目找回来了。这个星期就能知道消息了。他可能钻进哪个洞里，躲了一段时间。但是他一露面，我们就会抓到他。”

我又去了曼哈顿，去假日酒吧找莱芙帝。我们在麦迪逊大街散了散步。他和每个人都交恶，街上是唯一能够真正放松的地方。他没有分到应得的好处，被人忽视、错待，没人欣赏。他长期的忠诚没有任何价值。“小不点儿”是个骗子，乔伊·马西诺拥有世界上所有的人力和财力，却不知道该做什么，而桑尼又是个贪心鬼。

“他们人脉很多，我却是个傻帽。谁会补偿我？桑尼想压制我，每周给我两百元，就支使到这儿办些事、到那儿办些事，以为这样就可以安抚我。可是他每周却能赚到30000美元。他迟早会通过任命我当组长把我摆脱掉，但是我得在迈阿密担当组长。他给了我几千块，我就得去迈阿密办事了。然后他们就开始贩毒赚大钱。“小不点儿”每周能赚到1500美元的薪水。他们会把所有的毒品都收入口袋。全部的毒品。”

“你为什么没有参与贩毒？”

“为什么？因为他是个贪心的恶棍。”他说，言下之意指的是桑尼。

“你替他做了所有的事情啊。”

他咕哝道：“唐尼，他们现在把任务派给我了，是对付那个人的。一旦我参与了这件事，那家伙可就丢脸了。”

“他们找到了一具尸体，是吗？”

“是的，那是个失误。乔伊·马西诺，他就是那个把事情搞砸的人。桑尼对这件事真的很生气。”

“桑尼·雷德”的尸体本应该像其他人一样，被切成碎块，用合适的方法丢弃，而不是匆匆忙忙地全尸埋葬。

“你不知道的。”莱芙帝说，“那个家伙窒息了。”

他把一只手放到喉咙上，仿佛一个运动员在关键时刻获得成功后所摆出的姿势一样。

“你们是怎么处理‘大崔’的？”我问，“他那么大块头。”

“我没法挪动他，但是‘小不点儿’可以。崔尼是整个被剖开的，血淋淋的。枪击之后，枪口周围几乎都是血肉。‘小不点儿’想把他弄起来，却搞得自己满身是血。我没法想象‘小不点儿’有多么强壮。他没有看尸体，但令我惊奇的是，‘小不点儿’能挪动他。然后他们把他砍碎，把他放在绿色的塑料垃圾袋里。”

他说，参加那次刺杀行动的有他自己、吉米·“长腿”、尼基·桑多拉，还有一个名叫鲍比·卡博兹欧的人。当他们从杀人的那栋大厦中出来的时候，杰瑞·“辣椒”告诉他们，那个人就在附近。

“我说：‘鲍比，我们去那边吧。’他说：‘不，不，不，莱芙帝。桑尼·布莱克让你去布鲁克林。’那个人近在咫尺，唐尼。我们本来可以来个包抄的。”

所以他们回了运动休息厅一趟，然后便到拉比托的公寓藏身。

执行过这项“任务”，莱芙帝更加烦恼了，因为他没有在家族内部得到公平的待遇。

“实际上，在这次内斗事件开始之前，”莱芙帝说，“他说过：‘莱芙帝，你是为了赚钱来的。我们会在三个月之内成为百万富翁。’我又一次被排除在局外了。我能对谁嚷嚷呢？你想知道我为什么生气吧。他知道我会对付他，因为我就是要这么做的。他又会干些什么呢？和那些老板们谈判？他不能的，这个家伙。他会把事情搞砸的。现在我得到了干掉那个人的暗杀合同。啊哈。你当初他妈的在耍谁呢？只有四个人可以去，我、吉米·“长腿”、尼基·桑多拉，还有鲍比。你打算怎么做？我已经去过那边了。这是个自杀式的行为。”

“去那处房子了吗？”他们得到了消息，说那个人藏身于河源镇一处断头巷的一所房屋内，在长岛的一个偏远角落。

“那是一个糟糕的地方。你们得去那个该死的街区。可是一旦那个人发现了我们，我们就死定了。桑尼想要我们一举成功。一举成功？桑尼，你他妈的捉弄谁呢？你他妈的会知道结果的。他想要在‘拉斯提’出来之前发财。”

他提起了那个婚礼。“今天他在所有人面前问：‘我们有多少张桌子？’四张。‘那么，怎么安排他们的位置，因为每个人都想坐得离我近一点儿。’我说：‘不包括我。哦，不，我要和我老婆一起坐，和我朋友一起。我想开开心心的，不要引人注意。’”

“他们要在哪里举行宴会？”我们都不会去参加婚礼的。

“在斯塔顿岛的夏尔美酒店。每个人都会带手枪去。即使是你也不例外。你有手枪吗？我给你弄一支吧。我知道从谁那里可以搞到。两个星期以前他给我打了个电话。‘莱芙帝，你星期六晚上来见我吧。你和尼基都来。’鲍比也在那儿。所以我和他们去了。我坐在那儿，身上带着两支枪。他们喝酒，我喝苏打水。‘莱芙帝，’他说，‘你这个人英俊又优秀。’他又说：‘我们会有所作为的。’他坐在那儿逗着该死的鸟儿。但是他遇到麻烦的时候，他却勇猛十足。我现在没有和他在一起，但是前一阵我每日每夜都和他在一起……这就是我的暗杀任务吧？很好。现在，我们迟早要干掉这个家伙，到时候老板们都会知道是我干的。我要去抓那个人了。我会闭嘴的。告诉你吧，这地方真他妈的损害人的心理素质。它真会损耗你的勇气。”

“当然，你做的都是中规中矩的事嘛。”

“他妈的，他怎么能这样对我呢？”

“我不知道。你他妈的太忠厚了。”

“如果‘拉斯提’回家，什么事都能解决了。他会没命的。‘拉斯提’会宰了他。”

我回到了运动休息厅。那个晚上，我和桑尼在一起，住在他的公寓里。

我在自己的裤子口袋里放了一个接收器。我们睡觉的时候，我把自己的裤子和其他衣服挂在衣柜里。我们现在关系如此密切，如果要几块钱去买面包或者其他东西，到对方衣袋里去找也不会觉得别扭。总有可能发生这种事的。但是你不能穿着裤子睡觉。所以我只能把它挂起来，然后去那个折叠沙发上睡觉。

6:45时，桑尼买来咖啡和面包卷，我闻到那香气就醒了。我们穿着短裤坐在餐厅里。今天是他的生日，我给了他200美元作为贺礼。我还把他的驾照还给了他，那是从拉斯维加斯之夜警方突击搜捕没收的物品中取回来的，还有那1000美元保释金。

他给了我一支手枪。他要每个人都准备好，因为敌对派系的眼线有可能正盯着我们。手枪是蓝黑色的德国产点 25 口径自动手枪，枪管侧面的序列号被刮掉了。它里面有满满一弹夹的子弹。

“你要一直带着这个，尤其是在婚礼上。”

我们谈到了国王球场。因为要和桑托·特拉菲坎特一起回去，他感到忧心忡忡。

“你什么时候来佛罗里达州？”我问。

“可能下周吧。下周有一场老板级别的会议，我要会后才能离开。”他开始在一个小小的蓝色笔记本上写写画画，这是他用来记录高利贷明细的。

“我终于开始赚点钱了。我每周有 3000 美元进账。我在道上弄到 70000 多美元了。如果我不用在外面吃吃喝喝，也不用供养这么多人，那就好了。”

我们上楼去喂鸽子。桑尼的情绪很平静。

“你有什么关于布鲁诺行踪的消息吗？”我问。

“有一条关于他的消息。但是，我们准备放 J.B. 一马。”

他们不准备杀那个人的叔叔了。“怎么回事？”

“如果要把猫引过来，你得放弃一些东西。”我们沉默了一会儿，他绕着笼子踱步。

“唐尼，等老头子出来，我会提名让你加入的。”他俯身靠着栏杆，“我对你像兄弟一样友爱。在这个团伙里我没法信赖其他人。我知道他们都在编故事。但是对于你我有信心。我要你保证，如果我被干掉，或者出了其他事，我的孩子们和老婆能够从我父母的财产中得到他们应得的部分。我相信你能照料我的孩子。他们每周要得到 1000 美元钞票。”

“你可以信任我，兄弟。”

“你知道的，这些该死的鸽子连快速飞行 50 英里都办不到。你要训练它们，让它们健健康康的。它们现在飞行 10 英里要花 10 分钟。”

在运动休息厅，莱芙帝正和吉米·“长腿”、尼基·桑多拉说话。

“四个人接受了那个暗杀任务。”莱芙帝说，“什么，你在开玩笑吗？每个人都他妈的赚到了钱？”

“谁要去呢？”尼基问。

“我、你、吉米·“长腿”和鲍比——就这几个了。其他人都不应该去。你在和我开玩笑吗？因为这就是他做事的方式。换句话说，‘小不点儿’不参与了。其他人都在忙着赚更多的钱，也不参与了。马西诺的人也不参与了。而你做什么呢？你他妈的在找死呢。这个人不好惹。他会看到我们的。你一离开停车场就会暴露的。桑尼要我们趁夜晚过去。你们在夜色里看得清楚吗？”

“我们星期一开始办这件事吧。”吉米·“长腿”说。

“你觉得这件事在一个星期之内可以搞定吗？”尼基说。

他很渴望去国王球场活动。他从未见过那个地方，现在桑尼允许他去那里了。

“嗯，我们要把时间提前。我们的运气变好了。信用卡在哪里？”

他们有一些偷来的信用卡，用途形形色色。

“你要信用卡干什么？”尼基问道。

“我们可以用它弄一辆车。”

“到时候怎么把车弄回来？”

“就扔在大街上好了。”

“你那些搞到车的伙计呢？难道我们不能在那边弄一些车吗？我的意思是，在米拉工作的地方。”

“米拉？别在公共场合提这个该死的名字。我不能接近他，桑尼是这么说的，现在不行。”

“你们为什么不能靠近他？”

“我不知道。你准备什么时候去搞到那辆车？”

“我一无所有。”尼基说，“如果你把事情办得漂亮些，就搞两辆车来。”

“嘿，你和桑尼关系这么密切，不如告诉他你的意图。假设你驾驶着一辆车子四处转——嘿，我们要去执行一个暗杀任务了。如果不是暗杀行动，编别的故事也行。你知道“菲利·拉克奇”在遇刺前两周卖掉了什么吗？卖了 7000000 现金呢。他手头有四辆拖车呢。这个年轻的家伙，才 50 岁。他身后留下了 75000000 美元。好家伙。”

莱芙帝和“小不点儿”在麦迪逊大街的假日酒吧见面。一个曾在纽约警察局工作的警察可以提供一份最新警方报告的复印件，里面详细介绍了针对布拿诺家族的调查情况，包括监视报告，以及将会被传唤到陪审团面前的人员名单。那个家伙对这份资料开价 5000 美元。

莱芙帝催促着要买下它。“这该死的资料像一本书。最早的记录是在 5 月 4 日，就是出事的那个星期一的前一天，对吧？当时开了一个会。他们被监视了。我们就到家族里面去，把它抖出来吧。”

于是，我开车送莱芙帝去布鲁克林。

“桑尼和乔伊有矛盾。”他说，“桑尼的权力正在扩大，所以乔伊现在弄了一个秘密的电话号码。因为和桑尼有嫌隙，他不和任何人说话。”

莱芙帝和“小不点儿”对桑尼说了这份警方报告的事。后来莱芙帝失望地走出运动休息厅。“他不想要。他不愿意出那5000美元。”

莱芙帝想去看一辆凯迪拉克车，有可能会买下它。尼基开车送我们到皇后区，找商家看车。这车子是暗红色的，底价是15300美元。莱芙帝决定买下它。

他们讨论如何寻找那孩子、搜索那栋房屋。

“我要不要带猎枪？”尼基问道。

莱芙帝笑了：“带上吧，上次你不就打死了一个不该死的人嘛。”

大伙儿都笑了。有一个黑手党人叫作桑多·乔达诺，被子弹误伤了髋部，从此瘫痪了。这是他们那天最好笑的笑话。

当我以唐尼·布拉斯科的身份开始卧底工作时，有时候会害怕因为特工身份而遭遇不测。现在，我也害怕会因为黑手党人的身份而遇到危险。如今，事态已经发展成家族的内斗了；我可能会被干掉，特工和黑手党人的两个身份都可能导致这个结果。

我住在桑尼的公寓。我有时会在早晨起床后走进浴室，一边看着镜子，一边想着自己今天会不会被干掉？

莱芙帝和我准备去卡普锐咖啡馆，在中午时喝个咖啡。

“我们该监听杰瑞·‘辣椒’的电话。”他说，“他知道那个人的去向。监听一下他的电话，就有可能逮到他了。我会把一个窃听器放到杰瑞家里。我们终究会去拜访他的。他会邀请我们。鲍比为了去那儿，编了一个破故事。我们要在屋里装个窃听器，在外面也要装，放在树上或其他地方。杰瑞和那个人的父亲走得很近。‘桑尼·雷德’的老婆把他的车给了杰瑞，叫他帮忙卖掉。所以我们也要在杰瑞斯塔顿岛的房子里放一个窃听器。”

“我没意见。”我说。

“现在，你要混出头了，唐尼。但是，请让我对你说几句。首先，你得和我谈谈，说一下我们出门期间的情况，你从哪里来，还有诸如此类的事情。因为我忽然想到这些了。”

桑尼进来，也和我们凑在了一起。他说沙利·法鲁贾想要把一些骨干任命为组长。“但那么做是发疯了。”桑尼说，“因为那些人正谋划着夺取一切呢。那三个家伙被宰掉，就是因为这个——他们反对那些骨干，而且那些骨干投奔到我们这边来了。我们本来应该是被干掉的人，但是‘桑尼·雷德’欺骗他们，他们便偏向我们这方了。但我们没法让他们当组长。我们失去了所有的力量。”

他说，在“拉斯提”出狱之前，他敦促沙利把代理组长的权柄抓得更紧些。

“你会陷入困境的。”莱芙帝说。

“好啊，我已经在困境中挣扎了18年了。”

“我建议你强硬点，因为那些见鬼的骨干不会对任何人死心塌地。如果你给他们一些混账权力，就算眼下没什么损失，你3年以后也会吃亏，他们会埋了你的。你不能给他们权力。他们不会在乎的。他们不在乎谁是老大。他们不懂得敬畏，不把家族放在眼里。”

“沙利不想和我们有什么争端。”桑尼说。

“当然，我的意思不是责怪他。看看他把自己弄到什么位置上了吧。”

“我的意思是，如果这家伙在那里再待10年，会怎么样？你觉得他们会放了他吗？尤其在《反犯罪组织侵蚀合法组织法》已经出台了的这个时候。那我们该怎么办，缩在角落里面吗？我们可能要从头再来了。”

“是的，但不要丧失力量。”莱芙帝说，“如果你变弱了，你就有麻烦了。你现在不会有麻烦，但是3年以后会。他们会埋了你的。告诉你，他们会埋了你的。嗯，桑尼，你做你应该做的事情去吧。你的话对我很重要。”

“我没法同意你的观点。有一些事是我不能为某些人做的。何况我已经为他们做过别的事了。”

“你按自己的意愿做事，会让这些人陷入恐惧之中的。”

“我没有让他们恐惧，”桑尼说，“我给他们的是友谊，你懂吗？我当时几乎在那次内斗事件中落败了呢。”

我们几个坐在运动休息厅，腰带里别着枪，侃侃而谈——桑尼、莱芙帝、尼基、吉米·“长腿”，还有其他几个人。桑尼命令我们随时都要带着武器。

吉米·“长腿”正在把一支点45口径的手枪包起来。没人用手枪皮套，都把枪放在运动上衣的口袋里，或者掖在腰带里。吉米·“长腿”大腹便便，但身体的其他部位却是干瘪的。他的髋部和臀部都没有肉。所以当他走动的时候，那支点45口径手枪总是从他的裤腿滑下来。于是他想出了一个聪明的主意，在裤子腰部的内侧缝了一个口袋，把枪塞在那个口袋里。今天晚上，他刚缝好这个口袋，并第一次把它用起来。

我们在瞎聊，谈谈世界局势，说美国应该对其他国家强硬一些，不要被牵得团团转。我们还说，掌握着我们间谍工作的都是一些自由主义者，他们应该学习苏联国家安全委员会的一些手段，为了达到目的，苏联国家安全委员会是不择手段的。有些人说起了间谍业务中不同的杀人手法。我对他们讲了其中一种方法的故事。一个苏联国家安全委员会的特工有一把顶端锐利的雨伞，上面抹了毒药。他和目标擦肩而过的时候，只要用这把伞刺对方的腿或胳膊，便大功告成了。

他们觉得这是世界上最棒的玩意儿了。中央情报局应当效仿这种做法，而不是对着国会唯唯诺诺。自从“水门事件”以来，他们就一直是这种做派。

我们讲了一些故事，大笑起来。吉米·“长腿”忽然离开去厕所了。

过了一会儿，我们听到一点儿动静。吉米·“长腿”从厕所出来，那把点 45 口径的手枪晃晃悠悠地挂在他的拇指和食指之间。“我急着要拉屎，忘了口袋里的枪。我脱下裤子时，枪掉到了便池里。我只好把它捞出来。嘿，如果我们要开战，我需要杀掉哪个家伙的话，我就留一点儿粪便在子弹上。到时候，我要做的便是抓住他，像那个该死的苏联国家安全委员会特工一样，用这毒药杀死他们。”

“小不点儿”女儿的婚宴计划在下午七点举办，地点是斯塔顿岛海兰路 2380 号的夏尔美酒店。大约 5:00，我们开始在运动休息厅集合——莱芙帝、尼基·桑多拉、“靴子”·托马苏洛、鲍比·卡博兹欧、桑尼、查利酒保，还有其他一些人。

我们的行事准则是，大家每时每刻都要聚拢在桑尼周围，寸步不离。因为这会是个别人报复他的好机会。家族的其他成员也会出席，我们不知道有哪些人，他们又会干些什么。

有些人带着妻子或女友。我们要坐旅游车去，所以讨论了一下怎么走以及谁和谁坐一起的问题。

我们得确保每个人都上了车。尼基的腰带太小，塞不下他的点45口径手枪，他便把它给了“靴子”，尼基自己带了一支小型点32口径手枪，而我嘛，当然是带着我的点25口径的自动手枪了。

我和尼基、“靴子”同车。每个人都获邀参加宴会，包括莱芙帝和露易丝夫妇、吉米·“长腿”、杰瑞·“辣椒”、“菲什”·拉比托先生、警察丹尼斯、尼基·马然杰罗和迈克·萨贝拉。

唯一引人注意的缺席者是乔伊·马西诺，他真的和桑尼与莱芙帝结仇了。

“那个白痴害怕在外面被人抓住。”莱芙帝说，“就是这么回事。”

我和尼基、查利、“靴子”坐在桑尼一桌。除了“靴子”和我，每个人都有女朋友。这是一个盛大的宴会，场地里有开放式酒吧、乐队和牛排餐台。形形色色的黑手党人全都到场了，包括科伦坡家族的代理老大杰里·朗。“小不点儿”很自豪，但是一如既往地沉默和自制。我们坐在桑尼周围，保持警惕。

摄影师在场地里来回走动，但是桑尼说他的手下所坐的桌子是都不允许拍照的。

大约晚上11:00，我们回到运动休息厅休息片刻。

桑尼给了我4000美元，作为在佛罗里达州地区的高利贷基金。

第二天，我乘飞机回到坦帕市。我不能带着桑尼在飞机上给我的那支枪，所以我拆掉了把手，在底部刻上我名字的首字母和日期，把这些部件一起收起来，在机场交给另一个特工，让他带去佛罗里达州。

7月12日，尼基·桑多拉给我打电话：“你知道吗，那个人已经从这里离开了。我们得到消息，说他去了别处。”

“哦，是吗？”

“所以我们想知道，你是否能弄到有关他的消息。我想他去了迈阿密。我们不确定。但他更有可能是在那儿。”

“我去打打电话，我在那儿有些得力的人。”

“不过，唐尼，注意安全啊。”

7月23日，莱芙帝打来电话。“那家伙明天要出门了。他像是忘了做什么事情。我不明白发生了什么破事。”

莱芙帝一直因为如何调派人员的事在和桑尼闹别扭。

“他妈的，我告诉过你他做了什么吗？他带走了我一半的手下。你知道他把他们给谁了？”

“谁？”

“你永远也猜不到，唐尼。你说说，谁是我们的敌人？”

“别告诉我是‘艾衣·沃克’。”

“说得对。所有人都怒气冲冲。他把迈克给他了，还有乔伊·彪马。他们被恶心到了，都要辞职。”

“你在开玩笑吧。”

“而且他还惹了别的麻烦。他想知道他们赚钱的途径。他们都要反了。所以我去找他。我说：‘你他妈的想惹怒别人吗？’我和他辩论。他说：‘我知道自己在做什么。’”

“他正在把那些人培养得更强大。”我说，“他还把另外一些与他敌对的人派给了和他作对的‘艾衣·沃克’。”

“说得对。吉米·‘长腿’甚至不想来了，他是我的人。我还在佛罗里达州找到了史蒂夫。”

“他没有管控住他们，”我说着煽动他的话，“反而放弃了他们。”

“说得对。你明白这些事，我很开心。出事的话，我们会因此而更有把握。听着，唐尼，我想要投奔那个即将回来的人。我的要求已经得到允许了。”

“那样做对吗？”

“现在，如果我成功了，除了他，我就不必听命于任何人了。”

“这是不是意味着，我可以跟着你投奔他，嗯，莱芙帝？”

“是这么回事。你和我一起吧，我们不必听任何人的。明白吧？”

“那他来这里的时候，你想要我怎么对他呢？”

“陪着他就行，好好应付吧。”

“好的。”

“他正在做各种各样的努力。你知道那些骨干说什么吗？‘我们不喜欢这个家伙，我们不信任他。’”

“那样说对吗？”

“他们不想要他。他弄得他们晕乎乎的。争端一直没有平息。我不在乎，唐尼。我的人过得挺开心就好。我不会搅扰他们，你明白吧？”

“乔伊·彪马正在做什么？”

“现在他们不会彼此惹嫌了。他把自己毁了。乔伊·彪马住院了。桑尼还让那家伙每天去医院登记一下。你听说过这样的事情吗？‘你得到付清我的账单之后，再回佛罗里达州去。’桑尼这么对他说。一点儿意义也没有。嗯哼，这对我们倒是好事。”

“是的。”

“我们不会让手下难受的。”

“没错。”

“但是这个人，我真不知道他要做什么。我告诉你，唐尼，桑尼·布莱克是个该死的谜团。”

就这样，等到几个星期以后“拉斯提”·拉斯泰利出狱，莱芙帝将会带着我，一起直接投入那个头领的麾下。我永远不能和莱芙帝形成像和桑尼那样密切的关系。但是有一点是我可以信任莱芙帝的：他告诉我的一切有关黑手党的事都是真实的。

我准备度过在黑手党内部的最后一个周末了。这是我作为唐尼·布拉斯科，以及桑尼·布莱克的客人的最后时光。

第二十章　脱身

桑尼急于借桑托·特拉菲坎特的光回去，以便解决一切问题，使我们取得进展，借助和特拉菲坎特的关系，把所有能赚的钱都赚到手。他觉得他未来有很大一部分时间都将在佛罗里达州度过。

桑尼和尼基·桑多拉在星期五过来，那天是7月24日。他让罗西给本尼·哈斯克打电话，看看能不能在星期六召开一次会议——不要将地点定在坦帕市，因为桑尼觉得那里有太多关于他们两人的争端，而是在假日公园公寓。罗西在迈阿密的港湾乡村俱乐部给哈克斯打了个电话。哈克斯说，他们会尽量在星期六下午5:00前到达假日酒店。

这个周末，我们计划从桑尼和尼基那里套出所有可能的信息。在这最后几周的时间里，我们的事情多如牛毛，要做好所有收尾工作。我们仍然要扮演自己的角色，所以没有做反常的事。现在我们真的要功成身退了，我们全身心地投入，就像一个在最后几局里尽情发挥的投球手。我们知道，这将是我们和他们周旋的最后时光了。我们当然想让他们多谈谈那些凶杀案，但我们最终还是把对话随意引到了黑手党人的各个领域上去，让我们尽可能多地获取信息。如果我们有些出格了，那也没关系，因为这个周末过完之后，一切就成为历史了。

我们想尽快让他们放松警惕。星期五晚上，我们去帕帕斯餐馆吃饭，然后到附近随意逛逛。我们去了清水海滩上的一个酒店，在那里看了一场喜剧表演，接着又回到俱乐部，在星期六早上大约6:00才休息。他们玩得很开心，没有谈生意上的事。特拉菲坎特和哈斯克在星期六下午5:00准时到达塔希提汽车旅馆，然后直接去了桑尼的房间。过了几分钟，他们三个离开房间，去了咖啡店。他们在那儿谈了大约40分钟，然后特拉菲坎特和哈斯克起身同桑尼握手，就乘坐特拉菲坎特的凯迪拉克轿车离开了。

桑尼叫罗西和我到那家咖啡店去。他正沉浸在狂喜中。见面非常成功。他说，他给了特拉菲坎特2000美元，哈斯克1000美元，好让他们分给在拉斯维加斯之夜出力的伙计们。特拉菲坎特说那次突击搜捕是“司空见惯”的。

“这样，我们就能借着他的光回去了。”桑尼说，“现在，你们这些家伙就得开始干活，因为我要和这个人把你们一起带回去。”

宾戈、赌博、数字游戏、赛狗，在和特拉菲坎特合作之后，这一切都会进展得如火如荼。佛罗里达州将成为我们的天下。他们的心情太好了，只想开派对取乐。他们想要庆祝、展望未来。这个周末将“永不停歇”——他们只想继续开派对，我们想让他们继续保持情绪高昂，聊得越晚越好。

尼克·桑多拉、桑尼·布莱克、埃迪·香农、托尼·罗西和我在俱乐部彻夜欢聚。我们在星期五晚上小睡了一会儿。星期六晚上，我们根本没有睡觉。尼基和桑尼都不想谈生意上的事，无论我们怎么引导谈话都没有用。除了我们这边的鸡尾酒女侍者和酒保以外，其他娱乐场所的女侍者和一些常客也过来加入了派对。凌晨时分，桑尼带着其中一个女孩回酒店去了。

星期天早上，太阳升起来了。这是我们在俱乐部的最后几个小时，也是行动的尾声。我带着尼基到丹尼饭店吃早饭。罗西和香农要晚来一会儿，好用现金结账，同时帮助员工打扫一番。

尼基和我离开之后，罗西对帮工说，他们除了工资之外，还意外地获得了两周假期，因为俱乐部要停业重新装修。

我和尼基单独在丹尼饭店。时间不多了，所以我决定快点打听一些和三位组长被杀案有关的事情。我从另一个角度切入，问他几个失踪的科伦坡家族的成员的情况。

"他们被干掉了。"尼基说，"他们从贩毒的钱里揩油，和'桑尼·雷德'搅在一起。"

"这里面一定有情况。"我说，"同他、菲尔·拉克奇和'大崔'都有关吧。"

"我一辈子都没见过那样的场面，唐尼。'大崔'的块头太大了，猎枪的子弹击中他的时候，他有五十磅内脏就那么飞了出来。"

"其他人的情形怎么样呢？"

"我们晚些再说吧，唐尼。"

香农和罗西进来了。我不能示意他们离开。尼基以前没见过香农，于是便一声不吭了。

我们吃过早饭，回到了塔希提汽车旅馆。尼基和桑尼打包行李，罗西和我把它们运往机场。路上，桑尼一直喋喋不休，说如今他在特拉菲坎特的帮助下已经回到正轨，说我们该如何推进工作，如何促进毒品方面的联络、提升高利贷和赌博收入、继续发展宾戈游戏和赛狗赌博。现在一切都有进展了。

这时尼基意识到自己忘了东西。"唐尼，我把一件蓝色麂皮夹克落在汽车旅馆了，里面有一些重要的地址簿。能否帮我把它们立刻拿回来，然后寄给我？”

“没问题，尼基。”

我们和他们在机场分手。我觉得既轻松又难受。我觉得自己可能再也见不到桑尼了，即使在法庭上也不会见面了。我相信他已经成为历史了。我和他就这么告别了，没有做任何了不起的事。

“明天我再和你谈。”我说。

我回到塔希提汽车旅馆，从尼基的房间取出他的夹克，还有两本地址簿、一个夹着私人便条和卡片的口袋大小的皮夹子。我把它们交给麦克·朗斯佛特。

我们还清理了自己的公寓。家具是租的，所以只要收拾好个人物品就行了。

国王球场被锁起来了，案件特工会处理的。

那天的晚些时候，罗西乘飞机前往华盛顿汇报。而我则需要直接飞往密尔沃基，就巴利斯特列里家的案件在大陪审团面前做证。这桩案件和其他许多案件一样，在我们结束整个行动之前，都被暂缓办理了。埃迪·香农和我一起搭飞机，这样做是为了再加一重保险。然后我会飞往华盛顿进行汇报。在那几周的时间里，我都没有机会回家。等我回家逗留了几天之后，我去了纽约，开始和美国检察长一起准备起诉材料。

我不太喜欢自省，而且在那段时期之内，我也没有时间思索。因为对桑尼·布莱克心生好感，我感到有些别扭。我觉得他挺亲切的。但是我没有背叛的负罪感，因为我时刻记着，我和他是处于不同世界的人。从某种意义上说，我们都在为各自的事业而奋斗。如果他发现我的真实身份，他可能早就把我除掉了。他可能会以传统的方式处理这件事。他会不和我说话就令我身陷绝境的。这就是所谓的“杀你的人就是你认识的人”。他可能会让莱芙帝动手，也可能自己动手。这本就是件冷血的事。

桑尼是他们那一行的高手。他不是一个水货。他不会作威作福。他是一个强硬的人。因为一些难以解释的原因，我很喜欢他。但我要把他投入监狱，他会因为我的缘故丧命，在这些事上我绝不犹疑。这就是工作。

我知道，莱芙帝和桑尼都以各自的方式友善地对待我。但这两个人可能会在一分钟之内就夺走我的性命。他们要杀我，不需要知道我是一名特工。只要是个线人就够了。对于米拉，我可能无法下决心。而他们可能会受命来杀我。他们做起这事来轻而易举。

我们的世界是不同的，差异在于我不会杀他们。我只会把他们投入监狱。我有一种直觉，在现在这种情况下桑尼会被他自己的手下杀掉。我不想因为我的缘故而让哪个人被杀害。但是我的规矩不管用，他会因为他们的规矩被杀掉。我不曾记录这些规矩。那些规矩应当由他们的组织书写，而不是我。

所以我心里不舒服，但是我没有迟疑。我在工作中所做的事，没有一件受到我对桑尼或其他任何人的看法的影响。这是我的原则。有些人不善于处理这方面的问题。我有一个做秘密工作的朋友。在准备开庭的时候，他说他无法正视被告人的眼睛，因为他骗了他们，因而心怀内疚。我告诉他，你只是工作而已，不能把个人的感情放到这些事上面。我不会去和这些家伙拉近关系。我不能允许自己变得如此感情用事。以我的处境而言，我每天都身处险境之中。

桑尼和尼基回到纽约的次日，莱芙帝想在假日酒店给我打电话。又过了一天，特工们去找了桑尼·布莱克。道格·芬纳尔、吉姆·金尼和杰瑞·洛尔去了运动休息厅。

桑尼认识道格·芬纳尔，这一点很重要。特工们“认真办事”的时候，有时会上门拜访像桑尼一样的黑手党人，只是为了表明他们在周围监视，如果黑手党人被困住，想要传递消息的话，他们便近在咫尺。几个月以前，桑尼、莱芙帝和我曾经讨论过逃避法律制裁的方法，他们觉得唯一需要真正担心的是联邦调查局的特工。桑尼说，一些特工会时不时在运动休息厅出没，他还提到了芬纳尔。“他是个不错的人，一个绅士。他不会瞎扯。他只是直白地告诉我们自己的意思。”

所以芬纳尔受到了桑尼的信赖。特工们向桑尼出示了一张特意为此拍摄的照片。照片是我和这三位特工的合影。他们问桑尼：“你认识这个人吗？他是一个联邦调查局的特工。我们就想告诉你这个。”他们没有和他谈条件，因为谈条件都是含蓄的，而直奔主题去谈的话，对像桑尼这样的人来说将会是一种侮辱。桑尼的表情、语调、声音都显得波澜不惊。“我不认识他。不过，如果我见到他的话，我便知道他是个调查局的特工。”

我们通过窃听器和线人，知道了随后发生的事情。

正如我们所料，在这次会面后，桑尼的第一个动作便是召集他手下的骨干。莱芙帝、“小不点儿”、尼基都去运动休息厅和他见面了。桑尼说，我不可能是一个特工，如果我在联邦调查局，只可能是被绑架或者洗脑了。在随后一个多星期的时间里，他们坚信这个说法，并寻找我的下落。他们还去了国王球场，甚至向一些女侍者打电话询问。莱芙帝去了迈阿密，和马茹卡地毯式地搜索了那个地区，找了所有的酒店和黑手党人的巢穴。他们还从纽约派了两个人去芝加哥、密尔沃基和加利福利亚，看看能否有所收获。

10天以后，桑尼给桑托·特拉菲坎特打了电话，告诉他和特工见面的事，以及特工们说的话。他没有表达自己的任何看法，也没有解释。

他给监狱里的“拉斯提”·拉斯泰利捎话。然后他又打电话给甘比诺家族的族长保罗·卡斯特利亚，那是老大中的老大。

黑手党人为了这件事在纽约开了许多次会议，认为形势严峻。我这些年和莱芙帝、桑尼，以及其他人一起拍了一些照片，他们把我的照片发布到全国，而且所有的黑手党人家族都进入了警戒状态，四处搜寻我的踪迹。

老板们考虑了要采取的措施。他们公开发出了一份暗杀我的合同，悬赏500000美元，任何人都可以参加。有迹象显示，他们干掉了黑手党人内部所有和我有联系的人。显然有些人要遭殃了，但是我们无能为力。如果没有明确的消息显示一个人会被杀害，你便无法获得许可去把他从道上救下来，即使是为了保护他也不行。而且，我们也不知道哪个人是确定的目标。

我是个例外。调查局派出了特工小队去拜访他们能找到的所有黑手党老板，并当面告诉他们，别碰这个特工，他对付过你们，但事情已经结束了。如果他们伤害我，所有司法部门的资源都会用来集中打击他们——我和调查局是不受威胁的。

8月14日，特工们向桑尼透露我身份的第十四天，黑手党人老板们在新泽西开了一个会，桑尼去参加了。我并不觉得意外。他只有几个选择，要么变成我们的线人，要么跑路，要么去开会。他去开会，从此就消失了。

发现桑尼失踪后，我对杰瑞·洛尔说：“如果你看见他们开始拆除他的鸽子笼，你就可以把桑尼的案子结掉了，因为那时他已经成为历史了。”大概一个星期以后，一些人去了那个天台，拆掉了鸽子笼。

一个月以后，桑尼的女朋友朱迪给联邦调查局的纽约分部打电话，说想要和我谈谈。我联系了她，她说她很害怕，因为桑尼，也因为她自己。她很想见我，和我说一些事。我说好的，特工们会和她联络，安排见面的事。

我们要小心从事，即使对朱迪也不例外，因为这可能是个骗局。我们要控制局势。所以我们决定在华盛顿见面。两个特工接上她，和她一同乘坐飞机，并把她从国家机场直接送到万豪酒店。

我们一起去餐厅吃饭。其他特工坐在餐厅另一端的桌子旁。她说自己又害怕又担忧，而且对桑尼念念不忘。

我说：“朱迪，桑尼大约不会回来了。我建议你从此以后不要再和那些人打交道了。他们不是你真正的朋友。过你自己的生活吧。”

“我现在明白这一点了。”她说，“但是我和桑尼在一起很开心。我真的喜欢他。”

“我也一样。”

她很悲伤，流了一些眼泪。“唐尼，我知道你和那个圈子不一样，因为你与众不同，你有一种睿智的气质，是吧？你远远不止是一个贼。你是桑尼和我的好朋友。桑尼对你从来没有任何反感。”

“听你这么说我很高兴。”

她说，他告诉过她特工拜访的事，他不相信他们说的话——我不可能是一个特工，凭着我和他共同经历的事、说过的话、建立的情谊就可以确定。“你知道他说过什么吗？他告诉我：‘我真心喜欢那个家伙。’他发现你真是特工的时候，他确实崩溃了，但他说不会改变自己的看法，因为你的个性。你只是完成了工作，你做的是对的。”

“我一直喜欢桑尼，”我说，“我这份感情同样没有改变。”

“他对我说，他要去新泽西开会，没有留下其他话。我发现他动身去开会之前，把钱财、公寓钥匙还有其他东西都给了查利，那个调酒师。他只带了汽车钥匙。”

“他知道自己不会回来了。”我说。

“是的。你觉得我会出什么事吗？”

“不，我肯定你没事。别为任何事情担心。没人会来骚扰你。只要过好自己的日子，远离那些人就好了。”

最后，她说感觉好些了，她接受了桑尼一去不复返的事实，也为和我的这一席话而高兴。

“你随时可以给我打电话。”我说。

我们推测，桑尼、莱芙帝和托尼·米拉会是黑手党人最明确的清除目标，因为我的缘故。米拉，因为他是第一个带我去小意大利的人，第一个和我结识的布拿诺家族成员，也因为他们觉得他是一个告密者。我们得到消息说，他们觉得他在谈判中为我争辩完全是一个阴谋，他和我实际上已经在为联邦调查局工作了，想让我进一步渗透到黑手党人之中。而莱芙帝和桑尼是明显的目标，因为我和他们的关系密切。

但是，我们唯一确定下落的人就是莱芙帝。他是我们唯一能保护的人，我们从他的同伙手中将他救了出来。8 月 30 日，星期天，他从自己的公寓楼出来，特工们抓住了他。

直到1982年3月，米拉才遭到了暗杀。在北摩尔西街角落的一个停车场，布拿诺家族顾问史蒂夫·卡诺纳居住的大楼外，人们发现他的尸体被丢弃在一辆车里。有人朝他的脑袋开了四枪。他的口袋里有6700美元。

1982年8月12日，我开始在南区联邦调查局法院318号庭，就美国检察长起诉多米尼克·纳波利塔诺等人诈骗一案出庭做证。

1982年8月12日，在斯塔顿岛水手码头附近靠近南街的一条小溪中，有人发现了一个医用裹尸袋，里面是一具严重腐烂的尸体。这具尸体本是被埋掉的。最近大雨滂沱，把泥土冲走，使它露了出来。这个人是被枪杀的，双手被剁掉了——表明这是一起黑手党制造的凶杀案，尤其表明受害者危害了黑手党的安全。

11月10日，在对莱芙帝、尼基·桑多拉、“菲什”·拉比托、“靴子”·托马苏洛和其他黑手党进行审判的前五天，我们根据牙医记录确认了那具尸体是桑尼·布莱克。

桑尼死了，我感到难过。但我也很开心，因为死的人不是我。

后　记

1981 年，在我结束了间谍工作的时候，我没有庆祝，没有像游子一样投入家庭的怀抱，也没有和家人一起过回正常人的生活。实际上，因为死亡的威胁和对我的悬赏捉拿，我的家人承受了比我潜伏在黑手党内部的时候还要多的恐惧。我马上着手为许多案件的审理工作做准备，在过去 6 年中，我一直作为证人在这些审判中现身。

接到通知的时候，我照样会出庭做证，不过我在 1986 年就从联邦调查局辞职了，我已经在其中工作了 17 年。然后我开始写这本书。我不是联邦调查局“证人保护项目”的保护对象。我和家人再一次搬家，去了美国的另一个地方。只有在与联邦调查局的活动相关的事件中，以及这本书里，我才会使用“皮斯通”这个名字。和家人在一起时，我就用家里的名字。在旅行时，或是做证和家庭活动以外的其他场合，我还有多个化名可以选用。

48 岁那年，我用一个新名字开始了新生活。除了我的好友和几个政府官员以外，没有人知道我就是那个叫作乔 · 皮斯通或唐尼 · 布拉斯科的人。

回首往事，我有可能重复这段历程吗？从职业角度看，答案是肯定的，我会毫不犹豫。但是在 10 年的时间里，我没有陪伴家人。

我不知道这种缺憾是否值得。但我知道，如果再去做这项工作，我依然不会改变我的行事方式。

以下简要罗列书中主要人物的结局：

巴尔达萨·“巴尔达”·阿马托：因“比萨大亨”贩毒案在纽约被判有罪，等待宣判。

弗兰克·巴利斯特列里：在密尔沃基被判处 13 年监禁，在堪萨斯市被判处 10 年监禁。

约翰·巴利斯特列里：在密尔沃基被判处 8 年监禁。

约瑟·巴利斯特列里：在密尔沃基被判处 8 年监禁。

凯撒·博旺特尔：于 1984 年被谋杀。

斯特法诺·“史蒂夫·比福”·卡诺纳：死于 1985 年。

詹姆斯·“佛特·李堡·吉米”·卡帕索：在本案中未被起诉。

鲍比·卡博兹欧：失踪，据线人报告已被杀害。

保罗·“比格·保罗”·卡斯特利亚：因“委员会审判”案件被起诉，于 1985 年在纽约被杀害。

塞尔瓦托·卡塔拉诺：因“比萨大亨”贩毒案在纽约被判有罪，监禁 45 年。

约翰·“小不点儿”·塞拉萨尼：在纽约被宣判无罪，但在坦帕市被宣判有罪，判处 5 年监禁。

杰瑞·“辣椒”：在纽约被判诈骗罪，1987 年获释。

乔·切利：在本案中未被起诉。

托尼·“鸭子”·科拉洛：因“委员会审判”案在纽约被判有罪，监禁 100 年。

乔伊·达米科：于 1987 年在纽约抗辩，被判伪证罪。

阿尼里奥·德里罗伊：死于1985年。

阿蒙德·德里罗伊：在纽约被判有罪，逃亡，未在宣判时出庭。

史蒂夫·迪萨尔沃：在密尔沃基被宣判有罪，监禁8年。

约瑟夫·多纳休：在佛罗里达被起诉，于1983年自杀。

沙利·“彩绘玻璃”·奥塔维奥：于1987年在纽约被起诉。

艾衣·“艾衣·沃克”·埃米巴拉托：在本案中未被起诉。

詹姆斯·吉米·“长腿”·埃皮斯科皮亚：于1983年在纽约被判有罪，判处5年监禁。

卡迈恩·加兰特：于1979年在纽约被谋杀。

塞尔瓦托·“沙利·水果”·法鲁贾：在本案中未被起诉。

菲尔·“菲利·拉克奇”·吉埃孔纳：于1981年在纽约被谋杀。

吉尔利·格雷卡：于1980年在布鲁克林被谋杀。

本尼·哈斯克：在塔帕抗辩后被判有罪，监禁3年。

阿方斯·“桑尼·雷德”·尹帝利凯托：于1981年在纽约被谋杀。

安东尼·布鲁诺·尹帝利凯托：在纽约因“委员会审判”案件被起诉，监禁45年。

真纳罗·“杰瑞·郎”·兰杰拉：在纽约因“委员会审判”案件被起诉，监禁100年。

约瑟·马西诺：于纽约被判有罪，监禁10年。

尼古拉斯·马然杰罗：于纽约被判有罪，监禁10年。

史蒂夫·马茹卡：触犯多项刑法条款，但未在本案中被起诉。

安东尼·米拉：于1982年在纽约被谋杀。

多米尼克·“桑尼·布莱克”·纳波利塔诺：于1981年在纽约被谋杀。

查尔斯·“查理·穆斯”·帕纳若拉：在过去10年内被判处多项

监禁，如今假释中。

阿方斯·“艾利·博伊”·珀西科：在纽约被判有罪，监禁12年。

卡迈恩·“斯内克”·珀西科：在纽约因“委员会审判”案件被判有罪，监禁100年。

乔·彪马：死于1985年。

安东尼·“菲什”·拉比托：在纽约被判有罪，监禁8年。

菲利普·“拉斯提”·拉斯泰利：在纽约被判有罪，监禁12年。

本杰明·“莱芙帝·甘斯”·鲁杰罗：在密尔沃基、塔帕市、纽约被判有罪，监禁20年。

米歇尔·萨贝拉：在密尔沃基被无罪释放。

安东尼“法特·托尼”·萨勒诺：在纽约因“委员会审判”案件被判有罪，监禁100年。

尼古拉斯·桑切拉：在纽约被判有罪，监禁20年。

托米·斯潘诺：于1984年被杀。

安东尼奥·“靴子”·托马苏洛：在纽约被判有罪，申述后推翻定罪。

桑托·特拉菲坎特：于佛罗里达被起诉，死于1987年。

多尼米克·“大崔”·特林切拉：于1981年在纽约被谋杀。

米基·扎法拉诺：死于1980年。

更 新

1988 年 7 月

约瑟夫 · D. 皮斯通

自从这本书的精装版问世以来，我和佩吉陆续接受了《时代》《人民》《20/20》和《早安美国》的采访。我出席了一些访谈秀，主持人包括拉里 · 金、杰拉尔德 · 里维拉和其他一些人。

有些记者、电影观众打电话进来，特别想知道我的调查对黑手党造成了什么影响，我的间谍工作对皮斯通家庭有何影响，以及我是否会“重操旧业”等问题。

由于我的调查，黑手党修改了一些关于成员资格的规定。他们要求提请加入的人必须“全部坦白”或是杀过人才能成为入盟党徒。之所以这样规定，是因为没有哪个特工会为了装成恶棍而杀人。

此外，如果要提请一个人加入，必须有两个黑手党成员为其担保。所以，现在必须有两个人负责，而不是一个。他们必须说，他们从小时候就认识这个人了，至少也得交往过 15 年到 20 年。

同时，由于执法机构的压力不断增加，尤其是联邦调查局，迫使很多高层的黑手党人成为线人，这个数目比黑手党历史上的任何时候都要多。

当然，由于这种背叛行为，外加我们成功定罪的一百多个案件，黑手党的领导层出现了问题。因为有这么多高层人员失去作用，不信任感和危机意识在各个黑手党家族和家族之间蔓延。这个管理层的问题如今依然存在，我为此感到高兴。

黑手党的价值观也改变了，是我加快了这个进程。

老一代的党徒信奉旧的价值观，相信你无论做什么都是为了兄弟，而最终都是为了组织。但这些人现在要么日益衰老，要么身陷囹圄。

他们为现实感到悲伤："'我们的事业'在年青一代的手里变成了'我的事业'。"

如今，黑手党主要由本国人组成，这些人的生活比较惬意，不像老黑手党人那样，将自己同血缘与"家族"荣誉紧紧联系在一起。这种美国化的黑手党价值观与执法部门火力集中的审判和调查一起，正侵蚀着黑手党的势力。

还有一样东西正在削弱黑手党的势力：像其他更大的社会组织一样，黑手党这种亚文化正面临着毒品泛滥的问题。

黑手党做毒品交易已有数十年了。虽然只有某些家族里的某些人才会插手大规模的毒品运输和销售活动，但每个人都想做毒品买卖，因为有利可图。即便如此，这些人却几乎没有吸毒的。

虽然长期以来黑手党都有反对吸毒的不成文规定，但如今许多年轻成员却吸毒成瘾，可卡因尤其盛行。

想象一下，你吸了可卡因，但这辈子都不一定有机会再见到一两克，一旦上瘾，你就得靠坑蒙拐骗来满足毒瘾，虽然可能会做得很拙劣。再想象一下，如果去当毒品进口商和销售商，你就能控制好几公斤毒品。因此，作为一个黑手党的瘾君子，你可能最终会努力把别人卷入毒品交易，然后被干掉。如果你活得够久，那么你就会自己疯掉。

情况就是这样。“我这一辈”的黑手党成员就像可卡因糖果店里的孩童。

我参加脱口秀节目时，99% 的观众似乎都对联邦调查局的业务表示满意，一些人甚至说我是美国的英雄。对我而言，把自己当成一个英雄很难——这仅仅是一项工作，我只是完成了而已。

有人想知道，我是否觉得扫清黑手党是我的使命所在，因为我是意大利裔美国人。

我并不是代表正直的意大利裔美国人在执行这项调查任务。我不是这个族裔的警察。的确，工作目标是黑手党，但这一点对我并没有多大影响。当时，我可能接受联邦调查局委派的针对任何一个组织的间谍任务。我对结果感到自豪，但是一些意大利裔美国人告诉我，他们感到骄傲的是我有勇气去做，让整个国家看看，并不是所有的意大利人都偏袒黑手党。

有些人甚至说，他们从来没有感觉黑手党是无敌的。许多人觉得，黑手党是一个让执法机构无可奈何的组织。我们的政府动手了，他们很高兴。黑手党的神话破灭，人们觉得很开心。

现在我们知道黑手党并非无敌。还有一点也很显然，黑手党也会残害意大利人，和对其他人一样。

从最保守的角度而言，我觉得我打破了一些神话。黑手党不像我们在《教父》等电影中看到的那样，他们的生活同样也缺乏新意。他们说话都挺无味。“我们今天去偷些什么？怎么偷？”同时，也有些人说：“你怎么能对意大利同胞做出这样的事呢？”我不敢苟同。

我所打击的是一群违法犯罪的人。

要保持恰当的观点，就不能站在种族的立场上看问题，这一点很重要。我知道，不管我做什么，我不会去改造任何一个黑手党成员或相关的人。我接近的人会说谎、偷窃、诈骗、谋杀，无论我存在与否都是这样。我的目标是为后面的起诉搜集证据，而不是去当社会工作者。这是调查行动成功的另一个原因。

有些人还质疑联邦调查局在行动期间给莱芙帝钱款的决定。身份保密的特工康迪和罗西给了莱芙帝 4000 美元，因为他们是“假面人”。他利用黑手党人身份为他们办事，他们因此付钱，好确保在一次活动中得到布拿诺家族的保护。而在那次活动中，另一个家族试图插手他们的工作。

那是一个相当棒的调查行动，目的有很多。通过给钱，康迪和罗西使莱芙帝相信他们想和他结识，后来他以为他们也是恶棍，并且信任他们。

这有助于调查局获得关于黑手党人家族有价值的情报；我们甚至成了纽约、密尔沃基、坦帕市的三个家族的“合作伙伴”。这些信息成了法庭上的证据。我们不时地给莱芙帝钱，这样便在调查工作上节省了许多时间，甚至可能是好几年的时间——有时候，这些工作不一定能取得起诉相关的证据。

在潜伏黑手党的 6 年里，我的价值观没有改变。但是，如果你问及我的家庭，从这方面来看，调查行动是成功了，但也留下了遗憾。

从表面上看，潜伏的那段时间几乎没有改变我。我毫无困难地改掉了在调查期间形成的习惯和癖好。

但是，我保留了一些黑手党人的做事方式。

黑手党人不会去预订座位。他们只会大摇大摆地走进一家餐厅，并报上一个名字。侍者总会说："抱歉，这个名字没有在这里订位。"然后黑手党人就会恶狠狠地说："你是什么意思，这么说你们是有空位的了？"这样他就马上可以有桌子坐了。

有好几次，我以一个"平民"的身份这样做了。从眼角望去，我看到佩吉在摇头……但这样效果不错。

在公共场合，大部分人遇到冲突会退让。但是，在黑手党人的世界里，从来不知退让为何物。对服务员、推销员，或者其他人，都不会退让。你会马上逼进，而不是对自己说"忘了这码事吧"。你不觉得这是胁迫别人，因为至少没有肢体冲突。

但是，有时我的哥哥看见我这么做，他会说："乔，你现在不是和黑手党人混在一起哦。"我的回答是："如果你知道自己是对的，为什么要受别人恐吓？"

在所有我对付过的黑手党人里，人们问的最多的是有关"莱芙帝·甘斯"·鲁杰罗的事。他出狱后会不会宰了我？在 1992 年，他获得了假释。我想他打算这么做。我还知道，黑手党也想杀他，因为他把我当作合伙人介绍进来了。他绝对是一个秉持旧式规矩的人。莱芙帝知道他自己错了，黑手党已经悬赏要杀他，但他还没有反叛。与大部分年轻人相比，他的韧性更强。在他心里，荣誉感根深蒂固，尽管他极有可能被自己的同伙杀害，但荣誉更加重要。莱芙帝曾经坚决地拒绝了和政府合作的提议，也不想加入联邦调查局"证人保护项目"来获得减刑。

为了保护莱芙帝，联邦调查局第一时间抓了他，在他受审和服刑期间，他们继续保护他，他却发誓要杀我，而我又不具备获取联邦调查局保护的资格，这当然挺有讽刺意味的。但事情就是这样。我得依靠自己。

如果莱芙帝在获释后活得够久，能够来找我的话……我没法为这事担心。他可能杀我报仇，其他黑手党人也可能为了那500000美元的赏金来杀我，不管是哪种情况，我都做好了准备。我随时随地带着一把点38口径的手枪，并祈望在枪战中凭实力说话。

我见过一些黑手党成员和相关人士，和他们相比，我更胜一筹。我是这么感觉的。我是个出色的人——我没有出过纰漏。我完成了自己的工作。

我保持着正常的戒备状态度过每一天，尽量不去想那个悬赏杀我的命令。我只是尽量罢了。有时候还是会想想的——但是我不会因此做噩梦。

世界上有不少组织觉得，最坏的事莫过于对他们不利的宣传。黑手党并非这方面的首例。外面有传言说，这本书的精装版出版以后，大部分黑手党人都看了。线人们告诉联邦调查局的特工，除了莱芙帝以外，其他黑手党人都喜欢它。但是，他们又说，我不该写这本书的。他们没有其他更进一步的反应了；在评论书籍这方面，黑手党人并不算内行。

我们不知道他们对这本书的其他想法，但是这些简略的评价泄露了很多黑手党内部的情况。我因而想起来，莱芙帝曾经以自己为例，向我们灌输黑手党人的行事方式。莱芙帝说，你可以撒谎、盗窃、诈骗、杀人，而且全都是光明正大的，这是当黑手党人最大的好处。我在黑手党人内部见过的人都很心安理得，他们没觉得自己是罪人或歹徒。在他们所处的这个亚文化中，犯罪是可以接受的、正常的，甚至是“光荣的”。因此，我把他们的生活原汁原味地描绘出来，他们显然挺喜欢的。

他们的第二个反应是，我不该写这本书。这可能表示，他们仍然觉得“唐尼·布拉斯科”曾经是“他们的一员”，在他们看来，我背叛了他们。这一点说得通。黑手党人觉得和政府合作在道德上是应当被谴责的，是“有罪的”。如果一个黑手党人背弃了黑手党的价值观体系，他会让自己和所属的黑手党家族蒙羞，那个家族也会在当地和生意伙伴之间形象大损。当然，莱芙帝对我的书应该有不同的反应。它仿佛是一份随处可见的资料，一直提醒着他，黑手党人正悬赏要他的人头。

我在 1986 年 9 月脱离了联邦调查局。在这本书写作之时，我仍然为黑手党的案件出庭做证。我期盼着某一天，我无须再做证，便能把往事置之一旁，从此着眼于未来。

我计划再写一本书，并拍摄一部讲述我职业生涯的电影。或许我的新书能够再次登上畅销榜，甚至获得美国电影艺术学院金像奖，但是我的家人不会对此自吹自擂。

我指的不仅是自己的小家庭，还包括我的父母和兄弟姐妹、佩吉的父母和兄弟姐妹，以及其他亲戚。

在我进行间谍工作的那几年里，我和他们的关系发生了改变。我无法告诉他们自己在做什么。他们知道我在做间谍工作，但为我担心，因为我必须掩饰自己，而他们不知道我是否在掩饰自己、什么时候戴着假面具。或许，我的性格当时也发生了改变。一些做间谍工作的特工也遇到过同样的问题。那些年，他们从来没有放心过。

在“委员会审判”案件和“比萨大亨”贩毒案件的审判中，我家人的状况并没有改善，反而更差了。我成了一个证人，我的名字和身份被公之于众，我全天24小时处于保护之下。佩吉和女儿们都是安全的，用化名住在一个遥远的地方。但是我的家人和佩吉都很害怕。我的岳父早晨都不敢开车。大家都不敢在电话里提我的名字，害怕被窃听。不久以后，他们便感到危险仿佛无处不在。几年以前，我的兄弟和他妻子在纽约开了一家餐厅，后来发现一个食客和黑手党人有关系。在我的故事见诸报端之后，他便告诉一个黑手党老板，说他有办法找到我。

对于佩吉、我的女儿们以及我自己而言，我们的生活因为我在黑手党的经历而变得全然不同了。我的大女儿还没有看过这本书。她说，她不想重温我做间谍的那几年。

如今，佩吉、我的女儿们以及我自己在旅行的时候都用化名，有时还要绕路和分开乘坐飞机。

我们和别人初次见面时，说起自己的过去都要编故事。我们甚至不能说我曾经是个联邦调查局的特工，虽然我和佩吉都以此为荣。

但说起那6年时间……佩吉说，如果重来一次的话，她会另谋出路，因为没有丈夫的6年是不堪忍受的。

我没有为此争辩。

其后6年，我作为一个关键证人，为黑手党的案件出庭做证。算在一起的话，我的家人受黑手党影响已经超过12年了。

实际上，我和代表政府的律师在一起工作的时间，已经和我同黑手党人周旋的时间差不多了。

从我写这本书开始，我们在这12年里已经搬家六次，未来可能会次数更多。

我可能再次参加这样的行动吗？我之前说起过，从职业角度而言，我会的，但从个人角度而言……

不如这样来说吧。如果莱芙帝和我再次见面，我知道我们会相对无言。他不够聪明，不能对我冷嘲热讽。但是我能想象我们最后对话的场面：

“我为自己的所作所为感到自豪，莱芙帝。如果需要我再做一次的话，是，我还会去做的。”我这么告诉他，“我们曝光了黑手党。我们把一百多个罪犯绳之以法。”

“是的，”莱芙帝会说，“这样确实不错，对你来说够棒的。你把我们都曝光了。你是立下了汗马功劳，唐尼，但为什么你的家人要偷偷摸摸地度过余生呢？”

鸣　谢

谨向以下友人和同事致以特别谢意：

理查德·伍德利，感谢他为我润色。

米凯拉·汉密尔顿，本书编辑，他的工作效率是美国东部首屈一指的。

卡门·拉维尔和彼得·索伊尔，他们来自菲菲奥斯卡社，是我的特别助理（文学助理）。

最后一位，但是同样重要——刘易斯·迪·吉埃蒙先生，是他的努力使本书得以顺利出版。

著作版权合同登记号：01-2019-0240

图书在版编目（CIP）数据

忠奸人：我在黑手党的卧底生涯 /（美）约瑟夫 · D. 皮斯通，（美）理查德 · 伍德利著；韩璐译 .— 北京：新星出版社，2020.6

ISBN 978-7-5133-3701-4

Ⅰ. ①忠… Ⅱ. ①约… ②理… ③韩… Ⅲ. ①回忆录-美国-现代 Ⅳ. ① I712.55

中国版本图书馆 CIP 数据核字（2020）第 029122 号

忠奸人：我在黑手党的卧底生涯

[美] 约瑟夫 · D. 皮斯通，[美] 理查德 · 伍德利　著；韩璐 译

策划编辑：姜　淮　**责任编辑**：孙立英
特约编辑：巴　扬　**责任校对**：刘　义
责任印制：李珊珊　**装帧设计**：冷暖儿

出版发行：新星出版社
出 版 人：马汝军
社　　址：北京市西城区车公庄大街丙3号楼　100044
网　　址：www.newstarpress.com
电　　话：010-88310888
传　　真：010-65270449
法律顾问：北京市岳成律师事务所

读者服务：010-88310811　service@newstarpress.com
邮购地址：北京市西城区车公庄大街丙3号楼　100044

印　　刷：北京美图印务有限公司
开　　本：889mm × 1194mm　1/32
印　　张：15
字　　数：348千字
版　　次：2020年6月第一版　2020年6月第一次印刷
书　　号：ISBN 978-7-5133-3701-4
定　　价：58.00元